1950년대생 비평가 연구 1

오늘의 문예비평
엮음

보고사
BOGOSA

머리말

'1950년대생 비평가 연구포럼'의 기획과 추진 방향

'1950년대생 비평가 연구포럼'은 1980년 전후로 비평 활동을 시작해 한국문학의 중심과 변화를 견인해온 1950년대생 비평가에 대한 본격적인 논의의 장을 열기 위해 기획한 것이다. 강단비평의 성격이 두드러진 한국문학 비평에서 최근 대학에서 정년퇴임을 했거나 정년을 앞둔 비평가들이 연구 대상이다. 1952년생인 권오룡부터 1959년생인 한기에 이르기까지 20여 명의 비평가가 해당하는데, 한정된 연구 기간과 발표 지면의 제한 등 현실적인 제약으로 인해 이들 가운데 16명을 우선 연구 대상으로 삼아 포럼을 진행했다. 연구포럼은 월례 발표회, 비평가와의 대화, 심포지엄 등 다양한 형식으로 2023년 4월부터 12월까지 매월 부산 지역 독자와 함께 진행하게 됐다. 조금은 낯설고 어렵게 느껴지는 비평가 연구포럼을 일반 독자들과 공유하기 위해 포럼의 주체인 『오늘의 문예비평』을 중심으로 부산대학교 대학원 국어국문학과, 부산대학교 여성연구소를 비롯한 학계, 부산작가회의, 고석규비평문학관 등 지역의 문학 관련 단체 등과 협력하여 지역 인문학 운동에 보탬이 되도록 했다. 이를 통해 생산된 성과물은 비평 전문 계간지 『오늘의 문예비평』에 게재하고, 연말에 2권의 공동비평집으로 출간하여 앞으로 1950년대생 비평가 연구의 기초적 토대를 마련하는 것이 이번 연구포럼의 목적이며 그 결실이 바로 이 책이다.

한국문학에서 '비평'의 자리와 역할은 시, 소설과 같은 작품의 영역 뒤에서 존재를 드러내는, 그래서 그 자체의 장르적 독립성이 인정되기까지 상당히 오랜 시간이 필요했다. 1930년대생 비평가들에 의해 비평의 장르적 분화가 체계화되기 시작했고, 식민과 해방 그리고 분단으로 이어지는 KAPF 이후 한국문학 비평의 역사적 흐름이 문학사적으로 정리되었다. 그리고 1960년 4월혁명을 전후로 등장한 1940년대생 비평가들에 의해 순수참여론, 민족문학론, 민중문학론 등 70~80년대 비평 담론이 논쟁적으로 제기되면서 비로소 '비평'은 장르적 독립을 이루었다고 할 수 있다. 이러한 비평사의 전통에 힘입어 1980년대 이후 한국문학 비평은 연속적이면서도 비판적인 쟁점을 계속해서 생산해 나갔고, 1980년을 전후로 등장한 1950년대생 비평가들에 의해 시와 소설의 뒤에서 머무는 차원이 아닌 시와 소설을 앞에서 이끌고 가는 문학 담론으로서 비평의 위상과 역할이 정립되었다고 평가할 수 있다.

지금까지 한국문학비평사는 1940년대생 이전 비평가를 대상으로 한 연구를 통해, KAPF, 일제 말, 해방 전후, 한국전쟁 그리고 1960년 4월혁명 이후 산업화 시대에 이르는 비평 담론의 역사적 흐름을 정리하는 데 주력했다. 따라서 앞으로의 비평사 연구는 다음 세대인 1950년대생 비평가들이 1970년대 말에서 80년대에 보여준 비평의 토대와 1990년대 이후부터 현재에 이르는 비평 지형의 급격한 변화를 어떻게 담론화했는지에 대한 본격적인 논의가 필요하다. 한 사람의 작가가 문학사적 연구의 대상으로 편입되는 데 50년 전후의 시간이 필요하다는 학계 일반의 인식을 염두에 둘 때도, 1950년대생 비평가들의 비평적 출발이 1970년대 중후반에서 1980년대 초반에 이루어졌다는 점을 생각한다면 이젠 이들을 대상으로 한 비평사적 논의가 시작될 시점에 이르기도 했다. '1950년대생 비평가 연구포럼'은 이러한 비평사의 흐름을 토대로 1940년대생 비평과 1960년대생 비평가를 이어주는 비평사의 연속성과 차별성을 1950년대생 비평가의 비평 세계를 통해 분석하고 이해하는 데 주된 목표를 두었다.

이번 포럼을 주관하는 주체는 부산 지역에서 발간되고 있는 비평 전문 계간지 『오늘의 문예비평』이다. 1950년대 전후 비평의 세 가지 양상 가운데 한 지점인 고석규를 시작으로 한국 시론 연구사의 획을 그은 김준오의 비평적 세례를 받고 성장한 부산의 지역비평은 한때 부산을 비평의 도시로 불리게 할 만큼 다른 지역에 비해 영향력이 컸던 것이 사실이다. 이러한 평가는 30여 년 넘게 비평전문지의 역할과 위상을 이어가고 있는 『오늘의 문예비평』이 있어 가능했다. 여전히 비평은 비평가들만의 전유물로 인식되어 생산적인 독자의 자리를 만들어 내지 못한 채 소수의 영역 안에 머물러 있는 상황에서, 그것도 지역이라는 열악한 토대 위에서 비평전문지를 30년 넘게 지켜내는 일은 여간 곤혹스러운 일이 아니었다. 비평의 전문성과 공공성을 함께 모색하면서 한국문학 비평의 전통과 현재를 이어가겠다는 확고한 의지와, 지역에서 새로운 비평가를 육성함으로써 세대를 넘어 연속성을 확보하려는 노력과 함께 이루어 낸 결과가 아닐 수 없다.

이번 포럼은 그동안 『오늘의 문예비평』이 견지해온 비평 정신을 구체적으로 실천하는 생산적인 비평 운동으로서의 의미도 지니고 있다. 비평을 연구하거나 혹은 비평가를 지망하는 사람들로 이루어진 소위 그들만의 리그에 머무르지 않고, 지역에서 공부하고 활동하는 대학원생, 문인, 독서전문가, 일반 독자들과 포럼을 공유함으로써 생산적인 비평 독자의 자리를 넓히는 것도 중요한 과제로 삼았다. 특히 남송우, 황국명, 구모룡 세 비평가와 함께 하는 〈비평가와의 대화〉는 중심의 논리에 편승하지 않고 '지역과 비평의 관계'에 대한 이론과 실천 비평을 모색해온 비평가와의 직접적인 대화라는 점에서 중요한 의미가 있다. 또한 '여성'이라는 문제의식을 집중적으로 공유한다는 차원에서 부산대학교 여성연구소와 협업하는 김정란, 정효구 두 비평가에 대한 논의도 아주 특별하다. 뿐만 아니라 지역비평 연구의 활성화를 위해 부산대학교 대학원 국어국문학과 박사과정의 공부 모임을 지원하고 그 성과를 발표하도록 하는 학문후속세대 프로그램도 주목할 만하다. 이처럼 이번 포럼은 지역의 다양한 시선을 한데 모아 한국문학비평사를 다시, 새롭게 쓰는 의미 있는 출발점이 될 것으로 기대된다.

이상의 기획 및 추진 방향을 토대로 지난 1년간 수행한 모든 원고를 두 권의 책으로 묶었다. 그동안 포럼에 참여한 필자분들께 진심으로 감사드리고, 묵묵히 모든 수고로움을 감당해 준 부산대 박사과정 양수민, 그리고 마지막 책 발간 작업을 도맡아 수고해 준 부산대 박사수료 백혜린에게 특별히 고마움을 전한다. 문학을 공부하는 일 자체가 너무도 힘겨운 시대를 살아가고 있는 듯하다. 이런 현실에서 비평을 공부하고 비평을 쓴다는 일은 참으로 곤혹스러운 일이 아닐 수 없다. 그럼에도 불구하고 비평을 연구하고 쓰는 데 큰 동력이 되고 이정표가 되어 준 1950년대생 비평가들에게 깊은 존경과 감사의 마음을 전한다. 이 책을 계기로 한국현대문학비평사 연구가 더욱 활발히 전개되기를 기대하면서, 비평 전문 계간지 『오늘의 문예비평』은 비평을 중심으로 한 문학장에서의 역할에 더욱 매진할 것을 다짐한다.

2024년 2월

글쓴이와 엮은이를 대표하여 하상일 씀

차례

회의하는 나, 변명하는 문학

권오룡론

양순모

1. 회의하는 '나'

근대 정신의 가장 도드라지는 태도 중 몇몇을 꼽아보자면, 그 가운데 '회의(懷疑)'는 빠져서는 안 될 주요한 태도 중 하나일 것이다. 데카르트의 코기토와 칸트의 비판정신이 각각 무엇과 상대하며 탄생했는지를 생각해보면 이에 동의하기가 어렵지 않을 것이다. 무엇보다 '근대'라는 '세속화' 기획이 거듭 '환속화'에의 함정으로 경도되기 쉽다고 할 때, '회의'는 근대라는 기획을 계속하여 유지, 갱신할 수 있게끔 하는 가장 큰 자원일 것이다.

다만 '회의'는, 이를테면 데카르트의 경우와 같이 대체로 '방법적'이라는 수식어와 함께하는 것으로, 회의는 근대 세계의 공동체 자체를 구렁텅이에 빠드릴 수 있을 무기력과 우울, 폭력의 기제가 될 수 있다. 의심하는 마음 '회의'는 그러므로 근대 세계에서 거듭 생산적으로 발명되어야 하는바, 여기, 누구보다도 저 의심하는 마음을 생산적으로 전유해온 한 평론가가 있다.

외국 문학 연구자이자 한국 문학 비평가로서 권오룡은 "절박한 우리의 정치적, 문화적 현실"[1]을 마주하며 비평 생활 줄곧 변함없이 회의의 정신에 기반해 성실한 생산을 이어왔다. 예컨대 많은 이들이 '투쟁'과 '현실', '실천'을 이야기할 때, 권오룡은 위의 구호들에 회의의 정신을 생산적으로 결합, '반성'과 '분석', '대화'를 설득력 있게 당대의 비평장에 제시하였다. 본고는 권오룡 평론가를 대상으로 '회의'라는 키워드로 접근, 그것이 당대의 주요 어휘들과 생산적으로 결합한 사례들을 차례로 살펴보며, 그것들의 의의와 현재성을 정리해보고자 한다.

2. 회의의 대상 (1) : 문학 하는 '나'

> 우리는 보다 명확한 답을 위해 다시 한번 언어에 대해 생각해볼 필요가 있다. (…) 말이란 결코 나만의 행위에 의해 완결되는 것이 아니라 반드시 타자의 이해를 통해서만 완성된다. 의미의 전달수단으로서의 언어가 그 기능을 완수하기 위해서는 이러한 대화 공간을 필수적으로 요구한다. (…) 이러한 대화 공간이 갖는 진정한 가치는 그것이 언어의 모든 어류와 결점을 교정해줄 수 있는 메타 언어를 창조해내는 공간이라는 사실에 있다. (…) 모든 언어가 피할 수 없는 이데올로기에 의한 오염에도 불구하고 그 언어를 사용하는 일체의 행위가 나름대로의 의미와 가치를 지닐

1 권오룡, 「삶을 위한 비평, 그 불가능성의 의미 추구」, 『사적인 것의 거룩함』, 문학과지성사, 2013, 400쪽.

> 수 있는 것은 바로 이러한 대화 구조 자체에서 자생적으로 생겨나는 교정의 가능성 덕택일 것이다.[2]

"문학 작품의 진정한 가치를 보장해줄 수 있는 문학의 주체는 과연 무엇일까?"를 묻는 위 글은 "작가의 아이덴티티"라는 당대의 기준을 회의하며, 질문에 대한 새로운 대답으로 문학적 대화가 가능할 "대화 공간"을 제시한다. 문학 작품은 '언어'를 매개로 하며 "의미의 전달수단으로서의 언어"는 "반드시 타자의 이해를 통해서만 완성"되는바, '작가의 아이덴티티' 중심에서 '대화 공간'으로의 중심점 이동은 수용미학의 차원에서 매우 타당하다 볼 수 있을 것이다.

그런데 권오룡의 대답으로서 '대화공간'은 수용미학적 차원의 생산성 혹은 민주화의 논의와는 무관해 보인다. 그에 따르면 '언어'는 "피할 수 없는 이데올로기에 의한 오염"이 불가피하다. 그는 우리가 무심코 혹은 고뇌하며 사용하는 언어가 결코 순수하지 않음을 의심하며 그 대안으로 "언어의 모든 오류와 결점을 교정해줄 수 있는 메타 언어"를, 그것의 생산자로서 '대화 공간'을 요청한다.

권오룡에 따르면 대화 공간은 "진술과 비판과 부정을 모두 포용하는 열린 공간, 그런 의미에서 자유로운 공간"(21쪽)으로, 대화 공간에 의해 가능할 '교정 가능성'의 '자유'만이 "문학 작품의 진정한 가치"를 보장해줄 수 있다. 위와 같은 규정에 의하면 문학 작품의 '가치' 판단 및 보증은 '작가의 아이덴티티' 즉 그의 '진정성'이 아니다. 권오룡은

---

2 권오룡, 「공동체적 생산 양식으로서의 문학－문학의 주체는 무엇인가」, 『존재의 변명』, 문학과지성사, 1989, 20~21쪽.

문학의 가치를 보증할 주체로서 문학인을 의심하고 부정하며, 이를 문학장 단위의, 비평과 담론의 공간으로 대체한다.

> 기실 그 이데올로기의 내용들이란 알게 모르게 우리들 자신에 내면화됨으로써, 우리의 삶의 많은 부분이 이미 그 이데올로기적 내용들로 구성되어 있다는 사실이다. (…) 우리의 언어를 대화 구조 속에 위치시키려는 작업은 우선 무엇보다도 각 개인의 '나'라고 하는 주체성에 대한 방법적 회의와 부정과 그 해체의 작업으로부터 시작하지 않을 수 없을 것이다. (…) 언어의 대화성을 통해 간-주체적 지평으로 넓어진 차원에서의 '우리' 모두의 자유는 다시 나의 개체적인 삶의 지평으로 되돌아와 '나'의 자유의 여지를 훨씬 더 넓혀주게 된다.[3]

문학의 주체를 '대화 공간'으로 자리매김하는 맥락에서, 권오룡은 추가적인 작업을, "'나'라고 하는 주체성에 대한 방법적 회의와 부정과 그 해체의 작업"을 요청한다. 우리의 말, 언어를 '대화 공간'에 위치시키기 위해서는 그것과 끝까지 대립하곤 하는 주관성을, 결코 이데올로기로부터 자유로울 수 없을 주관성을 거듭 견제해야 하는 것이다. 만약 저마다의 주관이 자신의 고집을 꺾지 않는다면, 대화 공간은 불가능해진다. '나'를 꺾고 스스로를 되돌아보는 '반성'은 새로운 문학의 주체인 '대화 공간'에 핵심적인 요건이다.

흥미로운 지점은 이와 같은 견제가 매우 설득적으로 개진된다는 점일 것이다. 그에 따르면 "진정한 자유의 수립은 '나'의 주체성을 '우리'의 간-주체성으로 확대시킨다는 것"(38쪽)으로 요약할 수 있는데,

---

3 권오룡, 「말과 자유」, 『존재의 변명』, 앞의 책, 38~39쪽.

먼저 방법적으로나마 해체되고 부정된 '나'는 "간-주체적 지평"으로, 상호 비판과 교정의 공간 안으로 진입한다. 그렇게 '문학의 대화 공간'에 진입한 나는 이후 '대화 공간'이라는 문학의 주체와 더불어 그간 알게 모르게 내면화한 이데올로기로부터 자유로워질 수 있는바, 이와 같은 '자유'야말로 저마다의 '나'로 하여금 '나'를 꺾게끔 하는 주요한 설득 유인이 된다.

이처럼 의심의 대상은 '작가'를 넘어 문학장에 참여하는 저마다의 '나' 모두로 확장, 그것의 '부정'과 '해체'를 요구하며, 독자들로 하여금 보다 구체적으로 문학의 대화 공간이라는 "간-주체적 지평"으로의 진입을 유도한다. 한편 "진정한 자유의 수립"이라는 문학의 유인은 '나'의 해체와 새로운 지평으로의 유입을 보다 원활히 하는바, 권오룡은 문학의 진정한 주체의 자리를 '문학하는 나'에서 '문학의 대화 공간'을 대체한 것에서 나아가, 그럼에도 저마다의 '나'가 끝없이 저 '대화 공간'으로서 '문학'에 진입할 수 있게끔 유도함으로써 새로운 '문학의 주체'를 공고히 한다.

3. 회의의 대상 (2) : 문학

문학은 언어를 담론 체계의 물적 토대로 삼는 다른 이데올로기들처럼, 언어에 의해 구성되는 담론 체계들 중의 한 가지 특수한 형태인 것이다. 문학은 사회적 차원의 모든 이데올로기들과 담론성을 공유하면서 그것들과 경쟁한다. 그러나 또 한편으로 문학-담론은 다른 이데올로기적 담론들이 그런 것과 마찬가지로 자율성을 지닌다.[4]

> 문학은 사회 밖에서 사회를 비판적으로 해석하거나, 또는 다른 방식을 통해 작용하는 것이 아니라, 서로가 서로에게 각인되고 인각을 남기는 관계에 있다. 문학은 사회 속에 존재하며 사회는 또한 문학 속에서 스스로의 존재와 구조를 발견해낸다.[5]

앞서 언어와 말이 결코 이데올로기로부터 자유로울 수 없듯이, '문학 그 자체' 역시 회의의 대상이 되지 않을 수 없다. 새로운 문학의 주체로서 문학의 '대화 공간'이 존재한다 하더라도, 문학 담론 역시 "모든 이데올로기들과 담론성을 공유"하고 또 "경쟁"한다. 즉 '문학'은 결코 '사회-이데올로기'의 바깥에 존재하지 않으며, 단순 거울, 참조 관계를 넘어 서로의 "속에 존재"한다. 이와 같은 의심에 따르면, 문학의 대화 공간, 문학 담론은 어쩌면 이데올로기로부터의 영향과 오염을 넘어, 이데올로기 그 자체가 될 수 있다.

이러한 의심에 따르면 더 이상 분명 "문학은 그 유토피아적 전망에 입각하여 지식 그 자체와 사회의 이데올로기적 성격에 항의하는 가장 강력한 비판과 저항의 기능을 수행"[6]한 것이 사실이지만, 그것의 정당화의 차원에서 거듭 설득력 있는 수단을 마련하지는 못한 것은 위와 같은 기능을 무화시킬 만큼의 문제일 것이다. 이에 권오룡은 문학과 사회(이데올로기) 사이의 관계 문제에 있어 먼저 그 우열의 위계를 폐

---

4 권오룡, 「문학과 사회 변화-사회의 의미 체계 변화를 위한 시론」, 『존재의 변명』, 앞의 책, 47~48쪽.

5 「『문학과사회』를 엮으며」, 『문학과사회』 1988년 봄호(창간호), 14~15쪽. (평론가 정과리의 증언에 따르면, 창간호의 권두언은 권오룡 평론가가 작성하였다.)

6 권오룡, 「현대 사회의 이데올로기와 미학」, 『애매성의 옹호』, 문학과지성사, 1992, 55쪽.

기하고, 문학의 '대화 공간'에서 대화의 양상이 어떤 방식으로 진행되어야 할지를 분명히 한다.

> 우리가 '문학'과 '사회'를 상호 포괄적인 관계로 파악하는 것도 이러한 인식을 기반으로 하여 궁극적으로는 문학의 입장에서, 문학을 통해 사회 변혁의 전망을 획득하고자 하기 때문이다. (…) 문학은 스스로를 반성하면서 사회를 비판하고, 이러한 반성과 비판을 통해 스스로를 변화시켜나가는 동시에 사회 변혁의 주요한 동인이 된다.[7]

> 사회를 변화시키는 작업에 있어서의 구체적 방법은 우선 사회를 지배하고 있는 이데올로기적 담론이 그 자체의 의미의 재생산을 위하여 품고 있는 의미론적, 가치론적 중심이 무엇이냐라는 물음에 대한 천착임과 동시에, 그 중심에 입각함으로써 의도적으로 탈락되는 부분에 대한 재구성의 작업이라 할 수 있다. 이 고의적인 탈락의 부분이야말로 지배 담론을 허위 의식으로서의 이데올로기로 규정할 수 있게 해주는 실증적 가치를 지니는 것이기 때문이다.[8]

문학은 그 (상대적으로) 고유한 '대화 공간'에서 "스스로를 반성하면서 사회를 비판하고, 이러한 반성과 비판을 통해 스스로를 변화시켜나가는 동시에 사회 변혁의 주요한 동인"이 되어야 한다. 이는 보다 구체적으로, 사회와 문학을 "지배하고 있는 이데올로기적 담론이 그 자체의 의미의 재생산을 위하여 품고 있는 의미론적, 가치론적 중심

---

7 「『문학과사회』를 엮으며」, 앞의 책, 14~15쪽.

8 권오룡, 「문학과 사회 변화-사회의 의미 체계 변화를 위한 시론」, 『존재의 변명』, 앞의 책, 50쪽.

이 무엇이냐라는 물음"과 더불어 개진될 수 있는바, "의도적으로 탈락되는 부분에 대한 재구성의 작업"을 통해 문학의 대화 공간은 그 공간이 "고의적"으로 탈락시키고 있는 부분이 무엇인지, 반성할 수 있다.

요컨대 '대화'는 궁극적으로 반성에서 시작해 반성으로 귀결되는 것으로, 그런데 이러한 반성은 그 끝을 모르는 "무한 퇴행"[9]으로 향할 수 있는 것 아닌가? 관련하여 권오룡은 소설의 '아이러니'와 '애매성' 개념을 경유, 이에 어떤 대답을 마련한다.

> 쿤데라에게 있어서도 소설은 존재의 회복을 목표로 하는 것이 된다. 그러나 그것이 전체성이건 존재이건 간에 그것들이 상실되었다고 하는 것은 그것들이 더 이상 실체로서의 성격을 지닐 수 없게 되었음을 뜻하는 것이다. 이런 이유로 그것들은 필경 내재적인 속성을 지니지 않을 수 없게 되고, 정작 표면적으로 드러나는 것은 타락한 세계이거니와 실존의 한계이고, 전체성에의 문제적 추구의 모습 그 자체이거나 '존재'의 가능성에 대한 암시로 그칠 수밖에 없게 되다. 이렇듯 외형적인 '있음'에 대한 부정과 표면적으로는 없는 '내재성'에의 암시 사이에서 소설 형식의 가장 큰 특성인 아이러니가 발생하게 된다. 이 아이러니를 루카치는 "길은 열리고 여행은 끝났다"라는 시적 비유를 통해 드러내고 있지만, 쿤데라는 보다 직설적으로 "소설이란 애당초 아이러니를 근본으로 하는 장르"

---

9 "반성 테제의 문제는 자기 소멸을 향해 나아간다는 것입니다. 반성적 시선은 결국 자기 자신에게 돌아오기 때문입니다. 그래서 어느 지점에서는 멈춰야 합니다. 자기 자신을 들여다보는 일을 중지해야 한다는 것이지요. 삼십대 중반의 김현이 욕망과 가짜 욕망 사이에 선을 그어버렸던 것도 그 때문일 것입니다. 무한 퇴행을 중지시키기 위함이었죠. 억압하지 않는 문학의 욕망은 가짜 욕망의 반대편에 있다는 것이었습니다. 그러나 욕망을 그런 식으로 절단하는 것은 불가능한 일입니다. 옷을 입혀도 그 옷 바깥으로 삐져나오는 것이 욕망의 본성입니다." (서영채, 「우정의 정원」, 『자음과모음』 50호, 2021 가을호, 382쪽.)

라고 규정하면서 "아이러니는 세계를 애매한 것으로 만들고 확실성을 앗아가버린다"고 말하고 있다.[10]

쿤데라의 소설론을 분석하며 권오룡은 문학이 "전체성" 및 "존재"의 "회복"과 같은 어떤 '유토피아'적 상황을 진지하게 염두에 두었을 때, 그것과 현실 사이의 간격에서 문학의 효과가 발생한다고 말한다. 더 정확히는 유토피아의 존재가 "내재서에의 암시" 수준으로 존재할 수밖에 없음을 앎에도 불구하고 유토피아를 추구할 수밖에 없는 우리의 상황이 '(근대)소설'의 효과를 발생시키는바, 그 효과의 이름으로서 '아이러니'는 세계의 폭력적 힘을 확실한 것으로 만들기보다 "애매한 것"으로 만든다.

문학은 거듭 패배하고 또 반성해야만 할지 모르겠지만, 우리가 꿈을 고수하는 한, 꿈이 좌절됨에도 불구하고 발생하는 소설의 효과는, 작가와 독자로 하여금 현실에 좌절하고 순응케 하기보다는, 외려 꿈과 현실 사이의 갈등에 더욱 집중하게 하며 나아가 그 갈등에 새로이 도전하게끔 한다. 이 도전은 보다 적합한 반성, 즉 패배 이후 사회와의 보다 긴밀한 관계 속에서 새로이 획득하는 갱신된 반성일 수 있겠으며, 다음 장에서 살펴볼 '분석'은 저 '애매성'을 상대하는 주요한 방법이 되어, 반성의 무한 퇴행의 문제를 어느 정도 해소하고 있다.

---

10 권오룡, 「애매성의 옹호」, 『애매성의 옹호』, 앞의 책, 291~292쪽.

4. 회의의 대상 (3) : '현실', '사회'

> (종합론자들) 이들에게 현실이란 그 자체로서 중요한 것이 아니고 그것의 심층적 구조와 그것의 의미가 더욱 중요한 것으로 인식되는데 심층적 현실과 표층적 현실 사이에는 그 시차가 엄연히 존재하기 때문이다. 그 심층적 현실과 문학의 접점으로 이들에게 부각되는 대상이 다름아닌 담론성이고, 따라서 이들의 방법론적 근간 또는 담론 체계의 분석과 해체에 놓이게 되는 것이지만 이 경우 해체의 작업에만 일방적으로 비중을 두는 것은 자칫 형이상학적 부정의 태도에 함몰할 우려가 있음을 간과해서는 안 될 것이다. 이렇게 본다면 그 해체의 작업만큼이나, 해체의 대상이 되는 담론의 허위성과 허구성 자체를 재구성하는 작업 또한 중요한 것이라 하겠다.[11]

권오룡의 의심이 향하는 방향은 '나'와 '문학'을 지나 '현실' 그 자체로 향한다. 그에게 소위 진짜 '현실'이란 표층적 현실이 아니라 그 이면의 "심층적 구조"로서, 문학은 이 '심층적 현실'을 상대해야만 한다. 비평이 "문제삼아야 할 대상은 현실 그 자체가 아니라 현실의 담론 체계"(129쪽)인바, 문학의 대화 공간이 수행하는 자기 반성과 해체는 바로 이 심층적 현실과의 접점에서 이루어지는 작업이 된다. 다만 이러한 반성과 해체 작업은 그 심층으로의 진입을 위한 선행 작업이 요청되는바, "분석"이 바로 그것이다.

> 한국 문학이건 일본 문학이건 그 궁극의 목표는 여전히 휴머니즘적 이상의 실현이라는 것에 놓여져야 할 것이라는 것이 필자의 생각이거니

---

11 권오룡, 「80년대 비평의 흐름과 현황」, 『존재의 변명』, 앞의 책, 128쪽.

> 와, 이와 관련지어 디테일을 생각한다면 그것은 현대 사회에 있어 이러한 목표의 실현을 가로막는, 구리하라 씨의 표현을 빌려 말하면 점점 더 촘촘해지는 억압적 그물-권력의 그물, 권력의 수단이 되어버린 지식의 그물, 그리고 이보다 더 옥죄이게 만드는 정보의 그물-의 그물코를 올올이 풀어헤치는 작업을 그 구체적 내용으로 삼을 수 있지 않을까 싶다.[12]

"진보" 개념에 대한 의심과 회의를 거듭한 한 문학가 모임에서 권오룡은 그럼에도 진보 개념의 "그 궁극적 목표는 휴머니티의 실현이라는 이상"임을 확고히 하며, 근대문학의 목표에 대해서, 그리고 문학이 현실에 대해 취해야 하는 한 방법에 대해서 분명하게 기술하고 있다. 요컨대 문학은, 저 휴머니티의 실현이라는 이상적 목표 실현을 가로막는 "억압적 그물"들의 "그물코를 올올이 풀어헤치는 작업"을 수행해야 하며, '분석'은 복잡하게 얽힌 이데올로기의 그물들을 하나하나 풀어 심층적 현실과 구조를 바라볼 수 있을 관점을 마련해야 한다.

> 선택의 위기란 사회 변화를 추진하는 방식에 있어 급진적 혁명에 호소할 것이냐 점진적 개혁에 의지할 것이냐라는 양자택일의 문제와 관련된 것이라고 할 수 있다. (…) 이 선택은 결코 어느 개인이나 특정한 집단, 계층, 계급만의 문제가 아니라 우리 사회 전체의 문제이고 사회 구성원 전체의 문제이다. (…) 새로운 통합적 사회 구조의 창출이라는 작업 속에서 민중 운동 논리가 갖는 한계는 그것이 배타적이고 위계적인 계급 논리의 기반 위에 기초하고 있다는 점이다. (…) 문제는 현실의 차원에서 뿔뿔이 흩어져 있는 추상적인 '나'를 구체적인 '우리'로 결속시켜주는 장치일

---

12 권오룡, 「한·일 양국 문학에 있어서의 진보 문제에 관한 단상」, 『문학과사회』 제6권 제4호, 1993년 겨울호, 1669쪽.

> 터인데, 이 같은 매개의 통합 고리의 구실을 해줄 수 있는 제도적 장치로 우리가 생각할 수 있는 것은 바로 문화이다. (…) 문화적 인간형의 정립[13]

따라서 위와 같은 '현실'과 '분석' 개념에 기반해 권오룡은 "가히 역사적이라 부름직한 시대"인 90년대 벽두에 "새로운 통합적 사회 구조의 창출이라는 작업"을 수행하는바, 그는 그간의 현실을, 더 정확히는 '사회'를 대표했던 "특정한 집단, 계층, 계급"을 해체하며 "우리 사회 전체", "사회 구성원 전체"를 전제한다. 사실상 그 어떤 의미와 특성도 담아내지 않고 있는 이 '사회 전체', '사회 구성원 전체'라는 개념은, 그러나 형식적 민주화의 필수적인 절차로서, 이를 기반으로 저마다의 우리는 실질적인 민주화의 양상으로 나아갈 수 있다.

이에 더해 권오룡은 "추상적인 '나'를 구체적인 '우리'로 결속시켜주는 장치"로서 "문화적 인간형의 정립"을 제시하는데, 예상할 수 있듯, 문학이 복무할 장소야말로 바로 이곳이며, 다만 그 방법은 "문화투쟁"의 방식으로, 즉 문학은 다시 '반성', 그리고 이를 보조할 '분석'이어야 한다. 기존의 '특정'한 집단, 계층, 계급으로부터 벗어나, 이 모든 것을 부정함으로써 도달한 '사회 전체'라고 하는 이 추상적인 '우리'의 공간을 만들어내는 일에 더해, 권오룡은 그간의 현실과 상응하는 우리, 즉 그간의 우리를 우리이게끔 한 구체성을 '분석'하고 '반성'해내며, 구체적으로 '우리'를 갱신하는 길을 보여주고 있다.

---

13 권오룡, 「문화적 사회 구조의 창출을 향하여–90년대 사회와 문학에 대한 전망」, 『애매성의 옹호』, 앞의 책, 211~224쪽.

5. 회의의 대상 (4) : '회의'

> 권력의 정체를 드러내는 작업의 의미가 그것으로부터 벗어나고자 하기 위함이지 그것을 확인하고 그것의 그늘 속에서 쉬고자 하기 위함이 아니라는 사실을 새삼 환기시키는 일은 민망스럽다. (…) 글쓰기가 해방의 도구이고자 할 때 그 행위를 비추는 거울이, 그것의 타자가 권력이어서는 그 행위가 권력형 글쓰기가 되고 그 결과가 새로운 권력의 생산이 되고 마는 악순환에서 벗어날 수 없다는 사실은 깊이 음미될 필요가 있다. 그것이 도달하는 종점은 권력의 소멸이 아니라 권력의 강화이다. (…) 거대 담론들 사이의 전선이 붕괴되면서 무수히 생겨난 문화 게릴라들, 그것들 가운데 하나가 바로 권력형 글쓰기이다.[14]

거대 담론의 붕괴 이후, 그리고 그 빈자리가 여전히 모호한 가운데, "글쓰기를 통한 권력과의 싸움"(772쪽)이 시작된다. "권력형 글쓰기"라고 하는 위와 같은 글쓰기는 그 비판의 대상으로 "한 작가나 교수-논객이 되기도 하고, 한 무리의 비평가가 되기도"한다. 이러한 글쓰기의 주체는 "용감한 에피고넨들"로서, 세상에 존재하는 무수한 '권력'들을 대상으로 투쟁하는바, 그러나 권오룡에 따르면 이러한 투쟁은 마치 '양심'을 기준으로, 세계에 존재하는 모든 세속적 가치들을 비판하는 종교적 관점에 해당한다. 이처럼 현존하는 거의 모든 권력을 비판하고 그것과 드잡이하는 권력형 글쓰기는 진정한 권력에 대한 전복이라 볼 수 없다.

위와 같은 권력비판은 '권위' 개념을 상실한 무엇이자, 푸코의 권력

---

14 권오룡, 「권력형 글쓰기에 대하여」, 『문학과사회』 2000년 여름호, 774~775쪽.

비판에 대한 오해에서 비롯되는바, 위와 같은 '권력형 글쓰기'의 "종점은 권력의 소멸이 아니라 권력의 강화"이다. "이념의 상실, 거대 담론의 소멸 등과 같은 세계사적 사건의 후유증"으로서 그들의 의도와 마음은 충분히 이해할 만한 것이나, 이들의 문학은 "논쟁적이기에 앞서 그것은 좀더 분석적이어야 할 것이고, 선동적이기에 앞서 자성적이어야 할 필요"(773쪽)가 있다. 이들의 글쓰기는, 앞서 권오룡이 의심한 '나', '문학', '현실'에 대해 아직 충분히 의심하지 못한 채, 비판하고 회의하는 '나'에 기반한 '현실'과 '문학'을 기준으로, '타인'의 문학과 현실을 비판한다.

그런데 이와 같은 비판은 다소간 모순적으로 보인다. 누구보다도 철저히 '회의'하던 이로서 위와 같은 설명은 어딘가 충분해 보이지는 않는 까닭이다. 철저한 회의를 바탕으로 어느덧 "한 무리의 비평가"로서, 엄연히 현존하는 권력 중 하나가 된 것은 부정할 수 없는 사실이며, 더군다나 "권위"야 말로 모두의 '동의'에 의해 탄생하는바, 권력형 글쓰기를 수행하는 이들의 공격은 아직 권오룡의 논의들이 충분히 설득력과 동의를 얻지 못했다는 사실을, 아직 권위를 얻지 못했다는 사실을 증명한다.

그러나 '회의에 대한 회의' 역시 가능하다고 한다면, 권오룡의 위와 같은 비판은 모순에서 벗어날 수 있을 것이다. 그간 '회의'를 통해 '나'와 '문학'을, '현실'을 비판했다면, 권오룡은 이제 자신이 수행하는 방법이자 무기로서 '회의' 자체를 회의의 대상으로 상정, 문학(장)이라는 대화 공간 안에서, 회의에 대한 분석과 비판을 수행한 것으로 볼 수 있기 때문이다. 물론 권오룡이 위에서 수행하는 분석과 비판이 '반성적'인 것이라고 보기는 어려울 것이다. 어딘지 그의 비판이 '변명'처럼 느껴지는 것은 위와 같은 사정에 기인할 것이다.

6. 닫으며 : 변명하는 문학

권오룡은 한 후배 평론가에게, 문인으로서는 "본인만이 유일하게 경기고등학교를 나왔다"는, 호언에 가까운 농담을 종종했다고 한다. 경기고등학교를 졸업하지 않고 도중에 그만두었다는 말의 다른 표현인바, 이와 같은 농담은 분명 그의 호방한 기질을 나타내는 것이겠지만 만약 우리가 그를 '회의'라는 키워드와 더불어 살펴보자면, 어쩌면 그의 농담은 '나왔다'고 하는 표현 표면과 그 익숙함에 머물고 있을 우리를 향한 얄궂은, 그 다운 농담일지도 모르겠다. 본고는 평론가 권오룡을 대상으로 '회의'라는 키워드를 통해 접근, 그가 보여준 유의미한 회의의 산물들을 살펴보았다. 문학하는 '나'에 대한 회의를 통해 권오룡은 문학을 '나'들의 경쟁장이 아닌 '대화 공간'으로 상정하였으며, 대화 공간으로서 문학 역시 회의의 대상으로 삼으며 그것이 거듭 반성되어야 함을 역설, 사회와 긴밀히 연결된 문학은 스스로를 반성하며 사회 또한 반성케할 수 있다. 이때 반성은 아이러니와 애매성을 매개로, 퇴행에서 생산으로 전환하는바, 문학의 아이러니와 애매성은 유토피아에의 꿈과 더불어 우리로 하여금 현실로부터 구조로 나아가게 하며, 이때 분석은 기존의 사회와 우리를 구체적으로 부정해 새로운 사회와 새로운 우리로의 필요와 방향을 환기한다.

89년과 91년 이후, '소위 90년대'를 규정하는 강력한 키워드 중 하나가 '나'의 '진정성'이라고 했을 때[15] 그의 의심과 비판이 얼마나 선구적이면서 동시대적인 것이었는지 새삼 정리해볼 수 있을 것이다. 이처럼 그의 회의는 '나'를 회의함을 시작함으로써, '문학'과 '현실' 모두를 회의하며 새로운 '나'와 '문학', '현실'을 구축하고자 한다. 그렇다면 이러한 회의 끝에 존재하는 그의 '문학'이란 요컨대 무엇이라 정리할 수 있을까.

> 돌이켜볼 때 나의 문학 행위가 어쩌면 나를 변명하기 위한 것에 다름 아니었다는 생각을 떨칠 수가 없기 때문이다. 여기에 묶인 글들 중에서, 특히 몇 편의 작가론은, 나를 변명하고 싶은 고비고비에서 씌어진 것이라는 감회가, 어쩌면 독자에게는 잘 느껴지지 않을지 모르지만, 첫 평론집을 묶는 마당에서의 필자에게는 더욱 새록새록 진하게 느껴져온다. 문학이 결국은 현재의 자신의 존재를 변명하기 위한 허구일 수도 있다는 것을 나는 마르트 로베르를 통해 알게 되었거니와, 그러고 보면 문학이 항상 어렵게만 느껴지는 것도 존재의 부정 위에 세워야 하는 변명의 막막함 때문인 것 같기도 하다. 그리고 한동안 글쓰기가 그렇게 어렵게 느껴졌던 이유도 이 근처 어디에 있는 듯하다. 문학은, 그것이 허구이고, 허구일 수 있기에 더욱 중요한 의미와 가치를 지니는 것으로 보인다.[16]

첫 평론집을 묶으며 그 머리말에 문학이란 "나를 변명하기 위한 것"이라고, "현재의 자신의 존재를 변명하기 위한 허구"라고 말한 부분은, 본고가 그간 규명한 그의 문학성 전부를 부정하는 문장에 해당할 것이다. 그러나 다른 한편으론, 저 문장에 이르러 비로서 그의 '회의'하는 태도와 정신을 우리는 진정 믿어봄 직한 무엇으로 생각해볼

---

15 차미령, 「진정성의 아포리아: 1990년대 후반 문학비평의 진정성 담론을 중심으로」, 『상허학보』 제69호, 상허학회, 2023.

16 권오룡, 「책머리에」, 『존재의 변명』, 앞의 책, iv~v쪽.

수 있을 것이다. 그렇다. 그의 철저한, 그리고 동시에 생산적인 회의는 이 세계와 더불어 항상 함께할 수밖에 없는 무엇인 까닭이다.

"사회 변화를 추진하는 방식에 있어 급진적 혁명에 호소할 것이냐 점진적 개혁에 의지할 것이냐라는 양자택일의 문제"[17]에서 권오룡은 '급진적 혁명'이 아닌 '점진적 개혁'을 택했다. 이러한 선택이 함의하는바, 급진적 혁명의 입장에서 그의 문학은 모두 '변명'일 수밖에 없을 것이다. 그러나 여기서 중요한 지점은, 그가 그 스스로의 문학을 '변명'이라 규정한다는 점이다. 요컨대 그는 선택했지만, 선택하지 못한 무엇을 여전히 기준으로 삼으며 스스로를 고쳐 나간다. 그는 저 '변명'을 진정 변명다운 무엇으로 만들기 위해, 거듭 '회의'를 발명한다.

이처럼 그는 선택했다. 그리고 그는 선택하지 못한 그것을 기준으로 스스로의 문학을 '변명'이라 규정하며, 그 변명이 진정 '의미' 있는 무엇이 되기 위해 노력한다. 권력형 글쓰기에 대한 그의 비판이 변명처럼 느껴지는 이유는, 바로 이러한 지점에서 연유할 것이다. 그의 변명은 성공할 수도, 실패할 수도 있을 테지만, 다만 그 성공 유무보다 중요한 것은 그의 문학 전체가 '변명하는 문학'이라는 사실, '변명'이라는 테두리 속에서 '회의'가 거듭 발명되어 그의 문학이 꿈틀거리고 있다는 사실일 것이다.

'나'와 '세상'이 더욱 정교하게 절망스러운 것으로 변해간다는 것을 느끼는 이들이라면, 그런즉 권오룡의 저 꿈틀거리는 문학은 분명 여전히 유효하며, 제법 반가운 무엇이 아닐 수 없을 것이다.

---

17 권오룡, 「문화적 사회 구조의 창출을 향하여-90년대 사회와 문학에 대한 전망」, 『애매성의 옹호』, 앞의 책, 211쪽.

1980년대를 지나는 신세대 비평의 한 사례

'비판적 민중문학론자' 홍정선의 경우

유승환

한국문학을 세대론적 관점에서 바라보려는 시도는 늘 있어왔지만, 그렇다고 해서 모든 세대가 자신의 시대를 가졌던 것은 아니다. 하나의 세대가 자신의 시대를 가진다는 말은 곧 그 세대 자신의 새로운 문학과 함께 문학을 바라보는 그 시대의 고유한 감각이나 관점을 가진다는 말일텐데, 물론 그것이 가능하기 위해서는 그 세대가 공유하는 특유한 역사적 경험과 함께, 그것을 실체화하는 작가들 혹은 텍스트들과 그것을 논리화하는 비평가들이 동시에 필요하다.

이러한 관점에서 본다면 해방 이후의 한국문학에서 자신의 시대를 가장 확실하게 구가한 세대로는 역시 이른바 '한글세대', '4·19세대' 등으로 불리는, 대체로 1940년 전후에 태어나 1970년대에 그 전성기를 구가한 세대를 말할 수 있다. 4·19의 성공과 좌절을 자신들의 역사적 거점으로 삼고, 해방 이후 도래한 '한글 시대'(사실은 좀 수상한 말이긴 하다)의 새로운 지적·문화적 감수성을 스스로의 무기로 내세운 이들이, 바로 김승옥·이청준·황석영·이문구·정현종·김지하와 같은 동세대 작가들이 산출한 텍스트를 바탕으로 하여 한국문학의 위상과 가능성을 새롭게 선언했던 것은 지나치게 잘 알려져 있는 사실이다. 이 세대를 중심으로 하는 1970년대 비평의 공과에 대해 최근 여러 논의가 많지만, 적어도 1970년대를 자신의 시대로 만들었던 이 세대의 중요성 자체는 이들이 산출한 두 개의 거대한 에꼴인 '창작과비평'과 '문학과지성'이 현재에도 여전히 한국문학의 담론에 있어 막대한 영향력을 미치고 있다는 점에서도 분명해 보인다.

반면 바로 그 뒷세대, 그러니까 주로 1950년대에 태어난 작가·비평가들이 똑같이 1980년대를 자신의 시대로 열어갔냐고 한다면, 그렇다고 쉽게 말하기는 어려울 것 같다. 80년대의 문학과 비평이 그만큼 새롭지 않아서가 아니라 오히려 너무 새로웠기 때문이며, 또한 그 새로움이 지나치게 빨리 철회되었기 때문이다. 민중·노동문학의 필요성과 당위성이 소리 높여 제창되었던 1980년대 문학의 담론과 실천이 현장적 문화운동과 결합하여 '문학'이라는 개념을 급진적으로 해체·재구성하려는 시도까지 이어졌다는 점은 잘 알려진 사실이다. 문학이 무엇을 어떻게 다루어야 하는가 하는 질문을 오히려 '소박한' 질문으로 치부하게끔 만드는 보다 급진적인 질문들, 이를테면 '창작주체' 등의 문제를 포함하고 있는 문학의 민주주의에 대한 질문들, 문학적인 것과 그렇지 않은 것의 경계를 끊임없이 문제삼았던 양식과 장르에 관한 질문들, 무엇보다도 정치적·이념적·사회적인 억압 속에서 문학의 존재 방식과 실천적 가능성을 다시금 문제삼는 질문들이 1980년대의 문학을 특징지었던 '무크지' 운동을 통하여 다양한 주체들에 의해 던져질 때, 세대적 정체성은 1980년대 문학담론의 그 극단적인 다양성과 관계맺는 지배적인 팩터라고 보기 힘들 것이다.

동시에 이러한 1980년대 문학의 새로움이 직후에 이어진 1990년대 탈냉전 시대의 흐름 속에서 너무나 쉽게 청산되어 버렸다는 점도 문제가 된다. 1980년대의 민중·노동 문학이 이념적 경화로부터 비롯된 도식주의에 근거하고 있으며, 그 결과 해방이 아닌 또 다른 억압을 낳았다는 이후의 지적들은 완전히 잘못된 이야기라고 할 수는 없겠지만, 이러한 지적이 80년대 문학의 급진적 질문들을 일괄적으로 묻어버렸다는 점은 고민할 필요가 있다. 적어도 문학장의 제도와 문학이라는 개념에 있어 사태를 1980년대 이전으로 되돌리려는 복원 공사가 '턴키' 식으로 이루어진 이후인 지금의 시점에서 1980년대가 어떤 세대의, 그러니까 누구의 시대였는지를 물어보는 것은 곤혹스러운 일이다. 1980년대가 어떤 시대였는가에 대한, 그러니까 1980년대 문학의 전통과 유산이 무엇이었는지에 대한 우리의 대답은 30년이 훌쩍 지난 지금에 있어서도 여전히 유보적이기 때문이다.

이렇게 본다면 고 홍정선 선생의 비평을 검토하는 일은 1950년대에 태어나 1980년대에 문학적 활동을 시작한 세대 스스로가 1980년대를 지나왔던 한 가지 사례를 살펴보는 일이 될 수 있을 것이다. 1953년생으로 지난해 8월 타계한 홍정선은 흔히 '문학과지성'의 2세대 평론가로 불린다. 『문학과지성』의 후신인 『문학과사회』가 1988년에 창간될 때 그가 편집 동인이었다는 점, 그리고 후에 문학과지성사 대표이사를 역임하기도 했다는 점에서 '문지'와 홍정선의 관계는 뗄 수 없는 것이겠지만, 그렇다고 홍정선의 비평을 '문지'의 지향과 완전히 동일한 것으로 바라볼 수는 없을 것이다. 한 회고에 의하면 1988년 진보적 문학계간지들이 일제히 재창간될 때 그는 『문학과사회』가 아닌 『실천문학』 편집위원으로 합류할 것을 고민했다고 한다.[1] 실제로 『문학과사회』의 인적 구성의 기반이 된 무크지 『우리 세대의 문학』 동인으로 그가 합류했던 것은 마지막 호가 된 제6집(1987)부터[2]였는데, 이때 홍정선과 다른 동인들의 관점 내지 성향의 차이는 "문학적 성향으로 보자면 홍정선과 성민엽이 각각 한국 프로 문학과 중국 프로 문학에 대한 공부를 배경으로 마르크스주의 맥락에 개방적이면서 임우기와 더불어 비교적 사회적 실천을 중시"[3]했다는 성민엽의 회고에서 알 수 있듯이 『문학과사회』 편집 동인 내부에서도 어느 정도 의식되고 있었던 것으로 보인다.

조심스럽게 이야기해야 할 문제겠지만, 이러한 저간의 사정을 본다면 홍정선은 '문학과지성' 그룹의 상대적 좌파로서, 그가 『문학과사회』에 합류한 것은 『문학과지성』이 약간의 갈등 끝에 『문학과사회』로 제호를 바꾸었던 사정, 즉 『우리 세대의 문학』부터 꾸준히 이루어졌던 '문학과지성' 그룹의 이념적·외연적 확장[4]과 관련된 일이었다고 할 수 있다. 1980년대의 비평가로서 그 누구도 민중·노동 문학과 현장적 문화운동을 도외시하고서는 글쓰기를 시작할 수 없었던 사정은 이를테면 정과리와 성민엽의 초기 평론들에서도 잘 드러나지만, 홍정선은 문지 그룹 내부에서 민중·노동문학 중심의 1980년대 문학운동에 대

1 김동식, 「선생, 비평가 그리고 길 위의 인문학자」, 『현대시』, 2018.12, 138쪽.
2 『우리세대의 문학』에 처음 실린 홍정선의 글은 제4집(1985)에 수록된 「언어 의식과 서술 방법」이다.
3 성민엽, 「『문학과사회』의 창간과 후속 세대의 등장」, 권오룡·성민엽·정과리·홍정선 엮음, 『문학과지성사 30년』, 문학과지성사, 2005, 77쪽.
4 이인성, 「『우리 세대의 문학』과 80년대의 새로운 모색」, 권오룡·성민엽·정과리·홍정선 엮음, 앞의 책, 70~72쪽.

한 비판적 관심을 가장 마지막까지 유지한 비평가에 해당한다.

어떻게 본다면 홍정선이라는 비평가의 등장은 그 자체가 여러 가지 점에서 다분히 1980년대적인 현상이기도 하다. 우선 그가 스스로 말하듯이 그가 "우리 문단이 오랫동안 관행으로 고집해온 공식 데뷔 절차"로서의 '등단 제도'를 '무시'[5]하고, 풀빛에서 1983년부터 발간한 무크지 『문학의 시대』 동인으로 참여하며 평론을 시작했다는 점이 그렇다. 여기에는 탈권위적인 동인 무크지의 시대로서의 1980년대라는 맥락이 분명하게 놓여 있기 때문이다. 이러한 점에서 『문학의 시대』를 통해 발표한 홍정선의 첫 번째 평론 「70년대 비평의 정신과 80년대 비평의 전개 양상」이 선배 세대, 즉 1970년대의 비평의 성과와 한계를 점검하고, 자신들의 세대, 즉 80년대 비평의 가능성을 논하는, 비교적 분명한 세대 의식에 기반하여 쓰인 글이라는 점은 흥미롭다.

이 글은 1970년대 비평을 기본적으로 문학의 사회 참여를 강조하는 '창작과비평'의 실천적 정신과 문학의 자유로움을 강조하는 '문학과지성'의 부정적 정신 사이의 대립으로 설정하는데, 이 글에서 특징적인 부분은 이러한 대립을 1970년대 비평의 '분화'라는 관점에서 파악하고 있다는 점이다. 이 글에 의하면 1970년대 비평이란 곧 한국문학의 독자성과 문학의 자유로움을 동시에 옹호하는 '4·19 세대'의 정신에 입각한 것으로, 이 점에서 '창비'와 '문지'의 정신은 1970년대 초반까지 그렇게 떨어져 있는 것이 아니었다. 하지만 1970년대 후반으로 넘어가며 양자의 간극은 점차 넓어지며, 이 과정에서 1970년대 비평의 "아카데미시즘화와 에꼴화"(18쪽)가 심화되는데, 이 근저에는

5 홍정선, 「문학 제도와 문화」, 『문학과사회』 제1권 제1호, 1988.1, 33쪽.

"우리에게 선택의 자유를 부여하지 않은 채 '이다'와 '아니다'를 강요한" "유신 체제가 들어서면서부터 시작된 사고의 이분법화"(28쪽)라는 문제가 놓여 있다.

> 『창비』와 『문지』는 70년대 초까지는 앞의 인용문에서 보았듯이 그렇게 먼 거리에 떨어져 있는 것도 아니었으며 상호 배타적인 관계도 아니었다. 그렇다고 해서 서로의 문학관이 일치하는 것도 아니었다. 이와 같은 입장으로부터 현실 개혁 의지를 문학을 통해 실천하고자하는 『창비』 쪽의 비평과 문학의 끊임없는 자유로움으로 현실을 직시하고자 하는 『문지』의 비평은 유신 체제 속에서 상호간에 말못할 의혹을 조금씩 키워가기 시작했다. 그 의혹은 구체적으로 말해 『창비』 쪽에서 보면 유신 체제와 같은 열악한 현실적 조건 속에서 정신의 자유스러움을 주장한다는 것은 일종의 사치이거나 순응주의라는 생각이었을 것이며, 『문지』 쪽에서 본다면 현실의 경직화와 폭력 앞에서 문학의 경직화와 언어의 폭력으로 맞선다는 것은 모순을 피하기 위해 모순을 선택하는 것으로 생각되었을 것이다.[6]

이 글은 현상적 차원에서 본다면 이러한 1970년대 비평의 분화를 '양식화의 아름다움'을 이야기하는 김병익과 '민중적 실천'을 강조하는 염무웅의 차이(21~24쪽)와 같은 것으로 판단하지만, '창비'와 '문지'의 이러한 대립 자체가 유신 체제의 사고방식과 대응하는 것이라는 점에서, 이러한 대립을 해소하는 것은 그 자체로서 현실과 문학의 문제를 동시에 다루는 방식으로 1980년대의 세대에게 주어진 책무로

---

6 홍정선, 「70년대 비평의 정신과 80년대 비평의 전개 양상」, 『문학의 시대』 1, 풀빛, 1983, 30쪽.

사고된다. 하지만 80년 봄 아주 잠깐 나타났던 해방의 분위기 이후 5월의 비극을 거쳐 비평적 사유를 틀지었던 정치적 억압이 여전히 공고하다는 점에서, 이 글은 1980년대 비평이 1970년대적인 대립을 반복할 가능성을 분명히 우려하고 있기도 하다. 1980년대 초반 무크지 운동에서 이를테면 『실천문학』과 『우리 세대의 문학』이 각각 "정신적·인적 측면에서" "『창비』와 『문지』에 빚지고 있다는 것"을 지적하며, "70년대 비평의 연장선 속에서 80년대 비평은 명맥을 유지하는 형편이 될 가능성"(33쪽)을 우려하는 것은 이러한 점에서 논리적이다.

때문에 중요한 것은 '그럼에도 불구하고' 이러한 대립을 해소할 수 있는 1980년대 비평의 자원을 1980년대의 문학에서 찾아가는 것이 된다. 「70년대 비평의 정신과 80년대 비평의 전개 양상」에서는 이와 관련 1970년대 후반부터 생산되기 시작한 노동자 수기류의 충격과 성과를 바탕으로 한 새로운 소설론의 탐구, 1980년대 특유의 현장적 문화운동론의 문제들이 조심스럽게 언급되는 데 그치지만, 바로 이러한 1980년대적 현상과 쟁점들로부터 한국문학 비평의 새로운 지양 가능성을 탐색하는 것이 이후 전개된 홍정선 비평의 가장 중요한 부분이라고 할 수 있다. 이 점에서도 홍정선의 비평은 확실히 1980년대라는 시대와 매우 긴밀하게 결부되어 있다.

홍정선 스스로도 사후적으로 자신이 '민족·민중문학'의 "비판적 동반자"[7]였다고 회고하지만 실제로 홍정선의 비평의 중심은 1980년대 비평의 자원으로서 1980년대 현장적 문화운동과 결합된 민중·노

---

7 홍정선, 「프로메테우스의 세월을 기억하며」, 『프로메테우스의 세월』, 역락, 2008, 서문.

동문학론의 현상과 쟁점을 비판적으로 검토하는 일이었다고 할 수 있다. 홍정선은 명성에 비해 생각보다 글을 많이 남긴 비평가는 아니다. 그의 비평집은 『역사적 삶과 비평』(1986), 『프로메테우스의 세월』(2008), 『인문학으로서의 문학』(2008)으로 총 세 권인데, 첫 번째 비평집과 2, 3번째 비평집 사이의 간격이 우선 눈에 띈다. 게다가 『프로메테우스의 문학』이 대체로 86~93년 사이의 글을, 『인문학으로서의 문학』이 대체로 90년대의 글을 정리한 책이라는 점도 짚어야겠다. 이때 『역사적 삶과 비평』의 경우 가장 중요한 부분이라고 할 수 있는 1부가, 『프로메테우스의 문학』의 경우 책 전체가 '민족·민중문학'에 대한 논의에 해당한다. 홍정선 비평의 주조가 1990년대 초중반까지 지속해 나갔던, 1980년대적 '민족·민중문학론'에 대한 검토였다는 점을 여기서 쉽게 알 수 있다.

실제로 홍정선은 이후 여러 글들을 통해 1980년대 민중문학론의 전개과정에서 나타난 다양한 쟁점들을 세부적으로 세밀하게 검토해 나갔다. 이를테면 노동문학의 개념과 노동문학의 창작주체에 관한 논쟁을 염두에 둔 「노동 문학의 정립을 위하여」(1985), 1980년대 전반기 무크지 운동의 흐름과 의미를 개괄한 「80년대 문학과 무크지 문화운동」(1984), 문학과 정치·문학과 사회과학적 인식·문학운동과 조직이라는 세 가지 키워드를 중심으로 1980년대 민중문학 운동의 성과를 점검한 「현단계 민중문학의 반성」(1987), 1988년 주요 계간지의 복간 이후 전개된 민중문학 논쟁의 구도를 살피는 「계간지 시대의 부활과 민중문학 논쟁」(1988) 등이 대표적이다.

이때 1980년대 민중문학론의 쟁점을 다루는 홍정선의 태도는 나쁘게 말하면 절충적이며, 좋게 말한다면 넓은 역사적 시야로부터 확보되는 균형 감각을 바탕으로 종합적·반성적으로 그 성과와 한계를 논하는 방식을 취한다. 이를테면 그보다 조금 어린 김명인 같은 평론가가 이후 70년대 비평을 '지식인 문학의 한계'를 드러낸 것으로 사정없이 공격(「지식인 문학의 위기와 새로운 민족문학의 구상」(1987))했던 것과 같은 급진적 비판을 감행하는 대신, 분명한 세대 의식에 기초하고 있으면서도 70년대 비평의 '분열'을 지적하고, 이것을 '종합'하는 데서 80년대 비평의 책무를 찾았던 「70년대 비평의 정신과 80년대 비평의 전개 양상」의 태도는 이후의 홍정선 비평에서도 계속 드러난다. 그는 1980년대 민중문학론의 첨예한 쟁점들을 다루어나가면서도, 하나의 입장에 서서 다른 입장을 공격하는 태도를 취하기보다는 그 성과를 충분히 인정하면서도, 이를테면 한 좌담에서 "민중문학의 논리들이 좀더 부드럽고 유연하게 전개되었더라면, 같은 이야기를 해도 그처럼 작가들을 위축시키거나 두렵게 만들지는 않았을텐데 하는 아쉬움"[8]을 토로하는 것에서 알 수 있듯이, 민중문학 담론이 극단화되어 한국문학의 활용 가능한 자원과 전통들을 오히려 위축시키는 것을 경계했던 것으로 보인다. 이 점에서 1980년대 민중문학론에 대한 그의 접근 방식은 그 자신의 말처럼 대체로 "확고한 지지를 표명하면서도" "반성적 글들을"[9] 써내는 방식이었는데, 이 점에서 홍정선을 일종의 '비판적 민중문학론자'로 생각할 수도 있을 것이다.

하지만 민중문학론에 대한 홍정선의 '비판적' 검토의 근저에 '문학'

---

8 최장집, 김대환, 홍정선, 「좌담 오늘의 정치현실과 문학」, 『실천문학』 9호, 1988.3, 290쪽.

9 홍정선, 「현단계 민중문학의 반성」, 『실천문학』 8호, 1987.1, 124쪽.

의 자율성과 고유성, 보편성과 같은 문학의 고유한 존재 방식, 그러니까 80년대에 가장 격렬한 의심의 대상이 되었던 문제에 대한 고민이 놓여있었다는 점은 분명히 지적되어야 하는 사실이다. 이를테면 1980년대의 주요한 쟁점 중 하나였던 노동문학의 창작 주체 문제에 대해, 홍정선은 계급과 학력에 따른 '문학적 체험'이 위계화되는 현상에 대한 문제의식을 바탕으로 노동자 작가의 필요성을 인정하면서도, 현재의 단계에서 "지식인 작가의 전문성·세련성·논리성이 노동자 작가의 객관성·소박성·현장성과 상보적 관계"[10]을 맺어야 한다는 것을 근거로 백낙청 등과 함께 노동문학에 있어 지식인 작가의 역할을 옹호하는 입장에 선다.

하지만 이러한 표면적인 근거와는 별개로 그의 이러한 입장의 근저에는, 노동문학의 주체로 노동자만을 강조하는 태도에는 노동자를 진보적인 변혁을 위한 계급적 주체로 설정하는 사회과학적인 인식이 깃든 것은 아닌지에 대한 의심이 깔려 있다. 그가 보기에 "사회과학적 인식에 기초한" 주장인 창작주체로서 노동자 및 기층민중의 역할을 강조하는 "전문성과 소인성의 문제는" "계층문제의 사회과학적 구명에 따른 지식계급의 일반적 속성으로 판단하기에는 좀더 미묘한 문제가" 있으며, "문학에 있어서 소수의 몫은 타기의 대상이 아니라 민중문학의 발전을 위한 의미있는 자극으로 간주되어야 한다."[11] 홍정선은 이러한 사회과학적 인식에 의한 문학의 도식화 문제에 대해 자주 지

10 홍정선, 「노동문학의 정립을 위하여」, 『역사적 삶과 비평』, 문학과지성사, 1986, 45쪽.

11 홍정선, 「현단계 민중문학의 반성」, 앞의 책, 128~130쪽.

적했는데, '지식인 문학'에 대한 김명인의 급진적 비판을 염두에 두고 쓴 다른 글에 의한다면, 창작 주체 문제에서 이러한 도식적 계급분석에 근거하여 "생산주체의 계급성과 예술성의 관계를 지나치게 도식적으로 파악"하려는 태도는 엥겔스의 발자끄론 수준에서 이미 경고되었던 "20년대 러시아적 오류"를 반복하는 것에 불과하다.[12] 그가 보기에 문학의 "예컨대 전형적인 상황과 인물의 형상화에서 획득"되는 문학의 "구체성은 경제학적인 현실의 구체성과는 분명히 다른 틀을 가지고"[13] 있으며, 때문에 "민중문학에 있어서 사회과학적 인식의 도입은" "작품을 정확하게 읽도록 만드는 데에 다소간의 무리가"[14] 있었다고 그는 지적한다.

사회과학의 도식적인 인식이 문학에 그대로 적용될 수 없다는 인식은 당연히 문학은 문학 그 나름의 독자성과 자율성을 가진다는 인식을 전제로 한다. 홍정선은 적지 않은 글에서 문학의 고유성을 강조하며, 정치 현실·이념·조직 등 문학 바깥의 것이 문학에 대해 부당한 영향력을 행사할 때 형성될 수 있는 파괴적 결과를 우려한다. 홍정선에게 있어서 문학은 "본질적으로 정치적 속성을 가지고" 있지만, 그럼에도 "정치와는 다른 방법으로 정치적이다."[15] 때문에 그는 "문학이라는 개인적 창조 행위가 조직에 매몰됨으로써 얼마만큼 문학의 황폐화"[16]가 이루어질 수 있는지를 KAPF 문학의 사례에서 찾고 있기도

---

12 홍정선, 「노동문학과 생산주체」, 『프로메테우스의 세월』, 역락, 2008, 57쪽.
13 최장집, 김대환, 홍정선, 앞의 글, 266쪽.
14 홍정선, 위의 책, 131쪽.
15 위의 글, 125~126쪽.
16 홍정선, 「KAPF와 사회주의운동단체와의 관계」, 『세계의 문학』 1986년 봄호, 49쪽.

하다. 이러한 인식의 연장선상에서 홍정선이 우려하는 것은 1980년대의 민중문학론이 사회과학적 인식·정치적 이념 등에 근거한 도식적 인식에 함몰되어 특정한 소재와 관점, 태도 등을 강요하는 또 하나의 '비평적 도그마'로 전락하는 것이었다.

홍정선에게 있어 이러한 급진적 민중문학론의 '도그마화'는 앞서 언급했듯이 한국문학의 자원과 전통을 지나치게 위축시키는 것이었지만, 동시에 더욱 중요한 점은 그가 이러한 현상을 80년대에도 여전히 이어지고 있는 억압적인 정치현실과 사회문화 그 자체의 거울과 같은 것으로 바라보고 있다는 점이다. 홍정선에게 그것은 최소한 "이데올로기와 계급문제에 대한 콤플렉스를 의도적으로 조장해 가며 전가의 보도처럼 휘둘러대는 지배계층의 함정에 자발적으로 말려들어가는"[17] 것이거나, 혹은 "선과 악이 너무나 분명한 시대"에서 "스스로에 대한 반성 이전에 자신의 정당성이 저절로 확보"함으로써 "유연하면서도 설득력 있는 논리의 형성을 방해"하는 것[18]이거나, 아니면 극단적으로 "지배 체제의 단선적 성격에-현실에 대한 즉각적 대응을 되풀이하는 속에서-문학도 어느 정도 감염되어버린"[19] 현상을 의미한다. 1980년대의 민중문학론이 자기반성의 계기를 잃어버리고 자신이 필사적으로 극복하려고 했던 반공군사정권의 억압적 체제의 모습을 역설적으로 닮아가고 있는 것인지도 모른다는 홍정선의 지적은 당대의 민중문학론에서 같은 시기에 이루어진 자기반성의 최대치에 해

17 홍정선, 위의 책, 129~130쪽.

18 홍정선, 앞의 책, 1986, 49쪽.

19 최장집, 김대환, 홍정선, 앞의 글, 266쪽.

당할 것이다.

문학은 사회과학적 도식성으로 환원되지 않는 고유성을 가지고 있다는 점, 1980년대의 급진적 민중문학론이 자기반성과 성찰의 계기를 잃고 유연하지 못한 단선적 사고에 빠져버린 측면이 없지 않다는 점은 아마도 틀림없이 옳은 말일 것이다. 하지만 바로 홍정선의 비판의 유효성에도 불구하고, 1980년대 후반의 시점부터 역설적으로 80년대의 신세대 비평가로서의 홍정선은 자신의 시대로서의 80년대를 상실해가기 시작한다. 평론활동을 시작한지 겨우 3년만인 1985년에 32세의 그가 '젊은 세대들'[20]의 급진성을 문제 삼으며, 현준만, 김명인, 백진기 등 그보다 5~8년 정도 어린 비평가들을 그의 세대와 분리하고 있다는 것이 징후적이라면, 그의 이러한 비판적 검토가 1980년대 비평을 위한 새로운 의제의 설정으로 효과적으로 이어지지 못하고 있다는 보다 실질적인 문제일 것이다.

민중문학론에 대한 홍정선의 비판적 검토는 그의 의도 혹은 그가 보여준 사회적 실천들과는 관계 없이 1980년대 문학의 논쟁적 구도 속에서 그의 위치를 계속해서 80년대 이전의 문제 의식으로 후퇴시킨다. 이를테면 위에서 언급했던 민중·노동문학의 창작주체 문제에 있어 그는 지식인 문학의 여전한 중요성을 옹호하는 백낙청의 입장에 서 있다. 또한 그의 중요한 비평가론인 염무웅론에서 염무웅이 '문학적 형식'에 대한 충분한 고려가 없이 작가의 사회적 실천을 곧바로 문학 그 자체와 등치시켰다는 점을 비판하면서, 문학이 "사회화된 형식을 통과하며 구성되어야 하고, 작가의 창의적인 노력에 의하여 객관

---

20 홍정선, 앞의 책, 1986, 49쪽.

적인 형식을 획득"해야 한다는 점, 또한 "작가에게는 삶이 전부가 아니며 문학적 전통, 예컨대 작품을 만드는 데 필요한 규칙, 기술, 형식, 관습 또한 중요한 것"[21]임을 강조할 때, 그는 역시 전혀 잘못되지 않은 이야기를 하고 있는 것이지만 그럼에도 이러한 문제 설정은 해묵은 내용-형식의 문제로 논의의 구도를 회귀시키는 감도 없지 않다.

다시 말해 문학의 고유성과 자율성에 대한 믿음을 민중문학론의 비판적 검토의 최종적인 근거로 삼아 전개되는 홍정선의 비평은 그 원론적인 성격 때문에, 문학의 개념과 경계를 급진적으로 재검토했던 1980년대 문학 담론의 급진적 실천을 적극적으로 의미화하지 못한 측면이 있다. 이 점에서, 해방 이후 순수·참여 논쟁의 전개 양상을 살피는 한 논문에서 그가 "문학 원론적인 측면에서 이 논쟁이 진지하게 전개되었더라면 하는 아쉬움"[22]을 토로하고 있는 것은 시사적이다. 홍정선의 비평이 민주주의를 위한 사회적 실천으로서의 문학과 민주적이고 자유로운 문학의 대립을 인식하고, 문학의 본질에 대한 인식을 중심으로 양자를 종합할 수 있는 가능성을 모색하는 쪽에 가까웠다면, 어디까지나 사후적 관점이지만 1980년대 문학 담론의 의미를 문학의 민주주의에 대한 문제 제기로 의미화할 수 있는 가능성을 찾지 못했다는 점은 아쉽다. 이는 민중문학론이라는 이름으로 제기된 1980년대 문학 담론을 문학 본질론이 적용될 수 있는 텍스트의 문학적 성과만이 아니라, 근대문학의 전통적인 제도와 매체에 대한 반성

---

21 홍정선, 「삶의 무게와 비평의 논리」, 『문학의 시대』 3, 풀빛, 1986, 139쪽.

22 홍정선, 「해방 후 순수·참여론의 전개 양상」, 『역사적 삶과 비평』, 문학과지성사, 1986, 130쪽.

이라는 문제를 바탕으로 문학 제도와 매체의 문제를 아울러 고려하며 재현의 권리와 윤리·문학 읽기 및 쓰기의 사회적 분배라는 문제라는 측면에서 의미화할 수 있는 가능성을 염두에 둔 것이다. 홍정선 또한 한 평론에서 문학제도의 문제를 이야기하고 있지만, 여기서 "문학이 사회적 불평등과 인간의 고통에 무관심해서는 안 된다"[23]는 문제 의식은 비판적인 검토의 대상으로 고려되는 반면, '문학의 불평등에 무관심해서는 안 된다'는 문제 의식은 누락되어 있다는 점은 이 시기 홍정선 비평이 1980년대적인 것에서 점차 거리를 두게 된 중요한 요인으로 볼 수 있을 것이다.

홍정선 비평의 이러한 의의와 한계를 이해함에 있어 연구자로서의 홍정선을 이해하는 것은 중요하다. 81년 서울대학교에서 석사학위를 취득한 뒤 곧 교수로 임용되어 2018년까지 한신대, 인하대에서 국어국문학과 교수를 역임했던 홍정선은 그 경력상 아카데미시즘의 전통에 놓여 있는 비평가이다. 실제로 그의 비평의 중요한 특징 중 하나는 역사적 맥락과 계보를 중시한다는 점에 있고, 또한 그의 비평의 중요한 축 중 하나는 1980년대의 진보적 문학 담론을 역사적인 계보 속에 검토하는 것이다. 「한국 리얼리즘론의 전개 양상」(1984), 「해방 후 순수·참여론의 전개 양상」(1985), 「카프와 사회주의 운동 단체와의 관계」(1986), 「민족문학 개념에 대한 역사적 검토」(1988), 「민중문학의 흐름과 발전적 전개」(1989), 「한국의 진보적 문학사상」(1993) 등 적지 않은 글들이 여기에 해당하며, 그 외 「한국 대중소설의 흐름」(1984)과 같은 글도 비슷한 방식으로 쓰인 글이다. 각각의 글의 분량은 길지

---

23 홍정선, 「문학 제도와 문화」, 앞의 글, 47쪽.

않지만, 대부분의 글이 식민지 시기의 문학사를 포괄하는 논의라는 점에서 나름대로 본격적이라고 할 만하다. 동료들로부터 '충실한 실증주의자'[24]로 불렸던 홍정선 비평의 또 다른 중요한 성과는 이처럼 1980년대의 문학 담론을 구성하는 다양한 부면을 비평사적으로 계보화함으로써 현재적인 문학 담론을 이해하기 위한 맥락과 시야의 폭을 넓히고 있다는 점인데, 당연히 이러한 작업은 홍정선이 전문적인 한국문학 연구자로서 특히 비평사를 전공하고 있었다는 점 때문에 가능했던 것이기도 하다.

이때 신경향파 문학연구로 석사학위(1981)를 받고, 카프 중심의 비평사 자료집인 『한국근대비평사의 쟁점』(임헌영과 공편, 1986) 및 6권 분량의 『김팔봉문학전집』(1988~1989)을 엮어내고, 유일한 연구서로 『카프와 북한문학』(2008)을 펴낸 홍정선의 전공이 프로문학 연구였다는 점은 두말할 나위가 없다. 문학의 사회적 실천 가능성에 대한 관심, 이념적 금제에 대한 저항과 반발, 그리고 무엇보다 1988년 이후의 월북 작가 해금이라는 문화사적 사건 등의 다양한 배경을 가지고 1980년대 중반 이후 프로문학 연구붐이 일어났던 것은 잘 알려진 사실이지만, 그 중에서도 홍정선은 가장 이른 시기에 등장한 본격적인 프로문학 전공자에 해당한다. 홍정선의 석사학위 논문인 「신경향파 비평에 나타난 「생활문학」의 변천과정」은 프로문학에 대한 비교적 초기의 연구임에도 불구하고, 카프 조직의 인적 구성, 카프와 사회주의

---

24 「다시 『우리 시대의 문학』을 엮으며」, 『우리 시대의 문학』 6집, 문학과지성사, 1987, 16쪽. 거의 유사한 평가가 2005년의 이인성의 회고에서도 발견된다. (이인성, 앞의 글, 68쪽)

정치단체와의 관계, 박영희와 김기진에게 미친 일본 문단의 영향 등을 꽤 세밀하게 정리하고 있다는 점에서 연구논문으로 일정한 수준을 확보하고 있다. 이 점에서 홍정선의 프로문학 연구는 1980년대 중반에서 1990년대 중반까지 계속 이어지는 프로문학 연구붐을 예고 혹은 선도했던 작업이라고 할 수 있는 바, 이 또한 홍정선의 등장을 1980년대적인 현상이라고 말할 수 있는 또 다른 근거가 된다.

흥미로운 점은 홍정선의 프로문학 연구가 논리와 구조 양쪽 모두에서 1980년대 문학에 대한 그의 비평과 비슷한 모양새[同型性]를 가지고 있다는 점이다. 당장 그는 1989년의 시점에서 "1927년 이후의 프로문학운동은 노동자와 함께 하려는 여러 가지 실천적 이론의 제시에도 불구하고 이론의 독주로 말미암아 첨예한 의식을 지닌 지식인에 의한 지식인 운동의 하나로 전락한 측면이 없지" 않다는 점에서 "80년대 후반의 민중문학과는 공통점이 많다"고[25] 쓰고 있다. 여기서 '1927년 이후'를 문제삼는 것은 물론 소위 'KAPF의 제1차 방향전환'의 계기로서의 내용-형식 논쟁을 문제삼는 것인데, 문학사 연구자로서의 홍정선의 관심이 집중되어 있는 부분이 바로 이 내용-형식 논쟁이다. 그에 의하면 내용-형식 논쟁은 신경향파 문학의 '생활문학'과 KAPF 문학의 '계급문학'을 가르는 분기점으로서, "신경향파 문학이론에 있어서 내용과 형식 논쟁이 차지하는 비중은 대단히 크다." 왜냐하면 이 논쟁은 "맑스주의 원론과 직결된 중요한 문제점을 노출"시켰으며, "카프(KAPF)라는 조직체의 힘과 신경향파 문학이 지향하는 이데올로

25 홍정선, 「민중문학의 흐름과 발전적 전개」, 『프로메테우스의 세월』, 역락, 2008, 56쪽.

기의 속성을" 드러냈기 때문이다.[26]

다시 말해 홍정선이 1927년의 내용-형식 논쟁에서 발견하고 있는 것은 문학의 '원론'과 관계된 몇 가지 논점들이다. 새삼 말할 필요도 없지만 내용-형식 논쟁이란 김기진이 한 월평에서 박영희의 소설에 대해 사상성의 표백에만 강조점을 두지 말고 소설적 구성을 갖추어야 한다고 지적한 데 대한 박영희의 비판으로 시작되어 확대되다가, 결국 김기진이 카프의 조직적 지지를 받은 박영희 등의 맹원들에게 사과하는 형태로 마무리된 논쟁으로서, 카프 비평에 있어 사상성 우위의 원칙을 천명한 사건으로 알려져 있다. 이때 홍정선이 이 논쟁에서 발견하고 있는 것은 한편으로는 사회적 실천성을 가진 문학의 내용-형식 관계가 어떻게 정립되어야 하는가의 문제겠지만, 사실 보다 중요한 것은 이러한 원론적 문제 제기가 정치적 이념과 조직에 의해 어떠한 방식으로 왜곡되고 해소되는지에 대한 문제, 즉 문학과 현실정치의 관계라는 문제이기다. 이때 두 가지 문제는 모두 문학 원론과 관계된다.

그러니까 내용-형식 논쟁에 대한 홍정선의 기본적인 관점은 정치적 이념과 조직의 개입을 통해 일방적으로 해소된 "내용과 형식 논쟁이 올바르게 합리적으로 해결된 것이 아니란 점"[27]을 전제로, 이러한 논쟁 전후로 이루어진 프로문학의 변모를 설명하는 것이다. 앞서도 한 번 인용했지만 홍정선이 보기에 서울청년회, 북풍회 등의 정치 조

---

26 홍정선, 「해설: 내용과 형식 논쟁」, 임헌영, 홍정선 편, 『한국근대비평사의 쟁점』, 동성, 1986, 71쪽.

27 홍정선, 「신경향파 비평에 나타난 「생활문학」의 변천과정」, 서울대학교 석사학위 논문, 1981, 69쪽.

직과 긴밀하게 연관되어 있었던(「카프와 사회주의 운동 단체와의 관계」) 카프의 문학적 성과는 그야말로 '황폐화'되어 있었다. 이때 그가 특히 내용-형식 논쟁을 폭력적으로 경과한 1927년 이후 프로문학의 이론이 "경직화 되고 이데올로기에 고착화"되었으며, "상대의 경직성에 대해서 동일하게 경직화된 방식으로 대응"함으로써 "자기이론의 완벽성에만 매달리는" "추상적인 것"이 되어버렸다고 비판[28]하며, 때문에 "1927년 이후 프로문학 비평"이 "사회과학 논문과 거의 구별할 수 없는 단계로" 나아간다고 지적[29]할 때, 프로문학에 대한 그의 인식의 구조와 비판의 논리는 앞서 살펴보았던 1980년대의 문학 담론에 대한 그것과 거의 유사한 면모를 보인다.

홍정선에게 있어 식민지 프로문학은 1980년대의 급진적 문학담론에 대한 일종의 거울로서, 그에 의하면 특히 80년대 후반의 민중문학론이 제기한 주요한 주제들은 "프로문학에서 이미 어떤 정도로건 거론되었던 테마에 속하는 것이다."[30] 하지만 1927년의 내용-형식 논쟁이 제대로 해결되지 못하고 정치적으로 해소되었다는 점에서 단적으로 보이듯이, 홍정선은 이를 발전적인 계승이 아니라 동일한 문제점을 노출하는 일종의 반복으로 바라보며, 프로문학과 1980년대의 민중문학론이 "문학사적 연속성을 갖지 못하고 몇 십 년의 세월을 격해서 백지상태에서 새롭게 되풀이 될 수밖에 없었던"[31] 사정을 문제삼고 있다. 때문에 그가 1986년에 사회적 실천과 탁월한 문학을 동일시하

---

28 위의 글, 93쪽.

29 홍정선, 「민중문학의 흐름과 발전적 전개」, 앞의 책, 53쪽.

30 위의 글, 56쪽.

31 같은 글.

는 염무웅의 비평에 대해 '형식'의 문제를 재고할 것을 요청한 것(「삶의 무게와 비평의 논리」)은 어떻게 본다면 1927년의 '내용-형식 논쟁'에서 강압적으로 그 의견을 철회해야 했던 김기진의 입장을 다시 한 번 개진하는 것으로, 그의 입장에서 본다면 그 중요성에도 불구하고 제대로 해결되지 못해 실천적 문학운동의 발전적 전개의 질곡이 되고 있는 쟁점을 다시금 제기하는 것이지만, 바로 그렇기 때문에 이러한 문제 제기는 60년 전의 논쟁을 매우 늦은 시점에서 다시 한 번 반복하는 것이기도 하다.

이처럼 홍정선에게 있어 프로문학 연구는 '비판적 민중문학론'으로 묶일 수 있는 1980년대 홍정선 비평을 가능하게 했던 동력이나 자원이었지만, 역설적으로 홍정선은 이러한 프로문학의 전통으로부터 "수많은 오류에도 불구하고 저항과 투쟁의 정신을 내포"[32]하고 있다는 점 외에 현재까지 이어질 수 있는 문학적 전통으로서 별다른 의미를 발견하지 못한다. 때문에 프로문학에 대한 홍정선의 평가는 점점 프로문학 운동의 '지사적 정신'을 강조하는 방향으로 흐르는데, 이는 1981년의 석사논문에서도 발견되는 입장이지만 1993년에 이르면 "유교적 전통을 잇는 애국적·지사적 자세"[33]가 프로문학 운동의 출발점이라고 분명히 말하는 단계로 나아간다. 이러한 사정은 홍정선이 1980년대 민중문학론을 비판적·반성적으로 성찰하기 위한 중요한 몇 가지 인식을 제출했음에도 불구하고, 끝내 원론적인 차원의 문제 제기에 그쳐버리며 1980년대 급진적인 문학담론을 효과적으로 의미화시키지

32 홍정선, 앞의 글, 1981, 102쪽.

33 홍정선, 「한국의 진보적 문학사상」, 『문학과사회』, 1993.11, 1638쪽.

못했던 것에 그대로 대응한다.

말하자면 1980년대 비평가로서의 홍정선의 성과와 한계는 아카데미시즘의 비평가로서 홍정선이 가지고 있었던 가장 중요한 자원이었던 그의 식민지 프로문학 연구의 성과와 한계와 밀접하게 관련되어 있었던 것인데, 특히 이 지점과 관련하여 김기진에 대한 홍정선의 특별한 관심을 마지막으로 언급할 필요가 있겠다. 김기진에 대한 홍정선의 관심은 매우 각별하다. 잘 알려져 있다시피 그는 『김팔봉문학전집』의 간행을 주도했으며, 김기진의 초기 생애에 대한 전기로서 1985년 김기진의 사망 직후 연재가 시작되어 1년이 조금 넘는 기간 연재되었던 「카프 이전의 팔봉 김기진」은 내가 알고 있는 한, 에세이와 학위논문을 제외한 그의 글 중 가장 긴 글이다. 홍정선은 학위논문을 준비하던 1980년에 방문 및 전화 통화 등의 방식으로 말년의 김기진과 대담을 진행하기도 했다. 「카프 이전의 팔봉 김기진」은 팔봉 및 그 유족과의 대담, 호적과 학적부 기록 등 방대하게 수집한 자료를 바탕으로 쓰인 글인데, 이 점에서 홍정선은 현재까지도 김기진에 대해서는 최고의 전문가라고 할 수 있을 것이다.

김기진에 대한 그의 평가는 마냥 긍정적이지만은 않다. 이를테면 1920년대 한국문학이 대체로 그러한 것이었지만, 그는 팔봉의 '서구적 문예사조에 대한 무비판적 추수'를 비판[34]하기도 하며, 식민지 말기 김기진의 친일 경력이 "팔봉의 생애에 있어서 가장 치욕적이며 어떤 언어에 의해서도 변호받거나 지워질 수 없는 부분"임을 강조[35]하기

---

34 홍정선, 「카프 이전의 팔봉 김기진」, 『카프와 북한문학』, 역락, 2008, 152쪽.
35 홍정선, 「우리의 가슴을 치는 마지막 목소리」, 『역사적 삶과 비평』, 문학과지성사,

도 한다. 그럼에도 불구하고 김기진에 대한 팔봉의 애정은 분명하게 드러나는 것이기도 하다. 이를테면 그는 첫 번째 평론집 『역사적 삶과 비평』의 마지막 꼭지에 팔봉 김기진에 대한 간단한 평가와 회고를 담고 있는 「우리의 가슴을 치는 마지막 목소리」를 수록하는데, 비평가에게 있어 첫 번째 평론집이 가지고 있는 중요성을 생각해 보았을 때, 책에 수록된 다른 글들과 상당히 이질적인 이 글이 책의 마지막 글로 수록되었다는 점은 상당히 이례적이다. 팔봉이 1920년대 전반기 신경향파 운동의 중심에 서 있었다는 점에서 신경향파 문학 연구로 시작된 홍정선의 프로문학 연구는 김기진을 경유하여, 김기진을 중심으로 이루어진 것이다.

뿐만 아니라 1980년대 민중문학론에 대한 비평을 진행하는 과정에서 홍정선은 1927년의 내용-형식 논쟁을 계기로 카프 조직의 주류에서 밀려나버린 김기진에게 자신을 투영하고 있는 듯한 모습까지도 보이고 있다. 그가 염무웅을 대상으로 내용-형식 논쟁을 다시 한 번 전개하며, 철저하게 김기진의 입장에 섰던 것, 김기진의 시대가 끝난 1927년 이후의 프로문학 운동의 상황을 1980년대 후반의 급진적 민중문학운동에 대입하며 이에 대해 비판적인 옹호자의 자세를 취하는 것도 그렇다. 앞서 홍정선이 '문학과지성'의 비평가로서 상대적 좌파의 위치였다는 이야기를 했지만, '민중문학론자'로서의 홍정선은 상대적 우파의 위치에 놓여 있는데, 1980년대 비평장에서 그가 놓인 이러한 위치 자체가 1927년 이후 급격히 좌경화된 프로문학 운동에서 상대적인 우파의 위치에 서 있었던 김기진의 모습을 연상시키는 것은

1986, 335쪽.

어쩔 수 없는 일이다.

하지만 홍정선이 김기진의 눈높이에서 프로문학 운동을 진행했다는 것은 프로문학에 대한 그의 연구와 그에 기초를 둔 1980년대 민중문학론에 대한 그의 비평적 작업이 일정한 한계를 가지게 되는 중요한 이유였을 것이다. 그의 프로문학 연구는 대체로 김기진의 시대에 대한 집중적인 검토에 멈추어져 있으며, 김기진이 카프의 비주류로 밀려난 1927년 이후의 상황에 대해서는 바로 김기진적인 문제의식을 카프의 바깥으로 추방해 버린 카프 문학의 논리에 대한 비판적 검토에 치중하고 있는데, 이는 이를테면 이후 카프의 급진화 과정에서, 그리고 카프 해소 이후의 상황에서 여러 가지 방식으로 고투했던 임화와 김남천과 같은 급진적 소장파들의 작업을 1980년대 문학의 의미화를 위한 창조적 자원으로 활용하지 못했다는 것을 의미한다.

실제로 홍정선은 1929년의 '대중화론'과 관련한 김기진과 임화의 논쟁을, "예술대중화론은 필연적으로 창작방법론에 연결"[36]된다는 점을 강조하며, 김기진이 제안한 잡다한 창작방법론에 대한 비판적 소개를 중심으로 정리하고 있다. 대중화론에 대한 이러한 이해의 방식에서 김기진의 정치적 후퇴를 비판한 임화와 김기진의 논쟁은 다시 한 번, '정치'와 '문학' 혹은 '내용'과 '형식' 사이의 대립으로 환원되는바, 여기에는 대중화론으로부터 징후적으로 읽어낼 수 있는, 이 시기 문학적 주체로서의 '대중'의 등장이라는 문제를 어떻게 이해할 수 있을지에 대한 사유들이 누락되어 있다. 하지만 바로 텍스트를 넘어서는 곳에 존재하는 이러한 문제에 대한 사유야말로 1980년대의 급진성

36 홍정선, 「해설: 대중화 논쟁」, 임헌영, 홍정선 편, 앞의 책, 123쪽.

을 의미화하는 한 가지 방식이었을지 모른다.

1980년대 홍정선 비평의 성과와 한계는 동전의 양면과 같은 것이다. 이른 시기에 출발한 프로문학 연구자로서 그리고 비판적 민중문학론자로서, 프로문학과 1980년대 문학 양쪽 모두에 대해 홍정선이 수행한 비판적·반성적 검토의 성과는 만만치 않은 것이지만, 그 성과는 곧바로 홍정선 비평의 한계와 이어지는 것이기도 하다. 그리고 이러한 성과와 한계 양쪽 모두에서 1990년대 중반에 이르면 홍정선은 자신의 시대로서의 1980년대를 상실해간다. 1993년 말의 시점에서 홍정선은 1980년대 민중문학론의 '쇠퇴'를 분명히 감지한다. 홍정선은 이러한 쇠퇴에 대해 "현단계에 대한 잘못된 판단에 기초함으로 말미암아, 그리고 하루가 다르게 급진적이 되어간 운동권의 논리를 지나치게 추종함으로 말미암아 쇠퇴의 길을 자초한 감이 없지 않다"[37]고 진단하고 있다.

물론 이러한 진단의 타당성은 따로 논의가 필요한 부분이겠지만, 적어도 홍정선 자신의 논리로 본다면 1990년대 중반 이후 민중문학론의 쇠퇴는 홍정선이 1980년대부터 1990년대 중반까지 내내 수행했던 1980년대 민중문학론에 대한 비판적 검토의 타당성을 입증하는 것이었고 할 수 있다. 그럼에도 문제가 되는 부분은 홍정선 비평의 타당성이 드러난 이 시점부터 역설적으로 홍정선 자신의 비평이 급속하게 위축되고 있다는 점이다. 1990년대 중반 이후 홍정선의 글쓰기는 중국 여행에 대한 에세이와 함께 상업적 문학에 대한 비판, 월북 작가와 북한 문학에 대한 학문적 접근, '문학과지성'의 비평가로서 그가 수행

37 홍정선, 「한국의 진보적 문학사상」, 앞의 책, 1643쪽.

해야 했던 작품 비평 및 해제 등으로 계속해서 이어지지만, 무엇보다도 절대적 편수가 줄었다는 점에서 그 어느 쪽도 충분한 양적 수준 및 비평사적인 문제의식을 가진 일관된 주제 의식에 도달하지 못하고 있다.

홍정선의 비평이 1990년대 중반부터 급속하게 위축되었다는 지적은 물론 매우 조심스럽게 해야 하는 말이겠지만, 사실은 홍정선 자신의 회고에 근거한 말이라는 변명을 덧붙이고 싶다. 2008년, 그는 마치 자신의 비평적·학문적 작업을 결산하는 듯이 1980년대의 오래된 글까지 그러모아 무려 세 권의 비평집과 연구서를 간행한다. 그 중 『인문학으로서의 문학』의 서문에서 홍정선은 "90년대 중반경부터 내가 쓴 글들을 보기 싫어"졌다고 이야기하면서, "글을 쓰는 일이 점점 줄어"들게 된 사정을 토로한다.[38] 동시에 그는 이 시점부터 "문학책보다 다시 역사책을 더 열심히 읽기 시작"했다고 이야기한다.[39] 문학의 고유성과 자율성에 대한 '문학과지성'의 평론가다운 홍정선의 믿음은 민중문학론에 대한 비판적 검토를 가능하게 했던 근본적인 전제였지만, 민중문학론이 그러한 비판을 견디지 못하고 마침내 청산되어 버렸을 때, 홍정선이 잃어버린 것은 어쩌면 '문학에 대한 믿음' 그 자체였을지도 모른다.

물론 1980년대를 잃어버린 것은 그 한명 뿐만은 아니다. 홍정선보다 조금 어린 세대를 포함하여 1950년대의 비평가 중 1980년대를 명실상부 자신의 시대로 삼았다고 단언할 수 있는 사람은 얼마 없을 것

38 홍정선, 「책머리에」, 『인문학으로서의 문학』, 문학과지성사, 2008, 5쪽.
39 위의 글, 6쪽.

이라고 생각한다. 이 글의 서두에서 언급했듯이 이는 1980년대의 문학이 새롭지 않아서가 아니라 너무 새롭고 다양했으며, 또 그 새로움이 지나치게 빨리 철회되었기 때문일 것이다. 1980년대의 유산이 무엇인지, 30년이 훌쩍 지난 지금도 누구도 분명하게 말하지 못하는 상황에서 홍정선이 보여주는 것은 문학에 대한 확고한 믿음을 가지고, 누구보다도 성실하게 자신의 시대의 문학을 종합해나가려고 했던, 아카데미에 기반을 두고 있는 한 명의 성실한 비평가가 바로 그렇기 때문에 자신의 시대를 잃어나가게 되는 역설적인 사례일 것이다.

홍정선에게 1980년대란 도대체 어떠한 것이었을까? 1980년대부터 쓴 민중문학론에 대한 비평들을 마지막으로 모아서 2008년에 간행한 『프로메테우스의 세월』에서 홍정선은 비평집의 제목 그대로 그 세월을 "우리나라를 인간답게 살 수 있는 근대국가로 만들기 위해 수난을 겪었"던 "프로메테우스의 세월"로 표현[40]하는데, 이는 홍정선과는 늘 의견이 달랐던 김명인 같은 평론가가 민중문학의 쇠퇴기에 이야기했던 「불을 찾아서」와 기묘한 대구를 이룬다. 그러니까 2008년의 시점에서 홍정선은 1980년대를 무엇인가를 묵묵히 견디어나갔던 세월로 추억하고 있는 셈인데, 그 시대의 필요성이 분명히 인정됨에도 그가 1980년대를 그저 견뎌냄의 세월로 기억할 수밖에 없게 되었다는 것은 분명 씁쓸한 일이다. 그럼에도 불구하고 홍정선은 권오룡, 이인성, 성민엽, 정과리와 같은 자신의 동년배 동료들과의 술자리를 언급하며, "그들을 만날 때마다 그래도 문학이 좋다는 생각을"[41] 한다

40 홍정선, 「프로메테우스의 세월을 기억하며」, 앞의 책, 서문.

41 홍정선, 「책머리에」, 앞의 책, 6쪽.

고 말한다. 나에게는 아버지뻘이 되는 그들의 술자리에 내가 낄 마음은 결코 없지만—아마도 끼워 주지 않을 것이다—그 술자리에서 나오는 이야기들은 한 번쯤 들어보고 싶다. 1980년대를 지나왔던 그들의 마음을 자세히 알아가며, 그들이 자신의 시대를 잃어버린 그 방식을 극복하지 못하고서는 1980년대는 우리에게도 여전히 어떤 트라우마로 가득 찬 '프로메테우스의 세월'로 남게 될지 모르기 때문이다.

'한심한 영혼'이 걸어간 비평의 길

이남호의 문학평론

박미라

1. 그는 왜 더 이상 평론집을 내지 않는가

세상의 변화 앞에서 취할 수 있는 태도는 크게 두 가지다. 변화를 따라가느냐, 아니면 기존의 입장을 고수하느냐. 이남호는 후자의 면모를 보여주는 대표적 평론가라 할 수 있다. 그는 1986년 『한심한 영혼아』를 시작으로 2012년 『문학에는 무엇이 필요한가』까지 여섯 번[1] 평론집을 발간하였는데, 26년에 걸친 그의 비평은 변함없이 일관된 태도를 보여준다. '문학다운 문학'에 대한 사랑과 추구가 그것이다. '문학다운 문학'이라는 말에는 보다 섬세한 논의가 필요하겠지만, 먼

1 그는 1986년, 1990년, 1994년, 1998년, 2004년, 2012년에 6번에 걸쳐서 평론집을 냈다. 1990년의 두 번째 평론집은 시론과 소설론 분권으로 나와 권수로 세면 모두 7권이 된다.

저 범박하게 말해본다면 '우리 삶의 진실한 의미를 밝혀주고 깊은 심미적 즐거움을 주는 문학'이라고 할 수 있다. 이는 80년대의 민중문학과도 궤를 달리하는 문학이며, 90년대 이후 대중소비문화에서는 점점 상실되어가는 문학이었다. 삶에 대한 깊은 사색과 성찰의 과정을 거친 무게감 있는 문학이면서 심미적 즐거움을 안겨주는 문학, 즉 문학다운 문학에 대한 추구는 이남호의 비평에서 가장 본질을 이루는 무게중심으로, 80년대부터 2010년대까지 풍랑과 같은 시대적 변화의 흐름 속에서 그를 언제나 한결같은 위치에 서도록 잡아주었음과 동시에 그로 하여금 시대의 변화와 점점 더 불화하도록 만든 요인이기도 하다. 근대 문자문화로서의 문학에 깊은 뿌리를 두고 있는 그의 비평은 90년대 이후 포스트모더니즘과 전자문화 시대로 접어들면서 그 유효성과 대중성을 잃을 수밖에 없었던 것이다.

2000년대에 그는 시대와 발맞추어 가려는 시도를 해보기도 하였지만, 그 시도는 오히려 그의 문자문화적 비평가로서의 면모가 얼마나 뿌리 깊은 것인지, 혹은 달리 말해 그의 비평이 전자문화 시대에는 시대착오적인 것이 될 수밖에 없음을 확인시켜주는 계기가 될 뿐이었다. 그가 바라는 문학과 새로운 시대는 점점 괴리되어 만날 수 있는 접점을 잃게 되었고, 그는 2012년 낙담과 비관이 담긴 평론집을 마지막으로 더 이상 평론집을 내지 않고 있다. 그는 문자문화 시대에서 전자문화 시대로의 급격한 변화 속에서 그 변화를 따라가지 않고 끝까지 자신의 자리를 지킨 평론가의 초상을 뚜렷이 그려내 보이고 있었다.

그의 '문학다운 문학'은 쉽게 성취될 수 없는 것으로 꽤나 까다로운 기준을 지니고 있다. 초기 평론집에서부터 그는 '바람직한 문학'은 어떤 문학이어야 하는지 말하고 있으며, 그에 따라 '바람직한 비평'은 또 어떤 것인지, 또 비평가는 어떠해야 하는지 엄격하고도 확고한 기준을 제시하고 있다.

> 비평가는 이 문학성을 감지할 수 있는 날카로운 감각을 지녀야 한다. 비평가는 일차적으로 감정가여야 한다. 마치 골동품 감정가가 진품과 위품을 가려내듯이, 비평가는 문학인 것과 문학이 아닌 것, 그리고 좋은 문학과 좋지 않은 문학을 가려내어야 한다. (…) 비평가는 문학성을 변별할 수 있기 위해 폭 넓은 문학적 소양을 쌓아야 하고, 또 동시대에의 적응성이 있으며 이데올로기적 편협성을 벗어난 비평기준을 확립하기 위하여 현실에 대한 폭 넓은 이해와 감각을 지녀야 한다.[2]

1990년의 두 번째 평론집 『문학의 위족』에 실린 「해체 시대의 비평과 비평가」의 한 대목이다. 이 대목은 이남호 평론가의 감각이 90년대 이후 해체 시대와 왜 불화할 수밖에 없었는지 충분히 짐작하게 한다. 해체 시대는 '마땅히 어떠어떠해야 함'에 대한 감각이 상실되는 시대인데, 그러한 시대의 초입에서 '비평가란 어떠해야 한다'라는 당위적 요구를 하고 있는 것이다. 또한 좋은 문학과 그렇지 못한 문학의 위계가 존재한다는 선험적인 구분, 그리하여 좋은 문학을 추구하는 것이 마땅하다는 당위적인 태도는 그에게 있어서 핵심적인 것으로 자리잡고 있는데, 이는 그의 비평을 고아(高雅)하게 만들어주는 것이자 90년대 이후에는 미로로 접어들도록, 혹은 허공으로 뜨도록 한 이유가 되는 것이기도 하다.

---

2 이남호, 「해체 시대의 비평과 비평가」, 『文學의 僞足: 이남호 평론집 1-시론』, 민음사, 1990, 324~326쪽.

그러나 그의 비평은 손쉽게 시대착오적이라거나 고리타분하다고 말할 수 없는 매력적인 요소를 지니고 있다. 그 매력은 그가 작품을 직접 다루고 있는 비평에서 발산되고 있다. 즉 문학이 어떠해야 한다, 비평이 어떠해야 한다라는 당위적이고 자기 지식적인 언설은 교과서적이고 모범적인 글(다소 재미없는 글)이지만, 그가 구체적 문학 작품을 다루고 있는 실제 비평에서는 작품의 핵심을 찌르면서 동시에 그 작품을 폭넓게 이해할 수 있도록 해주는 '비평의 재미'를 십분 보여주고 있는 것이다. 문학작품이 지닌 의미와 한계를 술술 풀어놓는 그의 비평은 암호의 의미를 해독해내는 것과 같은 재미를 느끼게 해준다. 그 글들은 무엇보다 속도감 있게 읽히면서 몰입하도록 만드는 재미가 있다.

이러한 비평의 재미는 두 가지 측면에서 연유하는 듯하다. 하나는 그의 비평이 언제나 문학의 뒤에 바짝 달라붙어 있다는 점이고, 다른 하나는 그의 비평 문체가 어렵지 않은 문장으로 쓰여 술술 읽어 내려갈 수 있도록 구성되어 있다는 점이다. 이 두 가지 측면은 오늘날의 비평과는 다소 거리가 있다고 생각된다. 오늘날의 비평은 많은 경우 이론이 선행하고 그 이론에 맞추어 문학작품을 해석하는 경향이 있다. 그러나 이남호의 비평은 문학을 결코 앞서 나가지 않고, 문학의 뒤에서 문학을 풍부하게 만드는 임무에 봉사하는 데 최선을 다한다. 이론 역시 그러한 봉사에 적합한 경우에만 활용되고 있다. 이론이 주인이 되지 않기에 그의 글은 생경한 번역투나 복잡한 구조, 어려운 단어를 취하지 않고 쉽게 술술 이어지고 있다. 또한 이론을 이해해야만 문학을 해석해내는 특정 관점을 취할 수 있다는 학문적 부담도 없다. 그러나 그의 비평은 결코 가볍거나 얄팍하지 않다. 이론에 기대어서가 아니라, 문학에 대한 폭넓고 또 깊은 소양을 바탕으로 문학과 삶에 대한 풍부한 이야기를 전해주고 있다. 그러한 그의 평론은 때로 작품보다도 재미있으며, 그의 평론집을 읽고 나면 당시 동시대의 문학을 전체적으로 조망할 수 있는 눈을 가질 수 있게 된다.

이처럼 그의 비평이 성취하고 있는 재미와 깊은 울림은 그가 지니고 있는 무엇보다 문학성에 대한 섬세하고 엄격한 변별력을 바탕으로 하고 있다.

> 문학에 대한 많은 정보를 가지고 있다는 점 때문에 문학평론가가 되는 경우가 허다하나, 엄격한 의미에서 문학성에 대한 변별력을 지니지 못한 사람은 문학평론가는 아니다.[3]

비평가란 공부와 학습을 통한 것이 아니라 문학성에 대한 변별력과 감수성을 바탕으로 해야 한다는 엄격성은 그 자신에게도 적용되는 것으로, 그러한 비평가적 자질을 자신감 있게 증명해 보이고 있다. 그러나 아쉽게도 이 자신감은 1990년의 두 번째 평론집까지만 느낄 수 있다. 문자문화의 문학이 전자문화에 그 자리를 내어주어 점점 쇠퇴해가는 흐름과 함께 그의 평론도 다소 비관적인 논조를 띠게 되는 것이다. 따라서 그의 평론집을 연대기적으로 따라가는 과정은 80년대 중반부터 2010년대까지의 문학의 흐름을 볼 수 있는 과정임과 동시에 열정적이고 치열했던 한 문학평론가가 당혹감과 좌절을 느껴가는 한 편의 서사를 읽어나가는 과정이기도 했다. 이 글에서는 80년대, 90년

---

3 위의 글, 325쪽.

대, 2000년대로 나누어 그의 비평궤적을 따라가 보고자 한다.

2. 자부심 넘치는 한심한 영혼
– 1986년 『한심한 영혼아』, 1990년 『문학의 위족』

1986년에 펴낸 첫 평론집 『한심한 영혼아』와 1990년에 펴낸 『문학의 위족』은 전체적으로 유사한 형식과 논조를 지니고 있다. 문학일반론으로 시작하여 구체적 작품론과 작가론을 다루고 마지막으로 시대에 대한 비평으로 끝을 맺는다. 다만 두 번째 평론집의 경우에는 시론과 소설론이 각각 한 권씩 출판되어 그가 다루고 있는 작품의 양이 훨씬 방대해졌다. 그 작품들은 대부분 80년대에 발표된 동시대의 작품들이고, 그 이전의 작품들은 소수 포함되어 있다. 이 두 평론집에서 그의 비평의 바탕이 되는 것은 기본적으로 리얼리즘이다. 앞장에서 이야기했던 그의 '문학다운 문학'을 이루는 바탕은 현실과 유리된 예술지상주의나 예술을 위한 예술이 아니라, 현실과의 밀접한 관련을 이루고 있는 리얼리즘이라는 사실은 그 역시 80년대의 자장에 있었던 평론가임을 상기시켜준다. 리얼리즘에 대한 그의 언급을 살펴보면,

> 나는 〈문학의 사회적 기능〉과 〈문학과 현실의 연관성〉을 중시하고, 문학은 현실과 진실을 언어를 통해 재현하는 것이라 믿는다. 즉 나는 리얼리스트로 자처한다. (…) 문학은 아직 가시화되지 않은 현실의 징후들을 감지하여 그것을 가시화시킴으로써 기존 관념을 파괴하고 삶과 인식의 괴리를 좁힌다. 바로 이 점에 문학적 인식의 선구성과 위대성이 있다. 문학이 이데올로기와 상극인 까닭도 여기에 있다.[4]

그는 문학이 위대한 이유는 아직 가시화되지 않은 현실의 징후들을 감지하여 그것을 가시화시키는 데 있다고 말하고 있다. 이는 루카치의 총체성 개념이나 계급적 투쟁과 관련된 리얼리즘과는 결이 다른 것으로, 그의 리얼리즘은 기존의 이데올로기나 관념이 포착하지 못하는 현실을 '선취'한다는 데에 그 중심점이 찍혀 있다. 즉 기존의 인식틀에서 인식되지 않는 불온한 현실을 주목할 수 있는, 인식과 관념에 앞서는 살아 있는 현실을 감각하는 것이 바로 문학의 역할이며 문학적 인식의 위대성을 가능케 한다는 것이다.

이러한 그의 리얼리즘론은 거대한 이데올로기에 대한 대타적 인식의 결과로 볼 수 있다. 80년대를 지배했던 거대한 이데올로기의 소용돌이 속으로 휩쓸리고 있는 문학을 이데올로기로부터 구해내어 '문학다운 문학'을 지키고 옹호하기 위한 시도인 것이다. 이데올로기는 필연적으로 현실을 단순하고 관념적으로 파악할 수밖에 없기 때문이다. 그래서 그는 문학을 이데올로기와 상극이자 이데올로기를 치유할 항체[5]로 보면서 문학이 이데올로기 아래에 복속되지 않도록 주의를 기울였다. 그렇기에 당시 점점 경직되어가는 민중문학론과 문학운동이 사회운동으로 흘러들어가는 현상에 대해 우려를 표하는 것과 그의 리얼리즘론은 궤를 같이 하게 된다.

이렇듯 그가 '문학다운 문학'을 옹호하기 위해 새로운 각도의 리얼리즘론을 펼치고 있지만 리얼리즘만으로 좋은 문학이 될 수 있는 것

4 이남호, 「《創作과 批評》이 섬기는 세 가지 偶像」, 『文學의 僞足: 이남호 평론집 1-시론』, 민음사, 1990, 331~337쪽.

5 이남호, 「소설이란 무엇인가」, 『오늘의 한국소설』, 민음사, 1989, 561쪽.

은 아니다. 기존 관념틀로 인식되지 않는 현실을 담아내더라도 그것을 '어떻게' 담아내었느냐는 문제는 문학에 있어서 본질적이며 핵심적인 관건이 된다.

> 70년대 현실 참여시의 공과를 가늠할 때, 우리 문학에 현실성과 정직성을 심어준 것이 가장 큰 공이라면, 시적 언어의 깊은 공간에 대한 불경이 가장 큰 과오라고 생각된다. 시를 어떤 메시지의 전달로만 이해하게 될 때, 이것은 시의 본질에 대한 침해가 된다.[6]

이 문장은 그의 문학론의 핵심을 담아낸 한 대목으로, 그에게 문학은 현실과는 다른 문학만의 공간을 지니고 있으며 시인이나 예술가는 그 공간을 깊고 진실성 있게 그려내어야 하는 것이다. 이는 작가의 신념성이나 윤리성과는 다른, 문학적 기법과 관련된 차원이다. 즉 그에게 문학적 진실과 문학적 기법은 어떤 경우에도 분리되지 않는다. 이런 이유로 그는 80년대 유행했던 르포나 수기에 대해 부정적 시선을 지니고 있었고, 픽션이 논픽션보다 더 훌륭한 문학이라고 단언하고 있다.[7] 문학적 진실과 생명성은 작가나 화자의 '뜨거운 가슴'과 구별되는, 문학적 공간 안에서 언어로 조탁되어 형상화되는 언어적 미학성으로부터 성취될 수 있는 것이다.

따라서 그의 문학론에는 어떤 지향점이 뚜렷하게 존재한다. 즉 '좋은 문학'이라는 모범이 존재하는데 그것은 앞서의 리얼리즘론을 바탕

---

6 이남호, 「80년대 시의 심화양상」, 『한심한 영혼아』, 민음사, 1986, 88쪽.

7 이남호·김사인, 「80년대 문학의 쟁점과 방향」, 『80년대 젊은 비평가들』, 문학과비평사, 1989, 339~352쪽 참조.

으로 한 메시지를 담고 있으면서 그 메시지를 언어적 미학성을 통해 문학적 공간 안에서 깊고 진실성 있게 그려낸 문학이다. 내용과 형식, 두 측면에 대한 까다로운 기준을 지니고 있는 셈이다. 이러한 기준에 따라서 그는 동시대의 작품들을 읽어내고 있다. 가령 민중적인 서정을 잘 그려내면서도 70년대의 상투성을 극복했다고 평가되는 하종오 시인의 「五月에 대하여」(1984)라는 시에 대해서 "현실성과 서정성의 멋진 결합"을 통해 "시적 진술의 진실성을 확인케 해준다"고 하였지만, 그 외 다른 시가 보여주는 "틀에 박힌 시작 태도는 현실의 구체적 체험에 대한 주체적이고 진지한 태도의 결핍에서 오는 것이라고 감히 생각하고 싶다"고 쓰고 있다. 그러면서 "기대되는 시인으로서 그의 시가 진지함과 무거움을 가지려면 아픔 자체를 좀 더 오래 씹어야 될지 모른다."라고 첨언하고 있다.[8]

이렇듯 '좋은 문학'이라는 분명한 모범을 지니고 있는 비평가는 '시 혹은 소설이란 무엇인가'에 관한 친절한 설명도 해주는 것도 가능하다. 가령 『한심한 영혼아』의 첫 장인 〈詩의 논리〉에 실린 「詩와 시치미」는 친절한 교수님이 '시미치를 떼다'라는 친숙한 일상용어를 가지고 '시란 무엇인가'에 대해 차근차근 강의를 해주는 듯한 글이다. 그에 따르면 시란 "시치미를 떼고 말하고자 하는 내용을 우회하여 표현함으로써 사물의 구체적 질감을 전달"[9]하는, 기존 언어의 한계를 뛰어넘으려는 언어예술이다. 특별히 새로운 시론은 아니지만 일상적 용어와 다양한 비유, 여러 문학 이론을 통해 시에 대한 개념을 명확하게 정리

8 이남호, 「80년대 시의 심화양상」, 83~85쪽.

9 이남호, 「詩와 시치미」, 『한심한 영혼아』, 17쪽.

할 수 있게 해준다. 여기에는 비평가란 일종의 가르침을 주는 사람이며, '시란 무엇인가'에 대해 하나의 모범답안을 제시해주는 사람임이 전제되어 있다.

따라서 첫 번째 평론집 『한심한 영혼아』의 '한심한 영혼'은 결코 한심한 영혼이 아니다. 그는 머리말에서 니코스 카잔차키스의 다음 말을 인용한다. "한심한 영혼아, 너는 굶주렸지만 포도주를 마시고 고기와 빵을 먹는 대신에 하얀 종이를 꺼내서 '포도주·고기·빵'이라 써넣고는 그 종이를 먹는구나." 그러나 이 말에는 자부심이 묻어 있다. 문학을 지향하는 자를 한심한 영혼이라 말하면서도 "그 한심함 때문에 문학은 타는 목마름들에게 마르지 않는 샘이 되어 줄 수 있다. 스스로의 목마름을 제물로 바쳐 가문 세상을 위한 기우제를 올리는 것과 같다."[10]고 스스럼없이 말하고 있는 것이다. 여기에는 어떤 사명을 다하고 있다는 기쁨과 자부심이 묻어나 있으며, 치열하고 열정적인 비평으로 그러한 자부심을 내보이고 있다.

3. 깊은 허무 뒤의 심기일전 – 1994년 『보르헤스 만나러 가는 길』, 1998년 『녹색을 위한 문학』

그는 1994년에 세 번째 평론집 『보르헤스 만나러 가는 길』을 펴냈다. 제목에서도 알 수 있듯이 이 평론집은 보르헤스의 작품을 다루고

10 위의 책, 6쪽.

있는 것으로, 이는 이전의 평론집과 완전히 다른 성격을 지니고 있다. 동시대의 문학과 작품을 치열하게 비평하며 소개했던 것과 달리, 반세기 전 남미의 보르헤스라는 작가의 작품을 직접 번역하여 해설하고 있는 것이다. 여기에는 90년대라는 새로운 시대에 대한 낯섦과 거부감이 자리하고 있다. 80년대의 그를 돌이켜보면 그는 민중문학론이라는 중심적 담론과 다른 위치에 있었지만 문학장이라는 커다란 자장 안에 분명히 발을 딛고 있었고, 동시대의 작품과 비평들과 활발히 상호작용하며 자신의 문학론을 전개해 나갔었다. 그러나 90년대에 들어서서 그가 발 딛고 있던 문학장이 한순간 증발해 버리기라도 한 것처럼, 그의 세 번째 평론집에서는 동시대 작품들과 비평들과의 소통이 전혀 나타나지 않는다. 그는 보르헤스를 그가 안식년으로 간 미국 샌디에이고의 캘리포니아 대학에서 빈둥거리며 읽었다고 하고 있다. 공간적으로도 동떨어진 자리에서 그는 자신의 공허함을 다음과 같이 표현하고 있다.

> 18세기의 바하, 모짜르트, 베토벤의 음악을 듣다 보면, 그 시기에 인류의 전무후무한 위대한 음악예술이 18세기 서구에서 생산되었다는 느낌이 든다. (…) 우리의 1980년대 소설문학이 과연 1930년대의 소설문학과 비교해서 더 진보되고 우월한 문학이라고 할 수 있을까? 나는 우리 시대의 문화라는 것이 수준 낮은 것이고, 따라서 우리의 삶의 질이나 행복도 낮은 것이라고 생각한다. 우리 시대는 엄청난 물질적 부를 축적하였지만 문화는 저질이 되어가고 있는 것 같다.[11]

11 이남호, 「보르헤스 만나러 가는 길」, 『보르헤스 만나러 가는 길』, 민음사, 1994, 21쪽.

그의 시대에 대한 진단은 절망적이며, 그만큼 과거의 위대한 예술이 있었던 시대에 대한 그리움을 강하게 느끼고 있다. 90년대뿐만 아니라 80년대까지 소급적용하여 나타난 암울한 시대 진단은 그의 상실감이 얼마나 깊은 것인지 짐작케 해주며, 그가 동시대 작품과 소통하고 있지 않은 이유도 알 수 있게 해준다. '문학다운 문학'을 추구하는 그에게 90년대는 너무도 수준이 낮은 저질의 문화의 시대로서, 그러한 시대와 대면하고자 하는 욕구와 의지와 필요성이 사라져버린 것이다. 그러한 상황에서 그는 보르헤스를 읽음으로써 다소 위안을 느끼고 그의 문학적 기대를 충족시킬 수 있었던 것으로 보인다.

그런데 흥미로운 것은 당시 보르헤스는 대중적으로도 관심을 받고 있었다는 점이다. 전혀 알려지지 않았던 보르헤스가 90년대 들어 포스트모더니즘 소설의 원조쯤 되는 작가로 새삼 주목을 받았던 것이다. "포스트모더니즘을 싫어하는"[12] 그가 포스트모더니즘의 대표적인 작가로 떠오른 보르헤스에 이끌리게 된 이 우연의 일치를 어떻게 설명해야 할까? 이에 대해 그는 이렇게 결론을 내리고 있다.

> 우리 시대가 보르헤스를 요구하는 필연적 이유를 갖고 있는 것일까? 나는 그렇게 생각하지 않는다. 현재 우리 사회의 보르헤스에 대한 관심의 고조는 우연이며, 어떤 것이 유행한다는 것은 그 대상의 기가 가득한 어떤 공간으로 우리 삶이 흘러갔기 때문일 것이다. 나는 내가 처한 문학적, 정신적 혹은 현실적 상황에서 보르헤스가 어떤 빛을 던져준다고 생각하지는 않는다. 나는 그냥 보르헤스가 흥미로울 뿐이다.[13]

---

12 위의 글, 37쪽.

13 위의 글, 39쪽.

그는 보르헤스에 대한 세상의 관심이 우연이라고 일축해버린다. 또한 자신의 보르헤스에 대한 관심이 그렇게 대단한 것이 아니며 단지 흥미로운 매력이 있을 뿐이라고 말한다. 그러나 그러한 말과 달리 그는 보르헤스의 작품을 직접 번역하였을 뿐 아니라, 보르헤스의 작품으로 국어교육과 대학원 수업을 진행하였을 정도로 열정을 지니고 있었다. 그 스스로 인정하고 싶지 않은 이 이상한 열정, 그것은 절망과 허무에 빠져 있으면서도 그것에서 벗어나고자 하는 그의 고투를 보여주는 것이라 생각된다. 그러나 그의 고투는 애초에 성공할 수 없는 것이었다. 보르헤스의 "허무주의에 동감하고 그의 시니시즘이 좋다"[14]는 그의 말에서 알 수 있듯이, 그의 열정의 출구는 결국 다시 허무와 반시대적인 것으로 향하기 때문이었다. 이는 또한 그가 한국문학에 대해 느끼는 허무와 시니시즘이 보르헤스의 허무와 시니시즘과 연결되어 있었음을 짐작해볼 수 있다.

4년 뒤인 1998년에 네 번째 평론집 『녹색을 위한 문학』에서 그는 심기일전한 모습을 보인다. 90년대의 문학의 위기를 극복해보려는 의지를 강하게 내보이고 있는 것이다. 제목에서도 알 수 있듯이 그는 '녹색문학'이라는 문학론을 펼치고 있는데, 이는 90년대 활발하게 전개되었던 생태주의 문학의 흐름 속에 있다. 생태주의 문학 담론은 90년대 이후 물질문명과 인간중심주의에 대한 반성으로 등장한 것으로 탈근대적 사유의 한 갈래라 할 수 있다. 이러한 생태 문학 담론이 90년대에 적극적으로 등장할 수 있었던 것은 거대 담론이 해체되면서 다양한 담론이 생산될 수 있는 담론적 여백이 있었기 때문[15]인데, 그

---

14 이남호, 「위대한, 그러나 瀆神的인 想像의 힘」, 위의 책, 90쪽.

러한 여백에서 그는 자신의 문학론을 펼칠 수 있는 방법적 출구를 찾았다. 즉 이전의 평론집에서 보여주었던 90년대에 대한 절망적 시대 진단 이후, 그는 90년대에서 자신의 문학론을 펼칠 수 있는 새로운 흐름을 만날 수 있었던 것이다. 그의 녹색문학 담론은 생태보다는 문학에 더 강조점이 찍혀 있는 것으로 그가 줄곧 추구했던 '문학다운 문학'의 회복을 위한 것이었다.

> 나에게 있어 자연 사랑은 문학 사랑과 다르지 않다. 나는 자연의 황폐화와 문학의 위기를 같은 문제로 인식한다. (…) 〈이제 문학은 더 이상 필요 없다〉라고 말하는 사람에게 문학 스스로 〈나는 너희들의 삶에 필수적인 녹색이다〉라고 대답함으로써 문학의 존재 의의를 강조하는 것과 같다. (…) 이런 점에서 나에게 있어 녹색 문학론은, 문학이 죽어가는 시대의 문학 옹호론이 된다.[16]

즉 그의 생태 문학 담론은 '문학이 죽어가는 시대의 문학 옹호론'으로 등장한 것이다. 그의 80년대 리얼리즘이 거대한 이데올로기의 대항으로서 제시되었다면 그의 90년대 녹색 문학은 대중소비문화의 대항으로서 제시되고 있는 것인데, 90년대는 문학의 죽음이라는 심각한 위기에 처해 있었던 만큼 그의 논조는 더욱 날카롭다. 가령 통사체계가 와해되고 인접혼란의 언어로 가득한 "오늘날의 소설들은 재미도 없고 의미도 없고 따라서 독자도 없다.(125)"고 일갈하고 있으며, 심한

---

15 김예리, 「자기 배려를 통한 인간주체성의 탐색과 생태담론의 새로운 가능성-90년대 생태문학담론과 이문재의 시를 중심으로-」, 『한국문학이론과 비평』 90권, 한국문학이론과 비평학회, 2021, 12쪽.

16 이남호, 「녹색 문학을 위하여」, 『녹색을 위한 문학』, 민음사, 1998, 14~15쪽.

비속화 현상을 보이는 시에 대해서도 "진정성을 결여한 90녀대의 시"는 "유치한 투정(176)"일 뿐이며 "지나친 비속함 속에는 시의 길이 없다(185)"고 단호하게 말하고 있다. 그는 90년대를 살아가는 청춘들을 "버림받고 지쳐빠진 왕(王)"으로 비유하며 "아무런 의식 없이 개인적 욕망만을 추구하든지 아니면 스스로 입법자요 집행자인 왕이 되어 자기중심으로 움직이지 않는 세계를 원망하고 좌절(162)"하고 있다고 그 초상을 그려내고 있다.

하지만 그럼에도 그는 동시대 문학 읽기를 게을리하지 않는다. 이전의 평론집에 비하면 다루고 있는 작품의 수가 대폭 줄어들었지만 그는 홍성원의 『투명한 얼굴들』(1994), 박완서의 『그 산들은 정말 거기 있었을까』(1995), 이문열의 『시인』(1994), 심상대의 「양풍전」(1990) 등 동시대 작품들 속에서 녹색의 본질을 지닌 문학성을 읽어내려 시도하고 있으며, 문학성을 성취하지 못하는 작품에 대한 지적을 여전히 가감 없이 하고 있다. 가령 90년대를 대표하는 작품이라 할 수 있는 윤대녕의 『은어낚시통신』(1994)에 대해 "막연한 허무로 절망을 부추긴 후 비의의 언어와 이미지로 유혹하는 것은 문학의 길이 결코 아니다.(287)"라고 지적하면서 "작가 윤대녕의 과제, 나아가서 우리 소설문학의 과제는, 그러한 장점을 충분히 살리면서 현재의 문제점을 잘 극복하여 참으로 우리가 바라는 90년대적 소설공간을 창출해 내는데 있다.(289)"라고 첨언하고 있다.

그러나 그의 녹색 문학은 생태 문학 담론 전체가 2000년대 이후 급속히 위축되었듯이 긴 생명력을 가질 수 없는 것이었다. 그의 녹색 문학론은 당위로 제시된 것일 뿐, 대중매체 중심의 소비문화 흐름을 뒤집을만한 현실적 힘을 지닌 것이 아니었기 때문이다. 2000년대 이후 인터넷과 스마트폰의 대중화를 통해 문학의 죽음은 더욱 가속화되는 흐름으로 흘러갔다. 문자문화로서의 문학은 전자문화의 도래 앞에서 구시대의 유물로 전락해가는 신세를 면하기 어려워진 것이다.

4. 전자문화 시대에 남겨진 쓸쓸한 한심한 영혼 – 2004년 『문자제국쇠망약사』, 2012년 『문학에는 무엇이 필요한가』

전자시대의 도래와 문자시대의 쇠퇴는 돌이킬 수 없는 시대의 흐름으로 다가왔고, 이에 따라 그는 2004년에 다섯 번째 평론집 『문자제국쇠망약사』에서 전자문화 시대와의 대화를 시도한다. 문자문화 시대에 뿌리를 둔 그는 여전히 계몽적 이성주의자인 닐 포스트먼의 편에 서 있지만 "마치 건실한 신랑감을 곁에 두고 바람둥이에게 자꾸 눈길이 가는 처녀처럼 맥루한이 궁금"[17]해진 것이다. 이에 따라 그는 맥루한과의 가상 인터뷰를 시도하면서 전자시대로의 변화에 어떻게 대응해야 할지를 모색해보고 있다. 전자시대에 대한 부정적 진단은 여전히 지니고 있지만 결코 부정할 수 없는 현실이기에 그 현실과 접점을 마련해 보려는 그 나름대로의 고투인 셈이다.

그러나 그는 별다른 성과를 얻지 못한 채 다시 건실한 신랑감 곁으로 돌아온다. 맥루한은 전자시대에 보편적 인류애가 가능해질 것이라

17 이남호, 「전자사막에서 살아남기」, 『문자제국 쇠망약사』, 생각의나무, 2004, 19~20쪽.

고 낙관적으로 예언하였지만, 그가 보기에 전자시대는 "대중소비문화의 감각과 의식의 총화"[18]일 수밖에 없는 것으로 판단되었기 때문이다. 이러한 판단은 그가 뿌리내리고 있는 문자문화의 확고한 가치판단으로부터 비롯되고 있다. 그에게는 문자문화 시대가 꽃피웠던 깊은 사유와 예술이 올바른 전범(典範)으로서 확고하게 자리 잡고 있기에, 전자시대의 자극적이고 표피적 문화 현상은 그에게 결핍과 오류로 인식될 밖에 없었던 것이다.

> 전자 기술에 의해 얻은 것보다 잃은 것에 더 애착이 간다. 특히 문학을 전공하고 문자문화에 익숙한 나에게는 새로운 전자 환경이 매우 위협적으로 느껴진다. 문학다운 문학이 생산도 안 되고 유통도 안 된다. 문학과 인문학이 위기에 처해 있으며, 좋은 글과 깊은 사유는 더욱 외로워지고 있다. (…) 나는 나의 당혹감과 불편함이 낯선 변화를 잘 수용하지 못한다는 데서 비롯된다기보다는 변화 자체가 내포하고 있는 심각한 문제 인식에서 비롯된다고 믿는다.[19]

이러한 상황에서 그가 이끌어낼 수 있었던 긍정적 결론은 맥루한의 태도를 본받는 것 정도였다. 즉 대학이라는 상아탑에 머물러있지 않고 누구보다 먼저 전자 기술의 그물망 속으로 과감하게 뛰어들어간 맥루한의 시도를 언급하며, "상아탑을 관제탑으로 바꿔야 한다는 맥루한의 말은 인상적이다. 관제탑이라는 말이 좀 지나치다면, 적어도 전망탑으로라도 바꿔야 할 것 같다."[20]고 글을 마무리한다. 그러나 이

18 위의 글, 52쪽.
19 위의 글, 54~55쪽.

러한 결론은 그가 지닌 문자문화적 사고 체계, 즉 올바른 방향으로 나아가고자 하는 사고 체계를 다시금 반복하는 것으로, 전범과 모범이 존재하지 않는 유희적이고 유목적인 전자시대의 사고 체계와의 간극을 더욱 확인시켜 주는 것이었다.

그와 시대의 간극은 다른 글에서도 드러난다. 가령 「2002년 월드컵과 마르코니 성운」에서 그는 그토록 대단했던 월드컵 현상에 있어서 아무런 역할도 하지 못하고 비판조차 할 수 없었던 지식인들의 무력감과 당혹감을 실토하고 있다. 지식인이 사회를 올바른 방향으로 이끌어가야 한다는 사명감과 책임의식이 전자문화 시대에는 더 이상 요구되지 않으며 필요하지도 않다는 것을 느끼게 된 것이다. 여러 방면으로 전자문화 시대와의 대면을 시도했던 그는 결국 그는 전자매체 시대에서는 더 이상 문자문화의 가치와 이상을 강조할 수 없게 되었음을 받아들이고 있다.

> 독서나 문학 속에 풍성했던 문자문화의 가치와 이상을 문자 시대의 방식으로 전자 시대에 강조하는 것은 거의 무의미해 보인다. (…) 완전히 다른 패러다임 속에서 독서와 문학에 대해서 생각해보아야 하고, 이를 위해 시대의 변화를 좀 더 깊이 들여다보아야 할 것 같다.[21]

그러나 이러한 그의 과제는 달성될 수 없음이 예견된다. 왜냐하면 "깊이 들여다보아야"겠다는 그의 태도는 전자문화 시대에 별다른 효용이 없는 까닭이다. 깊이 들여다보는 것은 모더니즘의 세례를 받은

20 위의 글, 59쪽.

21 이남호, 「소외의 독서와 독서의 소외」, 위의 책, 159쪽.

문자문화적 태도인데, 이러한 태도로는 부유하며 떠돌며 우연한 것과 접속하여 예상하지 못한 길로 나아가는 전자문화적이고 포스트모던한 세상을 파악하기가 불가능하다. 이 다섯 번째 평론집은 그가 뿌리삼고 있는 사유의 방식이 시대와 맞지 않으며 무엇보다 시대가 전혀 요구하지 않는 것임을 재확인하게 하는 시도가 되고 말았다.

8년이라는 시간이 흐른 뒤 그는 2012년에 마지막 평론집 『문학에는 무엇이 필요한가』를 펴냈는데, 머리말에서부터 문학의 쇠퇴를 완전히 받아들인 체념이 고스란히 느껴진다. 그는 머리말의 제목을 "거의 없을 듯한 독자들에게 쓰는 편지"로 달아놓고 있다.

> 저에게는 문학의 변질과 쇠퇴를 막아낼 능력이 없습니다. (…) 그래서 저는 자주 과거의 문학을 찾아다닙니다. 그러면서 저는 제가 만난 문학적 가치들을 지키는 일이 맹목적 수구 守舊가 아님을 외롭게 느낍니다. (…) 이제 문학의 희망을 이야기할 수 있는 때는 지나갔습니다. (…) 그래도 저는 문학의 뒷길을 서성이는 것이 더 좋습니다. (…) 어차피 문학은 '한심한 영혼'의 일이므로 기대도 없고 실망도 없습니다. (…) 아직도 이런 문학평론을 쓰고 있는 저 자신이 한심합니다. 아직도 이런 문학평론을 읽고 있는 당신은 누구십니까?[22]

전자문화 시대에 '문학다운 문학'을 지키는 일이 맹목적 수구가 아니라는 그의 말은 8년 동안에 그가 느낀 문학의 변질과 쇠퇴가 얼마나 심각해졌는지 느끼게 해준다. 그는 문학의 뒷길을 서성이는 자신을 한심한 영혼으로 호명한다. 이때의 '한심한 영혼'은 첫 번째 평론집에

22 이남호, 『문학에는 무엇이 필요한가』, 현대문학, 2012, 6~7쪽.

서의 '한심한 영혼'과 너무도 다르다. 앞서 살펴보았듯이 첫 번째 평론집에서의 '한심한 영혼'은 기쁨과 자부심을 지닌 영혼이었다. 하지만 26년 후의'한심한 영혼'은 정말로 쓸쓸하며 문자 그대로의 한심한 처지에 놓여있다. 한때 치열하고 날카로웠던 문학평론가의 좌절과 체념은 깊고도 깊었던 듯하다. 그리하여 그는 이전의 평론집에서 시도했던 문화연구에서 다시 온전한 문학연구로 되돌아왔다. 자신과 맞지 않는 동시대 문화에 대해 고민하는 대신, 자신이 사랑하는 '문학다운 문학'에 대해 마음껏 쓰고 있는 것이다.

본 제목이기도 한 「문학에는 무엇이 필요한가」에서 그는 "문학의 본질과 맞닿아 있다고 생각되는 것, 그래서 바람직한 문학에 꼭 필요한 것이라고 생각되는 것"[23]으로 고요함, 내면성, 너그러움, 연민의 마음을 꼽고 있다. 시대와 어울리지 않는 이것들을, 거의 사라져버리고 없는 이것들을, 포스트모던의 전자문화 시대를 지나오면서 얼마나 그리워했는지 생생히 전달되도록 쓰고 있다. 이어지는 글 「녹색문학의 새 지평」에서는 90년대 말에 제시했던 녹색문학론을 재론(再論)하고 있는데, 당시에 이미 사그라든 생태 문학 담론이 그에게는 여전히 유효한 담론으로 남아 있음을 알 수 있다. 시류와 상관없이 자신의 문학론을 일관되게 펼쳐나가는 그의 면모가 또 한 번 엿보이는 글이었다. 이 글에서 그는 "모든 훌륭한 문학은 그 자체로 녹색문학이 된다"는 관점으로 하성란의 「곰팡이꽃」(1998), 은희경의 「아내의 상자」(1997), 조경란의 「나는 봉천동에 산다」(2002)를 읽고 있다.

또한 그는 여전히 동시대의 문학도 게을리하지 않고 읽고 있다.

---

23 위의 책, 13쪽.

시집 이창기의 『나라고 할 만한 것이 없다』(2005), 박진숙의 『혜초일기』(2004), 이규리의 『앤디 워홀의 생각』(2004), 이기철의 『나무, 나의 모국어』(2012), 홍성원의 『주말 여행』(2006), 서영은 「산행」(2004), 박민규의 「아치」(2008), 김애란의 「도도한 생활」(2007), 전경린의 「강변마을」(2010), 최인호의 「개미의 탑」(2004) 등에 대한 평론을 싣고 있다. 그러나 이 작품들은 그가 생각하는 바람직한 문학의 범주에 드는 것으로, 동시대의 대표적 작품을 두루 다루고 있다고 보기 힘들며 치열함과 열정에 있어서도 힘이 빠져 있는 모습이다. 그 대신 미당 서정주에 대한 글에서 사랑과 열정이 담긴 어조가 한껏 드러난다. 그는 생태적 관점에서 서정주를 다시 읽으면서 '문학다운 문학'의 가치와 존재 의의를 다시금 상기시키고 있는데, 이 글들은 오히려 동시대의 문학이 아니라 과거의 문학을 자주 찾아다닐 수 밖에 없는 그의 외로움을 역설적으로 드러나도록 해주었다.

그는 이 평론집을 마지막으로 평론집을 다시 내지 않고 있다. 그의 침묵은 문자문화의 시대가 종언을 맞이하였음을 방증해준다고 할 수 있다. 문자문화 평론가로서의 비평적 입지를 굳건히 지키고 있는 그가 더 이상 동시대 문학에 대해 할 말이 없다는 것은, 이 시대가 그야말로 전자문화 시대라는 것을 역설적으로 보여주는 것이다. 그렇기 때문에 그의 새로운 평론집을 기대하는 것은 아마도 헛된 기대가 될 것으로 보인다. 그러나 문자문화적인 '문학다운 문학'을 찾고자 하는, 언제나 존재할 '한심한 영혼'들에게 그의 평론집들은 반갑고 소중한 이야기들을 들려줄 것이다.

문학과 실천, 균형 감각으로 빛났던 비평

成民燁이 걸어 온 문학의 숲

류영욱

1. 비평의 씨앗

여기, 무협 소설을 즐겨 읽는 중학생이 있다. 그는 온통 무협 소설을 읽은 기억뿐인 학창 시절을 보낸다. 고등학생이 된 그는 소위 세계 고전문학 작품들을 접하며 나름의 감명을 받았고 때로 어려운 책을 읽어낸 데서 자부심을 갖기도 했다. 이 무렵 그가 운명적으로 만난 책 두 권이 있었으니 그것은 학교 도서관에서 발견한 『중국문학사』(胡雲翼 저, 장기근 역), 그리고 서점에서 산 73년 여름호쯤인 『문학과 지성』이었다. 한국 문단에서 흔치 않은 중문학 전공의 비평가, 문학과지성(이하 문지) 2세대 혹은 문학과사회(이하 문사) 1세대 동인 성민엽(成民燁)의 씨앗, 학생 전형준의 시절이었다.

1956년생 전형준은 이후 서울대 중문과로 진학한다. 서울고 1학년 시절 무협 소설을 잘 이해하기 위해 중국사와 중국 문학사를 읽고 방학 때는 YMCA에서 중국어 강좌를 들었던 그가 필연적으로 선택한 길이었다. 대학 진학 후에는 시(詩)를 공부하다가 2학년 때부터 평론에 관심을 가진다. 특별하게 평론 공부를 하지 않았지만 폭넓게 독서를 하다 보니 떠오르는 것이 있어 이를 다듬어 작품으로 만들 요량이었다. 대학원 석사 과정 중이던 1981년 여름에 쓴 것을 그해 겨울에 투고했다. 1982년 봄, 경향신문 신춘문예 문학평론 당선작 「현실 인식과 시적 공간-반시 동인을 중심으로」가 비평가 성민엽의 탄생을 알리는 첫 일성이었다.

1982년 신춘의 계절이 오기 전, 전형준은 1980년 봄을 건너왔다. 그 봄은 그에게 세계와 삶에 대한 대자적 각성을 일으켰다. 구체적 현실과 그 속에서의 치열한 삶에 대해 물음을 던지는 태도와 방향을 암시받는 시기가 되었다. 루카치, 하우저, 그람시, 골드만, 마르쿠제, 프롬, 아도르노, 브레히트, 마르크스, 엥겔스 그리고 그들에 관한 이차적 서적들을 단시간에 집중적으로 읽으며 얻은 화두는 열린 사회적 필연성이었다. 그는 그 화두와 열정의 결합을 문학평론과 중국 문학 연구에서 실현하고자 마음먹는다. 마침 만났던 책이 반시 동인 시 전집이었고 반시 동인의 시적 성과에도 불구하고 그들이 열린 사회적 필연성에 도달하지 못한 보편적 한계에 대한 성찰을 쓴 글이 등단작이 된 것이다.

그의 글을 당선으로 올린 경향 신춘문예 심사위원 중 문지의 김주연이 있었다. 비평 정신과 논리의 힘이라는 면에서 가장 가능성을 보여준 작품이며 실제 시 분석을 통해 드러나고 있는 비평적 감수성과 비판의식이 돋보인다는 심사평이 나왔다. 아울러 현실에 대한 투철한 문제의식과 자신을 세우려는 가열한 지적 노력의 결합 위에서 좋은 글이 나온다는 심사평의 한 구절은 막 시작하는 비평의 여정 앞에서 '현실'이란 화두를 챙겨 출발하라는 의미이기도 했다.

> 어둠 속에 갇힌 불꽃에는 생명이 없습니다. 어둠을 태우며 빛을 내뿜는 불꽃이라야 생명을 갖습니다. 타오르면서 그 생명은 자꾸만 커갈 것입니다. (…) 나의 글이 이 사회를 위하여 조금이라도 보탬이 될 수 있을까? 나의 글이 생명의 힘을 키워가면서 진실을 향한 추진력으로 충만될 수 있을까? 문은 보입니다.[1]

당선 소감에서 그는 이미 자신의 글과 문학이 사회 안에서 어떤 효능을 가질 것인가에 대한 고민을 말한다. 이는 평론가로서의 이름 성민엽(成民燁)이 가진 의미가 은연중에 발현된 지점으로 보인다. 신춘문예에 투고할 필명이 필요했던 그는 대학 시절 함께 하숙하던 선배에게 '성민섭'이라는 필명을 지어주었던 게 언뜻 떠올랐다. 그 중 한 글자를 바꿔 낸 것이 성민엽이 되었는데 파자(破字)하여 뜯어보면 우연히 지은 필명치고는 꽤 세밀한 의미 부여가 가능한 이름임을 알 수 있다. 먼저 민(民)을 빛나게(燁) 만들고자(成) 하는 염원을 담은 이름으로 새길 수 있을 것이다. 그 빛남(燁)은 불꽃(火)과 중화(華)를 품고 있는데 이는 중국 문학과 한국 문학 평론이 어떤 관계여야 하는지에 평생 천착한 그의 길을 예견하는 것이었을지도 모른다. 그것은 스스로가 명명했듯 '내 안의 비교문학'[2]의 수행이자 중국 문학을 전공하

---

1 「이제부터 시작…계속 채찍질을」, 〈경향신문〉, 1982.01.19, 7면.

2 「정년교수 인터뷰-연구자이자 번역가, 그리고 평론가의 삶」, 〈대학신문〉, 2022.02.21, 7면.

며 평론 활동을 계속할 자신의 독창성을 염두에 둔 이름으로 읽힌다. 서양 문학과 한국 문학 중심으로 이루어진 기존의 시각에서 중국, 더 나아가 동아시아 문학까지 지평을 넓혀 더 크고 넓은 관점에서 한국 문학을 비평할 수 있으리라는 의지는 신춘문예 당선 소감에서 '어둠을 태우며 내뿜는 빛'으로 그 생명이 커갈 것이라는 표현으로 나타난다. 이후 중국 문학 관련 학술서는 '전형준'으로, 비평에서는 '성민엽'으로 철저히 분리하여 표기했으나 성민엽이란 필명의 의미는 충분히 통합적이라고 볼 수 있다.

2. 문지/탈(脫)문지 세대로 성장한 비평가

등단 이후 성민엽은 신춘문예 심사위원이기도 했던 김주연의 소개로 문지의 일원이 된다. 계간지 『문학과지성』의 폐간과 이른바 문지 2세대의 형성 안에서 성민엽이 성장하는 시기였다.

1970년 창간한 문지는 1980년대 초에 강제폐간되는 위기를 맞는다. 문지 동인들은 엄혹한 현실 앞에서 10년 동안 계간지를 간행한 것으로 시대적 의무를 다했다고 선언할 수밖에 없었다. 그러나 이를 새로운 세대에게 길을 터주는 기회로 삼자는 것 역시 동인들의 일관된 생각이었다. 문지를 비롯한 매체들이 강제폐간되고 일체의 간행물 등록을 허락되지 않는 상황에서 문지 1세대 동인들은 당시 유행하던 단행본 형태의 잡지인 무크(mook)에 희망을 걸었다. 새로운 형태의 매체를 통해 후배 세대의 성장을 지켜보기로 한 것인데 1982년 창간된 『우리 세대의 문학』[3]이 바로 그 결과이다. 6년간 6권이 내면서 제호도 『우리 시대의 문학』으로 바뀌고 동인 구성도 권오룡·정과리·진형준·홍정선·성민엽 등 비평가들로만 채워졌다. 『우리 세대의 문학』 1집의 개별 제호[4]가 '새로운 만남을 위하여'였을 정도로 문지 1세대 동인들에게 새로운 세대로의 이행은 절박했다. 『우리 세대의 문학』 창간사에서도 보듯 문지의 새로운 세대는 '나뉘어져 있는 여러 문학적 탐색들 사이의 길트기, 종합에의 의지'로 충만했다. 이 종합에 관심이 있었던 문지 2세대는 70년대 문지에 내려앉은 자유주의라는 딱지까지 물려받을 수는 없었지만 그 자유주의는 서유럽의 민족민중문학의 온건한 부분까지 포괄하는 넓은 스펙트럼을 지닌 것[5]이었다. 그것은 지난 세대가 겪은 모순으로서의 대립을 지양하고자 의지로 나타났다. 이는 변혁이나 실천의 길이 아니면 해석과 반성의 길, 그리고 그것을 종합하고자 한 입장 중 종합에 가까운 행보였다. 이 의지를 현실화하는 작업은 서로 문학적 입장을 달리하는 다양한 진영의 작품들을 한 공간 속에 모아 그 차이와 위상과 전체적 구도를 가늠해보는 것이었다.

계간지의 공백을 메우는 새로운 도서 기획에도 문지 2세대의 참여와 기회는 다방면으로 마련되었다. 문지가 야심차게 기획한 단행본 『민중문학론』(1984)의 편집을 등단한 지 2년이 채 안 된 성민엽에게 맡긴 것은 중국 프로문학에 대한 공부를 바탕으로 민중문학의 개념과 실천 방향 논의에 대한 전반적 조망이 가능하다고 보았기 때문이었

---

3 첫 편집 동인은 소설의 이인성, 시의 이성복, 평론의 정과리였다.

4 정기간행물의 혐의를 피하기 위해 4집까지는 개별 제호를 따로 걸 수밖에 없었다.

5 「우리 시대의 비평가들-성민엽」, 〈한겨레신문〉, 1991.12.08, 9면.

다. 민중문학론[6]에서 성민엽은 창비의 백낙청이 가진 논리의 편협함을 과감하게 지적하기도 한다. 성민엽은 민중적 전망/시민적 전망이 대립 구도로 인식됨을 지적하고 민중적 전망이 그 논리를 보다 현실적·과학적으로 심화함으로써 질적 발전을 이루고 시민적 전망이 그 논리를 궁극에까지 밀고 나가 극복의 계기와 마주칠 때 그 대립의 극복이 가능해질 것으로 정리한다.

이후 성민엽은 1985년 첫 번째 평론집 『지성과 실천』을 펴낸다. 『우리 세대의 문학』, 『실천문학』 등을 통해 1982년부터 3년간 발표한 비평들을 문학 전반과 시, 소설 세 분야로 묶은 것이었다. 첫 번째 평론집의 첫 글은 '80년대는 시의 시대인가'라는 물음으로 시작한다. 그 물음은 무크의 시대를 진단하는 논의로 이어진다. 김정환이 『시인』 1집에서 밝힌 견해대로 "무크의 시대, 시의 시대"란 개념은 어떤 출판 형태나 장르에 대한 단정적인 선택 의지로서의 개념이 아니라는 것이다. 요컨대 무크의 시대는 70년대의 격동기를 거친 우리의 의식과 행동이 힘들게 추출한 어떤 적극적인 대처 방안 즉 능동적인 문화전략 개념이라는 데 동의한다는 견해도 밝혔다. 무크지가 성행하는 현상을 게릴라적 문화를 필요로 하는 시대의 분위기 속에서 읽은 것이다. 성민엽 자신부터 무크지 간행에 깊숙이 관여하고 있던 상황에서 그가 보이는 현실 감각은 무섭도록 냉철한 것이었다. 먼저 80년대의 시와 무크지들이 검열을 거쳐 나왔음을 전제로 하고 그럼에도 불구하고 성과와 한계가 뚜렷한 게릴라적 문화를 표방한다는 것의 의미를 짚었다. 역사적 현실에 대한 총체적 인식의 실패와 그로 인한 문화적 성취

6 성민엽 편, 『민중문학론』, 문학과지성사, 1984.

가 가지는 단편성과 일면성을 살펴야 한다는 입장이었다. 무크지 성행 현상을 게릴라적 문화의 표방으로 인식하고 '습격성·의외성으로서의 도구적 단편성'을 시대가 요청한다는 논리에 의해 자기 합리화하려는 무의식적 의도와 전혀 무관하지 않은 것[7]으로 보인다는 평가를 내린 것이다. 이는 다음 세대 육성의 장 정도로 무크지를 인지한 문지 1세대들의 나이브함에 대해 '문지 키즈'가 날린 잽 같은 것이었다. 성민엽은 문지의 울타리에서 인큐베이팅되고 있는 것이 아니라 스스로를 성장시키고 있었다.

> 외견상 『우리 세대의 문학』은 『문학과 지성』의 문학적 계승자처럼 보인다. 우선 정과리·이인성·이성복 등 편집 동인 세 사람이 모두 김현의 제자라는 사실이 그러하며, 또 이 무크가 문학과지성사에서 발행되고 있다는 사실이 그러하다. 그러나 이는 그렇게 단순한 문제가 아니다. 『우리 세대의 문학』의 기획·편집은 『문학과 지성』의 동인들과는 무관하게 이루어지며, 비록 정과리·이인성·이성복 등이 『문학과 지성』과 문학적 영향권 내에서 문학적으로 성장했을망정 그들은 의식적으로 『문학과 지성』과 거리를 두려고 노력하거나 혹은 『문학과 지성』을 비판적으로 극복하기 위해 노력하고 있기 때문이다.[8]

성민엽에게 『우리 세대의 문학』은 50년 이후 출생 세대가 자기 세계 형성을 목표로 수행하는 새로운 실험의 의미였다. 70년대 문학의 비판적 극복 혹은 발전적 계승에서 찾으려 함을 명확히 하며 그 과정

---

7 성민엽, 『지성과 실천』, 문학과지성사, 1985, 21쪽.

8 위의 책, 71쪽.

에서 70년대 문학의 특징적 현상인 창비와 문지의 대립을 문제삼고 그 대립의 변증법적 지양을 자신들의 몫으로 설정했던 것이다. 성민엽을 비롯한 『우리 세대의 문학』 동인들은 '세대' 대신 '시대' 개념으로 확장된 5집부터 지면에서 김지하 시인과 정현종 시인이, 신경림 시인과 황동규 시인을 나란히 편성하는 등 특유의 균형 감각을 발휘하며 문지 2세대의 이름을 탈각하고자 한다. 이전의 문지 간행물에서는—창비 간행물에서도—상상할 수 없었던 '사건'[9]으로 만들어 나간 것이다.

첫 평론집의 제목으로 정할 만큼 현실과 실천을 강조했던 성민엽이 그 실천을 위해 객관적인 현실이나 사실을 일그러뜨리는 것을 경계했던 것은 그가 가진 균형 감각을 보여주는 지점이다. '이론적으로 선취된 대중'을 불신했던 성민엽을 두고 정과리의 친구이자 한겨레신문 기자였던 고종석은 '중국 현대문학을 전공한 비평가로 보수주의자가 되는 것은 불가능했겠지만, 중국의 교조주의적 좌익이 중국 문학에 끼친 해악을 잘 알고 있다는 사실이 그를 좌편향으로부터 보호한 것도 같다'[10]고 분석했다. 『지성과 실천』(1985)이 출간되고 이듬해에 나온 『고통의 언어 삶의 언어』(1986)는 등단 후 4년여 동안 쓴 월평·시평(詩評)·서평 등을 묶은 『고통의 언어 삶의 언어』는 박노해나 고은 등의 시 비평, 박완서와 양귀자까지 두루 언급하며 80년대 소설의 지형까지 살피는 소설평 뿐만 아니라 김주연, 김치수, 김현 등 소위 문

9 권오룡 외 엮음, 「『우리 세대의 문학』과 80년대의 새로운 모색」, 『문학과지성사 30년』, 문학과지성사, 2005, 68쪽.

10 「우리 시대의 비평가들-성민엽」, 〈한겨레신문〉, 1991.12.08, 9면.

사 스승들의 비평까지 다루고 있다. 사실상 평론에 가까운 글들을 엮어 문학과지성사가 아닌(당시 문학과지성사는 수필이나 산문집을 출판하지 않았다) 한마당출판사의 산문선으로 출간한 데는 이론 중심의 비평에 독자의 자리를 마련하겠다는 의지로 읽힌다. 성민엽은 산문집이라 불리는 『고통의 언어 삶의 언어』에서 독자들의 통념이 기대하는 것은 흔히 수필이라고 운을 뗀다. 수필이 독자의 의식을 교묘히, 즐겁게, 잠재워 주는 데 기여[11]하곤 했다지만 독자들은 고통이 수반되는 성찰의 깊이를 감내할 때 철학과 문학 사이의 매개 형태인 수필의 의미가 비로소 수긍될 수 있다는 것이다.

> 문학비평가인 내가 할 수 있는 일은, 이 고통스러운 세계에서-가증스럽게도, 가짜 위안과 가짜 화해로 고통이란 없는 것처럼 위장하며 인간을 가짜 행복 속으로 함몰시켜 버리는 이 고통스러운 세계에서-스스로 고통이 되고 불행이 되는, 그럼으로써 이 세계와 이 세계에서의 삶을 증언하며 그 삶을, 어느 시인의 표현을 빌면, '죽임'에서 '살림'으로 전화(轉化)시키는 데 기여하는 문학으로부터, 그 고통의 언어-삶의 언어로부터 의미를 길어내는 일이다. 의미를 길어내면서 그 과정에서, 문학과 삶에 대한 성찰의 깊이를 내가 드러낼 수 있는 만큼이라도 드러내는 일이다.[12]

현실과 실천의 차원에서 성찰의 깊이를 능동적으로 체험하려는 독자를 불러내는 성민엽은 자신이 앉은 비평가의 자리 역시 간명하게 정리하고 있다. 고통스러운 세계를 증언하는 문학에 의미를 부여하고

---

11 성민엽, 『고통의 언어 삶의 언어』, 한마당, 1986, 4쪽.

12 위의 책, 4쪽.

삶에 대한 성찰의 깊이를 드러내는 것이 바로 비평가의 역할이라는 점을 명확히 한다. 고통의 언어이자 삶의 언어를 읽어내는 독자들이 의식의 잠에 빠져 느끼는 즐거움과 다른 성찰의 깊이에서 오는 쾌감과 희열을 느끼기를 바라며 성민엽은 평론 성격의 글들을 산문과 수필의 이름으로 내놓았다.

3. 열려 있는 실천 문학의 자리로

첫 번째 평론집 『지성과 실천』(1985) 이후 불과 3년만인 1988년 성민엽은 두 번째 평론집을 출간했다. 마르크스의 저서 『철학의 빈곤』에서 착안했다는 평론집의 제목은 『문학의 빈곤』이었다. 성민엽은 당시 문학의 빈곤이 문제되는 지점을 두 가지 맥락에서 짚고 있다. 먼저 생산성과 효율성을 토대로 합리성이 지배하는 세계에서 문학은 빈곤할 수밖에 없다는 전제에서 논의를 시작한다. 그러나 그 빈곤성의 자리에서 세계의 지배 원리에 대해 혐의를 걸고 이의를 제기하며 부정하는 것으로 문학이 존재해야 함을 밝힌다. 또 하나의 맥락에서 언급한 것은 변혁 운동과의 관계였다. 운동의 복무라는 기준에서도 문학은 빈곤할 수밖에 없으며 더구나 문학은 이데올로기를 보급하거나 전파, 대중화하는 것을 목표로 하지도, 적합하지도 않다는 것이다. 성민엽이 『문학의 빈곤』(1988) 서문에서 밝히고 있는 문학의 빈곤함은 문학의 적극적 사회 기능의 획득 못지않게 자율성에 무게를 더하고자 한 반어적 표현으로 보인다. 이는 기존 문학론을 실증적이고 구체적으로 비판하되 자율적 체계로서의 문학 텍스트가 사회 변혁에 기여하는 방식을 이론비평과 실제비평을 통해 끌어올리는 방식으로 이어졌다. 임우기의 평처럼 문학적 실천이 사회 변혁을 수행하는 열려있는 실천적 문학의 장에로 나아가는 변증법적 지양의 소중한 가교[13]의 위치가 성민엽의 비평의 자리이기도 했다.

때마침 1988년은 문지 폐간 후 무크지를 만들며 벼렀던 열망이 『문학과 사회』(이하 문사) 발행으로 실현된 해이기도 했다. 문사 창간호에 실린 「전환기의 문학과 사회」에서도 성민엽은 문학의 자율성, 해석과 변혁의 통일을 강조한다. 이는 새로운 세대를 표방했으나 여전히 문지의 자장 안에 존재하던 『우리 시대의 문학』 시기를 거쳐 문지의 계승이냐 문사의 탄생이냐를 고민했을 때 효과를 발휘했다. '지성'을 버리고 '사회'로 나아가는 데 우려를 드러냈던 일부 문지 1세대 동인들을 설득할 명분이 되기도 했을 것이다.

> 우리가 '문학'과 '사회'를 상호 포괄적인 관계로 파악하는 것도 이러한 인식을 기반으로 하여 궁극적으로는 문학의 입장에서, 문학을 통해 사회 변혁의 전망을 획득하고자 하기 때문이다. (…) 문학은 사회 속에 존재하며 사회는 또한 문학 속에서 스스로의 존재와 구조를 발견해 낸다.[14]

문사는 창간호 서문에서 보듯 사회는 문학을 통해 전망을 획득하고 변혁한다는 입장을 명확히 한다. 합리성과 선동성이라는 진정한 빈곤에서 문학의 힘을 발견했던 성민엽의 사회와 현실, 실천의 영역은 그처럼 문학의 자율성 안에 단단히 뿌리박은 것이었다. 문학 역시 역사

13 「성민엽 평론집 「문학의 빈곤」」, 〈경향신문〉, 1988.12.26, 12면.

14 「『문학과사회』를 엮으며」, 『문학과사회』 1호, 1988년 봄호, 문학과지성사, 14쪽.

적이며 사회적인 제도이자 생산물이지만 그 생산 동력이 상상력이므로 독특한 자율성과 특수한 사회적 기능을 갖는 문화 양식으로 수렴된다는 입장 또한 확고했다. 문사 창간 동인의 면면[15]을 보아도 그러했다. 자신의 사유 체계의 틀이 80년대 초, 네오마르크시즘을 중심으로 한 독서에서 거의 형성되었고 그 틀이 지금도 기본적으로 변함없이 작동하고 있는 모양이라던 성민엽은 중국 프로 문학을 공부한 중문학자였다. 홍정선은 한국 프로 문학을 공부한 배경으로 그들은 모두 마르크스주의적 맥락에 개방적이며 사회적 실천을 중시했다. 그렇다고 이들이 문학의 상대적 자율성에 대한 믿음을 포기한 것은 아니었고, 이들과 대극에 위치하고 있다고 해도 될 신화비평과 상상력 이론의 전문가 진형준과 권오룡, 정과리 역시 문학의 상대적 자율성에 대한 추구를 중시하되 문학사회학적 관점을 적극 수용[16]하는 입장을 함께했다.

『문학의 빈곤』(1988) 이후 성민엽의 비평집을 내놓은 것은 2004년이었다. 첫 비평집과 두 번째 비평집을 불과 3년의 시차로 선보였던 것에 비하면 꽤 긴 시간이 지나서다. 성민엽은 16년 만에 상재한 비평집의 서문에서 그 공백에 대해 설명하고 있다. 두 번째 비평집을 냈던 1988년 여름 그는 교통사고로 허리까지 깁스를 한 채 여러 계절을

15 문사의 창간 동인은 무크지 『우리 시대의 문학』 제6집 편집 동인이던 권오룡·성민엽·정과리·진형준·홍정선에 임우기가 새로 가세하며 구성되었다. 학문적 배경으로 보면 불문학 3인(권오룡·정과리·진형준), 독문학 1인(임우기), 국문학 1인(홍정선) 그리고 중문학 1인(성민엽)이었다.

16 권오룡 외 엮음, 「『문학과사회』의 창간과 후속 세대의 등장」, 『문학과지성사 30년』, 문학과지성사, 2005, 77쪽.

나야 했다. 깁스를 풀고 다시 걸음마를 시작한 것이 이듬해인 1989년 5월께였는데 그즈음 달라진 자신을 발견했다고 전한다. 비평적 글쓰기에 대한 종래의 열정이 갑자기 의혹스럽게 느껴지기 시작했다는 것이다. 마침 세계 정세도 변혁에 변혁을 거듭할 때였다. 베를린 장벽이 무너지고 그 이듬해 소련이 해체되더니 1992년에는 한중 수교가 체결됐다. 게다가 성민엽은 당시 젊은 작가와의 공명이 이루어지지 않는다는 고충을 털어놓는다. 자신의 사유 체계를 80년대 초 네오막시즘에서 찾으며 라캉이나 알튀세, 푸코까지는 납득이 되지만 데리다, 들뢰즈, 보드리야르에 대해서는 유보적이 된다[17]던 솔직한 고백처럼 당대 작가에 대한 자의적 불협을 언급한 것이다.

고뇌에 직면한 성민엽은 비평적 글쓰기를 줄였고 대신 전공 학문인 중국 문학 연구에 몰두했다. 비평가 성민엽이 중문학자 전형준으로 돌아간 시간들이었다. 그러나 성민엽이 언급했던 이른바 '내 안의 비교문학'은 살아남아 한국 문학에 대한 고뇌를 중국 문학에 투영하는 작업이 이루어졌다. 1992년에 마무리된 박사학위 논문 「新文學 時期의 리얼리즘 理論에 대한 研究=關於新文學時期中的現實主義理論的研究」은 동시대 중국의 문학사 이론을 비판한 20세기 중국 문학론 비판으로 작성되었다. 한국 문학과 중국 문학을 하나의 지평에 올려놓고 볼 수 있게 해주는 동아시아적 시각은 이러한 투영에서 도출된 결과[18]였고 반성과 모색 속에서 의혹과 고뇌를 대면하고서야 비로소 성민엽은 오랜 고뇌에서 일부 빠져나올 수 있었다.

---

17 「'현실' 일깨운 '사유의 모태'」, 〈한겨레신문〉, 1993.10.27, 10면.

18 성민엽, 『변하는 것과 변하지 않는 것』, 문학과지성사, 2004, 6쪽.

1989년에서 2003년까지에 이르는 시간 동안 쓴 글을 엮은 세 번째 비평집 『변하는 것과 변하지 않는 것』(2004)은 이론비평과 당시 현재형으로 나타났던 소설 현상을 개별 작가를 단위로 살핀 소설론으로 채웠다. 민족문학과 포스트모더니즘 등 문학이론 비평과 임철우, 배수아 등 작가론으로 구성하고 당시 신세대 담론에 대한 견해를 밝히는 등 세대 단위로 문학장을 이해하려는 성민엽의 시도가 돋보인다.

> 근자의 신세대 담론들은 흔히 오늘의 젊은 세대가 탈정치적·탈역사적이며 삶의 고통을 모르고 소비와 향락에만 기울고 있다고들 지적했지만, 바로 그 신세대에 속하는 1971년생 작가 백민석이 보여주는, 1980, 81년에 초등학교 5, 6학년이었던 젊은이들은 이미 유소년기에 그 시대의 모순에서 비롯되는 고통을 앓았고 상처에 입었으며(작중의 새리는 "우리가 우리의 나이에 어울리지 않게 날마다 배우고 있던 생활의 막막함이란 무엇일까, 삶의 견딜 수 없음이란 무엇일까를 배우고 있었던 그때"라는 표현으로 어린 시절을 회상한다), 오늘날도 그 상처를 아파하고 있다. 어느 의미에서는 오히려 그들의 앞세대들보다 훨씬 더 깊게, 더 근본적으로, 더 포괄적으로 아파하고 있는 것이다.[19]

90년대 초반 성민엽은 젊은 작가와의 공명이 이루어지지 않았음을 고백한 바 있지만 실제로 그가 후속세대를 바라보는 시선은 사뭇 깊고 따뜻하다. 탈정치적이고 탈역사적으로 보이는 세대들이 유소년기에 겪은 고통과 상처를 알아차리고 그 깊이와 근본성이 작품에서 발현되고 있음을 읽어낸다. 배수아, 백민석 등 2000년대 초반 당시의

---

19 위의 책, 272쪽.

신세대 작가군뿐 아니라 듀나의 소설을 통해 SF소설의 영역까지 아우르는 넓은 품을 보여준다.

이처럼 성민엽은 한국사회 전체가 겪은 격변의 소용돌이 속에서 문학인들에게도 양자택일의 폭력적인 상황이 강요된 현실을 직시하며 진정한 문학을 찾는 것으로 고뇌를 이겨내고 있었다. 2004년 제15회 팔봉비평문학상 수상작인 된 『변하는 것과 변하지 않는 것』은 지난 20년간 문학적 쟁점과 변화의 현장을 생생하게 파악하게 하고, 서양적인 개념들을 동양적 언어로 이해하게 하며, 그 과정에서 겪고 있는 자신의 비평적 고민을 설득력 있게 보여준다[20]는 심사평 외에도 성민엽이 비교적 젊은 비평가이며 그의 수상으로 '팔봉비평문학상'을 젊게 만들고자 했다는 막전막후가 있었다. 성민엽이 호소했던 젊은 작가와의 공명의 어려움과 별개로 수상이 이루어진 것이다. 솔직한 자기반성과 모색의 결과는 다시금 비평에 매진할 수 있게 힘이 되었다. 아직 '젊은' 성민엽이 평론집의 부제로-스스로의 표현대로라면 치기의 소산일지도 모를-'다시 진정한 문학을 찾아서'를 달고 16년만에 나타난 것만 봐도 그러하다. 팔봉비평문학상 수상 소감에서도 진정한 문학의 모색에 대한 성민엽의 고민이 드러난다. 성민엽은 작가의 의도가 텍스트의 본질이라고 생각하지는 않지만 그렇다고 '작가의 죽음'이라는 말을 액면 그대로 믿지도 않는다고 말한다. 텍스트에는 텍스트의 의도가 있으며 비평이란 텍스트의 의도와의 교섭을 통해서만 존재할 수 있다는 것이다. 문학의 자율성에 한층 더 다가간 성민엽의 입장은 문학 자체에 초점을 맞춰 천착한 시도가 그대로 드러낸다.

---

20 「제15회 팔봉비평문학상 수상자 성민엽씨」, 〈한국일보〉, 2004.05.08, A19면.

4. 보편성을 향한 길, 문학의 숲을 걷다

세 번째 비평집 『변하는 것과 변하지 않는 것』(2004) 이후 다시 17년만에 성민엽의 비평집 『문학의 숲으로』가 엮여 나왔다. 정년을 1년여 앞둔 시기에 나온 비평집은 1988년부터 2000년대 초반까지의 시 비평, 92년부터 2000년까지의 소설 비평을 묶었다. 비평에 대한 관찰이란 이름 아래 김현, 김인환, 김병익, 김우창, 김주연, 염무웅 등 그가 문학적 스승으로 모셨던 비평가들에 대한 비평을 톺아본다. 특히 성민엽은 가장 지대한 영향을 미친 스승이라고 할 수 있는 김주연의 말을 빌려 '이 세계의 진리는 구체적인 삶의 현장과 현실을 통해 구현되어야 하는 당위성을 갖는 것이지만, 그것이 실현되기 위해서는 보다 근원적인 힘에 대한 고려와 성찰이 수반되어야 하며' 이런 성찰이 김주연의 문학적 글쓰기에서 펼쳐지고 있다고 평가한다. 보편성을 향해 움직이는 정신이야말로 비평의 정신이자 문학의 본질로 수렴될 수 있는 것이다.

> 요즈음의 문학연구와 문화비평에는 포스트모더니즘, 포스트식민주의, 페미니즘, 하위문화론 등과 관련하여 해석의 새로운 스테레오 타입들이 성행하고 있다. 여기서 '작품'은, 혹은 '텍스트'는 실종된다. '작품'은 사라지고, 있는 것은 스테레오 타입들뿐이다. 말하자면 실종되어버린 '작품'이 진리에 해당한다면 그 스테레오 타입이 바로 권력을 배후에 둔 지식에 해당하는 것 아닐까.[21]

---

21 성민엽, 『문학의 숲으로』, 문학과지성사, 2021, 540쪽.

미국 학계 및 비평계의 헤게모니 문제에 대해 한국 지식인들이 어떻게 대응해야 하는가에 대해 김주연에게 물으며 제시한 위 상황에서도 성민엽은 작품 또는 텍스트가 실종된 현실을 개탄한다. 문학의 보편성이나 자율성의 문제는 김주연에 이어 성민엽이 깊이 천착하는 문제이다. 특히 중문학자로서의 전형준은 개별 언어에 의해 경계지어진 개별 문학이 아니라 그 개별 문학들 너머에 있는 보편 문학에 집중할 수 있는 가능성을 가진다. 문학의 보편성은 개별 언어의 경계를 넘어야 한다는 것이며, 그러나 문학은 그 경계에도 불구하고 소통이 가능한 어떤 보편성을 가진다. 문학은 개별 문학들 너머에 직접적 인식이 불가능한 방식으로 존재하기에 개별 문학들을 문학일 수 있게끔 해준다는 것이자 그 '문학'이 한국문학과 중국 문학을 동질적인 것으로 인식하는 근거[22]가 된다는 전형준의 견해는 어느 순간 비평가 성민엽의 견해와 동일선상에 놓인다.

성민엽에게 비평은 하나의 적극적인 실천행위였다. 특히 그의 문학비평, 문학적 실천은 불가피하게 언어 제도를 바탕으로 삼아야 하는 것이었다. 민중문학론부터 시작한 성민엽의 비평은 현실과 실천이라는 묵직한 화두 안에 문학의 자율성, 보편성을 깊이 내면화했음을 말한다. 성민엽은 시인 로버트 프로스트의 숲을 예술 세계로 해석하며 그 안에 올빼미 한 마리를 풀어놓는다. 철학자 헤겔은 밤에 깨어 있고 볼 수 있는 지혜의 상징 미네르바의 올빼미를 '어떤 현상이 일어난 뒤에야 이치를 깨닫게 되는 철학'으로 전유했다. 성민엽은 철학의

---

22 전형준, 『언어 너머의 문학-중국문학에 비평적으로 개입하기』, 문학과지성사, 2013, 9쪽.

자리에 문학을 놓으며 문학의 숲에 황혼이 질 때 날개를 펴는 올빼미가 문학비평이라고 말한다. 창작을 선도하는 것이 아니라 창작이 이루어진 뒤에야 그것을 살피는 비평이란 의미이다.

성민엽이 걷는 문학의 숲에서는 중국 작가 루쉰의 부엉이도 함께 날아오른다. 루쉰은 부엉이 울음소리를 어둡고 부정적인 세계에 저항하는 비판적이고 전투적인 위악적 언술과 동일시한다. 루쉰의 글쓰기와 문학창작을 부엉이 울음소리에 상응시킨 것인데, 성민엽은 문학비평이 헤겔의 올빼미나 루쉰의 부엉이가 될 수 없는지 혹은 미네르바의 본래의 올빼미가 될 수 없는지에 의문을 제기하며 이 셋이 결코 공존할 수 없는 것은 아니라는 데 방점을 찍는다. 황혼이 지는 문학의 숲에서 초로의 비평가가 다시금 말하는 것은 결국 통합과 보편, 공존이었다. 황혼이 지고 있으나 그의 불꽃이 완전히 사그라든 것은 아니었다.

비-체제 지향의 외길 걷기

이동하(李東夏)의 비평적 발자취를 더듬는 짧은 스케치

홍래성

1. 들어가는 말

나는 이동하에 대해, 이동하의 비평에 대해 살펴보려고 한다. 그러나 이 자리에서 그 전모를 온전히 들여다보는 것은 현실적으로 불가능하다. 그 이유는 세 가지이다. 첫째, 방대한 부피 때문이다. 80년대에 문단으로 발을 내디딘 이래, 이동하는 그야말로 성실하게 비평 활동을 펼쳐왔다. 이제껏 이동하가 출간한 저서만 헤아려보아도 이 사실은 금방 확인이 가능하다. 첫 평론집인 『집 없는 시대의 문학』(정음사, 1985)을 시작으로 『현대소설과 도시사회』(보고사, 2020)에 이르기까지 그 숫자는 무려 이십여 권을 넘어선다. 둘째, 아직 종결되지 않았기 때문이다. 비록 이동하는 40대 전후를 기점으로 조금씩 현장 비평과 멀어지는 면모를 보여주었지만, 또, 2021년 2월을 마지막으로 대학의 강단에서도 물러났지만, 여태까지 이동하가 밟아온 궤적을 토대로 미루어본다면, 이동하는 여전히 '읽다-쓰다'의 행위를 멈추지 않을 것임을, 그리하여, 앞으로도 '읽다-쓰다'의 결과물을 세상에 내놓을 것임을 예상할 수 있다. 셋째, 제대로 조명할 수 있을 만큼 객관적인 간격이 확보되지 않았기 때문이다. 이는 여전히 현재진행형이라는 두 번째 이유와도 관련되는 것이지만, 더 근본적으로는 나 자신과 관련되는 것이다. 나는 이동하가 쓴 수많은 글로부터 크게 감화받았다/받고 있다. 그래서, 이동하가 쓴 수많은 글은 나에게 '(빼어난) 비평이란 무엇인가'라는 질문 앞에서 선뜻 제출할 수 있는 모범 답안과 같은 것으로 인식되었다/되고 있다. 이처럼 매료된 상태에서는 명과 암의 제대로 된 판별이란 도무지 난망할 일이다.

이러한 까닭 아래, 나는 심부에 이르지는 못한 채 표면만 좇아가는 행위에 그칠 수 있다는 문제점을 솔직하게 인정하는 가운데서, 또, 이에 따라 여러 가지 오해가 초래될 수 있다는 위험성을 솔직하게 인정하는 가운데서, 가능한 한 중립적인 자세, 태도를 유지하고자 의식하며, 이동하에 대한, 이동하의 비평에 대한 소개, 안내를 조심스레 진행해나가는 수밖에 달리 도리가 없다. 그래도 주마간산으로만 비치지는 않기를 간절히 바라면서, 전체적인 얼개를 그리되, 발화점에 좀 더 집중하는 형태로, 지금부터 모자란 대로나마 이야기를 전개해보기로 하자.

2. 이동하가 서 있던 위치

해방공간부터 1970년대까지의 문단을 설명하는 데는 세대론의 관점이 상당한 유용성을 지닌다. 해방공간에서는 김동리, 서정주, 조연현의 트로이카 체제가 문단을 주도했다. 6·25 전쟁 이후부터는 이어령으로 대표되는 전후세대가 강렬한 목소리를 내며 문단에 등장했다. 4·19 혁명을 기점으로는 김현, 염무웅 등의 일군을 비롯한(또한, 여기에 백낙청과 같은 해외파를 포함한) 4·19세대가 문단 전면에 대두하기 시작했다. 이때, 뒷세대는 언제나 앞세대를 거부하고 부정하는 모습을 보여주었던바, 이어령을 위시한 전후세대가 김동리, 서정주, 조연현을 향해 그야말로 신랄한 비판을 퍼부었음은 주지의 사실이며, 김현, 염무웅 등을 위시한 4·19세대가 이어령을 향해 그야말로 신랄한 비판을 퍼부었음도 주지의 사실이다. 이는 뒷세대가 문단 내 입지를 빠르게 구축, 확보하기 위한 하나의 방법이었다.

하지만, 1955년생인 이동하가 본격적으로 활동하게 되는 시점인 1980년대부터는 사정이 달라진다. 이동하가 속한 세대, 곧, 1950년대에 태어나 1980년대에 문단으로 진입한 세대는, 막상 이 세대를 지칭하는 별다른 이름이 붙여진 바 없다는 데서도 드러나듯이, 이전의 여러 세대가 보여준 양상과는 사뭇 다른 면모를 띤다. 이는 무엇보다 앞세대인 4·19세대가 문단에서 막강한 영향력을 움켜쥔 채 놓지 않았다는 데서 주어진 결과로 이해된다. 4·19세대는 『창작과비평』, 『문학과지성』이라는 양대 잡지를 주축으로 "자기들의 제2세대에 해당하는 집단까지 다시금 조직적으로 키워내는 놀라운 정치적 지혜를 과시"[1]했던바, 이동하가 속한 세대 중의 다수는, 문단 내 자리 잡기 과정

1 이동하, 「영광의 길, 고독의 길—이어령론」, 『한국문학을 보는 새로운 시각』, 새미, 2001, 183쪽.

에서 4·19세대를 물리치는 모습이 아니라 (비록 비판적인 시야를 견지했다손 치더라도) 4·19세대를 뒤따르는 모습을, 다시 말해, 『창작과비평』, 『문학과지성』의 이념과 논리를 계승하고 수용하는 모습을 대체로 보여주게 되는 것이다.[2] 그리고, 이 지점에서 이동하는 자기 세대의 많은 이들과 확연히 구별되는 위치를 점한다. 이동하는 "동시대의 다른 비평가와는 달리 공통된 이념 지향을 지닌 비평집단의 일원으로 활동"하지 않았다.[3] 이동하는 "『창작과비평』, 『문학과지성』의 영향권 밖에서" 그 자신 "고유의 비평 영역을 구축해나"갔다.[4] 관련하여, 이동하의 자술 한 대목을 가져와 보면 아래와 같다.

> 나의 공식적인 문단 데뷔는 창작과비평사를 통해서 이루어졌다. 그러나 나는 이른바 창비 그룹에 단 한 번도 가까이 다가가본 일이 없다. 나는 1974년에 처음 김병익 선생을 만난 이후 오랫동안 그분에 대하여 존경심을 지녀왔으며, 작고한 김현 선생이 그분 생전에 베풀어준 따뜻한 관심에 깊이 감복한 바도 있다. 오래 전, 내가 막 비평활동을 시작하던 당시, 어떤 사람이 나를 보고 「당신이 가진 문학관은 문지 그룹의 그것에 가까운 점이 있다」는 얘기를 한 바 있거니와, 그때 나는 그의 판단을 굳이 부정하려 하지 않았다. 그러나 나는 문지의 품속에 스스로의 둥지

---

2 오해를 피하고자 몇 마디 덧붙여두자면, 나는 전체적인 구도를 간명히 나타내고자 했으되, 복잡다단한 사태를 거칠고 단순하게 서술한 점을 부인하지 않는다. 나는 이동하가 속한 세대가 보여준 바의 『창작과비평』, 『문학과지성』의 자장 안으로 포섭되지 않는 다양한 비평 활동들, 가령, 1980년대에 활발히 수행되었던 무크지 운동 등이 지닌 가치와 의의를 십분 인정한다.

3 고현철, 「문학의 위기와 길 찾기」, 『오늘의 문예비평』 14호, 1994년 가을호, 255쪽.

4 고형진, 「화려하고 풍성한 '비평의 시대'」. 김윤식, 김우종 외 38인, 『한국현대문학사』 4판; 현대문학, 2005, 601쪽.

> 를 트는 것을 단호히 거부하였다(김현 선생의 적극적인 권유에 넘어간 결과 나의 두 번째 평론집을 문학과지성사에서 내기는 했지만). 한 사람의 문학평론가로서 나는 언제나 홀로 가는 자가 되기를 원했으며 실제로도 홀로 가는 자의 모습을 견지해왔다. 나는 어떤 그룹이든 그룹이라는 것과 관련하여 내 이름이 기억되는 것을 원하지 않았다. 『작가세계』의 편집에 참여하던 시기에도 나는 그룹이라는 것과는 도무지 거리가 먼 '홀로 가기'의 상태를 변함없이 유지하였다.[5]

위의 대목에 연달아, 이동하는 그 자신 어떤 그룹에도 속하지 않았다는 사실뿐만 아니라, 당시의 시류에 관심을 두긴 했으되, 이를 무작정 좇지 않았다는 사실을, 때에 따라서는 이를 적극적으로 비판했다는 사실을 밝혔다. 또한, 당시의 시류와 거리를 두는 스스로의 선택으로 말미암아 현실적인 손해가 초래되기도 했으나, [1] "자유의 기쁨"과 [2] "〈지금 내가 아니면 이 세상에서 아무도 하지 못할 의미 있는 일을 하고 있다〉는 의식이 선사해주는 기쁨"이 그 이상으로 값졌던바, '홀로 가는 자'의 지위를, '홀로 가기'의 자세, 태도를 절대로 포기하지 않았다는 사실을 덧붙였다.[6] 이로 보면, 내가 앞서 되풀이 사용한 '이동하가 속한 세대'라는 표현 자체가, 이동하에게는 어불성설과 다름없는 참으로 온당치 못한 처사로 여겨질는지도 모른다.

이렇듯 이동하는 "비평계의 이단아"[7]였다. 다만, 이동하가 밝아나

---

5 이동하, 「책머리에-홀로 가는 사람의 기쁨」, 『홀로 가는 사람은 자유롭다』, 문이당, 1996.

6 위와 같음.

7 홍정선, 「좌파의 허상과 비평가의 용기」, 『시대정신』 31호, 2006년 여름호, 2006, 380쪽.

간 이단의 길을 두고서 '친-체제'가 아니기에 '반-체제'로 간주해버리는 관점은 옳지 못하다. 체제를 대하는 마음가짐에는 친-체제와 반-체제만 있지 않다. 이와 별개로 '비-체제'가 있다. 친-체제와 반-체제는 대립 관계이지만, 그 목표가 진영을 확고히 하는 방향으로 수렴된다는 데서 공통점을 가진다. 그러나 비-체제는 진영 논리에서 아예 등을 돌려버리는 행위이다. 진영 논리와 무관한 독자적인 행보이다.[8] 나는 이동하가 비-체제를 지향했다고 생각한다. 이동하가 친-체제 인사들과 반-체제 인사들 모두에게서 공격받았다는 사실은 이를 방증하는 하나의 사례가 된다. 이동하는 친-체제 인사들로부터는 '왜 당신은 반-체제의 논리를 앞세우느냐'는 식으로 비판받았고, 반-체제 인사들로부터는 '왜 당신은 친-체제의 자리에 속해 있음을 인정하지 않느냐'는 식으로 비판받았다. 이렇듯 어느 쪽에도 매이지 않고 그저 사리에 맞다 싶은 데로만 나아갔던 탓에, 이동하는 이쪽에서도 저쪽에서도 달갑지 않은 시선을 받아야 했던 셈이다.

덧붙여, 이동하가 이따금 '고독'을 강하게 토로했던 연유 역시도 다름 아닌 여기서 찾아질 수 있다. 또한, 떨칠 수 없으니 받아들여야 한다고 인정했던 연유 역시도 다름 아닌 여기서 찾아질 수 있다. 이때의 고독이란, 비-체제를 지향할 때면 어쩔 수 없이 부여되는 것, 그러니까 그 자신 문단에서 얼마만큼 인정을 얻었느냐와는 본질적으로 무관한 것, 따라서 그 자신 묵묵히 감내할 수밖에 다른 대안이 없는

---

8 비-체제와 관련한 이 대목은 오구라 기조(小倉紀藏)의 논의를 바탕으로 작성되었다. 오구라 기조는 이어령의 위치를 "'비체제'의 세미오시스"로 설명했다. 오구라 기조, 「이어령 비체제의 세미오시스」, 『이어령 선생 서거 1주기 추모 국제학술대회 자료집』, 2023.2, 51쪽 참고.

것, 한마디로 그 자신에게 주어진 숙명과도 같은 것이었기 때문이다. 이처럼 이동하는 동행자 드문/없는 외길 위에서 한발 한발 발자국을 새겨나갔다.[9] 그리고, 어느새 사십여 년을 넘어선 현재에는 그 발자취가 길게 많이 남겨져 있다.

3. 한결같은 입각점, 자유주의

그런데, 이동하가 희구한 '홀로 가는 자의 홀로 가기'란 구체적으로 어떤 의미를 지니는 것인가. '비－체제 지향'이라고 파악해보았으되, 좀더 깊이 파고들 필요가 있다. 오해를 피하고자 부언한다면, 비－체제는 어느 체제와도 궤를 달리한다는 의미로 이해되어야 마땅하지, 내적 체계가 세워져 있지 않다는 의미로 이해되어서는 곤란하다. 그러니만큼, 홀로 가는 자의 홀로 가기는 그때그때 상황에 맞추어 달라지는 좌고우면(左顧右眄)의 걸음걸이가 아니었다. 오히려 뚜렷한 입각점에 기반을 둔 큰 보폭의 걸음걸이였다. 관련하여, 이번에도 이동하

---

9 이러한 맥락을 참작한다면, 이동하가 이어령을 논하는 글에서 '이어령의 고독'을 포착해낸 것은 우연한 결과일 수 없다. 이동하의 예리한 발견으로 인정될 수 있는 동시에, 이동하의 내면풍경이 투영된 해석으로 볼 수가 있는 것이다. 해당 대목을 제시해두면 다음과 같다. "그러나 이어령의 문필생활 40년을 살피면서 그 외관만을 대강 둘러보는 데에서 멈추지 않고 좀더 면밀하게 그 내면까지를 들여다보는 사람은, 외관상의 그러한 영광 뒤에 의외에도 깊은 고독이 자리잡고 있음을 발견하고, 착잡한 상념에 잠기지 않을 수 없다.", "여기서 내가 말하는 고독은 당대의 문학계, 그 중에서도 특히 평론계의 주류가 어떤 방향으로 나아가게 되었는가를 문제삼는 자리에서 이야기될 수 있는, 보다 심층적인 의미에서의 고독이다."(이동하, 「영광의 길, 고독의 길 — 이어령론」, 앞의 책, 176쪽)

의 자술 한 대목에 기대어 보면 아래와 같다.

> 내가 개진해 온 '다른 견해'의 구체적인 세목은 시기에 따라, 그리고 사안에 따라 다양한 면모를 보여주고 있거니와, 그 다양한 면모들을 두루 지칭할 수 있는 낱말을 하나만 찾는다면, 그것은 '자유주의'가 될 수밖에 없을 것이다. 루드비히 폰 미제스나 프리드리히 A. 폰 하이에크, 칼 포퍼 같은 사람들의 사상을 자유주의라고 일컬을 때와 같은 의미에서의 자유주의 — 다른 말로 표현해서, '엄밀한 의미에서의 자유주의' — 말이다.[10]

위의 대목을 따를 때, 홀로 가는 자의 홀로 가기는 '자유주의 추구하기'로 다시 명명이 가능하다. 다만, 이동하는 자유주의를 두고서 세칭 차원에서의 자유주의가 아니라 "엄밀한 의미에서의 자유주의"라고 한정 짓는 한편, 이러한 엄밀한 의미를 보장케 하는 지반으로 미제스, 하이에크, 포퍼의 사상을 제시한다. 일반적인 견해를 따를 때, 미제스, 하이에크, 포퍼는 국가에 의해 감시되는 고전적 자유주의에서 벗어나 시장에 의해 주도되는 신자유주의로 나아가야 함을 주장했다는 데서, 서로 간 합치되는 지점을 지닌다고 설명된다. 또한, 그런 입장이므로 미제스, 하이에크, 포퍼는 사회주의, 혹은, 전체주의에 대한 강렬한 비판을 수행했다고 설명된다.[11] 이동하가 미제스를 인용한 대목이라든지,[12] 하이에크나 포퍼에 대해 써놓은 독서록이라든지[13] 등을

---

10 이동하, 「책머리에」, 『한 자유주의자의 세상 읽기』, 문이당, 1999a.

11 진태원, 「하이에크는 단순한 신자유주의자가 아니었다」, https://www.hani.co.kr/arti/culture/book/634700.html 참고.

12 가령, 「한국문학의 도시문제 인식에 대한 비판적 고찰」 속의 각주 10번 및 「서울 사람들의 삶, 자본주의 체제 속의 삶 — 『압구정동엔 비상구가 없다』와 『서울은

참고하면, 이동하도 크게 다르지 않은 맥락에서 미제스, 하이에크, 포퍼를 이해하고 수용했음을 알 수 있다.[14] 곧, 이동하의 홀로 가는 자의 홀로 가기란 '사회주의, 혹은, 전체주의에 맞서는 것이자 시장 경쟁 체제를 기본 질서로 삼는 것으로서의 자유주의를 바탕으로 자신의 견해를 흔들림 없이 견지해나가기'로 파악될 수 있는 것이다.

그리고, 이와 같은 이동하의 홀로 가는 자의 홀로 가기는, 당대의 인식소나 당대의 세계관이라는 표현을 붙이기는 과할지언정, 당대의 지배적인 분위기를 향한 대결 의식, 저항 의식에서 비롯된 소산이었다. 이는 이동하가 1980년대의 "지식인 사회에서 마르크스, 엥겔스, 레닌, 루카치, 모택동 등등의 이름"이 "얼마나 엄청난 위력을 가지고 있었"는지를 거론하며, 그 당시의 많은 지식인들이 보여준 자세, 태도를 [1] "그 이름들 앞에 숭배의 꽃다발을 바치고, 그 이름들로 대표되는 세상이 이 땅에 도래하도록 만들기 위해 투쟁할 것을 맹세"한 부류와 [2] "마르크스라든가 레닌이라든가 하는 이름들에 대해서 숭배의 마음까지 품지는 않으나" "자유주의보다 그쪽이 우월하다는 것만은 분명히 알고 있"는 부류로 양분했던 동시에, 그 자신은 "어디에도 속

만원이다』의 경우」 속의 각주 7번을 들 수 있다. 이 두 편의 글은 이동하, 『한국문학 속의 도시와 이데올로기』, 1999b, 태학사에 수록되어 있다.

13 가령, 「전체주의 사상에 대한 결정적 비판서 — 포퍼의 〈열린 사회와 그 적들〉」 및 「만인을 노예화하는 길로 가서는 안된다 — 하이에크의 〈노예의 길〉」을 들 수 있다. 이 두 편의 글은 이동하, 앞의 책(1999a)에 수록되어 있다.

14 물론, 미제스, 하이에크, 포퍼와 관련하여 이동하는 상기 서술한 문맥 정도를 넘어서는 더욱 깊고 더욱 넓은 이해도를 지니고 있었다. 이 중에서도 이동하는 특히 포퍼에게 지대한 인상을 받았거니와, 관련한 자세한 내용은 이후 본문에서 서술될 예정이다.

하기를 거부하고 자유주의의 가치에 대한 신념을 확고히 견지하고자 하는 사람"으로 위치시켰던 데서 뚜렷이 확인할 수 있다.[15]

한편으로, 1990년대를 지나면서 소련이 붕괴한 이후에도, 많은 지식인들이 여전히 사회주의, 혹은 전체주의에 대해 집착하는 면모를 드러내자, 이동하는 이와 같은 세태를 놓고서 더욱 강렬한 비판의 칼날을 들이밀게 된다. "이미 세계사적인 차원에서 그 모순과 한계가 입증되어 사망선고를 받은 지 오래인 마르크스주의에 대한 미련을 아직도 버리지 못"한 사람들을 '진보파'라고 일컫는 작금의 현실을, 또, "마르크스주의의 모순과 한계를 인식하고 그것을 넘어선 자리에서 현실적인 문제들에 대한 해결책을 탐색하며 역사를 사유"하는 사람들을 '보수파'라고 일컫는 작금의 현실을, "부정확하고 부당하다"고 직설적으로 지적하면서, 지금부터라도 아래와 같이 정확하게 이름 붙여야 한다고 역설한 것이다.[16]

> 그러니 만큼 우리는 이제 그런 명명법을 거두어들여야 한다. 그리고 〈진보파〉라는 명칭 대신 〈좌파〉 혹은 〈사회주의 지지자〉라는 정확한 명칭을, 〈보수파〉라는 명칭 대신 〈우파〉 혹은 〈자본주의 지지자〉라는 정확한 명칭을 보편화시켜야 한다.[17]

여기서 그치지 않고 더 나아가, 이동하는 확신에 찬 목소리로 좌파

---

15 이동하, 「자유주의의 어제와 오늘에 관한 단상」, 『문학평론과 인생공부』, 새미, 1998, 304쪽 참고. 더하여, 이 외에도 이동하의 여러 저서에서 비슷한 내용을 찾아볼 수 있다.

16 이동하, 「책머리에」, 『한국 문학 속의 사회주의와 자본주의』, 새미, 2006.

17 위와 같음.

-사회주의 지지자가 그르다는 것을, 반대로, 우파-자본주의 지지자가 옳다는 것을 피력한다. 기실, 이쯤에 이르니 구사되는 어사가 너무 단정적, 확정적이지 않은가 우려되는 측면이 적잖으나, 흐름을 따라 계속해서 살펴두자면 아래와 같다.

> 나는 확신을 가지고 말하는 바이다—우리 사회를 보다 풍요로운 사회로 만들려면, 우파의 길을 가야 한다고. 효율성의 측면에서 볼 때, 우파의 길이 옳은 길이며, 좌파의 길은 그릇된 길이라고./ 이와 더불어, 나는 또한 확신을 가지고 말하는 바이다—우리 사회를 보다 정의로운 사회로 만들기 위해서도, 우파의 길을 가야 한다고. 도덕성의 측면에서 볼 때에도, 우파의 길이 옳은 길이며, 좌파의 길은 그릇된 길이라고.[18]

이러한 의식에 기반하여 이동하는 누차에 걸쳐 좌파의 길이 허상에 불과하다고 폭로한 것이며, 특정 인물로는 대표적으로 리영희를 강하게 비판한 것이다.[19] 여기에 더해, 이동하는 우파의 길이 이렇게 "경제적 효율성의 측면과 도덕적·윤리적 측면 양쪽에서 공히" 우월성을 확보하고 있음에도 불구하고, "그리고 그 우월성이 이미 역사적으로 입증되기까지 했음에도 불구하고,"[20] 어찌하여 많은 지식인들이(그 가운데서도 특별히 문학인들이) 좌파의 길에서 이탈하지 않은 채 우파의 길을

18 위와 같음.

19 이와 관련한 글들은 이동하의 여러 저서에서 찾아볼 수 있으나, 그중에서도 이동하, 『한 문학평론가의 역사 읽기』, 문이당, 1997; 이동하, 앞의 책(1999a); 이동하, 앞의 책(2006) 등을 참조할 것.

20 이동하, 「왜 대다수 문학인들은 그렇게도 자본주의를 싫어하나?」, 앞의 책(1997), 248쪽.

배척하는지에 관해서도 일찍부터 고민했던바, 피터 버거의 논의를 빌려 아래와 같은 답안을 내어놓은 적이 있다.

> 요컨대, 사회주의체제 속에서는 지식인들이 권력과 특권의 영역에 보다 쉽게 접근할 수 있을 것으로 여겨진다는 것, 그리고 지식인들은 일반적으로 '신화'에 대해서 강한 애호를 나타내는 경향이 있으며 아무리 명백한 '사실'에 의해서 그 신화가 논파되더라도 그들의 신화 애호는 근본적인 타격을 입지 않는 법인데 사회주의는 바로 그러한 지식인들을 열광시킬 만한 면모를 갖고 있는 반면 자본주의는 정히 그 반대의 면모를 보여준다는 것—이 두 가지가 버거의 핵심적인 논지인 셈이다. 그리고 이 두 가지 모두는 의심할 여지없는 진실을 말해주고 있다.[21]

그리고, 이동하도, 이동하를 둘러싼 현실도 세월이 흘러감에 따라 자연히 변화를 겪기 마련이었다. 그리하여, 2000년대 중반 이후부터는 이동하가 위의 대목처럼 '좌파의 길은 그릇된 길', '우파의 길은 옳은 길' 등의 단정적인 표현을 전면에 앞세우는 경우는 점차 사라지게 된다. 그렇지만, 이동하가 스스로 지녔던 바의 입각점을 바꾸었느냐면 절대로 그렇지는 않았다. 이는 제일 최근이자 제일 마지막으로 발간된 이동하의 저서 속 아래와 같은 문구를 통해 어렵지 않게 확인이 가능하다.

---

21 위의 글, 250쪽. 한편으로, 각주 12번에서 소개한 「한국문학의 도시문제 인식에 대한 비판적 고찰」을 더불어서 챙겨보는 것도 유의미하다고 판단된다. 이 글은 우파의 길이 옳다고 주장한 이동하의 입장을 간접적으로나마 확인할 수 있는 실제적인 작품론에 해당하기 때문이다. 이 글에서 이동하는 많은 문학인들이 현대의 도시 문화(혹은, 문명)를 부정 일변도로 그려내는 현상에 문제를 제기하며, 그 원인을 파악해나가는 동시에, 신중하고 균형 잡힌 시선이 요구된다고 주장했다.

> 나는 한국의 역사를 보는 시각에 있어서나, 다른 어떤 나라의 역사를 보는 시각에 있어서나, 일관된 입장을 가지고 있다. 그 입장의 요체는 오래전에 출간된 『한 문학평론가의 역사 읽기』와 『한 자유주의자의 세상 읽기』라는 두 권의 책에서 내가 개진했던 입장으로부터 크게 달라지지 않은 것이다, 하이에크가 말하는 '치명적 자만'에 사로잡힌 사상가들이 주장하는 '역사 발전의 법칙 이론' 따위는 마땅히 배격되어야 한다는 것, 역사의 기록 곳곳을 물들이고 있는 폭력과 불의의 자취를 만날 때마다 느끼게 되는 슬픔은 어찌해 볼 도리가 없다는 것, 그러나 비관주의는 금물이라는 것, 역사에서 가장 아름답고 가치 있는 부분은 역시 하이에크가 말하는 '예종(隸從)에의 길'로 사회를 이끌어가려는 부단한 압력과 유혹에 맞서서 자유를 지키고자 하는 사람들의 노력에 있다는 것, 우리는 늘 그런 노력에 주목하고 각자의 능력과 여건이 허락하는 대로 그런 노력에 동참해야 한다는 것 — 대략 이런 것이, 역사를 대하는 내 입장의 요체이다.[22]

비록 자유주의라든지, 사회주의, 혹은, 전체주의라든지, 자본주의라든지 등의 단어는, 그 밖에도 좌파나 우파 등의 단어는 일절 찾아볼 수 없지만, 하이에크, 치명적 자만, 역사 발전의 법칙 이론, 예종에의 길 등의 단어로 미루어보면, 예전이나 지금이나 언제나 이동하는 '한결같음'을 알 수 있다. 처음부터 끝까지 일관된 입각점 아래서 이동하는 그 자신 논의를 쭉 펼쳐왔던 것이다. 물론, 한결같음이 논의 전개에 있어 마냥 우수성을 보장해준다고만은 할 수 없다. 뒤집어 생각한다면, 논의 전개에 있어 도리어 경화(硬化) 현상을 초래할 수도 있다. 다만, 이러한 한결같음이야말로 이동하가 오랜 세월 동안 꾸준히 비

---

22 이동하, 「책머리에」, 『현대소설과 도시사회』, 보고사, 2020.

평 활동을 지속해올 수 있었던 제일의 원동력이었으리라고 여겨진다. 더욱이, 앞으로의 원동력이기도 하리라고 여겨진다.

4. 어우러질 수 없는 두 기축, 비판적 합리주의와 종교적 신앙

여태껏 내가 탐사한 결과를 간추려보면, 그것은 '이동하는 비-체제를 지향했다.' 및 '이동하는 사회주의, 혹은, 전체주의에 맞서는 것이자 시장 경쟁 체제를 기본 질서로 삼는 것으로서의 자유주의를 바탕으로 자신의 견해를 흔들림 없이 견지해나갔다.'가 된다. 그렇다면, 이어질 물음이란 자연히 이동하가 '비-체제 지향'을 위해, 또, '사회주의, 혹은, 전체주의에 맞서는 것이자 시장 경쟁 체제를 기본 질서로 삼는 것으로서의 자유주의를 바탕으로 자신의 견해를 흔들림 없이 견지'하기 위해 무슨 강구를 했는지, 어떤 모색을 했는지가 된다. 그리고 이는 어렵지 않게 알 수 있는데, 이유인즉, 이동하가 아래와 같이 발언한 적이 있기 때문이다.

> 그러면 마르크스주의나 그와 유사한 사상에 대신하여 나를 사로잡은 것은 무엇이었던가? 이 물음에 대해서는 두 가지로 대답할 수 있다. 비판적 합리주의의 세계가 그 하나요, 종교적 신앙의 세계가 그 둘이다.[23]

---

23 이동하, 「나에 대하여」, 『신의 침묵에 대한 질문』, 세계사, 1992, 240쪽. 이 밖에도 『물음과 믿음사이』(민음사, 1989), 『한국문학과 비판적 지성』(새문사, 1996)의 '책머리에' 등을 참조할 수 있다. 또한, 이동하는 "적지않은 수의 사람들이 마르크

이렇듯 이동하는 '비판적 합리주의'와 '종교적 신앙'이라는 두 기축을 중심으로 사유를 심화, 확대해나갔다.[24] 우선, 비판적 합리주의는 포퍼로부터 도움받은 바 큰 것이다. 이동하는 포퍼가 주장한 '반증주의(falsificationism)'를 어떤 대상에 다가서기 위한 기본적인 관점으로 삼았다고 보아 무방하며, 이로부터 구체적으로 ① 기성의 이념이나 논리에 얽매이지 않고 과감한 비판 내지 회의의 시선을 던져볼 필요성과 ② 어떤 이념이나 논리가 스스로에게는 확신이 들더라도 다른 사람이 그것에 대해 비판 내지 회의의 시선을 던질 수 있다는 사실을 받아들여야 할 필요성을 도출해내었다.[25] 실제로도 이동하는 비판적 합리주의에 충실한 상태로 그 자신 논의를 펼쳤다. 가령, 일찍이 이동하는 이문열의 작품을 "낭만적 상상력이라는 개념으로 묶으면서 그 약점들을 지적해"냈는데, 이는 "그 전까지 이문열의 작품에 대체로 호의적이던 우리 비평계에 하나의 파문을 일으"킨 것이었다.[26] 이 외에도, 일찍이 이동하는 전혜린을 통렬하게 비판했는데, 이 역시도 소

스주의를 대신할 의지처로 삼으려 들고 있는 포스트모더니즘의 기치에 대해서도 공감의 시선을 보낼 수가 없다."고 밝힌 바 있으며, 그 이유로는 "지식인의 책무인 「준엄한 비판과 집요한 견제」의 과제를 더 이상 충실히 수행하지 않을 것임을 선언하는 것이기" 때문이라고 밝힌 바 있다. 이동하, 「마르크스주의 체제의 몰락과 민중문학의 과제」, 『우리 소설과 구도정신』, 문예출판사, 1994, 17쪽.

24 다만, 나는 이동하가 비판적 합리주의와 종교적 신앙과 관련한 내용을 자술한 여러 편의 글을 읽으면서, 이 두 가지가 어떨 때는 방법론과 같은 층위로 서술되는 듯싶기도 하고, 또, 어떨 때는 소재나 주제와 같은 층위로 서술되는 듯싶기도 하여, 층위 설정을 어떻게 해야 할지에 관해 다소간 혼동을 느꼈다는 점을 언급해두고자 한다.

25 이동하, 「대학생을 위한 네 편의 글」, 앞의 책(1992), 232쪽 참고.

26 최진삼, 「물음과 믿음 사이에서」, 『오늘의 문예비평』 10호, 1993년 가을호, 168쪽 참고.

위 '전혜린 현상'이라고 불렸던 당대의 신드롬(syndrome)에 대한 회의로부터 비롯된 것이었다.[27] 한편으로, 1980년대의 이동하는 조세희의 『난장이가 쏘아올린 작은 공』과 조정래의 『태백산맥』에 대해 상찬하는 모습을 보여주었으나, 1990년대의 이동하는 조세희의 『난장이가 쏘아올린 작은 공』과 조정래의 『태백산맥』에 대해 비평적 거리를 확보하는 모습을 보여주었다.[28] 시대의 경향, 풍조에 그저 영합하거나, 오류가 드러났음에도 자기가 한 번 주장했던 바를 언제고 지키기 위해 억지로 살을 덕지덕지 붙이는, 그러한 면모를 보이는 (적지 않은) 이들과 뚜렷이 변별되는 면모를 이동하는 보여준 것이다.

다음으로 종교적 신앙과 관련해서는 두 가지 점이 주목된다. 하나는 그 대상이 기독교이되, 진보적 신학에 기반한 기독교라는 점이다. 이는 이동하가 본회퍼, 불트만, 콕스 등을 자주 인용하는 것을 보면 알 수 있다. 다른 하나는 기독교라는 특정 종교만이 아니라 무교, 불교 등의 다양한 종교로까지 그 이해의 폭을 꾸준히 넓혀나갔다는 점이다. 이는 이동하가 믿음의 강도는 시간이 흐르는 동안 낮아진 반면, 관심의 범위는 시간이 흐르는 동안 넓어졌다고 밝힌 데서 그 이유를 찾을 수 있다.[29] 이와 같은 굴곡과 부침 속에서, 1992년의 『신의 침묵에 대한 질문』, 1994년의 『우리 소설과 구도정신』부터 2017년의 『현

---

27 이동하, 「나는 왜 국문학을 선택했는가」, 『아웃사이더의 역설』, 세계사, 1990, 100~102쪽 참고. 덧붙이자면, 이 글에서 이동하는 전혜린만이 아니라 최인훈의 초기소설에 대해서도 문제를 제기했다.

28 이동하, 「〈물음과 믿음 사이〉, 그 이후」, 『한국문학을 보는 새로운 시각』, 새미, 2001, 341~342쪽 참고.

29 위의 글, 344쪽 참고.

대소설과 불교의 세계』, 2019년의 『현대소설과 기독교의 만남』까지, 이동하는 종교적 신앙과 관련한 성과를 다수 이루어낸 것이다. 종교에 대해서는 별다른 관심이나 흥미를 두지 않는 문단의 대체적인 분위기를 감안할 때, 이는 양적으로 보나 질적으로 보나 돌올한 면모가 아닐 수 없다.

그런데, 언뜻 생각해보아도 비판적 합리주의와 종교적 신앙은 좀체 어울리기가 힘들다. 이동하가 스스로 밝혔듯이 "종교적 신앙은 신비주의적이고 권위주의적인 요소를 반드시 포함하는데", 이 요소는 비판적 합리주의가 수용하지 못하는 것 중 하나가 되고, 반대로, "비판적 합리주의는 인간의 힘과 과학의 힘에 대한 과다한 신뢰를 반드시 포함하는데", 이 요소는 종교적 신앙이 수용하지 못하는 것 중 하나가 되는 까닭이다.[30] 나는 물과 기름처럼 섞이지 않는 비판적 합리주의와 종교적 신앙을 이동하가 구태여 함께 끌고 나갔던 이유를 두고서, 어떤 사유가 특정 이데올로기로 귀속, 귀착되지 않으려면, 맹신을 늘 경계해야 한다는 것(곧, 비판적 합리주의의 필요성)과 내부(경험과 인식의 범주 안)만이 아니라 외부(경험과 인식의 범주 밖)까지 늘 고려해야 한다는 것(곧, 종교적 신앙의 필요성)을 이동하가 잘 알고 있었기 때문이라고 생각한다. 또한, 이동하가 비판적 합리주의와 종교적 신앙을 합쳐보려는 일종의 변증법적 지양 같은 것을 시도하지 않았던 이유도 여기에 있다고 생각한다.

일찍이 이동하는 어설픈 융합을 도모하는 대신 독립적 영역을 인정하는 가운데서 콕스의 관점을 차용하여 비판적 합리주의와 종교적 신

30 이동하, 「나에 대하여」, 앞의 책(1992), 240~241쪽.

앙 간의 관계 양상을 그려보고자 시도한 적이 있었다. 구체적으로 이동하는 종교적 신앙이 비판적 합리주의를 감싸는 구도를 설정한 다음, 밖에서 안으로의 구심력(종교적 신앙 → 비판적 합리주의)과 안에서 밖으로의 원심력(비판적 합리주의 → 종교적 신앙)이 작용하여, 이 구도는 나름대로 균형이 맞춰진다고 설명했다. 물론, 구심력과 원심력은 늘 동일한 힘으로 작용하는 것은 아니며, 어떤 경우에는 구심력이 원심력보다 강력하고, 또, 어떤 경우에는 원심력이 구심력보다 강력하다고 부연했다.[31] 그리고, 이러한 틀에 맞추어볼 때, 이동하는 시간이 흐를수록 점차 원심력이 구심력보다 강력해지는 사태, 그러니까 비판적 합리주의가 종교적 신앙보다 중심에 놓이는 사태를 겪게 되었다고 할 수 있다.[32] 이는 일찍부터 예정된 결과일 수도 있었으리라고 여겨지는바, 아래의 대목을 볼 때 그러하다.

> '문제'의 세계에 있어서 우리에게 가장 힘있는 무기를 제공하는 것은 아마도 포퍼의 반증주의일 것이다. (…) 하여튼 나로서는 우리로 하여금 '문제'의 길을 헤쳐나갈 수 있게 하는 인도자로서 아직 반증주의보다 더 나은 것을 알지 못한다. 그러면 '신비'의 세계에서는 어떤가? 앞에서 신비의 세계는 문제의 세계와 본질상 서로 만나지 않는 것이라고 말했거니와, 그렇다면 그 훌륭한 반증주의의 무기도 신비의 세계 앞에서는 자

---

31 이동하, 「역사의 지평과 초역사의 지평」, 앞의 책(1989), 13~14쪽 참고. 이 글에서는 '역사적 지평'과 '초역사적 지평'이라는 표현이 사용되었으나, 이를 각각 비판적 합리주의와 종교적 신앙으로 치환해도 별다른 무리가 없는 듯 판단되었기에, 위와 같이 논의를 진행했다.

32 관련하여, 이동하, 「책 머리에」, 『한국문학과 비판적 지성』, 새문사, 1996 및 이동하, 「〈물음과 믿음 사이〉, 그 이후」, 앞의 책(2001) 등을 참조할 수 있다.

> 진하여 포기되어야만 하는가? 나는 그렇게는 생각하지 않는다. 신비의 세계 앞에서 모든 논리의 전면 항복을 선언하는 것은 자칫하면 조잡한 몽매주의로 떨어질 우려가 있기 때문이다. 우리는 거기에서도 질문과 도전의 자세를 완전히 내버리지는 말아야 할 것이다. —우리가 인간인 한! 하지만 그 모든 질문과 도전에 있어서 우리가 반드시 전제해야만 하는 것이 있다. 그것은 '겸손', 언제나 묻고 대들기를 그치지 않으면서도 그러는 자신의 궁극적 한계를 알고 자인하는 성숙한 예지인의 겸손이다.[33]

그럼에도 불구하고, 이동하는 종교적 신앙이라는 기축이 와해되고 비판적 합리주의라는 기축만 잔존하는 일원화의 형태는 불가능하다는 입장을 굳게 지켰다. 반복하거니와, 비판적 합리주의와 종교적 신앙이라는 두 기축 중에서 어느 하나를 포기하지 않았다. 두 기축 간의 대립이 주는 고민으로부터, 다시 말해, 물음과 믿음 사이의 긴장으로부터 그 자신의 풍요로운 글쓰기가 촉발된다고 믿었기 때문이다. 실제로도 이동하가 발간한 저서의 제목 대부분이 비판적 합리주의를 표방하는 쪽이든, 종교적 신앙을 표방하는 쪽이든, 둘 사이의 양태를 표방한 쪽이든, 이 세 가지 중 하나로 귀결된다는 데서 알 수 있듯이, 이동하가 생산한 오랜 기간의 풍성한 결과물이 두 요소의 길항에 의한 것이었음은 부정될 수 없다. 더하여, 이는 앞으로도 바뀌지 않고 이어질 사실일 것임도 부정될 수 없다.

---

33 이동하, 「한국 문학과 한국 무속」, 『문학의 길, 삶의 길』, 문학과지성사, 1987, 206쪽.

5. 독특한 문체의 효과

이제 방향을 돌려, 글을 마무리하기 전에 이동하의 문체에 대한 언급을 조금 해두기로 하자. 여태껏 펼쳐온 내용과는 다소 거리가 있지만, 이동하를, 이동하의 비평을 다루는 자리에서 이동하의 문체를 빼놓을 수는 없기 때문이다. 이동하의 문체에 대해서는 이미 많은 논자들이 주목한 바 있다. 긍정과 부정이 공존한다. 가령, '어려운 용어를 사용하지 않는다', '이해하기 쉽다', '이야기를 나누는 듯하다' 등은 긍정의 예가 되고, '수식이 거침없어 지나치다', '너무 딱 잘라 말해 단정적이다' 등은 부정의 예가 된다. 어느 쪽이든 이동하의 문체가 독특한 개성을 보인다는 사실은 부정되지 않는다.

이동하가 비평가가 되기로 결심한 주요 원인 중 하나는 김현의 평문으로부터 큰 인상을 받았기 때문이다. 이 사실을 이동하는 굳이 숨기지 않았다. 주지하다시피, 김현은 "곳곳에서 거침없이 〈나〉를 내세"운다. '나'를 내세운다는 것은 주관적 판단임을 감추지 않는다는 뜻이다. 이렇게 주관적 판단임을 드러내면서도 이를 잘 포장하여 "마취적이라고 할 만한 효과를 발휘"한다. 그러니까, 독자들의 공감을 어렵지 않게 이끌어내는 것이다. "유창하게 흘러가는" 문장력이 밑받침되기에 가능한 일이다.[34] 그런데, 이동하의 문체는 김현의 문체와 전혀 다르다. 물론, 이동하도 '나'를 내세운다고 표현할 정도까지는 아니더라도 '나'를 굳이 감추지는 않았다. 다만, '나'를 드러내되, 주

---

34 이동하, 「한국 비평의 재조명 2 — 김현의 『한국문학의 위상』에 나타난 몇 가지 문제점 —」, 앞의 책(1996), 52쪽 참고.

관적 판단에 그쳐서는 안 된다고 여겼다. 스스로가 객관적 판단을 내려야 한다고, 또, 독자들에게도 객관적 판단으로 인식되어야 한다고 여겼다. 이동하가 김현을 강하게 비판한 지점도 바로 이곳이었다. 이와 관련해서는, 김현의 『한국문학의 위상』을 분석한 글이 가장 상세하지만,[35] 애당초 이 글은 학술적 논문 형태에 가까운바, 여기서는 김현에 대한 짧은 단상을 가져와 보기로 하면 다음과 같다. 이동하가 김현의 글을 인용한 대목까지를 함께 제시한다.

> 무협소설적 언어의 한 극이 묘사되면 한 극은 주장이다. 시인의 주장은,
>
> 붓은 검보다 강하다
> 검약필강의 구결만 떠오르는 정통종합검법(50)
>
> 과,
>
> 모든 기연을 없애고
> 밥을 공평히 나눠먹자는 책은
> 모조리 무림의 금서다
> 분서갱유의 세월
> 그러나 진시황도 만리장성 안에서 죽었다(52-53)
>
> 에 무협소설적으로 개진되어 있다.
>
> ―김현, 『말들의 풍경』(문학과지성사, 1990), 84~85쪽.

35 바로 위의 각주를 통해 인용된 글이다.

> 위에 인용된 김현의 평문을 보면, 〈시인의 주장은〉에서부터 〈개진되어 있다〉까지가 한 개의 문장으로 처리되어 있다. 그 한 개의 문장 속에 유하의 시구들(두 편의 서로 다른 시에서 조금씩 따 온 것들)이, 제목을 말살당한 채, 그리고 작품 하나하나마다에 당연히 주어지게 마련인 독자적 지위도 역시 말살당한 채, 삽입되어 있는 형국이다. 여기서는, 세 개의 완전한 문장과 두 개의 불완전한 문장—그러니까 합치면 모두 다섯 개나 되는 문장—이, 단 한 개의 문장(김현의 문장)을 구성하는 데 소용되는 조그마한 성분에 불과한 존재로 징발당해 나와 있는 셈이다. (…)
>
> 김현이 이처럼 도처에서 술하게 사용한 위와 같은 글쓰기 방식을 우리는 좋은 글쓰기 방식이라고 말할 수 있는가? 그렇게는 말할 수 없다. 그것은 어색한 글쓰기 방식이기 때문에 좋지 못한 글쓰기 방식이며, 폭력적인 글쓰기 방식이기 때문에 좋지 못한 글쓰기 방식이다. 좋은 글을 쓰려는 사람은 이런 방식으로 글을 써서는 안 된다. 좀더 구체적으로 정도를 따져서 얘기하자면, 〈어쩌다〉 이런 방식으로 글을 쓰는 것은 무방할지 모르지만, 〈자주〉 이런 방식으로 글을 써서는 안 된다.[36]

일견 문장 쓰기에 대한 지적이지만, 그 근저에는 김현의 주관적 판단으로 말미암아 유하의 시가 난도질을 당한 것에 대한 비판이 깔려 있다. '어색한'이라는 표현을 넘어서 '폭력적인'이라는 표현까지가 사용된 것으로 보았을 때, 비판의 강도 또한 상당함을 알 수 있다.

나는 이동하가 보여주는 바의 '나'와 객관적 판단을 동시 공존시키는 방식이, 또, 이로부터 발생하는 효과가, 이동하를 스타일리스트로 만들어주는 핵심 요인이라고 생각한다. 그리고, 이럴 때 독자들에게 객관적 판단이라고 인지되게끔 만들어주는 조건이란, [1] 확고한 관점

---

36 이동하, 「문학에 관한 열 네 개의 단상」, 앞의 책(1998), 309~310쪽.

설정과 ②철저한 논증 구조로부터 주어진다고 생각한다. 먼저, ①과 관련한 이야기를 해보자. 일반적으로 글쓰기를 수행할 때, 양비론, 양시론, 애매한 절충론은 취하면 안 된다고들 강조하지만, 막상 글을 쓰는 과정에서는 양비론, 양시론, 애매한 절충론에 빠지고 마는 경우가 적지 않다. 여러 가지 이해관계에 따라 이런저런 부분을 챙기려다 보니 관점이 불분명해지는 걸 알면서도 어쩔 수 없이 감수하게 되는 까닭이다. 하지만, 이동하에게선 그런 사례를 일절 찾아볼 수 없다. 서두에서 한쪽 입장에 서 있음을 밝힌 다음부터는 절대로 그 입장이 바뀌지 않는다. 극단적이라는 비판을 받을 수도 있지만, 독자들로 하여금 객관적 판단이라는 인식을 형성시키는 데에는 효과적이지 않을 수 없다. 이어서, ②와 관련한 이야기를 해보자. 이와 대해서는 "문제제기 → 상식적 답변 제시 → 비판의 근거 정립 → 자기논리의 확인 등의 절차로 이어지는 이러한 문장에 내재된 논리적 정교성에 감탄하지 않을 수 없다[37]"는 분석이 제출된 바 있다. 예리한 분석이라고 인정할 수 있되, 여기에다가 '이견 제시', '재반박', '자기논리의 강화'를 추가하여, '문제제기 → 상식적 답변 제시 → 비판의 근거 정립 → 자기논리의 확인 → 이견 제시 → 재반박 → 자기논리의 강화'로 확장한다면, 내가 생각하는 이동하의 철저한 논증 구조에 더욱 가까운 형태가 될 것이다. 융통성이 부족하다는 비판을 받을 수도 하지만, 독자들로 하여금 객관적 판단이라는 인식을 형성시키는 데에는 효과적이지 않을 수 없다.

---

37 전영태, 「궁극적 물음에 대한 답변 : 이동하 저 『우리 문학의 논리』」, 『현대문학』 40호, 1988.8, 391쪽.

6. 나가는 말

이상으로, 내가 준비한 이동하에 대한, 이동하의 비평에 대한 이야기는 얼추 마무리된 듯하다. 기실, 이동하가 지닌, 이동하의 비평이 지닌 매력을 제대로 조명하기 위해서는, 지금과 같은 방식이 아니라, 주제별 범주를 정한 후 그 아래에 해당하는 글들을 한 편, 한 편 촘촘히 읽어내는 방식을 취해야만 했다. 무엇보다 텍스트를 섬세하게 읽어내는, 그러면서도 기존 해석을 뒤엎는 눈이야말로 이동하가 가진, 이동하의 비평이 가진 최대 강점이자 최대 장점인 까닭이다. 언젠가 기회가 된다면, 또한, 내가 충분히 준비된다면, 꼭 이러한 방식으로 이동하를, 이동하의 비평을 다루어보리라는 다짐을 표명하는 정도로 글을 마치고자 한다.

서정의 사제

이숭원의 시비평

손남훈

1. 1950년대생의 자부심

1950년대생은 베이비붐 세대의 일원으로 4·19세대와 86세대 사이와의 접점을 넓게 형성해왔다. 그들은 한국전쟁의 폐허를 딛고 4·19, 군부독재, 신군부, 87년 체제, 97년 IMF로 이어지는 60~90년대 혁명, 산업화, 민주화의 압축성장과 그 좌절의 숨가쁜 한국 현대사를 체감하고 또 일정한 성과를 내는 데 한몫을 담당한 주체적인 세대다. 이 세대에 공통적으로 내장되어 있는 자부심과 자신감은 90년대 이르러 젊은 세대를 X세대로 과감히 지칭하면서 타자화한 데서 단적으로 드러난다. 그리고 지금은 오래도록 자신들이 누려온 사회적 지위를 후세대에게 넘겨주고 천천히 퇴장하고 있는 세대이기도 하다. 그들은 이전 세대가 가졌던 피식민과 전후 폐허 의식보다는 진취적이었으나 후진국 콤플렉스로부터 자유로울 수 없었고(그것은 자신들이 타자화한

X세대를 통해 극복된다) 군부독재에 반감을 가졌으나 또 그만큼 닮아가기도 했으며, 그러한 이중적인 자기 구속의 논리는 결국, 체제 비판과 순응의 이중 고리를 더 넓고 깊게 한국 사회에 확산시키고 이분화시켜 현재에까지 이르게 했다. 어떤 의미에서, 전후 한국 사회의 발전과 한계를 가장 명확하고도 정직하게 보여준 자기중심적 세대가 이들이라 할 수 있다.

물론 세대론적 맥락만으로 50년대 출신 인물들을 아우르거나 특정화할 수는 없다. 아울러, 세대론은 사회를 구성하고 조직하는 더 많은 변수들, 이를테면 계층·계급·지역·성별 등을 고려하지 않음으로써 현실과 전연 동떨어진 결론을 낳는 폐단이 되기도 한다. 그럼에도 특정 시대, 특정 세대에 대한 일목요연한 정리는 한 시대의 변화와 불변의 이중주를 논리적으로 구조화하는 데 도움을 준다. 이 점은 문학에서도 예외가 아니다.

1950년대생 비평가들을 논하는 이 자리에서, 50년대생이 지니는 '한국 사회를 이끈 자부심을 가진 세대'라는 수식은 하나의 의식적인 전제로 남아 있을 수밖에 없다. 물론 그들의 삶의 궤적과 문학적 지향점을 일목요연하게 정리하는 일은 매우 요원하다. 같은 50년대생이라 하더라도 태어난 시기가 우연히 유사할 뿐 현실 대처 방식이나 비평관이 저마다 모두 다르기 때문이다.

그러나 대체로 그들은 1970년대 군부독재를 성인이 되어(대학생이 되어) 체감하고 1980년 광주의 그늘 속에서 비평 활동을 시작했으며 1990년대 이후 후기산업사회를 정면으로 맞닥뜨리면서 자신만의 비평적 궤적을 그려왔다는 점에서 동일한 측면을 지닌다. 유사한 시대 경험이 그들의 세계관이나 비평적 관점에 의식적·무의식적 영향을 끼쳤음은 자명한 사실이다. 따라서 1950년대생 비평가들에 대한 메타비평을 다룰 때, 이러한 유사함과 차이를 변별하여 그들의 세대론적 지형도를 그리는 작업이 있어야겠다.

이 글에서 다룰 이숭원 평론가(서울여대 명예교수)는 1955년생으로, 서울 출생이다. 잘 알려진 바와 같이 그의 아버지는 이화여대 교수를 역임한 시조 시인 이태극이다. 그의 아버지가 와세다대를 다니다 중퇴하고 서울대 국어국문학과를 졸업한 엘리트였던 것처럼, 그 또한 휘문중-휘문고-서울대의 전형적인 엘리트 코스를 밟았다. 1981년 26세의 젊은 나이로 충남대 전임강사가 되었고 1986년 「김영랑론」으로 등단, 이후 대학교수이자 문학비평가로 활동하면서 대중적으로도 널리 이름을 알렸다. 요컨대 그는, 50년대 태어나 70년대 대학을 다니고 80년대에 대학교수이자 비평가가 된, 외부에서 볼 때에는 비교적 평탄하게 엘리트 과정을 밟아 주류세계로 편입한 케이스라 할 수 있다.

이숭원의 글쓰기에 대해, 세밀한 연구자, 부지런한 현장 비평가, 단정한 심미적 문장가[1]라는 평가가 붙는 것은 그러한 의미에서 어쩌면 당연한 것이다. 그의 비평은 세계에 대한 적개심에 기반하여 맞붙어 고투하는 글쓰기의 체험적 흔적을 보여주기보다 조화와 균형, 질서와 융합에 더 무게 중심을 두고 있다. 또한 텍스트를 둘러싼 콘텍스트에 관심을 두기보다 텍스트 그 자체를 정치하게 감상하고 그 이해를 정직하게 풀어내는 데 주안점을 두고 있다. 아울러, 객관적이고

---

1 유성호, 「시를 향한 근원적 사랑으로서의 비평」, 『이숭원 평론 선집』, 지만지, 2015, 189쪽.

이성적이며 냉철한 논리에 기반하여 시평을 써내려가기보다 주관적이고 정서적이며 감응적인 언어로 시인과 독자의 마음을 비추어 하나로 내재화하는 데 탁월한 글쓰기 역량을 보여준다. 그가 비평의 여러 장르들 중에서도 특히 시, 그 중에서도 서정시에 집중하는 경향도 이와 무관하지 않다. 이러한 본고의 인상비평적 서술이 실제 글쓰기에서는 어떠한 양태를 보이며, 그러한 비평이 함의하는 바가 무엇인지 몇몇 비평들을 통해 확인함으로써, 50년대생 비평가 그룹의 일정한 지형도의 한 조각을 맞추는 데 이 글에 초점을 두고자 한다.

2. 텍스트주의, 서정주의 비평

이숭원 비평가는 다작으로 유명하다. 스스로도 "그 동안 쓴 글을 모아 보니 한 권의 책으로 묶기에 분량이 너무 많았다. 원고지로 삼천 매가 넘는 분량이니 한 달에 평균 백 매 이상을 쓴 셈이다"[2]라 밝힌 바 있을 정도로 그는 왕성한 활동량을 자랑한다. 그런데 그의 비평이 지닌 독보성은 단순히 분량의 많음 때문만은 아니다. 그의 비평들은 하나같이 일정 성취 이상을 보여주며 꼼꼼한 읽기와 세밀한 비교, 친숙하고 평이한 서술로 독자들의 흡인력을 가져온다는 데 중요한 특질이 있다.

나이가 들면서 비평이란 무엇인가, 특히 시비평이란 무엇인가에 대해

---

2 이숭원, 「책머리에」, 『초록의 시학을 위하여』, 청동거울, 2000, 5쪽.

> 많이 생각하게 된다. 비평의 근본은 작품을 해석하고 평가하는 일이다. 이 일을 제대로 하지 못하는 사람은 비평가라고 할 수 없다. 해석과 평가 두 항목 중 우선적인 것은 해석이다. 작품을 제대로 감상·해석하지 못하는 사람이 어떻게 작품을 평가할 수 있단 말인가. 특히 시비평의 경우 감상의 섬세함과 해석의 치밀함이 언제나 중심에 놓여야 한다. (…) 그런 의미에서 이론과 논리는 비평가에게는 이차적인 것이다. (…) 정직하지 못한 논리, 논리를 가장한 허위는 인간과 사회에 해악을 끼친다.[3]

많은 비평문을 쓰면서도 그의 글에서 비평에 대한 관점이나 태도를 직접 표명한 예는 많지 않다. 인용문은 그 예외적인 몇몇 예 중 하나에 해당한다. 그는 40대 중반에 출간한 비평집의 서문에서 확신에 가득 찬 목소리로 비평의 논리성보다 해석의 치밀함을 강조한다.[4] 이 글에서 그가 비평의 주안점으로 두는 키워드는 감상·해석·평가라 할 수 있는데, 이 세 가지는 또한 이숭원 비평이 이루어지는 과정을 요약하는 것이기도 하다. 즉 텍스트에 대한 섬세한 감상과 그로부터 치밀한 해석을 이끌어냄으로써 제대로 된 평가를 하는 것이 비평가의 임무라

---

3 위의 책, 5~6쪽.

4 이 책의 본문에 수록된 「시와 삶에 대한 최근의 단상」에서도 거의 같은 내용의 서술이 나타난다. 부분을 인용하면 다음과 같다. "자신의 마음을 흔들고 간 시작품을 많이 소개하면서 그 시가 일으킨 파문을 정직하게 고백하는 것이 시평의 기본이 되어야 한다. 나는 그 동안 논리적인 비평문을 써야 한다는 강박관념에 매달려 감정의 정직한 고백을 회피하여 왔다. 비평은 좋은 작품을 좋다고 말하고 그렇지 못한 작품은 실패한 작품이라고 말하는 것으로 충분하다. 비평의 발언은 논리성보다 정직성이 앞서야 한다. 정직하지 못한 논리, 논리를 가장한 허위를 궤변이라고 하는데 그것은 인간과 사회에 해악을 끼친다. 비평가라는 직함을 가지고 문학과 사회에 해악을 끼치는 일을 해서는 안 된다."(「시와 삶에 대한 최근의 단상」, 위의 책, 371~372쪽)

는 것이다. 이론과 논리 또한 비평가에게 필요한 것이지만, 그것은 허위로 치달을 수 있으므로 경계해야 한다고 역설한다.

이 짧은 인용에서 왜 그의 비평문들이 서구의 여러 이론들을 나열하는 식의 서술이 없고, 텍스트에 나타난 시적 화자의 심리와 비평적 언술이 밀착되어 있으며, 시편들 못지않게 정서적이면서도 비교적 쉽게 읽히도록 되어 있는지 그 이유를 알 수 있다. 이론과 논리의 나열이 비평가의 아전인수격 해석을 뒷받침하는 들러리가 될 수 있다고 그는 믿고 있으며, 시가 정서적인 만큼 시비평 또한 섬세한 정서의 구체적이면서도 보편적인 맥락을 짚어줄 수 있어야 한다고 생각하기 때문이다. 이승원이라는 비평가가 대중적 인지도를 상당 부분 확보하고 등단한 지 30여년이 훌쩍 넘은 지금에도 여전히 많은 시인들의 해설 청탁과 다양한 지면의 시평 청탁을 받는 이유도 여기에 있을 것이다.

한편으로, 비평에 대한 이와 같은 그의 관점은 텍스트주의 비평에 해당한다고 말할 수 있다. 그는 다른 책의 서문에서 "비평가는 작품이 있어야 신명이 난다"[5]고 밝힌 바 있거니와 그가 드문드문 인용하는 시론가들의 이름에서 T.S. 엘리어트, 앨런 테이트, 존 크로우 랜섬과 같은 신비평가들이 보이는 것은 새삼스러운 것이 아니다. 그러니까 이승원의 비평에서는 메타비평이나 제도비평 등 문학의 생산·재생산과 연계되는 시스템이나 관습, 비평의 비평적 이데올로기를 분석하거나 비판, 해석, 평가하는 데에는 관심이 적다. 비평적 언술 주체로서의 이승원은 시라는 고고한 언어의 성채가 우리에게 어떠한 감흥을 보여주는지를 아름답고 섬세하며 감동적으로 전달하는 데 주력한다.

---

5 「문학의 힘에 기대어」, 『감성의 파문』, 문학수첩, 2006, 7쪽.

> 그것은(서정시의 세계-인용자 주) 세계의 갈등을 부정하는 것이 아니라 대립의 칼날을 갈아 다툼을 무화시키는 역할을 한다. 갈등을 갈등대로 인정하면서 갈등을 넘어서는 길을 모색하는 것이다. 그런 갈등의 무화에 서정시가 내장하고 있는 신화적 상상력이 중요한 역할을 한다. 인간과 세계를 하나로 융합하면서 둘 사이의 갈등을 녹여 없애고 마음의 안식을 얻게 하는 기능을 수행한다.[6]

이숭원의 비평이 시에 초점을 두고 있는 것은 주지의 사실이다. 그러나 그가 무게 중심을 두고 서술하는 시텍스트는 대부분 '서정시' 들이다. 특히 그의 90년대 시비평을 묶은 주저 『초록의 시학을 위하여』는 시와 서정시를 동일화하면서[7] 서정시의 세계관이 내재한 가치를 위 인용문과 같이 설명한다. 조동일-김준오 등으로 이어지는 동일성으로서의 서정 개념을 그대로 받아들여 2000년대를 전후로 한 인류 문명 폐해의 대안적 극복 담론으로 삼는 논의를 펼치는 것이 이 책의 주된 내용이다. 특히 게재 비평문 중 「서정시의 전개와 현재의 위상」은 이 책의 의도를 집약하고 있다.

이숭원은 이 글에서 서정시가 시대착오적이거나 복고적인지를 냉정하게 따지며, 서정시가 지닌 현재적 의의를 '기능적' 차원에서 검토하고 있다. 김소월의 시는 슬픔으로 슬픔을 위무하는 일종의 정화의 기능을 수행했고, 한용운의 시는 편안한 사랑의 어법을 통해 사랑의 궁극적 경지에 근접하는 체험을 이끌었으며, 김영랑은 현실의 황폐함

---

6 「서정시의 위력과 광휘」, 『초록의 시학을 위하여』, 23~24쪽.

7 "시는 본질적으로 인간과 자연의 합일을 바탕으로 생명을 보살피고 북돋는 속성을 지닌다"(위의 책, 7쪽)

에 맞서는 순수의 힘을 강단 있게 제시했다는 것이다. 한편, 한국전쟁 이후 조지훈은 변하는 세계 속에 변하지 않는 정신의 고귀함을 중시했고 서정주는 현실의 고통 속에서도 내면의 순결성을 유지하려는 서정시의 본질적 속성을 내보였다고 진단한다. 비록 70~80년대 들어 서정시가 주춤하기는 했지만, 90년대에 접어들어 인간과 자연의 분열로 특징되는 기술문명의 대안으로, 유기적 통합의 가능성을 지닌 시의 서정성이 다시 호출되고 있음을 그는 적시한다. 서정은 본래 분열과 해체를 넘어, 인간과 인간, 인간과 자연을 통합하는 힘을 오래전부터 지금까지 보편적으로 제시해왔기에, 이를 현재의 문명 위기를 넘어설 가능성을 지니고 있다고 역설하고 있는 것이다.

이러한 2000년 전후 문명 위기에 대한 대안 담론으로서의 서정이 지닌 가능성에의 탐구는 연구자로서의 아이덴티티를 가진 이숭원과 겹치면서 한국 서정시의 계보를 그리려는 궤적을 선명하게 제시하기도 한다. 김기림, 김영랑, 김종삼, 노천명, 박목월, 백석, 서정주, 정지용 등 시인론을 주로 삼은 연구저서를 발표·발간하거나 특정한 비평적 주제로 비평문을 엮을 때에도 이들 시인의 서정적 경향의 작품을 특유의 섬세한 감성에 바탕을 둔 시적 문체로 서술한 경우가 그의 비평 상당수를 차지하는 것은 우연이 아니다. 그런데 이 중 이숭원이 단연 도드라지게 주목하는 시인은 서정주다.

서정주에 대한 그의 관심과 애정 어린 찬사는 수많은 시인들의 시평을 써 온 이숭원의 비평적 두께에서도 상당한 분량을 차지한다. 모르긴 해도 이숭원의 서정주 관련 비평만 모아도 거뜬히 책 한 권 이상은 나오지 않을까 싶다. 아니나 다를까, 이숭원은 『미당과의 만남』(태학사, 2013)을 통해 서정주의 시 80여 편에 평을 단 책을 발간하기도 했다.

중요한 것은 이때 이숭원이 미당에 대해 보여준 태도다. 그는 책을 발간한 뒤 한 매체와의 인터뷰에서 "미당의 친일이나 권력 추종의 전력은 잘못이지만, 그렇다고 그가 쓴 많은 좋은 시까지 다 매장하면 곤란하다"면서 "그것도 일종의 문화유산"이라고 말했다고 한다.[8] 앞서 언급한, 텍스트주의 비평의 면모를 보여주는 전형적인 실례라 할 만하다. 「이야기 속의 추억과 명상」이라는 비평문에서도 그는 이시영의 시집 『은빛 호각』(창비, 2003)에 실린 서정주 관련 시 두 편 중 「미당이 구룡포 가서」를 인용하면서, "살아있는 한 인간(서정주를 가리킴-인용자 주)의 특징과 약점을 동시에 포착한 이시영 시인의 눈길"[9]에 찬사를 보내고 있다. 서정주를 직접 평가하는 것이 아니라, 이시영의 시선에서 포착된 서정주의 인간됨에만 초점을 두어 쓴 이 글은 전체 비평텍스트의 일부에 불과하지만, 서정주의 이력에 대한 세간의 비판을 이시영의 시선을 필터로 삼아 누그러뜨리려는 행간의 의도가 감지된다. 그것은 다시, 『미당과의 만남』에서 서정주의 시 이력에 문제가 될 만한 친일시나 전두환 헌정시 등을 거론하지 않은 데서 확실히 서정주 시의 서정성에만 기울어져 균형을 잃는다. 아마도 서정주의자이자 텍스트주의자인 이숭원 평론가에게는 그와 같은 작품들이 서정시의 아름다움을 보여주지 않는다는 이유로 수록하지 않았다고 변(辯)할 수 있을지 모르겠다. 그러나 그러한 태도가 '엄정한' 텍스트 해석과 가치평가를 업으로 삼아 허위의 논리를 경계하는 비평가의 태도로 적절한

---

8 「서정주를 되돌아보다 … 신간 '미당과의 만남'」, 〈연합신문〉, 2014.1.14.

9 「이야기 속의 추억과 명상」, 『감성의 파문』, 140쪽.

지는 자신 있게 말하기 어려워 보인다. 다시 말해, 서정주에 대해 이숭원이 보여주는 비평가로서의 태도는 텍스트주의 비평, 서정주의 비평이 보여주는 이율배반적인 한계의 사례라 볼 수 있는 것이다.

3. 마음을 살피는 서정의 포용력

이숭원의 서정주의 비평관은 2000년대 이후 서정의 세계관에 내재한 타자 배격과 폭력적 동일화 비판 담론을 그가 수용하지 않는 데서도 잘 드러난다. 미래파(권혁웅), 뉴웨이브(신형철), 감정의 동료(김수이) 등으로 불린 2000년대 '새로운 서정'으로 무장한 신인들의 등장은 기존 서정 개념에 치명적인 타격을 입힌 듯 보이기까지 했다.[10] 그러나 이숭원은 「'시적인 것'의 발현과 새로움-2000년대의 중견 시인」[11]을 통해서 기존의 서정의 층위에서 벗어난 새로운 시인들의 작품을 긍정적으로 받아들이는 신형철의 여러 글을 비판함으로써[12] 서정주의자로서 자신의 비평적 입지를 드러낸다. 이 글은 이숭원 비평 세계에서는 매우 이례적으로, 특정한 후배 평론가를 직접 거론하면서 비판하는 논쟁적 글쓰기를 시도하고 있다. 뒤집어 말하면, 이 글을 통해 우리는

---

10 손남훈, 「'반서정'의 유형화 시론(試論)-오규원, 김춘수, 이승훈의 시론(詩論)을 중심으로」, 『코기토』 제96호, 부산대학교 인문학연구소, 2022.02, 114쪽.

11 이숭원, 「'시적인 것'의 발현과 새로움-2000년대의 중견 시인」, 『시 속으로』, 서정시학, 2011, 107쪽.

12 특히 이숭원은 신형철, 『몰락의 에티카』, 문학동네, 2008의 제2부에 수록된 '뉴웨이브' 시평들을 대상으로 삼아 논의를 전개하고 있다.

이승원의 비평 세계가 무엇인지를 들여다 볼 단초를 제공받을 수 있는 것이다.

이승원은 2000년대 중후반에 시집을 상재한 송재학, 황학주, 이진명, 정끝별 시의 '시적인 것'이 어떻게 드러나고 있는지를 유형화함으로써 "'미래파' 소동과는 무관하게, 그런 것은 아랑곳없다는 듯, 우리 시의 빛나는 성취가 2000년대 중반 이후 중견 시인의 작품에서 이처럼 찬란하게 전개되었다"[13]고 진단한다. 나아가 이들 시인의 작품을 통해 "'시적인 것'이 '서정'의 기본축 위에서 발동된다"[14]며 "'시적인 것'의 저변에는 '서정'의 기류가 이렇게 당당히 흐르고 있는 것이다"[15], "표면적으로 탈서정의 경향을 보이는 그 '시적인 것'도 그 안에 서정의 기류를 머금고 있다"[16], "'서정'이 '시적인 것'의 지향을 주도하고 있다. 다시 말하면 '시적인 것'이 '서정'을 대체하는 것이 아니라 '서정'의 장강대하에 '시적인 것'이 다채로운 지류를 내밀고 있는 형국이다"[17]라고 여러 차례 강조하면서, 신형철이 '시적인 것'을 '서정'의 상위 개념으로 삼는 것을 비판한다. 신형철이 기존 서정에 대해 '반서정'의 비평적 담론을 구축하여 변별하려 한 것에 대해, 기실 '반서정'처럼 보이는 시편들 또한 서정성을 담보하고 있다는 것이 이 글의 논지다. 그리하여 글의 마무리에 이르러 "어느 한 지점에서 보면 '서정'에서 이탈한 어떤 경향이 '시적인 것'의 기이한 돌올 같지만, 그 지류는 다

13 이승원, 「시적인 것'의 발현과 새로움-2000년대의 중견 시인」, 앞의 책, 127~128쪽.
14 위의 책, 110쪽.
15 위의 책, 116쪽.
16 위의 책, 116쪽.
17 위의 책, 118쪽.

시 장강대하의 도도한 흐름에 합류되고 만다. (…) 문학의 전개 양상은 이렇게 넓은 시각으로 보아야 한다"[18]고 확신에 가득 찬 어조로 주문하게 된다.

물론 서정주의 경향의 시편들에 그의 비평이 다소 치우쳐 있다고 해서 모더니즘 경향이나 리얼리즘 경향의 작품들을 그가 외면하는 것은 아니다. 그가 제시하는 '서정'은 그 어떤 형태로든, 모더니즘·리얼리즘·(전통)리리시즘 계열을 모두 포괄하는 것으로 이해되기 때문이다.[19] 위에서 인용한 장강대하 운운 또한 그와 같은 맥락에서 읽을 수 있다. 이를테면 일반적으로 모더니스트로 이해되는 김종삼의

---

18 위의 책, 128~129쪽.

19 이승원은 모더니즘에 대한 문학사적 평가를 다음과 같이 한 바 있다. "1930년대 모더니즘은 물론이고 해방 이후 50년대까지 우리나라에서 시도된 모더니즘적 시 창작의 방향은 유럽에서 전개된 위와 같은 문학적 경향(기존 서정시로부터의 이탈, 현대적이고 전위적인 새로운 시양식의 탐구, 주제의식 및 사상 면에서 사회비판정신의 적극적 수용 등-인용자 주)을 상당 부분 이식하고 차용한 것이었다. (…) 그러나 표면적으로 드러나는 새로움과 전위적 지향성을 유럽 모더니즘의 난만한 창작 경향 및 그 근저에 놓인 이데올로기적 지향과 비교해보면, 우리의 것은 아류고 이식하고 차용에 불과하다는 결론에 도달하지 않을 수 없다. 그 이유의 하나는 모더니즘이 일정한 문화의 산물이라는 점 때문이다. 낭만주의적 시정신의 전통이 우뚝한 문화적 상황 속에서 그것에 대한 미학적 반발이 비판적 논리에 바탕을 두고 강렬한 양상으로 폭발된 것이 유럽 모더니즘이었다. 그러나 우리에게는 반발할 만한 서정시의 우람한 전통도 없었고 자본주의 성숙기의 모습을 대변하는 문명사회의 단면도 없었을 뿐만 아니라 문명 비판이라든가 사회비판으로 나아갈 기본적 토대조차 마련되지 못했던 것이다. 따라서 그들의 노력은 기성 시단의 보수적 기풍에 약간의 지류를 형성하거나 우회로를 만드는 정도의 역할에 머무르게 되었다."(이승원, 「김수영 시정신의 이원성과 그 계승」, 『초록의 시학을 위하여』, 152~153쪽) 이러한 진술은 단지 1930년대 및 50년대 모더니즘 시에 대한 한계를 지적하는 비판에만 머무는 것이 아니라 서정주의적 경향을 시적 정통성으로 내세우기 위한 문학사 쓰기의 욕망이 내재되어 있는 것으로 보인다.

시편에 평을 단 「폐허 속의 축복－김종삼의 시」에는 다음과 같은 구절이 나온다.

> 고향은 떠났어도 부모 밑에서 보살핌을 받고 성장한 사람이 아니라 성년의 어느 날 고향을 잃었고 동시에 유복한 가정과 안온한 삶까지 함께 잃어버린 사람이다. 안정적인 삶으로부터의 추락감, 세상에서 버림받았다는 소외감은 세상과 자신이 어긋나 있다는 분리 의식을 갖게 하고 자기도 모르게 세상에 죄를 지었다는 막연한 죄의식으로 자리잡는다.[20]

이 글에서 이숭원은 김종삼의 전기적 사실을 시대 순으로 따라가면서 시인의 '내면'에서 일어났을 법한 의식의 변화 과정을 적극적으로 묘사하고, 이를 바탕으로 당대 시인이 생산한 시편들이 보인 표현 방식의 함의와 그 맥락을 읽어가는 데 주력한다. 물론 당대의 역사적 현실과 그에 따른 개인의 질곡을 먼저 제시하고 있지만, 이숭원이 보다 주목하는 것은 당대 현실 그 자체가 아니라 현실에 대응하는 시인의 마음을 읽어내는 데 있다. 위 인용문에서도 김종삼의 개인적 이력 자체가 아니라 그 이력이 시에서 어떠한 마음 상태로 제시될 수 있었는지를 보여준다.

이는 리얼리즘적 경향의 시인을 평할 때에도 마찬가지다. 이를테면, 「정희성 시가 보여준 '관계'의 행로」는 1970년대 노동자 및 소외당한 타자들에 주목한 정희성 시의 결을 좇는 데 한 장을 할당하고 있지만, 대체로 90년대 이후 정신주의적 경향성을 보여주는 시편들,

20 「폐허 속의 축복－김종삼의 시」, 『이숭원 평론 선집』, 8쪽.

다시 말해 현실의 문제를 첨예하게 드러내 폭로하는 작품보다 시인의 내적 변화와 그 시적 양상의 구체화 방식에 더 무게중심을 둔다. "그 어법은 분명 타지마할 사원을 순례하는 구도자처럼 묵언 정신의 자세를 취한다"[21]와 같은 문장이 그 예가 된다. 리얼리스트로서의 정희성보다 정신주의 시인으로서의 정희성이 여기서 강조되고, 그것은 정희성 시에 나타난 시인의 마음을 읽어야 시의 서정성이 오롯해짐을 의미하는 것으로 나아간다.

그러니까 이숭원의 서정은 리얼리즘-모더니즘과 대등하게 제시되는 하나의 계열체가 아니라 그 모두를 아우르는 근본적이고 본질적인 것으로 시=시적인 것=서정으로 이해되고 있다. 이러한 '서정으로서의 시'라는 관점에 입각해 있기에 그의 비평은 시인의 심리적 정황을 좇아 구체적인 시편을 분석하고 해석함으로써, 제시된 시와 비평 간의 깊은 감응력을 가지게 하는 전략적 글쓰기를 자주 구사하게 된다.[22]

> 자신에게 희망은 없고 더욱 가파른 절망의 구렁텅이로 추락할 뿐이라고 말하는 사람도, 겉으로 발화된 그 말이 절망이 가하는 타격에 일종의 완충작용을 하지 않을까 하는데 한 가닥 희망을 건다. 확실히 단언하기는 어렵지만 이것이 인간 심리의 보편적인 작동 양상일 것이다.
>
> 문학작품을 창작하는 심리 역시 저마다 다르겠지만 크게 보면 행복의 추구를 둘러싼 인간 심리의 일반적인 과정에서 크게 벗어나지는 않을 것이다.[23]

---

21 「정희성 시가 보여준 '관계'의 행로」, 위의 책, 184쪽.
22 최근 발간된 평론집 제목이 『시 읽는 마음』(발견, 2023)인 것도 같은 맥락이다.
23 「생의 번민을 대하는 세 가지 방법」, 『이숭원 평론 선집』, 35쪽.

위 인용문은 아무리 고통스럽고 괴로운 현실에 대해 절망적인 언사만을 시인이 구사한다 하더라도, 그러한 언어 구사 자체가 궁극적으로는 행복 추구를 위한 한 가닥 희망을 제시하는 역설적 심리의 발로이며, 그러한 심리는 (시인만의 독특한 심성의 발현이 아니라) "인간 심리의 보편적인 작동 양상"임을 밝히고 있다. 천양희, 박형준, 김명인 시집을 해석하기 위해 이와 같은 전제를 단 그는, 각 시인들의 시편에 내재한 보편적인 마음의 양상을 세심하게 쓰다듬고 있다.

이와 같이, 이숭원 시평에 나타나는 대상 텍스트와 비평과의 가까움은 비평가가 추측한 시인의 심리를 매개로 하여 이루어지며, 이 때 심리는 고유하거나 이상한 그 시인만의 것이 아니라 보편성을 띤, 그래서 누구나 공통으로 공감 가능한 영역의 것임을 알려준다. 시에서 비평가가 느낀 시인의 심리를 인간의 보편적 심성과 연결 지어 공감의 공동체를 만드는 것이 비평의 기능임을 그의 시비평은 보여준다.[24]

때로 그는 "서정양식에 속하는 시의 경우에는, 듣는 사람이 없어도, 다시 말해서 청자(독자)에 대한 소통이나 공감을 전제로 하지 않고서도 얼마든지 감정이 언어로 표출될 수 있는 것이다"[25]라 말하기도 한다. 보편적 심리에 기댄 소통 양식으로서의 서정과 괴리되는 말처럼 보이지만, 이는 서정이 공감되지 않아도 된다는 말이 아니라 마음

---

24 이러한 생각은 최근의 비평에서도 달라지지 않았다. "자아와 세계의 동일화에서 출발한 서정시가 신화적 사고와 연결되는 것은 장르의 속성상 당연한 일이다. 서정적 동일화의 작동 체제는 인간이 사람과의 교감을 넘어서서 자연, 사물로 공감의 폭을 넓히는 과정이다. 그런 공감의 축에서 시적 상상력이 발동할 때 다음과 같은 시가 탄생한다."(「공감 왕국의 대령숙수 – 손진은의 시집」, 『시 읽는 마음』, 257~258쪽)

25 「현대시와 공감의 문제」, 『이숭원 평론 선집』, 127쪽.

의 외적 발현인 "감정" 표출이 서정임을 강조한 데서 나온 것이다. 다시 말해, 공감 여부는 두 번째 문제고, 어쨌든 서정은 마음-감정을 언어로 표현하는 양식임을 부각하고 있는 것이다. 다시 반복하자면, 서정은 시인의 마음(감정)을 표현하고 그 마음은 보편적인 것이기에, 비평가는 그 마음을 헤아려 독자에게 전달하면 되는 것이다.[26] 그의 비평이 시텍스트 못지않은 시적 서술이 두드러지고 시적 화자에 대응될만한 '비평적 화자'를 노출하는 이유도 서정시텍스트에 내재한 마음의 보편성을 적실하게 구현하기 위함이다.

그러나 보편적인 마음의 발현이 아닌 시라면? 이승원은 다음과 같이 서술한다.

> 김민정과 황병승의 시집에는 이보다 어려운 시도 많다. 그러나 그 시들이 소통 불가해한 작품은 아니다. 조금 더 정성을 기울여서 우리의 지성과 감성을 동원하여 읽으면, 닫혀 보이던 문을 열어 주는 작품들이다. 시인들이 공감의 문턱을 높이고 그 문을 좁은 문으로 만들어 놓은 것은 자신의 체험과 감정이 예사스럽지 않기 때문이다.[27]

일명 '미래파' 시에 대한 비판 중 가장 큰 파급력을 가진 논리는 '소통 불가능성'이었음은 익히 알려진 사실이다. 이에 대한 권혁웅,

---

26 이승원은 다음과 같이 랜섬의 틀과 결 이론을 곁들인 비유적인 언사로 이를 표현하기도 했다. "한 편의 시를 잘 이해하려면 틀 속에 잠깐 모습을 드러내는 결을 감지해야 한다. 어떤 비밀스러운 순간에 모습을 드러내는 시의 결을 눈으로 보고 손으로 만져 보고 뺨에도 대 보아야 한다. 비평가가 하는 일은 그 느낌을 비교적 조리있게 늘어놓는 일이다." 「마음의 올과 결」, 『초록의 시학을 위하여』, 361쪽.

27 위의 글, 141쪽.

신형철 등 '비서정' 옹호론자들의 반론이 있기는 했지만, 이승원은 아예 소통 불가능 자체를 인정하지 않는 방식으로 반론을 편다. 이들 작품이 소통 불가능한 것처럼 보이는 것은 독자(비평가)들이 "정성", "지성", "감성"을 제대로 동원하지 않은 채 읽었기 때문이고, 시인이 보인 "체험과 감정이 예사스럽지 않기 때문"이라는 것이다. 보편적이지 않은 마음을 시인들이 생경한 언어로 펼쳐 보이기에 '비서정'이나 '반서정'처럼 보이는 것일 뿐 그들의 시편 또한 서정의 범주 아래 귀속될 수 있는 것으로, 그 이유는 일반 서정과 마찬가지로 "체험과 감정"으로 시를 쓰고 있기 때문이라는 것이다. 그렇다면 비평가의 역할은 그 돌올한 체험과 감정을 독자들이 이해할 수 있는 보편적인 언어로 제시하는 일이어야 할 것이다. 앞서 언급한 「'시적인 것'의 발현과 새로움-2000년대의 중견 시인」은 '반서정'적 경향의 시편들이 보인 특이성에 찬사를 보이는 신형철을 비판하면서, 비슷한 경향의 중견 시인들의 시편에 내재한 마음의 보편성을 구체적으로 평한 예가 된다.

그런데 이 글은 신형철이 신진(뉴웨이브)으로 언급한 "2000년대 중반에 등장한 젊은 시인들"[28]이 아닌, "80년대나 90년대에 등단한 중견 시인의 작품 중 2000년대 중반 이후의 작품을 대상으로"[29] 하고 있다. 그 이유는 이들 작가의 작품들도 신형철이 말하는 '시적인 것'을 드러내고 있기 때문이라는 것이다. 그러나 뉴웨이브 시인들을 옹호하는 신형철의 논리를 더 적확하게 반박하고 '시적인 것'이 사실 '서정'의 다른 이름이거나 지류에 불과할 뿐임을 강조하려 했다면 같은 뉴웨이

---

28 신형철, 『몰락의 에티카』, 문학동네, 2008, 6쪽.

29 「'시적인 것'의 발현과 새로움-2000년대의 중견 시인」, 110쪽.

브 시인들을 대상으로 삼아야 파급력 있는 반론이 되지 않을까 한다. 이승원의 논리대로라면 2000년대 중반에 묶인 송재학, 황학주, 이진명, 정끝별의 시집은 신진 시인들의 뉴웨이브적 성향과 관계없이, 중견 시인들의 뉴웨이브적 성향을 지닌 서정시를 설명하는 것이 될 뿐이기 때문이다. 신형철이 뉴웨이브 시인들의 새로운 주체-타자 설정 방식과 그 구현 방식의 새로움을 평하는 것이 틀렸다면, 같은 방식으로 뉴웨이브 시인들의 주체-타자 설정 방식과 그 구현 방식이 실은 서정의 자아(주체)-세계(타자)의 일부분에 불과한 것임을 논해야 글의 의도에 더 명확히 부합할 것이다. 달리 말하면, 이 글에서 대상으로 삼는 중견 시인들의 '시적인 것'의 구현 양상이 더 구체적이고 세밀해질수록 아이러니컬하게도 신진 시인들의 '시적인 것'과는 더 결별하게 되는 효과를 가져오게 된다. 이 글은 모든 것을 포월하는 서정의 서정성이 되레 그것과 멀어지는 다른 시의 영역이 있음을 역설적으로 증명하는 사례가 되고 만다. 서정주의 비평의 무리한 보편화가 가져온 실패다.

4. 이승원 비평의 의의

분명히, 이승원의 비평 세계는 한국 현대 시문학의 모든 영역을 아우를 만큼 크고 넓다. 이는 단순히 그가 다작 비평가이기 때문에 하는 말이 아니다. 그의 시비평은 리얼리즘, 모더니즘, 리리시즘을 아우르며, 30년대 카프나 70~80년대 현실주의뿐만 아니라 30년대 국민문학, 50년대 서정주를 위시한 전통 서정과 모더니즘, 90년대 신

서정, 종교시, 생태시 등도 포착의 대상이 되고 있다. 앞으로의 비평가들 중 그만큼의 너비와 깊이로 쓰고 읽는 이가 다시 나올 수 있을지 자신할 수 없을 만큼 그의 비평 세계는 방대하다. 이는 먼저, 그가 끊임없이 읽고 쓰는 부지런함과 영민함을 갖추고 있기 때문이겠지만, 무엇보다 서로 다른 시인들이 자신의 작품 속에서 꼼꼼 숨겨두고 함부로 내놓지 않았던 마음을 지성적이면서 동시에 감성적인 눈으로 직관하는 애정과 열정을 그가 갖고 있기 때문일 것이다. 그 애정과 열정의 다른 이름이 그에게는 아마도 '서정'이겠다. 다만 그가 지금까지 비평에서 보여준 포월적인 서정이 그가 의도하지 않게 드러내 보인 교조적인 그 무엇의 다른 이름은 아니었는지 후대의 비평가들은 질문할 날이 올 것이다. 이를테면 다음과 같은 구절이 그 예가 될 것이다.

> 우리는 차이에 의해 대상을 분별하고 이것과 저것의 다른 점을 따지는 데 익숙해 있다. 그러나 차이의 강조는 분쟁을 일으키고 갈등을 야기한다. 삶에 있어서건 문학에 있어서건 우리는 차이보다 유사성을 찾으려 노력해야 한다. 자신을 낮추고 다른 사람들과 어깨를 나란히 하여 그들이 우리가 같은 존재라는 것을 분명히 인식할 때 세상을 널리 볼 수 있는 눈이 트이고 날카롭고 어긋난 것들을 포용할 수 있는 마음이 열린다.[30]

서정시의 세계는 확실히 자아와 세계, 또는 주체와 대상 간의 이분법적인 차이를 무화하려는 시적 욕망의 산물이다. 조동일, 김준오 등이 구축한 이러한 서정의 세계관은 70년대~80년대에는 유효한 미학적 태도였는지 모르나 2000년대 이후 한국사회에까지 유효한 전략이

30 「화광동진(和光同塵)의 시학」, 『시 속으로』, 151쪽.

될 수 있는지는 의문사항이다. 존재와 대상 간의 유사성 찾기가 민족 주체성의 구심점으로, 자아와 타자 간의 구별과 배제의 논리적 거점으로 작동했음은 널리 알려진 사실이다. 비록 이승원은 "우리가 같은 존재라는 것을 분명히 인식할 때 세상을 널리 볼 수 있는 눈이 트이고 날카롭고 어긋난 것들을 포용할 수 있는 마음이 열린다"고 했지만 그러한 타자 포용의 마음이 반드시 "우리가 같은 존재라는 것을 분명히 인식"함으로써만 나타나는 것은 아니다. 분명 "차이의 강조는 분쟁을 일으키고 갈등을 야기"할 수 있다. 그러나 그것이 차이를 유사성으로 치환되어야 하는 이유가 될 수는 없다. 차이를 차이 그 자체로 인정하는 것이, 애써 유사성을 찾으려는 폭력적 동일화의 노력보다 훨씬 더 미학적이고 윤리적일 수 있는 것이다. 차이를 동일화하는 내향적 파시즘을 지향하는 것이 아니라 차이를 그 자체의 다양성으로 공존·발양하도록 돕는 시스템을 발명하는 것이 훨씬 더 지킬 가치가 있는 것이다. 우리가 다양성의 가치가 생성·충돌·교섭·공존하는 민주주의를 옹호하는 이유도 여기에 있다. 서정이 유사성 찾기의 다른 이름에 불과하다면 그것은 서정의 포월성을 되레 협소하게 해석하는 것이 될 수도 있다. 그럼에도 불구하고 확실한 것은 이 서정의 사제가 제단에 바쳤고 앞으로도 바칠 비평들은 후대의 비평가들에게 쉽지 않은 도전적 과제가 될 것이라는 사실이다. 우리는 지금, 충분히 서정적인 비평가를 갖고 있다.

임규찬의 비평세계와 리얼리즘의 예도(藝道)

백혜린

1. 리얼리즘에서 다시 리얼리즘으로

90년대는 해체와 생성으로 이루어졌다. 현실사회주의권의 몰락, 문민정부의 등장, 세계화·정보화 시대, 중산층 증대, 문화산업의 융성, 영상 매체의 확산 등. 90년대로 들어서며 언급된 화두만 해도 셀 수 없을 정도다. 급변하는 세태 속에서 문학장의 변화 또한 자명했다. 무거움과 가벼움으로 소략되듯, 공적 담론의 영역이 강조되었던 80년대와는 달리 90년대에는 사적 담론의 영역이 급부상하기 시작했다. 생활양식론과 일상성의 문제가 주목된 점을 보아도 그렇다. 그러나 세태가 급변할수록 도리어 침묵과 반성이 뒤따르기도 했다. 80년대에 활발히 활동했던 문학의 주체들이 90년대에 들어와 문제작을 내지 못하거나, 90년대만의 새로움을 찾아야 한다는 강박에 사로잡힌 경우들처럼 말이다. 당시 비평계의 지형변화 또한 이러한 흐름을 타고 있었다. 80·90년대를 주 활동 시기로 삼았던 비평가들에게 유달리 신념이 중시된 연유도, 그것이 진영싸움으로 번진 것도 시대적 특질과 무관치 않다. 이는 당시의 평론가였던 임규찬에게 또한 마찬가지다.

임규찬은 1957년 전남 보성 출생으로 1988년 『실천문학』에 평론을 발표하며 문단 활동을 시작했다. 성균관대 독문과 및 동대학원 국문과를 졸업하여 성공회대 교양학부 교수를 지냈고 계간 『창작과비평』의 편집위원으로도 활동했다. 평론집으로는 『왔던 길, 가는 길 사이에서』(창착과비평사, 1997), 『작품과 시간』(소명출판, 2001), 『비평의 창』(강, 2006)이 있고, 카프문학 연구자이기도 했던 임규찬의 대표 저서로는 태학사에서 발간된 『카프비평자료총서 Ⅰ~Ⅷ』(편저)가 있다. 임규찬은 평론가로서 리얼리즘을 본령 삼아 자신만의 비평을 이어갔다. 그의 주 연구 분야와 『창작과비평』의 편집위원이었다는 사실을 미루어 볼 때, 임규찬이 리얼리즘을 본령 삼아 비평을 전개했다는 사실은 당연하게 느껴지기도 한다. 그러나 임규찬에게 리얼리즘이란 민족문학의 대의를 실현해 줄 방법론에서 더 나아간, 문학의 본질이자 인간화의 길을 제시할 예도(藝道)와 같았다.

요즘 들어 영어 'ART'의 역어로 보편화된 '예술(藝術)'이란 말이 자꾸 못마땅해진다. 그보다는 차라리 옛날에 사용되기도 했다는 '**예도(藝道)**'**라는 말이 훨씬 정겹고 알심 있는 용어로 다가온다.** 아무래도 근래의 문학적 풍정과 맞물려 뭔가 투정을 부리고픈 마음이 용어까지 시비를 걸고 싶은 게다. 1990년대 들어 큰 변화와 전환이 이루어지고 있음은 분명한데, 정작 그것을 대변한다는 90년대의 새 얼굴들에 왠지 낯이 활짝 펴지지 않는다. 그래서인지 '예술'이란 말 가운데 '예(藝)'보다는 '술

> (術)'이란 글자가 자꾸 더 크게 보인다. '재주[藝]'가 본래 '잘할 수 있다'는 것 일반으로서의 '예'나 '기교'를 뜻하는 것인데, '꾀[術]'까지 덧붙음으로써 단순한 기술이나 기교, 나아가 일시적인 술수나 잔꾀 등 자꾸 부정적 의미로만 치닫는 느낌을 주는 것이다. 대신 **'예도'라는 말속의 '도(道)'가 주는, 방법이란 의미와 함께 사물의 존재양식과 내적인 연관을 맺으면서 근원의 생명을 중시하는 용어 자체의 진정성이 새삼 각별하게 다가온다.**[1](강조-인용자)

임규찬은 90년대의 혼란 속에서도 "리얼리즘이 여전히 관건"[2]임을 상기한다. 90년대 문학장의 변화에 거리감을 느끼던 그가 "예도(藝道)"란 용어를 통해 하고 싶었던 말은 '그럼에도 리얼리즘'이었을 것이다. 점차 리얼리즘이 낡은 관념으로 치부되던 그 시점에서, 임규찬은 왜 리얼리즘을 강조하고 싶었던 것일까. 임규찬에게 있어 리얼리즘이란 사회와 개인의 관계를 포착할 수 있는 실질적 방법이자 그럼으로써 부단한 인간화의 길을 제시해 줄 "삶의 길[道]"(30쪽, 2001) 자체였기 때문이다. 물론 임규찬에게 있어 리얼리즘이 처음부터 이렇게 확장된 개념은 아니었을 것이다. 이 같은 관점의 기저엔 민족문학론의 기획이 먼저 자리하고 있기 때문이다. 이는 다음의 언급으로도 알 수 있는데, 임규찬은 "민족문학론의 기획은 근대성에 충실하되 탈근대를 지향하자는 것이다. 이른바 보존과 폐기를 통한 지양, 계승과 혁신의 과정이다. 개인의 존엄성을 존중하면서도 분리된 개인의 실존세계가

---

1 임규찬, 「'자아'를 넘어선 '자기의 우주'」, 『작품과 시간』, 소명출판, 2001, 13~14쪽. 앞으로 이 책에서 글 인용 시 연도와 쪽수만 표기하도록 한다.

2 임규찬, 「새로운 현실상황과 문학의 길」, 『왔던 길, 가는 길 사이에서』, 창작과비평사, 1997, 13쪽. 앞으로 이 책에서 글 인용 시 연도와 쪽수만 표기하도록 한다.

아닌 개개 인간 사이의 유대, 나아가 계급·민중·민족의 바람직한 공동체 세계를 향한 역사와 현실, 그리고 인간 자신의 부단한 인간화과정”(62쪽, 1997)이라고 말한 바 있다.

임규찬에게 리얼리즘은 두 가지 양상으로 이해된다. 첫째, 민족문학이란 대의를 리얼리즘의 이론적 토대에 묶어 지키는 것. 둘째, ‘삶의 길[道]’과 같이, 문학의 본질 그 자체로써 리얼리즘을 이해하는 것. 이로 미루어 보면 임규찬에게 있어 90년대는 지난한 시대였을 것이다. 임규찬은 90년대에 들어 낡은 관념으로 치부되던 리얼리즘을 지키기 위해 여러 방안을 모색할 수밖에 없었다. 이러한 시도는 그의 평론집에서도 발견된다. 1997년에 발간된 임규찬의 첫 평론집인 『왔던 길, 가는 길 사이에서』에서 포착된 특징은 그가 총체성의 개념을 개인의 ‘구체적 삶’으로까지 연결시켜 실제비평을 행했다는 점이다. 또한 이러한 관점은 차후 발간된 『작품과 시간』(소명출판, 2001)과 『비평의 창』(강, 2006)에서도 견지된다. 90년대, 나아가 2000년대가 보여준 시대적 복잡성은 80년대의 관념이었던 민중과 계급성으로만 포착되지 못한다. 임규찬의 초기 비평이 ‘90년대에서 리얼리즘을 어찌 이해할 것인가’란 질문으로 전개된 것도 결국 이 때문이다.

임규찬은 리얼리즘으로 시작해 다시 리얼리즘으로 나아간다. 더 구체적으로 말하자면, 세태 변화에 따른 리얼리즘의 이해와 예도(藝道)로서 이를 수렴하는 과정에 초점이 가 있다. 그렇다면 임규찬의 비평세계를 통해 리얼리즘의 예도(藝道)를 따라가 본다.

2. 새로운 리얼리즘의 모색과 변증법적 비평관

임규찬은 문학을 곧 인간학으로 이해했다. 그에 따르면 문학은 부단한 인간화의 과정, 즉 구체적 삶의 방향성을 제시하기에 인간학에 가까운 것이다.[3] 이는 곧 문학은 '현실적인 삶'을 외면하면 안 되며, 개인의 경험에 집중하더라도 그 내면성에 잠식되면 안 된단 입장을 무의식적으로 내보인 것과 같다. 문학은 곧 사회와 역사적 사명에 부응해야 한다는 신념을 짊어지게 된 것이다. 그러나 90년대는 80년대와는 또 다른 감각이 요구되던 시대였다. 새로운 세태와의 응전이 임규찬 앞에 가로 놓인 것이다. 임규찬은 두 시대의 격차에서 자신의 리얼리즘관을 점검하고 또 다른 전망을 사유할 필요성을 느낀다.[4] 90년대라는 '새로운 현실'을 구성할 '새로운 리얼리즘'을 모색하는 것이다.

---

3 "'인간(人間)'이 '인생(人生)'과 '세간(世間)'의 줄임말이라 할 때, 그 점에서 문학을 인간학이라 부르는 것은 적절하다. 한 사람이 태어나서 늙고 병들어 죽기까지의 생애와, 세계와의 만남에서 연유되는 무수한 관계와 그 관계가 주는 세상살이의 희로애락이야말로 문학의 영원한 화두이기 때문이다."(23쪽, 2001)

4 "90년대에 들어서 리얼리즘 경향의 소설이 과거에 견주어 어떤 변화 양상을 보여주는가. 이것이 지금 내가 탐색해 들어가야 할 주제이다. 그러나 마치 풀기 힘든 숙제를 마주한 것처럼 선뜻 상이 잡히지 않아 곤혹스럽다. (…) 단순히 변화한 정도가 아니라 급변(急變)했음을 이미 받아들여 버린 세태 탓이다. 덩달아 새로운 것에 자꾸 눈길을 주면서 예전 것들은 유물 취급을 받는다. 리얼리즘 역시 그렇게 유물처럼 간주되려 한다. 사태가 이러니 더더욱 여러 문제가 겹겹이 에워싼다. 80년대, 나 자신의 리얼리즘관을 어떻게 평가할 것인가, 만약 거기에 오류가 많다면 80년대 리얼리즘 문학은 어떻게 재규정되어야 할 것인가, 90년대 리얼리즘 문학의 가장 주도적인 양상은 무엇인가, 그리고 그것이 과연 90년대 현실에 가장 적실한 문학적 대응인가 등등……"(28~29쪽, 1997)

우리 앞에 주어진 사회 속에서 생존하는 구체적인 인간들에 관한 진실을 드러내는 새로운 현실을 구성하는 리얼리즘을 향하여 출발해야 한다. 말하자면 자본주의가 갈수록 심화시키는 개별적인 참호 속에서 그 벽들을 부수고 삶의 전체성을 위해 개별 약진해야 한다. (…) 물론 현재적 상황에 대한 유일한 방도가 '바로 이것'일 수 없다. 출발을 위해 현실로 되돌아오자는 것이다. 그것은 정직하게 현실과 맞대면하여 진실한 마음으로 세상을 읽는 일이다. **그리하여 함께 그리고 위엄있게 사람다운 삶을 꾸려 갈 수 있는 그런 사회를 꿈꾸어야 한다.** 문학이 거처해야 할 영혼의 집은 거기에 있지 않을까. 과학이 위기에 몰린, 그러나 기술은 끝갈 데 모르고 가는 이 시대에 문학적 상상력이 다른 어떤 시대보다도 현실적 힘을 갖게 되리라는 기대도 그 때문이 아닐까.(26~27쪽, 1997, 강조-인용자)

현실사회주의권의 몰락, 자본주의 사회의 도래 그리고 점차 강조된 개별적 삶에 관한 관심. 90년대로의 변화는 이를 바탕으로 이루어졌다. 임규찬에게 90년대란 총체성의 개념 아래 '개인의 삶, 개인의 시간, 개인의 내면을 어떻게 바라볼 것인지' 고민하게 만들었던 시대였다. 당시 임규찬은 사회와 개인 내면의 상관성에 관해 여러 지면을 할애했는데, 이는 여전히 민족문학의 지향 속에서 행해졌다. 가령 첫 번째 평론집에 실린 「왔던 길, 가는 길 사이에서」를 살펴보면 알 수 있다. 임규찬은 90년대에 들어 시단의 표지가 '서정성의 회복'에 주목되면서, 80년대 민족·민중문학·민중시에 "사망진단서"(74쪽, 1997)가 발부되려 하고 있다고 언급한다.[5] 또한 신경림의 말을 언급하며 다음

---

5 "아마도 이들이 90년대와 관련해 변화된 시의 가장 본질적인 표지로 내세우는 것이 '서정성의 회복'일 것이다. 그리고 그렇게 해서 80년대의 민족·민중문학,

과 같은 평을 남기는데, "시의 궁극적인 자기존재성이 시인 자신의 자기탐구에 있음은 분명하더라도 그것이 결코 쓰러지고 짓밟히는 것과 무연한 것일 수 없음을 시인은 확인한다. 이 말은 곧 민족문학이 곧잘 이야기하곤 하는 민족이니 민중현실이니 하는 것들이 그 자체로 대상화된 어떤 외적인 것이 아니라 시인 자신의 삶과 분리될 수 없는 자기 삶의 영역 안에 있음을 말해준다"고 강조한다.

이로 미루어 보면 임규찬이 경계하고 있던 것은 개인의 내면 그 자체라기보다, 사회현실을 외면한 채 내면에 고립한 자아의 태도였을 것이다. 민족의 현실을 자신의 구체적 삶으로 끌어안는 것. 그리고 그런 삶이 하나하나 모여 다시 공동체로 집약되는 것. 이 일련의 과정들이 결국 개인 내면의 허용치였던 셈이다. 그러나 90년대가 보여준 시대적 복잡성은 민족문학으로만 포착되지 못한다. 개인들의 사적인 삶이 공동체라는 단일관념으로 수렴되기도 어려웠을 것이다. 결국 임규찬은 80년대와는 다른, 90년대의 새로움으로써 '사적 영역'을 어느 정도 인정하게 된다. 그러나 이때의 사적 영역이란 현실의 문제를 배제한 채 내면의 세계에 침잠함으로써 형성된 것이 아닌, 생활과 일상이라는 '새로운 현실'의 문제로 당위성을 얻는다. '구체적 삶'의 반영, 즉 '동시대성'으로 이를 수렴한 것이다. 이러한 접근은 임규찬이 리얼리즘을 시대에 따라 변화하는 동적 개념으로 이해했기에 가능했다. '새로운 리얼리즘'의 모색은 사적 영역을 인정하는 것에서부터 시작된다. 그에 따르면 "리얼리즘 문학이란 결정화(結晶化)된 어떤 고정체가 아니라 다양성을 그 자체에 내포하면서 전개되어 가

나아가 민중시에 대한 사망진단서를 가볍게 발부하려고 한다."(74쪽, 1997)

는"(34쪽, 1997) 문학이다. 리얼리즘을 '낡은 것'으로 취급하는 90년대의 뉘앙스에 맞서, 리얼리즘은 90년대라는 '새로운 현실'조차 당연히 담아낼 수 있단 입장에 선 것이다. 이는 임규찬이 "인간현실 그 자체가 변모했다면 내용적으로나 형식적으로나 그 변모를 올바로 조응하는 것은 지극히 온당한 리얼리즘의 요청"(61쪽, 1997)이라고 말한 바에서도 알 수 있다.

또한 '새로운 리얼리즘'의 모색은 지나치게 공적이었던 80년대의 민족문학론과 90년대의 문학이 보여준 사적 편향을 적절히 매개하려고 한 시도로도 읽힌다. 그가 자신의 실제비평을 통해 말하고 싶었던 "시대 속에서 태어나 다시 시대 속으로 삼투해 들어가야 하는 역사와 인간의 진정한 변증법"(66쪽, 1997)이란 '80년대와 90년대', 그리고 '나와 사회'의 변증법적 교섭에 가까워 보이기 때문이다.

> 사회는 인간 앞에 이미 주어진 상태로 항상 존재하기에 인간의 욕구를 끊임없이 억제하는 경향을 갖고 있지만, 그러나 인간이 자기 욕구를 다양하게 형성하고 충족시킬 수 있는 곳 역시 사회일 수밖에 없다. **따라서 사회와 인간의 욕구 사이의 현상적 적대성의 근저에 놓여 있는 인간의 근원적인 사회귀속성, 인간의 공동체적 본성을 놓쳐서는 안 된다.** 작품에 대한 공감도 작품 안에서 저절로 생성되어, 풍겨 나오는 이런 인간의 공동체적 본성에 자연스럽게 젖어들 때가 가장 근원적임은 앞서 거론한 작품들을 통해서도 알 수 있을 법하다.(241쪽, 1997, 강조-인용자)

임규찬은 인간들의 "공동체적 본성"을 중시했다. 이는 민족문학을 견지한 태도임과 동시에, 넓게는 총체성에 관한 지향을 잘 보여주는 대목이다. 평론집 곳곳에서 '연결·통일·총합·총체'라는 단어가 강조된 것도 이 같은 태도 때문으로 보인다. 임규찬이 90년대의 '일상 세계'를 "노동과 여가·생산·소비, 가족·친구·이웃·관계 등으로 단편화되어 있으면서 그것들이 총합적으로 구성되어있는 세계"(161쪽, 1997)로 사유한 것도 마찬가지이다. 임규찬은 쉼 없이 밀려오는 일상성의 문제들 속에서 민족문학의 영위와 리얼리즘의 변호, 나아가 공동체적 삶을 강조하기 위한 '새로운 리얼리즘'을 모색했다. 결국 '새로운 리얼리즘'이란 개인들의 구체적 삶의 모습을 동시대성으로 수렴하여 더 높은 차원의 공적 영역으로 지양하고자 한, '다양성을 내포한 리얼리즘'으로 형상된다. 물론 사적 영역을 제한하여 수용하는 등, 다양성이라 말해지기 어려운 부분도 존재한다. 이때의 '다양성'은 당시 리얼리즘을 변화하는 '과정'으로 견지하고자 했던 시도의 반영이다. 이는 임규찬 스스로 '세태 변화가 리얼리즘을 견지하는 방식에 영향'을 미쳤단 사실을 말해준 것과 같다.

80년대와 90년대 그리고 나와 사회를 변증법적으로 사유하고자 한 임규찬의 비평관은 실제비평을 통해서 잘 드러난다. 김인숙의 소설평에선 "김인숙의 최근작에서 '민중' '민족'이니, '계급' '변혁'이니 하는 말이 낯설어짐은 어떤 의미에서건 진지하게 검토해 볼 문제이다. 이들 개념은 '나와 너' '나와 사회'를 매개해 줄 수 있는 살아있는 개념이기 때문이다. 그렇기 때문에 그 개념의 참 의미를 실제 생활에서 추출하여 삶의 양식으로 만들어 내는 것은 우리 시대 작가의 중요한 책무"(133쪽, 1997)라 평했다. 또한 조정래의 대하소설 『태백산맥』의 평에선 '벌교'라는 공간이 지닌 특수성에 주목하여, "이러한 점이 『태백산맥』이 지니는 폭넓음의 가장 중요한 토대가 될 것이다. 왜냐하면 작가는 일반적으로 위대한 리얼리즘 소설이 확보하고 있는 보편성과 특수성의 통일을 이 작품의 주요골조로 주도면밀하게 배치"(266쪽, 1997)하고 있다고 말한 바 있다. 그리고 광주민주화운동의 본질적 국면을 다룬 홍희담의 여러 소설에 관해선 "광주민주화운동을 이념적·정치적 차원에서 형상화하고자 하던 데서 벗어나 세월의 변화를 차차 받아들이고, 그것을 일상공간으로 끌어안아 개인과 역사, 과거와 현재를 연결시켜 지금의 구체적인 삶의 지속으로 만들고자 애쓰고 있음을 눈여겨볼 필요"[6]가 있다고 언급했다.

이처럼 임규찬은 리얼리즘에서 다시 리얼리즘으로 나아간다. 그러나 실제비평의 결론들이 궁극적으로 민족문학을 지향한다는 점에선 보는 관점에 따라 한계로 지적될 수 있겠다. 어찌 보면 90년대란 새로운 세태 속에서, 어떻게든 80년대를 호출하고 싶어 하는 모습으로도 보인다. 이 같은 행보는 도리어 90년대와 2000년대, 그리고 그 이후에도 리얼리즘을 계속 '호출'되어야 할 것으로 보이게 한다. 임규찬이 리얼리즘론의 '재구축'을 강조하며 한계점을 보완하려고 한 시도 또한 마찬가지이다.

3. 구도적(求道的) 관점으로 교정된 리얼리즘론

90년대를 소화하기 급급했던 첫 번째 평론집과는 달리 두 번째, 세 번째 평론집에서는 리얼리즘의 근원에 관해 더 고민한 흔적이 남

---

6 임규찬, 「'오월'의 역사와 함께한 영혼의 기록」, 『비평의 창』, 강, 2006, 169쪽. 앞으로 이 책에서 글 인용 시 연도와 쪽수만 표기하도록 한다.

아있다. 이는 80년대 민족문학이 보여주었던 "'운동으로서의 문학'이 이제 '문학으로서의 운동'"(66쪽, 1997)으로 재편되는 과정을 엿보게 한다. 임규찬은 이 같은 문학장의 변화를 "정직하게 말하면 어떤 운동적 강제, 도덕적 강제로부터 벗어나 자신의 실제 삶의 자리에 자리잡고 예전에 비해서 자유로운 선택을 하기 시작했다는 뜻도 될 것"(66쪽, 1997)이라고 언급했다. 이는 "리얼리즘론을 근원에서부터 재구축해야 할 필요성을 이 점에서도 다시 절감한다"(22쪽, 2006)는 문제의식과 함께, 경직돼 있었던 80년대의 리얼리즘론을 반성하는 것으로 이어진다.

당시 임규찬에게 새로움의 기준은 80년대와 다른 것, 달랐던 것, 소위 말해 "80년대에는 감히 상상할 수 없었던"(358쪽, 2001) 감각에 있다. 임규찬은 80년대를, 당시의 민족문학을 그리워한다. 그는 "80년대의 가장 가파른 암벽을 타던 젊은 문학의 유격대들은 지금 어디에 있는가"(44쪽, 1997)라고 물으며 아쉬움을 드러내기도 했다. 그러나 경직돼 있었던 80년대의 리얼리즘론에 관한 반성도 함께했다. 임규찬은 이 과정을 통해 리얼리즘론의 한계를 교정하고 그 근원에 가까이 다가서려는 모습을 보여준다. 80년대와 90년대를 변증법적으로 사유했던 게 첫 번째 평론집의 방향성이라면, 이로써 리얼리즘의 근원에 더 가까이 다가서려고 했던 것이 이후의 행보라 볼 수 있다. 이는 창작방법으로서 리얼리즘이 보여주었던 '방법' 개념의 한계를 인식하는 것에부터 시작된다.

> **리얼리즘론 역시 그 자체의 역사 속에서 새로운 출구를 모색하기보다는 더욱더 근원적인 고민에 다다라 있는 듯 보인다.** (…) 말하자면 예술

> 에는 어떤 통상적인 의미의 '방법'도 적용할 수 없다는 견지에서, "어디까지나 창조성이 먼저고 실사구시·지공무사가 먼저이며 '재현'은 그에 따라오는-각 분야마다 다른 방식과 비중으로 따라오는-성과임을 거리낌없이 인정하는 리얼리즘론"이 그것이다.(358쪽, 2001, 강조-인용자)

임규찬은 백낙청이 「로렌스 소설의 전형성 제론」(『창작과비평』, 1992년 여름)에서 말한 "어디까지나 창조성이 먼저고 실사구시·지공무사"가 먼저인 리얼리즘론을 언급하며, 방법적 도구로써 일삼아졌던 리얼리즘론에 관한 반성적 시각을 드러낸다. 민족문학=이념, 리얼리즘=방법이란 기계론적 인식과 "전제를 더 이상 나누어지지 않는 요소들로 분해하고, 그렇게 주어진 단위 요소들을 결합하여 전체를 재구성"(359쪽, 2001)하는, 80년대 리얼리즘론이 여실히 보여주었던 "범례주의의 길"(359쪽, 2001)을 지적한 것이다. 그는 백낙청이 언급했던 리얼리즘론이 "80년대를 거쳐 90년대에 이르는 현실적 맥락을 고려할 때 매우 충격적인 것"(359쪽, 2001)이며 "백낙청의 논지는 반영 문제의 위상을 단순히 격하시킨 것이 아니라 그것의 역할과 위치에 대해 재사고 할 것을 요구한 셈"(359쪽, 2001)이라고 덧붙인다. 임규찬 또한 리얼리즘의 본질 탐구를 위해서 "갱생의 새로운 터를 단단히 다지는 것이 무엇보다 중요하다"(361쪽, 2001)고 언급하며, 리얼리즘론의 한계를 '창조성'의 문제로 접근해 보고자 했다.

창조성은 '반영'과 '표현'의 문제로 말해진다. 가령, 정남영은 「시와 언어, 그리고 리얼리즘」(『창작과비평』, 2000년 겨울)에서 모사나 재현으로 해석되기 쉬운 '반영'의 문제를 '표현'의 차원으로 확대하여 이해할 것을 제시했다. 임규찬은 정남영이 "창조성의 문제를 적극적으로 품어 안을 수 있는 표현의 차원을 제창"(78쪽, 2006)했다며, 이를 "문학이 가진 능동성을 일정하게 제한"(78쪽, 2006)시켰던 리얼리즘의 한계를 극복하고자 한 노력이라 평했다. 반영론 혹 창작방법론이란 이론적 틀에 갇혀있던, 문학의 근원이라 할 수 있는 '표현', 즉 '창조성'에 주목하기 시작한 것이다. 그는 마지막 평론집에서 "창조성을 회복하면서 진정한 정체성을 온전히 품어내는 사유의 폭과 깊이를 어떻게든 찾아나서야 하지 않는가"(80쪽, 2006)라는 문제의식을 드러냈다. 80년대 리얼리즘론의 반성과 함께, 창조성으로 리얼리즘의 진정한 정체성을 회복시키고자 한 것이다. 그리고 임규찬은 연암 박지원의 글에서 이를 행할 단서를 찾아낸다.

> 최근 들어 연암 박지원에 관한 몇 편의 글을 읽으면서 여러 생각이 든 것도 그런 발본적 전환과 관련된 사유와 잇닿아 있기 때문일 것이다. 이를테면 **연암 박지원의 시대, 즉 실학파 시대의 노력은 여러 면에서 요즘의 우리 자신을 채찍질하는 면이 없지 않다.** (…) 흔히 기존의 리얼리즘론에서 확고부동하게 전제되어 이야기되던 것이 '세계관'의 문제였다. 그리고 그것은 이미 '자명한 것'으로서 존재하는 것이었다. 또한 '세계관과 창작방법론'이란 동반 어휘가 암시하듯이 '문(文)'을 '관도(貫道)' 혹은 '재도(載道)'의 수단으로 보는 중세적 문도합일론에 가까운 면이 없지 않다. 물론 이러한 점은 지금도 마찬가지로 문학의 근간이 되어야 할 본질적 요소이다. 그러나 '자명한 것'이 '창작방법론'이라는 적용의 문제를 직선적으로 부르는 반면 **'탐구되어야 할 미지의 그 무엇'으로서 '구도적(求道的)'인 것은 스스로 자체 안에 열림, 동참, 창조 등의 활동하는 장(場)이기에 하나하나의 작품은 고유한 자기 세계를 만들어 나갈 수 있는 것이다.**(82쪽, 2006, 강조-인용자)

박지원은 당시 문도합일론의 추세와는 달리 실학파의 문학론에서는 '도(道)'가 적극적인 관심사로 대두하고 있다며, 이때의 '도(道)'는 "자명한 것이 아닌 탐구되어야 하는 미지의 그 무엇으로 열려"(81쪽 참조, 2006) 있는 것이라 말한다. 임규찬은 박지원이 말한 '도(道)'의 관점에서 리얼리즘을 재사고 한다. 임규찬에 따르면 "리얼리즘에서 확고부동하게 전제되어 이야기되던 것이 '세계관'의 문제"였다. 이는 지금껏 리얼리즘론에 있어 "'자명한 것'"으로 여겨졌다. 임규찬의 이 같은 견해는 다음의 언급으로 풀어볼 수 있다. 창작방법론으로서 리얼리즘은 "일제하 시기부터 지금에 이르기까지 외관상 드러나는 가장 전형적인 리얼리즘론"(358쪽, 2001)이었다. 그리고 이는 주로 "작가가 현실을 그리는 방식 내지 양식으로"(358쪽, 2001) 여겨져 왔다. 이러한 방식을 더 구체화하기 위해 창작 과정에 동원된 것이 당대의 '세계관'이다. "일제하·해방직후·80년대에까지 '세계관 방법의 결합'을 기본 구도로 하여 리얼리즘론"(358~359쪽, 2001)이 구성돼 온 것이다. 임규찬이 언급한 리얼리즘론에서 '자명한 것'이란 이러한 맥락에서 도출된 '세계관'과 '창작방법론'의 전형적이고도 "직선적"인 결합이다. 그러나 임규찬은 이 또한 중요하나, 지금의 리얼리즘론에 필요한 것은 박지원이 말한 "탐구되어야 할 미지의 그 무엇으로서 '구도적(求道的)인'" 관점이라 말한다. 즉, 임규찬은 기존의 리얼리즘론이 추구해 온 전형적이고도 "직선적"인 결합이 아닌, "구도적(求道的)"인 관점으로 리얼리즘의 근원에 다가서려 한 것이다.

> **진정한 창조성의 본질은 이런 구도적 차원에서 근원적으로 발원하는 것임을,** 그리고 이후의 작품으로 형성되기까지, 그리하여 결국 작품 자

> 체도 그렇게 형성된 것임을 마치 생명체로 존속하기 위해 한순간도 놓칠 수 없는 대기의 호흡처럼 숨 쉬는 관점이 필요하다는 것이 필자의 생각이다. (…) '세계관과 창작방법'이 한 작가, 작품에서 분리되지 않고, 리비스식으로 말하면 '단순한 일반론적인 진술로는 규정해 낼 수 없는' 원리의 규정, '방법과 정신' 두 단어의 중간쯤에 해당되는 그런 것으로서 문제를 해결해 내는 방식을 얻으려는 비평적 실천이기도 할 것이다. 말하자면 **작품이 새로운 세계를 만들어 내려는 창조성과 작품 자체가 결과적으로 드러내는 반영성(재현성)이 한데 융합하고 서로 넘나드는 그때그때의 문학적 세계를 참되게 규명해 나가는 일이다.**(83~85쪽, 2006, 강조-인용자)

"구도적(求道的)"인 것이란 "스스로 자체 안에 열림, 동참, 창조 등의 활동하는 장"이기에 "직선적"인 결합과는 다르다. "구도적(求道的)"인 관점으로 리얼리즘을 새롭게 본다는 것은 세계관과 창작방법론의 직선적인 결합이 아닌, 두 양상이 분리되지 않을 정도로 서로를 넘나드는, 즉 "활동하는 장"으로써 이를 확장하여 본다는 것이다. 리얼리즘론의 한계를 극복하고자 한 임규찬의 시도는 "구도(求道)적 차원의 창조적 운동성"(82쪽, 2006)을 리얼리즘의 근원으로 파악함으로써 견지된다. 리얼리즘이 곧 '인간화'의 길을 제시한다고 보았던 견해 또한 이와 연관된다. 결국 리얼리즘에게 필요했던 것은 경직된 이론체계가 아닌 구도적(求道的)인 관점이며, "'방법과 정신' 두 단어의 중간쯤" 되는 감각이자, "창조적 정신의 현재화"(84쪽, 2006)라고 볼 수 있다. 임규찬은 이로써 리얼리즘문학의 근원을 "작품이 새로운 세계를 만들어 내려는 창조성과 작품 자체가 결과적으로 드러내는 반영성(재현성)이 한데 융합하고 서로 넘나드는 그때그때의 문학적 세계"로써 파악해

간다.

그러나 이러한 모색은 앞서 변증법적으로 새로운 리얼리즘을 사유했던 과정과 별반 다르지 않다. 이는 리얼리즘론 자체에 다가서려는 것이자, 그럼으로써 자신의 리얼리즘론을 보강하려는 논리와 같기 때문이다. 구도적(求道的)인 관점으로 근원을 파악해 가는 과정 또한 '道'의 함의 덕분에 능동적으로 보이긴 하나, 종국엔 '그럼에도 리얼리즘'이어야만 하는 정당성을 내포한 '길'이란 점에서 그 성과를 유보하게 만든다. 임규찬은 후에 '역사성'을 강조하는 비평관으로 나아가는데, 그에게 역사성이란 구도적 관점의 실천과 같았을 것이다. 역사성은 창조성과 반영성(재현성)을 고루 포용한 장으로서 견지된다. 그가 장편소설의 가치를 꾸준히 강조했었단 사실[7]을 보면 어느 정도 예상가는 태도다. 리얼리즘론자인 그에게 있어 역사성이란 '포용성이 강한 서사'의 다른 말이기 때문이다.

구도적(求道的)인 관점으로 교정된 리얼리즘론은 한 신념만을 관철한 비평가의 일목요연한 태도를 잘 보여준다. 이는 비평가로서는 주목할 만한 태도라 볼 수 있다. 그러나 이러한 태도는 자신의 비평 세계

---

7 임규찬은 직접적으로 장편소설 창작을 권유하기도 했다. 임규찬은 창조성과 반영성(재현성)의 조화를 포용할 수 있는 형식으로 시보다는 소설을, 그중에서도 장편소설이 적절하다고 보았다. 이는 다음의 언급에서 알 수 있다. "소설이 만들 수 있는 최대치의 범주인 총체성에 대해 작가는 스스로 책임을 질 줄 알아야겠습니다. (…) 그래서 저는 그러한 것까지도 포용할 수 있는 치열한 산문정신, 대규모적인 장편의 창조를 권하고 싶습니다. (…) 살아 있는 정치적·역사적 생명체로서 그들에 대한 역사적 평가와 현실화 등 그들이 우리 앞에 내포하고 있는 영역 모두를 풍부하게 보여줄 필요가 있습니다. (…) 저는 오히려 당신에게 진정으로 이 모든 것을 한 덩어리로 포용할 장편 창작에 적어도 당분간은 전념하기를 진심으로 권하고 싶습니다."(345~349쪽, 1997)

에 민족문학 외적인 것들의 존재감을 스스로 던져넣는 행위로도 보인다. 90년대와 2000년대 그리고 이후의 세태까지. 리얼리즘으로 견지될 수 없는, 혹은 그러기를 거부하는 세태의 등장은 어떻게 수용해낼 수 있을지 의문이 남는다.

4. 나가며: '진정한 도(道)'의 개념

임규찬의 리얼리즘론은 이미 견고한 상태에 가까웠다. 그렇기에 임규찬의 비평 세계 어디에서도 리얼리즘 외적인 것들은 볼 수 없었다. 그 소외감이 크게 느껴질수록 다음과 같은 질문이 떠오른다. 비평가로서 한 신념을 관철한다는 것은 무엇까지 담보해 내야만 가능한 일일까. 리얼리즘이 동적 개념이라면, 그것이 곧 삶의 길을 제시하는 문학이라면, 이를 실천하는 비평가의 태도는 또 어때야 하는가.

임규찬은 김윤영의 소설평에서 "작가가 그려낸 현실세계가 매우 다양하면서도 지극히 현재적인 문제영역들이기에 호기심과 함께 재미가 있다"(216쪽, 2006)며, 실생활적인 모습들이 반영된 소설의 단면들을 열거해 "문제적인 시공간을 발 빠르게 담아내는 묘사력, 그리고 그런 소설적 육체가 펼쳐내는 다양한 동시대성이야말로 김윤영의 작품에서 새삼스럽게 눈여겨보아야 할 건강한 면모"(217쪽, 2006)라 언급했다. 당시 신인작가였던 김윤영의 소설평에서 '건강한 면모'라는 말이 나온 이유는 문학계가 보여주었던 한 단면 때문이다. 임규찬은 "최근 우리 문학계가 보여주는 일반적인 추세는—특히 신진작가들의 경우—사적인 세계에 갇혀 내면 탐구에 시종하는 '골방'의 문학이거나, 현실 변화의 구체적 실상에 손을 놓고 대신 방법론 면에서 적당히 새로움을 찾는, '어떻게'에의 과민한 집착"(217쪽, 2006)을 문제 삼고 있었다.

사실 이러한 모습들은 현재에도 마찬가지인 듯하다. 임규찬의 눈으로 보았을 땐, 더 확장됐다고 할 수도 있겠다. 그가 강조했던 "움직이는 현실을 쫓아 그것을 부단히 자신의 소설공간으로 현재화하려는 적극적인 밀착 노력"(217쪽, 2006)보다는 다른 가치를, 즉 임규찬식으로 말하자면 "재현적 진리에 대한 부정적 인식을 확산시키면서, 대신 상상과 가공의 세계로 손쉽게 비월(飛越)하여 실제 현실로부터 이탈"(217쪽, 2006)하는 양상들이 두드러지는 것이다. 그러나 이러한 경향이 신진작가 혹은 흔히 말해 '젊은' 문학인들의 문제라고만 볼 수는 없다. 그렇기에 더욱더 '비월(飛越)'이란 부정적 뉘앙스로 말해지기도 어렵다. 어찌 보면 또다시 세태가, 문학장이 변해가는 과정 중이겠고, 더 구체적으로 말하자면 상상과 가공의 세계로 '비월(飛越)한' 것이 아니라 '비월(飛越) 될' 수밖에 없었던 것이라 본다. '문학은 무엇을 해야 한다'라는 방향성 제시에 앞서, 그렇게 될 수밖에 없었던 경위를 파고드는 게 비평의 역할이라 생각된다. 또한 그것이 실제 현실이란 형상을 그려내는 일일 것이다.

임규찬의 비평은 리얼리즘으로 시작되었지만, 리얼리즘에 방점을 찍을 순 없을 것이다. 그에게 있어 리얼리즘이란 창조적 비평이자 그렇기에 끊임없이 탐구되어야 할 담론이기 때문이다. 이는 리얼리즘이 단순 진영논리를 벗어나 인간다운 삶의 실천으로 표상되었을 때 이미 예견된 일과 같다. 결국 '리얼리즘의 예도(藝道)'란 변화해 가는 세태 속에서 '그럼에도 리얼리즘'이란 사실을 꾸준히 상기해 가는 길이었을 것이다. 그리고 또 다른 길목에서 예도(藝道)가 함의하고 있는 '진정한 도(道)'의 개념을, 논자 스스로 상기해 본다.

중립의 자리에서 그가 말할 수 있었던 것

정호웅론

박수정

1. 보이지 않는 자리

50년대생 비평가로 호명된 정호웅을 90년대 비평의 논전에서 발견하기란 쉽지 않다. 1986년 중앙일보 신춘문예에 「관념편향적 창작방법의 한계–'영웅시대론'」이 당선되어 작품활동을 시작한 그는 『반영과 지향』(1995), 『한국문학과 근본주의적 상상력』(2000), 『한국의 역사소설』(2006)까지 세 권의 평론집을 냈다. 세 권의 평론집 중 두 권이 90년대에 발표한 비평을 정리한 작업물이라면 그의 비평적 무대는 90년대라 보아도 무리가 아니다. 그러나 민족민중문학론, 신세대론, 문학권력론 등 90년대의 다기한 비평적 충돌이 일어난 자리에서 그의 이름은 쉽사리 발견되지 않는다.

이유는 무엇일까. 혹시 90년대 비평사를 개괄하는 논의들의 준거가 그의 자리를 비추지 못해서는 아닐까. 이를 밝히기 위해서는 먼저 그의 행보를 짚어보는 작업이 선행되어야겠다. 잘 알려져있듯 90년대는 언론기본법의 폐지로 80년대에 폐간되었던 정기간행물들이 복간되거나 창간되던 시기였고 『창작과비평』, 『문학과사회』, 『문학동네』, 『세계의문학』 등이 문학장의 중앙에 위치해 각자의 영역을 구축하던 시기였다.[1] 이러한 상황에서 90년대 정호웅은 『문학사상』의 편집위원으로 활동했으며, 평론은 주로 『문학정신』, 『문학사상』, 『문학과의식』과 같은 잡지에서 발표했다.

주목해야 할 것은 당시가 "문학 생산과 수용의 여건이 향상되고 그와 더불어 비평 역시 활발했던 한국 평단의 마지막 호황기로 회고"[2] 될 만큼 비평적 논의가 상당한 시기였음에도 불구하고 정호웅이 동시대의 논쟁으로부터 얼마간 물러서 있었다는 점이다. 그것은 그의 비평적 시선이 소위 '신세대' 작가라 명명되던 신경숙, 윤대녕, 김영하 등에 거의 닿지 않았다는 점, 오히려 "염상섭·채만식·이청준·이문구·황석영과 같은 큰 작가를 90년대 작가 가운데서 찾기 어렵다"[3]는 의견을 개진하고 있었다는 점에서 분명하게 드러난다. 그렇다면 그의 행보는 어디에서부터 어떻게 설명되어야 할까.

그 일단은 정호웅이 『반영과 지향』으로 수상한 제8회 김환기 평론상과 관련해 엿볼 수 있다. 해당 평론상은 『문학사상』에서 주관한 상으로 그해 심사위원이었던 이어령·김윤식·권영민은 정호웅을 수상

1 윤여일, 『모든 현재의 시작, 1990년대』, 돌베개, 2023, 38~47쪽.
2 조연정, 「『문학동네』의 '90년대'와 '386세대'의 한국 문학」, 『한국문화』 81호, 서울대학교규장각 한국학연구원, 2018, 226쪽.
3 정호웅, 「90년대 문학에 대한 단상」, 『한국문학의 근본주의적 상상력』, 프레스21, 2000, 101쪽.

자로 선정하며 다음과 같은 심사평을 전한다.

> **문학사의 전체적인 흐름을 균형 있게 바라보는 관점**이 돋보였고, 치밀한 작품 해독이 설득력을 갖고 있다는 점도 후한 평가를 받았다. 무엇보다도 안정감 있는 문체를 유지하고 있다는 점도 비평의 미덕으로 주목되었다. 한국 소설의 리얼리즘의 미학을 중심으로 하는 **정호웅 씨의 비평은 아카데미즘의 경향과 저널리즘적 속성의 중간적인 위치**에 자리한다. 그러므로, 고답적인 논의에 빠져 있는 것도 아니고, 저널리즘의 선동적인 경향에 편승하고 있는 것도 아니다. 정호웅 씨는 비평적 담론의 중간적인 어조를 격조 있게 유지하면서 작품의 내면에 진지한 성찰을 보여주고 있으며, **리얼리즘론의 역사주의적 미망을 벗어나서 소설 미학으로서의 리얼리즘의 가능성**을 새롭게 해석해내고 있다.[4]

위 심사평은 정호웅 비평을 해명할 세 가지 주요 단서를 제공한다. 첫째 그는 문학사의 흐름을 염두에 두고 작품을 점검한다. 둘째 그것은 아카데미즘과 저널리즘의 중간항에 위치한다. 셋째 그는 리얼리즘의 역사주의적 미망을 벗어나 소설 미학으로서의 리얼리즘의 가능성을 타진하고 있다. 세 단서는 문학사라는 토대 위에서 문학 연구와 비평을 오가며 루카치로 대변되는 "리얼리즘론의 역사주의적 미망"을 넘어서고자 했던 정호웅의 고투를 넌지시 드러낸다. 그렇다면 그를 가리키는 세 가지 단서, 문학사와 중간항과 역사주의로부터의 이탈은 구체적으로 어떻게 그와 관계하고 있는 것일까. 우선 80년대 후반에서 90년대 초반의, 소위 전환기적 시기의 비평이 수록된 『반영과 지

---

4 이어령·김윤식·권영민, 「특집 제8회 김환태 평론문학상 심사평-치밀한 작품해독과 균형 있는 관점」, 『문학사상』, 1996.9, 50쪽.

향』(1995)을 통해 정호웅 비평의 향방을 가늠해보자.

2. 80년대와 90년대 사이, 어떤 곤혹

정호웅의 첫 번째 평론집 『반영과 지향』의 머리말에서 정호웅은 "이제는 관심권에서 멀어진 듯한 문학의 현실 반영과 지향의 문제가 이 책의 주된 관심사"라고 밝히고 있다. 80년대 문학 비평을 견인한 두 축이 민족·민중문학론과 리얼리즘론이었을 때, 제목에서부터 루카치를 선명하게 드러내는 정호웅의 첫 평론집은 그의 언명대로 이제는 관심권에서 멀어진 듯한 80년대적인 것에 보다 가까이 위치해 있는 것으로 보인다. 그러나 그의 비평은 과연 80년대적이기만 한 것이었을까. 90년대적 전환 앞에서 그의 비평은 어떤 모습이었을까.

> 지난 80년대는 이념의 시대였다. (…) **이념성의 과잉은 문학을 위축시킨다.** 이념의 추상적 관념성, 체계성과 규정성은 대상에 대한 구체적 탐구를 제약하여, 끊임없이 변화하는 현실세계와 그 속을 살아가는 인간들의 실체를 바르게 파악하지 못하게 하는 요인으로 작용하기도 하니 문제이다. 세계와 그 속을 살아가는 인간들을 이해하고 설명하는 체계가 이미 마련되어 있고, 그것의 진리됨은 의심의 여지 없이 확실하다고 인식한다면 탐구는 불필요하다. 그런 이념은 불변의 진리이고 무소불능의 척도이다. 그것은 이념이 폭력적으로 작용하는 곳, 탐구가 더 이상 필요하지 않는 곳에 문학이 설 자리는 없다. (…) **80년대 문학을 지금 와 뒤돌아 조감하면, 이념성의 과잉에 따라 이 같은 문학 본래의 특성이 크게 제한받았던 것으로 판단된다.**[5]

> 작가의 신변사나 작가의 글쓰기 문제에 국한되는 이 같은 경향은 후기 산업사회에 진입한 한국 사회의 특성을 반영하는 것이라는 해석이 있다. (…) 일리 있는 해석임은 물론이다. 그러나 80년대와 90년대의 거리가 전혀 다른 성격의 문학을 낳을 만큼 크지 않다는 평범한 사실 하나만을 생각하더라도 이 같은 해석을 전적으로 지지하기는 곤란하다. 그렇다면 무엇인가. **이념성의 약화이고 그것을 동반한 총체성에 대한 희구의 약화가 궁극의 원인이다.**[6]

「90년대 소설에 대한 반성적 진단」에서 정호웅은 80년대와 90년대를 병치하여 90년대를 진단한다. 흥미로운 대목은 한 시대를 반성적으로 성찰하기 위해 다른 시대를 소환할 때, 그 이전이라거나 이후의 시대는 가치 판단의 준거로서 긍정적으로 평가되기 쉽지만, 정호웅은 두 시대 사이의 어딘가에 서서 80년대와 90년대를 반성적으로 진단하고 있다는 점이다. 그 구체적 면면을 살피면 다음과 같다.

우선 정호웅은 80년대를 이념의 시대로 명명한다. 그러나 그에 따르면 문학의 입장에서 80년대는 난처한 시대였는데, 그 이유는 "무소불능의 척도"로 고정되어 있는 이념이 "끊임없이 변화하는 현실세계와 그 속을 살아가는 인간들의 실체"를 탐구하는 문학을 왜소화했기 때문이다. 여기서 문학은 이념과 철저히 거리를 유지해야 될 것으로 간주된다. 그러나 정호웅은 다시 90년대를 비판적으로 진단하며 90년대 문학에 어려있는 허무주의적 분위기가 이념성의 약화와 그로 인한 총체성에 대한 희구 약화에서 비롯된 것이라 지적한다.

---

5 정호웅, 「90년대 소설에 대한 반성적 진단」, 『반영과 지향』, 세계사, 1996, 11~12쪽.
6 위의 글, 15쪽.

중요한 것은 정호웅이 80년대 문학과 90년대 문학을 문제시하는 기준이 어쩐지 모순적으로 독해된다는 점이다. 정호웅은 80년대 문학이 이념이 과잉되었기에 문제적이며, 90년대 문학이 이념이 약화되었기에 문제적이라는 진단을 한다. 그러나 '이념'의 정도를 준거로 두 시대의 문학을 점검했을 때, 80년대와 90년대는 모두 문제적이라는 비판으로 수렴된다는 점에서, 정호웅 비평에서의 '이념'은 문학적인 것의 가치를 판단하고 분별해내는 가치 판단의 규준이 될 수 없음을 알 수 있다.

사실 정호웅은 그의 등단작 「관념편향적 창작방법의 한계-'영웅시대론'」에서 관념 또는 이념에 대한 불편을 드러낸 적 있다. 해당 글에 따르면 이문열의 『영웅시대』는 한국소설사에서 등장하지 않았던 남로당계 지식인 공산주의자를 거의 처음으로 등장시킨 것이기에 문학사적 의의가 크다.[7] 그러나 그는 이 작품의 미학적 성취가 그리 크지 못하다고 강조하는데 그것은 작가가 "〈중요한 것은 이념이 아니라 인간〉이라는 선행관념"에 치우쳐 소설 양식의 성립을 위협[8]했기 때문이다.

이어 그는 관념편향을 해결하기 위한 창작방법론으로 리얼리즘을 제시한다. 리얼리즘은 전형적 상황의 전형적 인물을 형상화하는 것이기에 관념과 현실 중 어느 한 편에 기울지 않고 객관현실을 총체적으로 파악할 수 있다는 것[9]이다. 루카치의 리얼리즘론을 많이 염두에

7 정호웅, 「관념편향적 창작방법의 한계-이문열의 '영웅시대론'」, 『반영과 지향』, 세계사, 1996, 150쪽.

8 위의 글, 155쪽.

9 위의 글, 164쪽.

두었을 법한 그의 주장은 공교롭게도 자본주의의 모순을 드러내는 것으로서의 소설이 아닌 관념편향을 지양하는 것으로서의 소설과 접속한다. 그가 이토록 편향된 이념을 경계한 이유는 무엇일까.

여기서 하나 고려할 점은 90년대의 주요 논쟁에서 발견할 수 없었던 정호웅이 비평가로서 주요하게 활동했던 자리가 『문학사상』과 관계되어 있다는 점이다. 상술했듯 정호웅은 『문학사상』의 편집위원이었으며 그가 수상한 김환기문학상 또한 『문학사상』이 주관하는 주요 문학상 가운데 하나였다. 흥미로운 점은 『문학사상』이 72년 창간부터 90년대까지도 견지하고 있던 기조가 이념과 사조에 선행하는 "작품 제일주의"였다는 점이다.[10]

『문학사상』은 그 이름에서 '사상'을 밝히고 있음에도 "사상보다 언어를 더 중요하게" 여기며 "구원으로서의 문학보다는 놀이로서의 문학을 추구"했으며, "현실이란 것을 규정할 방법이 없기 때문에 현실의 묘사라는 리얼리즘의 목표를 도달할 수 없는 유토피아"[11]라고 간주했다. 관념에 앞서는 문학을 추구했던 『문학사상』의 방향성은 비평가 정호웅이 90년대의 다기한 비평적 논전에 쉽사리 뛰어들지 않았던 까닭을, '이념'이 그의 문학 비평의 준거가 될 수 없었던 까닭을 넌지시 드러낸다. 그렇다면 그가 말하는 '반영과 지향'이라는 리얼리즘적 대안은 정말로 이미 지나가버린 80년대적인 것일까. 혹시 그것은 90년대의 시대적 조류가 밀려오기 전에 선취된 90년대적인 것은

---

10 「한국문학과 《문학사상》 400호가 의미하는 것」, 『문학사상』, 2006.2, 70쪽.

11 김인환, 「작품 제일주의로 현대문학사의 전통 수립-1980년대의 《문학사상》」, 위의 책, 87~88쪽.

아닐까.

3. 가치 판단의 중단과 루카치 다시 읽기

정호웅의 두 번째 평론집 『한국문학의 근본주의적 상상력』(2000)은 20세기 한국문학을 분석하는 몇 편의 글을 싣고 있다. 첫 번째 평론집에서 그가 이념에 대해 무/의식적으로 거리를 유지하고 있었다면, 두 번째 평론집에서 그는 한국문학의 100년을 되짚으며 이념과 보다 분명한 결별을 선언한다.

> 진보와 효율의 시간관은 이미 100년 전 근대의 들머리에 우리 사회의 중심을 장악하기 시작하였다. 지난 100년의 한국 사회를 이끌어온 핵심 동력은 이 시간관에서 솟아나왔다. **크게 보면 20세기 한국 문학 또한 이 진보와 효율의 시간관에 이끌렸다.** (…)
>
> '새로운 세계'는 그들이 책을 통해 일본 등에서의 교육을 통해 배워 알게 된 근대 세계로서의 진보와 효율의 완미한 실현체로 인식되었으니 절대적인 긍정의 대상이었다. **진보와 효율의 시간관에 근거한 절대의 부정/절대의 긍정이 한 짝을 이루어 이들의 행로를 이끌었던 것**이다.[12]

> **20세기 한국문학사를 주도한 핵심 요소**는 무엇일까? (…) 내가 설정한 새로운 의미항은 **'극단적 상상력'이다.**
>
> **극단의 상상력이란 대립항의 철저한 배제를 통해 어느 한 측면을 절**

---

12 정호웅, 「20세기 한국 문학과 근대라는 타자」, 『한국문학의 근본주의적 상상력』, 프레스21, 2000, 13~14쪽.

> **대화하는 상상력이다. 당연하게도 극단의 상상력은 이분법적이다.** 미/추, 진실/허위, 선/악 등등의 약호를 만들어내는 그 이분법은 전적인 부정을 통해 새로운 것을 일구고자 하는 창조 정신을 담는 그릇이며, 곧바로 핵심을 문제삼아 뚜렷하고 강렬한 세계를 창출해내는 데 대단히 효과적인 인식 체계이다. **그러나 다른 한편으로는 매개항의 설정을 스스로 봉쇄하는 속성을 지닌 것이어서 대상의 단순화·고정화를 벗어나지 못한다. 한국 문학의 두드러진 특성으로 자주 거론되는 강렬과 단순성은 이 같은 극단의 상상력이 만들어낸 것이다.**[13]

정호웅은 근대성을 중심으로 20세기 한국문학을 파악하는데, 대강의 골조를 밝히면 다음과 같다. 20세기 한국 사회의 동력은 근대의 진보적 시간관에서 출발했다. 진보와 효율을 추구하는 근대적 시간관은 타자를 절대 부정과 절대 긍정으로 구분하는 인식을 낳았고, 이는 한국 "근대문학사를 가득 채우고 있는 무수한 이분법의 짝들과 구조적인 동질태"[14]를 이루게 됐다. 그리하여 한국문학을 주도하는 핵심 요소로 자리잡은 이분법적 인식틀은 한 측면을 절대화하여 대상을 단순화하는 극단의 상상력으로 발전했다는 것이 그의 주장이다. 여기서 눈 여겨봐야 할 것은 인식에 대한 그의 태도인데, 정호웅은 선험적 인식에 기반한 가치 판단을 경계했던 것으로 보인다. 이유는 무엇일까.

그것은 그가 관념 편향을 문제시한 것과 근사한 이유로, 현실의 복잡한 관계를 이분화하여 조감할 경우 "전체성을 포괄하기 곤란"한

---

13 정호웅, 「한국 문학과 극단의 상상력」, 위의 책, 32~33쪽.

14 정호웅, 「20세기 한국 문학과 근대라는 타자」, 위의 책, 21쪽.

동시에 "현실의 단순화와 왜곡"을 초래할 가능성이 높아지기 때문이다.[15] 이때 선행하는 인식에 기반한 작품 창작을 지양하는 태도는 정호웅의 비평을 견인하는 하나의 방법론이 된다. 같은 글에서 그는 한국문학의 두 부류를 점검하는데, "1920~30년대의 경향문학과 해방공간의 진보문학, 1980년대의 민중문학 등 혁명적 정치성"[16]을 내장하고 있던 작품들은 절대의 적을 설정해 두고 그 적을 타파하기 위한 여정을 떠난다는 점에서 한계를 지니고 있으며, 이광수의 『무정』, 김동인의 「광화사」, 김동리의 「역마」는 "특정 의미항의 절대화를 근본속성"[17]으로 하여 이념의 절대화를 모색했기에 한계를 가진다고 평가한다.

정호웅은 『반영과 지향』에 이어 『한국문학의 근본주의적 상상력』에서도 루카치의 리얼리즘을 반복해 소환한다. 흥미로운 점은 그가 루카치 외의 다른 이론은 거의 동원하지 않고 있으며, 루카치에 근거해 사회주의 문학과 민족주의 문학 간의 가치 판단과 위계화를 중단하고 있다는 점이다. 그렇다면 정호웅에게 루카치는 어떠한 효과를 야기하기에 이토록 반복적으로 등장하는 것일까. 루카치는 오히려 완고한 마르크스주의자이자 인식론주의자가 아닌가. 이를 해명하기 위해선 루카치를 조금 더 들여다보아야 한다.

먼저 루카치의 이론은 그의 장편소설론만 하더라도 『소설의 이론』(1916/20)의 '초기 장편소설론', 맑스주의를 만난 이후의 '중기 장편소

15 정호웅, 「도덕적 근본주의-조세희론」, 위의 책, 223쪽.

16 정호웅, 「한국 문학과 극단의 상상력」, 위의 책, 37쪽.

17 위의 글, 42쪽.

설론',(「서사냐 묘사냐?」(1936), 『역사소설론』(1937)), 스탈린주의의 극복과 맑스주의의 재구축을 위해 전개했던 '후기 장편소설론'(「쏠제니찐의 장편소설들」(1969))으로 구분되며 이들 사이에는 간과할 수 없는 단절과 그럼에도 존속하는 연속성이 공존한다.[18] 쉽게 재단할 수 없는 루카치의 사상적 여정은 그를 인식론주의자로 규정하게도 하고 그를 인식론주의자로 규정할 수 없게도 한다. 루카치는 완고한 마르크스주의자인 동시에, 뜻밖의 강력한 문학주의자라 마르크스주의 문예이론가들과 거리를 두고 "이론의 게릴라투쟁"을 벌이곤 했기 때문이다.[19]

여기서 루카치의 전반적인 이론을 점검하는 일은 역량을 넘어서는 일이라 할 수가 없고, 다만 루카치가 왜 인식론주의자로 간편히 규정될 수 없는지에 대해 살펴보고자 한다. 그 단서는 '반영'에 있는데, 반영에 있어 루카치는 객관주의자의 면모를 가지고 있다. 그에 따르면 역사적 조건은 주체의 주관적 의식을 압도할 수 있는데, 이는 작가가 놓인 역사적 상황이 작가가 가진 주관적인 이데올로기를 넘어설 수 있다는 내용이다.[20] 루카치의 발자크와 졸라 비교가 그 예로, 루카치는 특정 역사적 상황에서는 사회주의에 비교적 공감하는 작가보다 왕당파, 보수주의자가 현실의 총체성을 더 잘 반영할 수 있다고 본다.[21] 루카치는 반영론에 있어 "주체의 의식보다 객관 현실의 우선성

18 김경식, 「루카치 장편소설론의 역사성과 현재성」, 『창작과비평』 160호, 2013년 여름호, 323~324쪽.

19 오길영, 『포스트미메시스 문학 이론』, 느티나무책방, 2018, 39쪽.

20 위의 책, 72쪽.

21 프레드릭 제임슨, 『맑스주의와 형식』, 창비, 2014, 241~242쪽. 루카치는 드레퓌스 사건에 가담한 졸라의 작품보다 이른 바 '리얼리즘의 승리'로 거론되는 왕당파이자 보수주의자였던 발자크의 작품이 당대 사회의 모순을 총체적으로 잘 드러냈

을 앞세우는 대상 우위론의 입장"을 취했던 것이다.[22]

그렇다면 이제 정호웅이 일관되게 루카치를 소환했던 까닭을 조금 추측해볼 수 있을 것 같다. 그는 『반영과 지향』의 서두에서 자신의 비평적 화두인 '반영과 지향'이 90년대의 관심권에서 멀어진 것이라 말하고 있다. 그러나 정호웅은 인식론주의자가 될 수도 그 반대일 수도 있는 루카치에게서, 80년대적인 마르크스주의가 아니라 주관 의식을 넘어서는 객관주의를 발견했던 것 같다. 아이러니하게도 루카치가 고수했던 반영론이란 선험적인 가치 판단을 유보하는 성격을 담지하고 있는 것으로서, 선행하는 이념으로부터 거리를 견지했던 정호웅의 비평적 태도는 탈중심화로 대변되는 90년대적인 것을 얼마간 함의하고 있었던 것이 아닐까.

4. 지연되는 역사들

정호웅의 세 번째 평론집은 『한국의 역사소설』(2006)이다. 그는 등단작 「관념편향적 창작방법의 한계－'영웅시대론'」에서부터 이문열의 「영웅시대」를 역사소설로 명명했으며 이후 오랜 기간 박경리, 이병주, 조정래, 임철우 등의 장편소설을 역사소설에 기준하여 분석했다. 그가 20년에 이르는 긴 시간을 역사소설에 공들인 까닭은 무엇일까.

『한국의 역사소설』에서 정호웅이 목적한 바는 "우리 역사소설 일

다고 진단한다.

22 오길영, 『포스트미메시스 문학 이론』, 느티나무책방, 2018, 38쪽.

반의 근본 특성"을 밝히는 데 있었다. 해당 평론집에 수록된 「한국 역사소설의 미학적 특성」은 한국 역사소설의 몇 가지 특징을 규명하는데, 요약하면 다음과 같다. 한국 역사소설의 인물은 지나치게 강렬한 성격을 지니고 있어 대체로 변하지 않는다. 변하지 않는다는 것은 무시간성(無時間性)적인 것이니 이는 근대적 시간의 바깥에 있다. 강렬한 인물의 고정된 성격은 작품을 이분법적인 데로 이끌어 단순화한다. 한국 역사소설에는 박물지적 장식성이 있으며 필요 이상의 세부적인 묘사들은 인물들의 행로와 내면과 관계를 질식시켜 작품을 파편화한다.[23]

흥미로운 점은 '한국근현대역사소설사' 집필을 염두에 둔 정호웅이 해당 글에서 한국 역사소설이 공유하는 보편성을 고민하면서도 역사소설을 개념화하는 작업과 이를 특정 기준으로 범주화하는 작업을 유보하고 있다는 점이다. 그는 김동인의 「젊은 그들」(1931), 이광수 「세조대왕」(1940), 김주영의 「객주」(1984), 박경리의 「토지」(1994), 최명희의 「혼불」(1996)을 아울러 한국 역사소설 일반이 얼마나 '고정'되어 있는지를 규명하면서도 각 작품의 고유성에 대해서는 언급하지 않는다.

> **한 사회의 역사 전개를 전체성의 차원에서 소설화하기 위해서는 일반성을 담지하고 있는 개별자 곧 전형적 상황과 전형적 인물들의 설정이 필수적**이다. 언제 어디에 어떤 인물이 또는 어떤 사건이 또는 어떤 상황이 실제로 있었음을 증언하는 것이 아니라 실제로 존재했거나 또는 존재

23 정호웅, 「한국 역사소설의 미학적 특성」, 『한국의 역사소설』, 역락, 2006, 11~36쪽.

> 할 가능성이 있었던 인물이나 사건 또는 상황을 통해 당대 현실의 일반성을 드러냄으로써 **소설은 개별자의 특수하고 고유한 성격 속에 갇히지 않고 당대 현실 일반의 전체성을 담아내는 데로 나아갈 수 있기 때문이다.** 「토지」는 이 점에서 불충분하다.[24]

> 김훈의 「칼의 노래」(생각의 나무)는 독특한 역사소설이다. (…) 요컨대 이 작품의 유일한 등장인물은 이순신이다. **이순신의 목소리만이 이순신의 가슴속 윙윙거리는 칼의 울음과 함께 울리고 있는 세계인 것이다. 이로 인해 역사성의 확보가 크게 제한되었다.** 그 제한의 정도는 사실의 연대기적 기록인 **이순신의 「난중일기」를 따르는 형식을 취하지 않았다면 역사소설이되 역사성이 휘발되고 없는 순수 허구의 세계로 날아오르고 말았을 것이라는 추정을 가능하게 한다.**[25]

『한국의 역사소설』에서 박경리의 「토지」와 김훈의 「칼의 노래」가 언급된 대목이다. 두 글은 「토지」가 민중적 역사관을 가지게 된 경위와 「칼의 노래」가 새로운 역사소설로서 가지는 의의를 검토하며 개별 작품이 가지는 고유성을 부조하고 있지만, 두 작품이 전체성과 역사성을 확보하지 못했다는 점을 강조한다. 이와 근사하게 『한국의 역사소설』에 수록된 글들은 개별 역사소설의 고유성을 짚으면서도 해당 작품이 역사성을 확보했는지를 주요하게 추적한다. 하지만 70년대 역사소설인 「토지」와 2000년대 역사소설 「칼의 노래」에 대한 평가가 예시하듯 대개의 작품은 역사성 확보로부터 미달된 자리에 놓이게 된다. 이들 소설은 왜 온전한 역사성을 확보할 수 없었을까.

---

24 정호웅, 「새로운 형식의 창출」, 위의 책, 102쪽.

25 정호웅, 「새로운 역사소설을 향하여」, 위의 책, 273~274쪽.

루카치의 반영론에 기대어 자신의 비평적 기준을 마련했던 정호웅이 작가의 이데올로기보다 작품의 작품성을 객관적으로 바라보고자 했을 때, 해당 작품이 객관성을 유지했는가에 대한 질문은 역사성을 확보했는가의 질문으로 이어진다. 그렇다면 정호웅이 상정하고 있는 역사성이 무엇인지 묻지 않을 수 없는데, 그는 자신이 주장하는 역사성을 분명하게 정의하진 않는다. 하지만 역사소설에 대한 그의 여러 평론을 여투어보았을 때, 그것은 "한 사회의 역사 전개를 전체성의 차원에서 소설화"[26]하는 것으로 "객관 현실의 전체성과 관련하여 자신을 반성하고, 그럼으로써 삶의 방향을 재조정하는 인물을 창조"[27]하는 데 있는 것이라 짐작할 수 있다.

그렇다면 '한국근현대역사소설사' 집필을 염두에 둔 정호웅이 『한국의 역사소설』 첫머리에 「한국 역사소설의 미학적 특성」을 싣고 "우리 역사소설 일반의 근본 특성"을 밝히고자 한 것은 그가 작가들에게 기대하고 요청한 바와 같이 한국 역사소설의 전체성을 조망하고자 했기 때문이라 추측할 수 있다. 하지만 앞서 밝혔듯 정호웅은 선험적인 가치 판단을 유보하는 비평적 태도를 견지하고 있었다. '반영과 지향'에 관심을 기울인 정호웅의 비평이 반영의 객관성을 엄정하게 타진하면서도 지향에 대해 별다른 언급이 없었던 것은 고정된 관념에 기반한 전망의 모범을 설정할 수 없었기 때문이었을 것이다.

나아가 루카치에게 현실과 역사를 총체적으로 객관화할 수 있는지에 대한 비판이 이미 제기되었던 것처럼, 포착된 현실은 늘 지나간

---

26 정호웅, 「새로운 형식의 창출」, 위의 책, 101쪽.

27 정호웅, 「불기(不羈)의 사상」 위의 책, 56쪽.

현실이라는 점에서, 고정되지 않는 현실을 전체적으로 조망하고자 하는 역사성이란 늘 미달된 것이자 지연된 것으로 남을 수밖에 없다. 정호웅의 비평이 한국의 역사소설과 긴 시간 동행했음에도 대개의 작품을 미달된 자리에 놓을 수밖에 없었던 것, 그가 아직 한국의 역사소설을 전체적으로 조망하는 '한국근현대역사소설사'를 내어놓지 않은 것에는 달성 불가능한 역사성의 문제가 작동했기 때문이 아닐까. 그것은 한편 자신의 문학의 윤리에 충실하고자 했던 어떤 고투는 아니었을까. 긴 시간이 지나 2020년대의 그는 역사소설을 어떻게 바라보고 있을까. 그의 오랜 숙제가 세상에 나올 날을 조심히 기다리고 싶다.

문학의 새로움과 열린 비평의 모색

한기욱의 비평 세계

하상일

1. 비평의 본질과 생산적 대화

한기욱은 1998년 계간 『창작과비평』의 편집진에 합류하면서 비평 활동을 시작해서 『문학의 새로움은 어디서 오는가』(창비, 2011. 이하 『새로움』), 『문학의 열린 길－사유·정동·리얼리즘』(창비, 2021. 이하 『열린 길』) 두 권의 평론집을 발간했으며, 1990년대 중반 〈영미문학연구회〉를 중심으로 활동하면서 『안과밖』 편집위원을 역임하기도 했다. 1950년대생 비평가 대부분이 1980년 전후로 비평 활동을 시작해서 1980~90년대 한국문학의 변화와 흐름을 견인하는 역할을 담당했다는 사실에 비추어보면, 한기욱의 비평은 2000년대 이후 한국문학의 새로움에 대한 집요한 탐색을 드러냈다는 점에서 세대론적으로는 1950년대생 비평가로 분류하기에는 적절치 않은 점이 있다. 그의 고백에 따르면 "처음부터 문학평론을 '업'으로 여기고 출발한 경우와는 달리" "1980년대에는 문학과 변혁운동을 함께 끌어안으려 했고, 1990년대에는 전공인 미국문학 연구에 매달리다가 2000년대 이후로 한국문학에 주력"(『새로움』, 5쪽)했기 때문에 동세대 비평가들과는 출발선부터가 다를 수밖에 없었다. 하지만 1950년대생 비평이 1980년대를 시작으로 현재에 이르는 다양한 쟁점들을 논점화했다고 볼 때, 한기욱의 비평은 2000년대 이후 한국문학 장에서 가장 영향력 있는 매체 가운데 하나인 창비의 담론을 일정 부분 이끌었다는 점에서 비평사적으로는 중요한 의미와 역할이 있었다고 평가할 수 있다.

한기욱의 평론집 두 권에 제목으로 명시된 '새로움'과 '열린'이라는 키워드는 그의 비평을 전체적으로 읽어내는 핵심적인 단서가 된다. 대체로 그의 비평은 '문학적'인 차원에 한정된다기보다는 '정치적'이고 '역사적'인 변혁의 장에서 발현되는 '사유'와 '정동(情動, affect)'을 주목한다는 점에서 사회비평으로서의 성격도 아울러 가지고 있다. 그는 시대와 문학의 관계에 중심을 두고 "상투성에 벗어난 사유"를 통해 "정동적인 주체"(『열린 길』, 38~39쪽)를 실천적으로 구현한 문학을 '새로움'으로 규정한다. 따라서 그가 주목하는 새로움은 가라타니 고진의 '근대문학의 종언론'을 너무 쉽게 승인해버린 한국문학 비평이 포스트모더니즘에 열광했던 데서 비롯된 새로움의 징후와는 성격이 다르다. 오히려 이제는 일정 부분 유효성을 잃어버린 것으로 폄하되는 '리얼리즘'의 현재성을 토대로 새로움의 문제를 제기했다는 데 특이성이 있다. 물론 이때의 리얼리즘은 세계와 사물의 모방 혹은 반영이라는 소박한 의미에서의 '사실주의'를 의미하는 것은 아니다.[1] 현실

1 한기욱은 백낙청의 견해에 기대어, '리얼리즘'을 '객관적 현실의 사실적 재현'이라

변혁의 한가운데를 통과하는 전형성을 바탕으로 미래적 전망을 담아내야 한다는 점에서 종래의 리얼리즘론과는 뚜렷한 차이를 갖는 것이다. 또한 형식과 구조의 차원에서도 낯익은 비유나 서사의 방식을 넘어서 현실의 세부를 새롭게 사유하는 미학적이면서 정치적인 성격을 지닌 새로움을 드러낸 것이어야 한다고 보았다.

그렇다면 문제는 한국문학에서 도대체 무엇이 '새로운' 것인가를 가려내고 분별하는 데 있을 것이다. 한기욱의 비평은 바로 이 쟁점을 성실하게 탐색했는데, "문학의 새로움을 탈근대주의(포스트모더니즘)와 동일시하는" 2000년대 비평과의 적극적인 논쟁을 통해 자신의 비평적 주장을 정립해 나갔다. 우선 그는 비평이 "도식적인 진영 개념에 기대지 않고 작품의 실제"를 주목해야 한다고 보았다. 또한 형식이나 구조의 변화라는 외적 차원의 새로움에 현혹되기보다는, "특정한 시대의 핵심적인 성격을 사회과학적으로 분석"(『새로움』, 7~8쪽)하는 '시대론'적 사유가 문학비평의 핵심적인 토대가 되어야 한다고 생각했다. 물론 시대론과 문학론은 전혀 별개의 차원으로 분리해서 바라볼 문제는 아니라는 점에서, 양자의 차이와 상호관계를 면밀하게 들여다

는 뜻의 '사실주의'와 다른 의미로 사용한다. "자연주의적 모사론에 기초한 사실주의에 비해 엥겔스의 저 유명한 발언에서처럼 리얼리즘이란 세부의 진실성 외에도 전형적 환경에서의 전형적 인물들을 진실하게 재현하는 것"이고, "맑스주의 리얼리즘론은 전형성 외에도 총체성과 당파성, 변증법적 인식 등 중요한 개념이 내부로 통합되면서 발전되었고 여기에 루카치(G. Lukacs) 같은 이론가들이 뚜렷한 발자취를 남겼"다는 것이다. 특히 리얼리즘의 핵심 문제로 '시의 경지'를 거론한 백낙청의 견해를 끌어와 "전형성의 충족보다 '사무사(思無邪)'로서의 당파성의 구현 여부를 한층 본질적으로 취급한다"고 보았다. 「문학의 새로움과 리얼리즘 문제」, 『문학의 새로움은 어디서 오는가』, 창비, 2011, 50~59쪽 참조.

보는 종합적인 입장에서 비평의 객관성을 확보하는 데 주력했다고 할 수 있다.

사실 이러한 비평적 태도는 비평의 본질과 역할을 상기시키는 원론적인 성격을 지녔다는 점에서 그만의 독특한 비평 의식을 제시한 것으로 보기는 어렵다. 다만 그의 비평은 "문학비평의 주된 임무는 동시대의 문학 가운데 무엇이 어떤 면에서 새롭고 더 나은 작품인가를 섬세하게 가려내고 엄정하게 평하는 일"이라는, 텍스트 분석에서의 성실함과 정교함이 비평의 가장 중요한 바탕이라는 점을 뚜렷하게 보여주었다는 점에서 장점이 있다. 특정한 이론을 앞세워 획일적인 평가를 일반화하는 비평의 집단적 경향이 점점 더 뚜렷해지는 경향에 비추어볼 때, 그의 텍스트 분석은 비평을 비평답게 만드는 가장 본질적인 조건이라는 점에서 새삼 강조될 필요가 있는 것이다. 또한 이러한 그의 비평은 "어떤 사회가 더 나은지를 분별하고 어떻게 새로운 세상을 만들어나갈 수 있는지를 사유하는 행위와 직결되어 있"다는 점에서 주목된다. 즉 "문학비평과 사회변혁의 길이 둘이 아니라는 것"(『새로움』, 10쪽)에 가장 중요한 문제의식을 두었던 것이다. 따라서 그는 현실과의 관계를 사유하는 문학에서 정동적 주체의 감각이 구체화된 양상을 해석하고 평가하는 것이 문학비평의 현재적 방향이 되어야 한다는 점을 무엇보다도 강조했다.

이런 점에서 한기욱의 비평에서 무엇보다도 중요한 과제는 문학과 현실의 관계를 사유하는 근본적 토대 위에서 다른 비평과의 생산적인 대화와 소통에 적극적으로 나서는 데 있다. 이를 위해서 그는 2000년대 비평가들의 담론적 지향과 자신의 비평적 입장이 충돌하는 차이를 주목함으로써, 그들과의 논쟁 과정을 통해 자신의 비평적 입론을 정리해 가는 메타비평을 지속적으로 전개했다. 이러한 논쟁 혹은 대화의 방식은 대체로 문학의 새로움을 둘러싼 해석의 차이로 구체화되었는데, 리얼리즘론, 문학의 정치성, 장편소설론 등 2000년대 한국문학의 주요 쟁점을 다투는 근래 보기 드문 비평의 역동성을 보여주었다. 특히 1987년 체제, 촛불혁명, 6·15시대 등으로 명명된 한국 사회의 변혁운동을 사유하는 토대 위에서 문학이 나아가야 할 방향과 역할을 모색했다는 점에서 거시적인 통찰을 드러냈다. 또한 최근 한국문학이 사회와 역사의 변화 속에서 어떤 새로운 목소리를 드러냈고, 또 어떻게 새로운 의미구조를 생성해냈는지를 밝히는 미시적인 탐색을 통해, 지금 우리 비평이 지향해야 할 방향성을 제시했다는 점에서 균형 있는 시각을 보여주었다고 평가할 만하다. 이처럼 그는 비평이 작품 혹은 비평과의 생산적인 대화의 방식을 통해 문학의 '현재성'을 밝혀내는 데 초점을 두어야 한다고 보았다. 문학은 앞으로 우리가 어떻게 살아가야 하는가의 문제를 공유하고 실천하는 소통의 장인 동시에, 현재를 비판적으로 사유하는 정동의 세계를 감각적으로 형상화하는 운동성을 지녀야 한다는 것이다.

2. 문학의 새로움에 대한 탐색

한기욱의 비평은 "'비평가'(critic)라는 영어 어원에도 담겨 있듯이 어떤 작품이 가치가 있는가, 어떤 점에서 새로운가를 가려내는 비평 작업이 '결정적으로 중요한'(critical) 것"이라는 비평의 본질에 대한 근본적인 인식에서 시작된다. 또한 "문학다운 문학이 무엇인가라는 물음뿐 아니라 삶다운 삶이 무엇인가라는 물음도 걸려 있"다는, 즉 문학과 현실의 관계 안에서 시대적 과제와 사회변혁을 실천하는 도구로서의 비평의 역할과 가능성을 모색하는 것에 초점을 두었다. 하지만 그는 2000년대 이후 한국문학 비평의 방향이 이러한 새로움을 찾아 분석하고 이해하고 평가하는 과정에서 "강박증적이고 '코드화'되어 있"는 측면이 있음을 비판했다. 즉 "상당수 비평가들은 마치 '신상'(품)을 소개하는 홈쇼핑 쇼호스트처럼 2000년대의 젊은 문학에 '새롭다'는 형용사를 남발한다"(『새로움』, 16~17쪽. 이하 2장의 인용은 모두 이 책에서 했으므로 쪽수만 밝히기로 함)는 것이다.

물론 새로움은 그 자체로 조금은 과장된 의미 부여가 되기 마련이어서 일정 부분 강박을 피하기 어려운 측면이 있는 것이 사실이다. 하지만 작품 자체에서 그 새로움을 찾아내고 의미를 부여하는 해석과 판단에 비평의 본질과 역할이 있다는 점에서, 특정 매체와 진영의 논리와 전혀 무관하다고 할 수 없는 담론적 차원에서 비평의 방향이 코드화되는 강박의 과잉은 문학의 새로움을 설명하고 이해하는 올바른 비평적 태도로 보기 어렵다. 따라서 한기욱은 2000년대 한국문학 비평이 새로움과 변화에 이끌린 강박과 코드화로 비평의 균형 감각을 잃어버림으로써, 일정 부분 규범처럼 전제된 비평 담론이 작품의 세부적인 분석에 초점를 두기보다는 전체적인 지형에서 작품의 의미를 규정하는 비평을 위한 비평이 되어버렸다고 보았다. 2000년대 작가의 글쓰기를 '무중력 공간'에서의 행위로 이해함으로써 탈현실적이고 탈역사적인 맥락에서 과도한 해석을 했다고 본 이광호,[2] 2000년대 소

2 이광호, 「혼종적 글쓰기 혹은 무중력 공간의 탄생 – 2000년대 문학의 다른 이름들」,

설을 '탈내면의 상상력'으로 규정하고 부분의 성향을 전체의 성격으로 획일화했다고 본 김영찬[3]과의 논쟁은 이러한 비판에서 비롯된 것이다.

한국문학의 새로움에 대한 논의는 2000년 전후로 한국문학 현장에서 공공연하게 유포되었던 문학의 위기론과 관련이 있다. 즉 '근대문학의 종언'을 선언한 가라타니 고진의 견해를 적극적으로 수용한 담론적 상황과 맞물려 있었다고 할 수 있다. 가라타니 고진에 의하면, 문학은 근대적인 성격으로서 특별한 의미를 부여받았기 때문에 가치가 있었지만, 탈근대를 살아가는 지금은 이러한 근대적 성격의 문학이 더이상 유효하지 않다는 점에서 근대문학의 종언을 선언할 수밖에 없다는 것이다. 실제로 한국에서 문학은 학생운동과 같은 위치에 있었으므로 현실적으로 감당할 수 없는 모순적 세계와의 대결이라는 당면 과제를 떠맡은 시대적 성격이 뚜렷했지만, 1990년대 말부터 이러한 문학의 사회역사적 의미가 급속하게 쇠퇴함에 따라 근대 이후의 문학은 오락에 불과한 차원으로 변질되어 결별이 불가피한 상황에 이르렀다는 것이다.[4]

이러한 가라타니 고진의 입장에 대해 한기욱은 "'분단체제극복'으로서의 통일을 비롯한 근대적응·근대극복의 이중과제를 안고 있는 우리의 상황에는 명백히 맞지 않는다"(22쪽)라고 비판했다. 한국문학에서 '근대문학/근대 이후 문학'의 경계를 구분하는 것도 불분명하거

『문학과사회』, 2005년 여름호.

3 김영찬, 「2000년대, 한국문학을 위한 비판적 단상」, 『창작과비평』, 2005년 가을호.

4 가라타니 고진, 조영일 옮김, 『근대문학의 종언』, 도서출판 b, 2006, 43~86쪽 참조.

니와, '근대문학/근대 이후 문학'을 '낡음/새로움'이라는 도식적인 구도로 읽어내는 잘못된 준거를 제공할 우려도 있다는 것이다. 특히 후자의 경우 의도치 않게 근대 이후의 문학, 소위 탈근대문학을 '새로움'으로 과장하는 이론적 근거로 수용됨으로써, 근대문학 자체를 부정하거나 오로지 탈근대문학의 유효성만을 강조하는 방향으로 흐를 위험성이 있다고 본 것이다. 그는 탈근대문학으로 지칭되는 지금의 문학에도 여전히 근대문학적 요소가 존재한다는 점을 강조하면서, 근대문학의 종언 이후를 사유하는 비평에서 무엇보다도 중요하게 생각해야 할 과제는 '근대적'인 것과 '새로움'이 만나는 경계의 지점을 주목하는 데 있다고 보았다. 이는 문학과 현실의 관계 안에서 통합적 사유를 중시하는 그의 비평 태도와 직결되는데, '6·15시대의 문학'[5]이라는 시대론의 차원에서 '국경을 넘는 일'을 다룬 소설을 주목하거나, 낯선 언어의 세계로 구축되는 리얼리즘의 새로움을 실천적으로 보여준 작가에 특별한 애정을 쏟은 데서 확인할 수 있다.

한기욱은 "문학에서 무엇이 새것다운 새것인지를 가리는 문제는

---

5 한기욱이 이러한 발상을 제시한 것은 2000년대 문학에 결정적인 영향을 미친 사건으로 IMF 외환위기를 언급하는 견해에 대한 반론의 일환이었다. 한국 사회의 변화를 남한 사회의 문제 안에서 파악하기보다는 한반도 전체의 획기적인 사건으로 논의할 필요가 있다는 점에서 6·15를 주목한 것이었다. 하지만 우리 문학 논의의 범주가 남한문학에 있다는 점과 그에 따른 한국문학적 성과는 훨씬 복합적이고 장기적인 측면에서 살펴보아야 한다는 점을 간과했다고 스스로 비판하면서 6·15시대의 문학이라는 범주 규정을 일정 부분 유보하기도 했다. 다만, 6·15시대의 문학은 민족주의(국가주의)와 탈민족주의(탈국가주의) 양극단을 중도의 입장에서 비판할 수 있는 소중한 준거점이 될 수 있다는 점에서 그 나름의 의의도 있다는 입장을 고수한 측면도 있다. 「문학의 새로움은 어디서 오는가」, 『문학의 새로움은 어디서 오는가』, 앞의 책, 24~26쪽 참조.

결국 '오늘을 사는' 행위와, 마음을 비우고 새로운 시대의 도래에 귀기울이는 태도와 관련이 있다"는 점에서, "비평가가 맨몸으로 작품과 시대적 현실을 대면하는 과정"을 무엇보다도 중요하게 생각했다. 즉 "문학의 새로움은 창조적인 작품에서 발원하되 비평의 분투를 거쳐 우리에게 온다"(41쪽)는 점에서, 그것을 발견하고 해석하고 평가하는 비평의 방향은 문학의 새로움을 이해하고 공유하는 생산적인 소통의 과정이 되어야 한다는 것이다. 이를 위해서는 "어떤 관념이나 코드가 아니라 오로지 작품의 언어를 '온몸'으로 실감하는 비평, 다른 비평가에 대한 이미지나 예단이 아니라 그 비평언어에 담긴 생각과 느낌을 온전하게 받아들이는 독법이 중요하다"고 하면서, "비평이라면 논쟁이든 대화든 생산적"(59쪽)인 방향을 열어가야 한다는 점을 강조했다. 이러한 문제의식에서 그는 2000년대 이후 한국문학의 새로움을 보여준 작가로 황정은, 김사과, 박민규, 김연수, 전성태, 배수아 등을 목록에 올려놓았는데, 이들 가운데 황정은의 소설에 대한 그의 애정은 아주 각별하고 세심하다. 어쩌면 그의 비평이 황정은의 소설이라는 구체적 텍스트가 있어서 설득력을 확보하는 게 아닐까 싶을 정도로, 두 권의 비평집 모두에서 황정은의 소설 세계가 지닌 문학적 새로움과 시대론적 탐색이 만나는 지점을 분석하는 데 상당한 공을 들였다.

> 황정은의 『百의 그림자』는 소설의 정치성 논의에서 우선적으로 거론할 만큼 중요한 텍스트이다. (…)
>
> 이 소설의 정치성은 무엇보다 은교와 무재의 사랑 이야기, 나아가 그림자가 일어선 경험을 공유하는 여러 등장인물 간의 '윤리적인' 관계에 초점을 맞출 때 비로소 충분히 드러날 수 있다고 본다. 달리 말하면,

> 무심한 듯 타자를 배려하고 언어 속에 스며든 폭력의 뉘앙스에 민감하게 반응하는, 이 선량하기 그지없는 사람들은 도대체 어떤 존재인가를 묻는 일이 중요하다. 그 가혹한 폭력과 부당한 불행을 겪고도 '원한감정(resentment)'에 매이지 않는 이 존재들이 어디서 출현했는가를 묻는 일이 중요하다. 속물주의와는 판이한 이들의 삶의 방식이 '윤리적'임을 인식하는 것보다 더 중요한 것은 이 '윤리적인 삶'이 하나의 이상주의적 소망 성취에 불가한지 아니면 도래하는 공동체의 실제 싹인지를 묻는 일이다. (…)
>
> 이 쉽지 않은 물음에 답하기 위해서는 결국 소설의 언어에, 그 언어로 짜여진 이야기에, 이야기의 방식과 그 방식이 갖는 특유의 흐름과 리듬에 귀기울일 수밖에 없다. 황정은 소설언어의 남다른 점은 군더더기가 없을뿐더러 메씨지 전달은 정확하게 하되 최소화하고 언어 자체의 미묘한 울림과 뉘앙스에 매우 민감하다는 것이다. 게다가 종종 예기치 않은 방식으로 언어의 변용과 발상의 전환이 이뤄지기 때문에 그의 소설언어는 시의 언어를 닮아 있다.(71~72쪽)

2000년대 문학 논쟁에서 가장 뜨거운 쟁점이 되었던 '문학과 정치성'에 관한 논의를 바탕으로, "소설이 어떻게 정치적일 수 있는가를 문학의 새로움과 관련지어 살펴보려는 시도"(60쪽)로 황정은 소설의 특징과 의의를 주목한 것이다. 우선 문학의 정치성 논의를 촉발시킨 시인 진은영의 고민이, 시가 미학적인 동시에 정치적일 수 있을까에 대한 물음이었다는 점을 기억할 필요가 있다. 진은영은 랑시에르(J. Ranciere)의 예술론에 기대어 '정치'와 '치안', 즉 현실정치로서의 치안과 '감각적인 것의 분배'로서의 정치의 구분에 바탕을 두고 미학적인 동시에 정치적인 시의 가능성을 열어가고자 했다.[6] 이러한 문제의식은 촛불항쟁과 용산시위에 참여한 한 시인의 개인적 고뇌에서 시작된 것이지만, 결국 한국문학이 역사와 현실 앞에서 얼마나 '윤리적'일 수 있느냐의 문제를 고민한 것이다. 또한 낡고 고루한 문학을 넘어서는 미학적 갱신이라는 새로움에 대한 인식이 정치성과 어떻게 결합될 수 있는지를 묻는 진정성 있는 문학의 방향 찾기였다고 할 수 있다.

한기욱은 이러한 정치적 윤리의식에 대응하는 문학적 주체의 모습은 크게 두 가지 모습으로 의미화될 수 있다고 보았는데, 들뢰즈의 '딴사람-되기'와 아감벤의 '있는 그대로 받아들이기'[7]이다. 그는 황정은의 『百의 그림자』가 "소설의 정치성 논의에서 우선적으로 거론할 만큼 중요한 텍스트"라고 하면서, 이 두 가지 방식 가운데 후자의 경우에 초점을 두었다고 보았다. 이 소설은 은교와 무재의 사랑 이야기를 중심 구조로 삼아 그림자가 일어선 사람들이 직면한 불행의 내력들을 뒤섞어 보여준다. 그리고 사람과 그림자의 분리라는 초자연적인 현상의 비현실성이 오히려 세상의 폭력 앞에서 좌절하는 인간의 섬뜩하고 불길한 내면을 시적 이미지의 차원으로 형상화하고 있다고 보았다. 이는 지금까지와는 다른 새로운 리얼리즘의 면모를 드러낸 것으

6 진은영, 「감각적인 것의 분배」, 『창작과비평』, 2008년 겨울호.

7 '딴사람-되기'는 시인의 자리를 지게꾼의 자리와 뒤섞고 문학의 자리와 정치의 자리를 뒤섞음으로써 감각적인 것들의 완강한 경계를 넘어가는 시와 시인이 동시에 '시작'되는 것을 의미한다. 즉 타자와의 합일을 뜻하는 것이 아니라 자신의 낡은 자아를 허물고 자기와 타자의 '사이' 존재가 되는 것을 말한다. 반면에 '있는 그대로 받아들이기'는 어떤 정체성을 초월해 있다거나 상관하지 않겠다는 것이 아니라 상관이 있되 그런 구분법에 귀속되지 않고 있는 그대로를 받아들인다는 뜻으로 '독자성'과 관련된다. '딴사람-되기'를 시도하면서 자기동일성으로부터 탈주하려는 들뢰즈의 단독자와는 대조적으로, '딴사람되지 않기'의 잠재성을 수행하면서 온갖 근대적 정체성에 매이지 않고 '있는 그대로' 있고자 하는 것이 아감벤의 단독자이다. 「문학의 새로움과 소설의 정치성」, 『문학의 새로움은 어디서 오는가』, 앞의 책, 67~70쪽 참조.

로, 시적 언어를 구사한 듯한 빼어난 언어적 감수성이 불합리한 제도의 언어로 규범화된 현실의 자명성에 균열을 가한 것으로 이해할 수 있다는 것이다. 따라서 황정은의 소설은 세계가 구축하고 있는 은밀한 권력관계의 모순과 허실을 넘어서 어떠한 폭력도 개입할 수 없는 순정한 언어의 세계로 소통하는 사람들의 모습을 서사화했다는 점에서, 정치적인 동시에 미학적인 소설의 방향성을 새롭게 열어나간 측면이 있음을 주목했다. 그리고 황정은의 소설 속 인물들은 "참혹한 폭력과 부당한 불행을 겪으며 삶의 경지에 도달했고, 지금도 자신의 영혼의 존재를 알리는 그림자의 그늘 아래서 수행하는 사람들"이라는 점에서, "이들이야말로 '있는 그대로의 단독자'라고 이름 붙인 존재"(75쪽)로서의 문학적 주체의 모습을 보여주었다는 것이다. 이처럼 황정은의 소설은 은교와 무재의 사랑 이야기라는 일상의 모습을 보여주면서도 그 안에 교묘하게 구축된 우리 사회의 구조적 폭력과 인간의 불행이라는 존재론적인 문제를 미학적으로 가시화했다는 점에서 윤리적이고 정치적인 측면을 지니고 있다고 보았다. 또한 소설 언어의 시적 성격을 통해 권력화된 서사의 제도화를 무너뜨리는 순수한 인간의 언어적 소통을 보여준다는 점에서, 2000년대 이후 한국소설의 새로움을 미학성과 정치성의 양 측면에서 균형 있게 드러냈다는 점에서 높이 평가했다.

이처럼 한기욱에게 문학의 새로움은 역사와 현실의 한 가운데에서 인간의 몸이 직접적으로 경험하는 '현재성'의 문제를 어떻게 환기하는가와 같은 서사의 진실과 연결된다. 또한 권력화되고 제도화된 역사와 현실의 모순에 대한 비판적인 태도가 미학적으로 어떻게 실현되는지를 주목하는 방법론적 측면과도 밀접한 관련이 있다. 이 과정에서 "무엇이 새것다운 새것인지를 가리는 문제"(41쪽)가 비평의 중요한 역할이 되어야 한다고 보았는데, 이를 위해서 비평은 정교한 이론에 기대기에 앞서 작품의 세부적인 결을 읽어내는 꼼꼼하고 성실한 독법을 갖추어야 한다고 생각했다. 결국 비평가 스스로가 역사와 현실을 직접적으로 대면하고 소통하는 열린 자세를 통해 작품의 새로움을 찾아내고 분석하는 엄밀성을 가져야 한다는 것이다. 이런 점에서 IMF 외환위기를 분기점으로 근대문학과 근대 이후의 문학을 구분하고 양자를 단절론적 시각에서 접근하는 비평의 방식은 2000년 이후 한국문학의 새로움을 부각하는 아주 그럴듯한 비평 담론으로 여겨질지는 몰라도, 그 경계 혹은 사이를 작품 분석을 통해 정교하게 탐색하는 연결고리를 원천적으로 차단하는 측면이 많다는 점에서 문학의 새로움을 읽어내는 편향된 관점으로 흐를 위험성이 있다는 것이다.

물론 2000년대 이후 한국소설이 소위 '무중력의 공간'과 '탈내면의 상상력'에 놓인 왜소하고 체념적인 주체의 모습을 드러낸 것은 일정부분 사실이다. 하지만 이러한 소설의 부분적 특징을 일반적인 관점으로 확대하여 탈근대적 새로움을 담론적으로 도그마화하는 단절적 인식은, 2000년 6월 남북정상회담, 6·15공동선언 등 분단 현실의 급격한 변화와 진전이라는 역사의 흐름 속에서 우리 사회를 새롭게 읽고 사유하는 근대문학적 요소들을 제외하거나 소외시키는 모순을 초래할 수도 있다. 근대문학의 종언론에 크게 영향을 받은 비평 담론의 강박이 오히려 근대문학의 종언을 가속화하고 합리화하는 자기모순과 오류에 직면하게 될 수도 있다는 것이다. 한기욱의 비평이 "소재주의적 관점을 넘어서 한국문학의 심층에서 일어나는 변화를 6·15의 관점에서 새겨보는 일"(106쪽)의 중요성을 강조하면서, '국경을 넘는 일'에 주목하여 전성태, 김연수의 경계 넘기의 소설 쓰기에 특별한 의미를 부여한 이유는 문학의 시대론적 의미를 특별히 강조하기 위함이었다. 한편으로는 미학적 갱신의 징후에 과도하게 의미를 부여함으로써 근대 자체를 부정해버리는 비평을 비판하기 위한 전략적 의도를 드러내기 위해 이들 소설에 구현된 리얼리즘의 갱신을 그 근거로 제시했다고 볼 수도 있다. '근대'를 '낡음'으로 규정하여 부정하고 '근대 이후'를 '새로움'으로 환기하여 긍정하는 단절론적 인식으로는 근대와 근대 이후가 사실상 혼재된 상태로 전개되어 온 한국문학의 현재성을 균형 있게 볼 수 없다. 따라서 2000년대 한국문학에서 가장 중요하게 인식해야 하는 것은 "무엇이 우리 시대의 새로운 현실인가"를 엄밀하게 분석하는 데 있고, "새로워진 우리 문학이 이 새로운 현실을 어떻게 읽고 있는가"(103쪽)에 대한 객관적인 평가가 지금 우리 비평이 가장 중요하게 생각해야 할 역할과 책임이 되어야 한다는 것이다.

3. 촛불혁명 시대 열린 비평의 가능성

한기욱의 비평에서 '문학의 새로움'만큼 중요한 화두는 '열린 비평'에 있다. 즉 비평이 특정한 제도나 집단 그리고 경향에 압도되어 작품보다 담론이 앞서는 획일화되고 도식화된 비평을 무엇보다 경계해야 한다는 것이다. 특히 2000년대 이후 매체 환경의 급격한 변화에 따른 문학의 새로움에 대한 과도한 의미 부여 과정에서, 시대의 변화에 따른 현실 인식의 새로움을 찾으려는 시도마저 낡고 고루한 것으로 치부해 버리는 비평에 대한 비판적 인식이 뚜렷하다. 물론 '문학의 새로움'과 '열린 비평'은 사실상 같은 의미 맥락을 지니고 있어서 한기욱의 비평의식을 관통하는 일관된 주제 의식의 다른 명명이라고 볼 수도 있을 듯하다. 시대의 변화에 민감하게 반응하는 미학적 새로움은 형식이나 구조 그 자체의 특이성에 초점이 있다기보다는, 역사와 현실의 변화로부터 파생된 문학의 실존적 조건이 삶의 문제와 어떻게 만나는지를 이해하는 데 더욱 중요한 본질이 있다. 따라서 이러한 문학의 새로움을 가져온 우리 사회의 성격을 미학적으로 분석하고 해석하기 위해서는 열린 비평의 태도가 요구되는데, 한기욱은 2016년 말 우리 사회의 큰 변화를 가져온 촛불혁명에서 그 가능성을 찾고자 했다. 정동적 주체로서의 인간의 삶과 의식을 새롭게 불러일으킨 촛불혁명의 역사적 현장으로부터 문학 작품의 변화된 지형을 읽어내는 열린 비평의 자세를 이끌어내야 한다고 본 것이다.

한기욱은 촛불혁명은 "한국 사회와 문학에 가장 심대한 변화를 불러일으킨 사건"이라고 하면서, "박근혜정부의 탄핵과 정권교체 자체라기보다 그를 포함한 여러 종류와 층위의 기득권 장벽을 돌파함으로써 한국 사회의 기본적인 체질을 바꿔놓"았다는 사실에 "촛불혁명의 혁명성"(『열린 길』, 5쪽. 이하 3장의 인용은 모두 이 책에서 했으므로 쪽수만 밝히기로 함)이 있다고 보았다. 그런데 지금 한국문학은 촛불혁명이 가져온 변화의 역동성을 잃어버려 심각한 위기 국면에 빠져 있다고 진단하고, 정동적 주체의 실현을 통해 현실의 변혁을 촉구하는 공동체적 목소리를 다시 강화할 필요가 있다고 주장했다. 이를 위해서 그는 "문학은 사회과학이나 철학적 이론이 이미 인식한 바를 문학 나름의 방식으로 다시 제시하거나 다가가는 것이 아니"라 "작가가 의식하든 안 하든 주어진 삶과 현실을 온몸으로 밀고 나가 사유와 감각에서 미답의 세계를 여는 일"이 되어야 한다고 했다. 그리고 "이 창조적 행위가 열어놓은 새로운 인식과 감성의 의미를 밝히면서 그 창조적 핵심을 지켜내는 일"(79쪽)에 비평의 '열린' 길이 있다고 보았다. 결국 비평은 문학의 형이상학적 보편성을 넘어서 그것이 직면한 역사와 현실의 장소성에 주목하여 "사유와 감각에서 미답의 세계"를 보여준 문학 작품의 현재적 의미를 발견하고 해석하는 작업이 되어야 한다는 것이다. 따라서 언제나 자신과 세계가 만나는 공동체적 장소에서의 삶의 문제에 대한 열린 태도를 바탕으로 문학의 새로움을 읽어내는 시대론과 문학론의 긴장을 유지하는 비평의 방향성을 정립하고자 했다.

한기욱은 "문학은 누구의 소유도 아니되 누구나 향유할 수 있는 공공역역이라는 '문학 커먼즈(commons)론'의 의미를 되새길 필요가 있다"(17~18쪽)라고 했다. 공유(共有) 혹은 공공성(公共性)의 개념으로서 커먼즈가 지닌 문학적 의미가 "작가와 독자를 포함한 당대 사람들의 '협동적 창조'에 있다"[8]고 본다면, 문학의 정전화라는 보편적 가치에 초점을 두는 비평보다는 동시대의 사람들과 현재의 과제를 놓고 생산적 대화를 할 수 있는 비평의 역할이 더욱 중요하다는 것이다. 따라서 그는 이러한 창조적 협동의 과정으로 촛불혁명을 이해함으로써, 타락하고 부패한 사회의 변화와 전복을 모색하는 혁명의 과정에서 주체의 변화를 이끌어내는 문학의 가능성을 주목했다. 여기에서 촛불은 정동적 주체의 발현으로 세계를 지속적으로 변화시키는 동력으로 작용하는데, 문학이 현실의 변화에 어떻게 대응하는가의 문제의식이 촛불항쟁 이후 한국문학의 주요한 의제가 될 필요가 있다는 것

8 황정아, 「문학성과 커먼즈」, 『창작과비평』, 2018년 여름호, 20~23쪽 참조.

이다. 따라서 그는 현실의 재현이라는 상투성의 차원을 넘어서기 어려운 리얼리즘 소설에서, 촛불이 촉발시킨 새로운 사유와 정동의 요소가 어떻게 서사적으로 결합되었는지에 초점을 두고 그것의 현재적 의미를 탐색하는 데 집중했다. 정동의 개념은 단일한 의미로 포착하기 어려운 유동적이고 혼란스러운 측면이 있으므로, 이러한 유동성이 "기존의 재현체계를 가로지름으로써 종래에는 무시되기 일쑤였던 비식별 영역에 주목할 수 있어서, 주체의 새로운 면모를 부각하는 데 유리하다"(21쪽)는 점에 주목한 것이다. 이를 두고 그는 정동의 '아나키즘'적 속성이라고 하면서 촛불항쟁 이후 장애인, 난민, 성소수자, 외국인 노동자 등 우리 사회의 다양한 정동적 주체의 목소리가 부각되었음을 강조했다.

한기욱은 최근 한국문학의 주요 특징을 '리얼리즘 문학의 재등장'이라고까지 명명하면서, "촛불혁명기 한국문학에서 여성작가들의 맹활약과 페미니즘은 이제 대세가 되었다"라고 보았다. 한강, 조남주, 김초엽 등을 차례로 언급하면서 "여성의 '주체 되기'라는 기본값을 공유하되 소재와 접근방법, 감수성에 있어서 다양한 시도들이 이뤄지고 있고, 그것이 현재 한국문학에 새로운 활력을 불어넣는 주된 원천"(41쪽)이라고 본 것이다. 이러한 여성 소설의 약진은 용산참사와 촛불혁명에 이르는 구체적 사회 현실과의 직접적인 대면 과정에서 사회적 약자와 소수자들과 연대하려 했던 자신들의 실제적 경험 안에서 구현된 결과라는 점에서 더욱 문제적으로 받아들였다. 특히 불평등한 사회의 구조적 모순에 대응하는 소설적 방식으로 현실을 핍진하게 재현하거나 고발하는 차원의 종래의 리얼리즘적 방식과는 달리, "기존의 재현체계에서 이름을 부여받지 못한 정서나 감정에 주목하는"(46쪽)

정동의 측면에 초점을 두었다는 데서 그 특이성을 발견하고자 했다. 이러한 그의 견해는 "몸의 차원에서 느껴지는 강렬도(intensity)를 통해 '영속적인 현재' 혹은 '장면적/생생한 현재'(scenic present)를 실현" 하는 것으로 보는 프레드릭 제임슨(Fredric Jameson)의 리얼리즘론을 비판적으로 인식한 결과와 무관하지 않은 듯하다. 제임슨의 리얼리즘론은 사실 리얼리즘 해체론에 가까운 역설적 문제의식을 드러낸 것인데, 서사 중심의 소설에서 묘사 중심의 소설로 이동하는 현재의 서사 방식에서 후자의 원천인 정동이 결국 서사의 근간을 위협하여 기존 리얼리즘의 원칙들을 해체하는 상황을 초래할 수 있다고 보았기 때문이다.

하지만 여기에서 '해체'는 파괴 혹은 전복의 의미보다는 새로운 생산 방식으로서 의미화된다는 점에서 역설적 성격을 지닌다. 현실의 모순을 재현하는 서사적 충동보다 시대의 문제를 몸으로 사유하는 정동적 충동에서 변화된 세계의 지형을 새롭게 견인하는 리얼리즘의 가능성과 유효성을 더욱 절실하게 드러낼 수 있다고 본 것이다. 이러한 정동적 충동의 세계는 이미 제시된 정답을 따라가는 기존 서사의 방식과는 달리, 상투성에서 벗어난 사유를 통해 현실에 대한 새로운 문제의식을 던지는 열린 서사의 가능성을 보여준다. 이때 정동적 사유는 "상황이나 인물의 생생함을 높일 수 있을 뿐만 아니라 반복적인 서사로 말미암은 상투성이나 정치적 정답주의 등 서사의 도식성을 깨는 데도 효과적"(48쪽)일 수 있다. 따라서 한기욱이 말하는 리얼리즘의 창조성은 단순한 모사론을 넘어선 새로운 감각의 세계와 이를 통한 현실에의 개입을 보여주는 것이라는 점에서, 시대론과 문학론의 관계에 바탕을 두고 미학적 갱신의 방식까지 포함하는 리얼리즘의 유연한 계승으로 이해할 수 있다.

이러한 문제의식에서 한기욱이 촛불혁명 이후의 문학적 성과로 거론한 작가는 황정은, 김세희, 김금희, 김려령 등이 있는데, 이 가운데 김려령의 소설에 대한 해석을 주목해서 살펴볼 필요가 있다. 그는 "촛불이 열어놓은 빛으로 우리 문학의 현재를 조명"(56쪽)한다는 관점에서, "문학이 촛불혁명에 참여한다는 것은 문학이 새 세상 만들기의 정치 사회적 기획에 기여한다는 뜻만이 아니"라 "무엇이 낡은 세상이고 무엇이 새로운 세상인지, 무엇이 살아 있는 삶이고 무엇이 죽어 있는 삶인지를 드러내는 문학적 실천 자체가 곧 새 세상 만들기의 핵심적 일부"(59쪽)라는 데 참뜻이 있다고 보았다. 김려령의 소설은 청소년 세대의 어두운 모습과 부정적 전망을 드러내는 보편적인 청소년 서사의 정형화된 패턴과는 달리, 기존 청소년 소설에서 쉽게 노출하는 정답으로서의 상투적 주제의식을 반복하는 차원을 넘어서고 있다는 점에 주목했다. 즉 한 개인의 내면을 세밀하게 따라가면서 삶과 죽음의 의미를 본질적으로 탐색한다는 점에서, 청소년 소설의 일반적 특징인 계몽성과 교훈성의 측면보다는 지금 우리가 직면한 현실의 한가운데를 내밀하게 들여다보는 정동의 현재성을 서사화하는 새로운 면모를 보여주었다는 것이다.

> 대다수 소설과 달리 김려령의 소설은 참사일 수밖에 없는 죽음을 간단히 알리면서 시작된다. '사건의 중심으로'(in medias res) 바로 들어가는 것이다. (…) 중편 「이어폰」(『샹들리에』)에서는 서두부터 불길한 대화("정말 아무 소리도 안 들렸니?" / "어떻게 그럴 수가 있어?", 165면)가 제시된다. 몇면 뒤 "엄마 몸 위로 흰 천이 덮였다"(170면)라는 대목에서

> 참사가 일어났음이 분명해진다. 중일이 자기 방에서 이어폰을 꽂고 음악을 들으면서 게임을 하느라고 주방에서 엄마가 쓰러져 죽어가는 것을 전혀 알지 못했던 것이다.
>
> 첫 대목에서 바로 죽음을 등장시키는 이런 방식은 주요 인물의 죽음이 클라이맥스로 배치되는 통상적인 서사방식과 판이하다. 많은 소설에서 죽음은 삶의 끝이지만 김려령의 소설에서 죽음은 삶의 한복판에 놓인다. (…)
>
> 죽음 이전의 삶을 돌아보는 작업은 바로 죽음의 원인규명 과정이기도 하다. 「이어폰」에서 죽음의 원인은 공식적으로는 '부주의로 발생한 사고사'(202쪽)로 판정받지만, 그 실제적 원인은 이어폰의 의미에서 집중적으로 규명된다. 중일에게 고급 이어폰은 친구들 사이에서 자랑거리일 뿐 아니라 학교-학원-집을 오가는 힘든 삶에서 빠져나와 자기만의 세계를 살 수 있게 해주는, 없어서는 안 될 장비다. 하지만 아이러니하게도 그것은 중일의 삶을 가족의 삶과 완전하게 차단하기도 한다. (…) 이쯤 되면 이어폰은 그냥 하나의 기기인 것만은 아니다. 피폐해지고 가혹해지는 삶의 압박을 피하는 통로인 동시에 그나마 잔존하는 가족적·공동체적 유대를 차단·해체하는 기제의 상징물인 것이다. 잘 듣기 위한 장치인 이어폰이 되레 소통을 단절한다는 아이러니를 통해 현대 기술문명의 역설적 성격이 드러나기도 한다.(69~70쪽)

죽음이 끝이 아니라 시작이 되는 김려령의 소설은 "죽음의 원인규명 과정"을 서사 전개의 중요한 문제로 인식한다는 점에서 특징적이다. 게다가 "현대 기술문명의 역설적 성격"을 상징적으로 드러낸 '이어폰'이라는 소재를 통해, "자기만의 세계를 살 수 있게 해주는, 없어서는 안 될 장비"가 "가족의 삶과 완전하게 차단하"는 모순 안에 놓여 있다는 아이러니적 진실에 집중한 측면이 있다. 이는 "죽음과 삶의 리듬 사이를 오가는 마음의 움직임을 섬세하게 포착하는 작가 특유의 감각이 힘을 발휘하는" 것으로, "'살아 있는 삶'과 그렇지 못한 삶에 대한 작가의 남다른 감각이 인물 형상화를 통해 유감없이 드러"(70~71쪽)난 결과로 볼 수 있다. 이런 점에서 한기욱은 김려령의 소설이 촛불혁명 이후 "청소년세대와 기성세대, 시골과 도시, 여러 가족의 형태를 가로지르는 폭넓은 소설적 탐구"를 보여주었는데, "자식 세대의 눈으로 부모 세대의 삶을 비판하고 부모 세대의 눈으로 자식 세대의 삶을 비판하는 상호비평적 공간을 만들어낸 것"(75쪽)이라는 점에서 특별한 의미가 있다고 평가했다. 또한 이러한 주제 의식을 구현하는 방식에 있어서 갈등과 모순을 증폭시키는 사건의 반영을 전면화하거나 원론적 차원의 당위적이고 계몽적인 주장을 강조하는 방식이 아니라, "문학의 언어가 머리만의 언어가 아니라 몸의 언어"가 되도록 한다는 점, 즉 시대와의 불화를 통해 "'자기변혁'을 이룩한 인물들이 탐구되기도 하거니와 무엇보다 그 과정을 제시하는 특별한 방식"(75쪽)을 드러낸다는 점에서, 촛불항쟁 이후 문학적이면서 정치적인 소설의 변화에 바탕을 둔 현재성을 드러낸 작품으로 평가했다.

2000년대 이후 세월호 참사와 촛불혁명과 같은 여러 외부의 사건을 직접 경험한 우리에게, 소설 속 어머니의 죽음이라는 사건은 우리의 평범한 일상 안에 언제든 존재할 수 있는 일로 받아들여졌다. 즉 대부분의 사람들은 각각의 사정과 피해의 정도는 다르겠지만, 자신의 삶 가까이에서 다양한 참사를 경험하면서 그것에 대응하는 촛불의 의미를 되새기는 나름의 방식으로 일상을 살아가는 것이다. 즉 크고 작은 참사가 일상이 된 현실에서 각자의 삶에 놓인 촛불의 의미는 개인적으로든 국가적으로든 우리 사회의 불행과 모순을 넘어서는 새로운 방향성을 모색하는 출발점으로서의 의미를 지니게 된 것이다. 따라서 김려령의 소설에서 보여주는 촛불 이후의 소설적 의미는 "촛불 없이 새 삶은 시작되기 어렵"(68쪽)다는 시대정신을 몸의 감각으로 재현했다는 점에서 아주 특별한 의미가 있다고 보았다. 촛불혁명 이후의 문학은 바로 이러한 촛불의 시대적 의미를 환기함으로써 새로운 삶의 가능성을 촉발시키는 운동으로서의 차원을 제기할 필요가 있다는 것이다.

4. 2000년대 이후 '창비' 비평의 안과 밖

한기욱은 '문학의 종언론'이 공공연하게 유포된 2000년대 한국문학의 현실에서, 서사와 기법의 새로움을 문화론적이고 세대론적인 변화의 징후로 받아들이는 근대 이후에 경도된 비평의 강박에 비판적인 입장을 분명히 드러냈다. 그의 비평이 말하는 '새로움'은 근대/근대 이후의 경계와 차이에 있는 것이 아니라, 근대적이든 근대 이후이든 그 안에 담긴 새로움이 시대와 얼마나 접합되어 있고, 그것이 한국사회를 새롭게 변화시키는 어떤 사유와 실천의 덕목을 갖추고 있느냐에 달려 있다. 따라서 새로움은 '역사적'인 동시에 '윤리적'이면서 '미학적'인 갱신을 열어가는 방향을 제시할 수 있어야 한다. 이것은 문학이 현실과의 밀접한 연관 위에서 그 의미를 탐색해야 한다는 것으로, 문학론과 시대론의 긴장을 유지하는 비평의 방향성을 정립하고자 한 것이다. '현재성'을 사유하고 실천하는 리얼리즘의 새로움과 유효성을 강조하는 그의 비평적 세계관은 바로 이러한 문제의식을 성실하게 탐색하는 열린 비평의 과정을 보여줬다는 점에서 의의가 있다.

한기욱은 창비의 담론적 방향이라는 전제를 밝히면서, 비평이 지향해야 할 두 가지 편향과의 싸움을 언급했다. 하나는 "시대현실이나 이데올로기에 초연한 채 순수한 미적 가치를 지향하는" 소위 '순수문학' 혹은 '문학주의'이고, 또 하나는 "문학이 어떤 대의를 위해 존재하며 이 대의를 실현하기 위해 특정한 방식으로 수행되어야 한다는 목적론적이며 도구적인 경향"(77~78쪽)이다. 이 두 가지는 문학적 이데올로기의 양극단을 지칭하는 것으로, "문학의 길은 순수주의와 목적론적 편향을 여의고, 자신을 포함한 구체적 개인과 공동체의 삶에 열려 있는 길"이 되어야 한다는 것이다. 그리고 이러한 문학의 방향성은 "작가가 의식하든 안하든 주어진 삶과 현실을 온몸으로 밀고 나가 사유와 감각에서 미답의 세계를 여는 일이며, 비평은 이 창조적 행위가 열어놓은 새로운 인식과 감성의 의미를 밝히면서 그 창조적 핵심을 지켜내는 일"(79쪽)이라고 규정했다. 따라서 비평은 본래적으로 비타협적일 수밖에 없고 논쟁적이어야 하며 그 결과 생산적인 대화를 추구하는 열린 자세를 견지해야 한다는 것이다.

이런 점에서 비평은 '어그러진 세계'로서의 현대 사회의 여러 가지 문제를 적시하고 그것을 비판적으로 성찰하는 토대 위에서, 시대적 과제를 미학적 갱신의 차원에서 새롭게 형상화하는 문학의 가능성을 주목해야 한다고 보았다. 그리고 이러한 새로움에 대응하는 비평의 태도는 특정한 이데올로기나 집단 혹은 진영의 논리에서 출발하지 않고 시대론과 문학론의 긴장을 내포하고 있는 작품 그 자체의 의미에서 미래의 방향성을 찾는 열린 의식을 지녀야 한다는 것이다. 따라서 한기욱은 "탈사회적이고 탈정치적인 것"으로 호명되는 지금의 문학은, 현실과 무관한 미학적 갱신의 차원이 아니라 기존의 방식과는 다른 감각과 사유로 정치성과 사회성을 환기하고 있다고 보았다. 그가 다시 리얼리즘의 유효성을 강조하는 이유도 바로 여기에 있거니와, 가라타니 고진의 문학의 종언론에 맞서는 대안 담론의 성격으로 문학과 정치 담론을 파악하는 것도 이 때문이다. 결국 "문학은 자명하지 않고 미래는 확실하지 않다"는 데 문학의 본질적 특성이 있다고 본다면, 비평은 "그런 불확실성 속에서 문학의 열린 길을 용감하게 갈 때 지금은 가려진 더 나은 세상을 열 수 있다고 믿"(105쪽)어야 한다는 것이다.

한기욱은 1980년대에 문학비평을 시작한 대부분의 동세대 비평가와는 달리 자신이 걸어온 길을 정리하면서 문학관 혹은 비평관의 변화를 『창작과비평』과 관련지어 다음과 같이 말했다.

> 1980년 광주항쟁 이후 모더니즘 문학에 대한 애틋한 마음은 사라졌고 서구문학에 비판적인 시선이 싹텄다. 1987년 무렵에는 당시의 숱한 문학도들이 그랬듯이 문학과 변혁운동이 뒤범벅된 삶을 살았다. 문학 쎄미나와 맑스 스터디를 함께 하고 반미자주화·반독재민주화의 '가투'에 나가거나 노동자가 되려고 위장취업을 하던 시절이었다. 하지만 87년 6월항쟁과 7,8월 노동자 대투쟁에 참여한 젊은이들은 민주화 이후에 대한 통찰이 충분치 않았으며, 1989~91년 동구권 및 소련의 붕괴 앞에서 방향을 상실하는 듯했다. 나 역시 예외는 아니었으며, 이렇게 급변하는 역사의 행로 속에서도 문학에 대한 한가닥 신심은 놓지 않았던 것 같고 『창작과비평』의 평문들을 길잡이 삼아 전공인 미국문학을 본격적으로 공부하면서 그 믿음을 키워나갈 수 있었다.(…)
>
> 1998년 계간 『창비』의 편집진에 합류할 당시만 해도 그 이후 미국문학 논문보다 한국문학 평론을 더 많이 쓸 줄은 몰랐다. 삶이 내 의지와 계획대로 풀리는 것만이 아님을 절감하는데, 문학의 길을 따라가다 어느

> 덧 그렇게 되어버린 것이다. 어쨌든 창비 편집진의 요청과 격려로 한국문학 비평이라는 새로운 모험에 나선 것인데, 나 자신이 신이 나지 않았으면 그런 시도를 십년이 넘도록 이어가지는 못했을 것이다.(『새로움』, 5~6쪽)

1966년 창간 이후 지금까지 한국문학에서 가장 강력한 영향력을 지닌 매체 가운데 하나가 『창작과비평』이라고 할 때, 한국문학 장에서 특별한 이력이 없었던 미국문학 전공자가 창비 편집진에 합류하면서 한국문학 비평을 본격적으로 수행했다는 사실은 상당히 예외적인 경우에 해당한다. 이는 한기욱과 사제지간인 백낙청의 권유와 독려에 의해 가능했을 것으로 짐작할 수 있는데, 그만큼 그의 비평은 창비 혹은 백낙청의 비평과 떼려야 뗄 수 없는 아주 밀접한 연관 속에서 전개되어 왔다고 할 수 있다. 물론 이러한 외적 상황을 그의 비평 전반에 일방적으로 적용해 '한기욱=창비'라는 등식으로 바라보는 것[9]은 일정 부분 과도한 측면이 있다. 하지만 그의 비평이 창비 내부의 활발한 토의를 거쳐 작성된 것임을 스스로도 인정하고 있어서 창비의 문학적 입장과 큰 틀에서 결을 같이 하는 것은 분명한 사실이다. 백낙청을 비롯한 창비 편집진들의 비평적 견해를 자신의 주장을 뒷받침하는 논거로 제시하고 있는 점도 두드러지거니와, 두 권의 비평집에 수록된 비평 대부분이 창비라는 지면을 통해 발표된 것이라는 점에서 이

9 "한기욱의 글은 백낙청의 주관적 성향이 농후한 판단이 창비 내부에서 마치 객관적이고 반성될 수 없는 것처럼 공고화되는 메커니즘을 잘 보여준다"는 식의 비판에서 이러한 생각을 엿볼 수 있다. 손정수, 「진정 물어야 했던 것」, 『창작과비평』, 2009년 봄호, 320쪽.

러한 사실은 의심의 여지가 없을 것 같다.[10] 다만 이런 외적 상황 자체를 색안경을 끼고 볼 이유는 없을 듯하다. 특정 잡지의 편집위원을 거쳐 편집주간의 역할까지 감당했던 한기욱에게 창비 담론이 곧 자신의 비평적 방향이 되는 것은 너무도 당연한 결과이다. 그렇다면 문제는 그의 비평이 지향하는 '새로움'과 '열린 비평'이 창비 담론이라는 텍스트에 대해서는 얼마나 객관적일 수 있느냐 하는 사실의 확인에 있을 것이다. 아마도 그와 논쟁을 했던 상당수의 비평가들은 이러한 점을 문제 삼아 그의 비평의 순수성을 의심했던 게 아닌가 싶다. 즉 2000년대 이후 그가 제시한 비평의 방향성에 상당 부분 공감하면서도, 정작 자신이 몸담은 창비는 그러한 비판으로부터 과연 자유로울 수 있는가의 문제 앞에서는 자칫 아전인수의 논리에 빠지고 있지는 않은지 에둘러 묻고자 했던 것이다.

2000년대 이후 창비는 여러 면에서 상당히 많은 변화의 모습을 보였다. 긍정적으로 말하면 리얼리즘과 진보적 문학을 지탱해 온 그동안의 문학적 세계관에 유연하게 대응함으로써 문학의 다양성과 현재성을 강화하는 열린 태도를 보였다고 할 수 있다. 반면 부정적으로 본다면 '새로움' 혹은 '열린'이라는 그럴듯한 수사를 앞세워 시대의 변화를 다소 안이하게 승인해버리는 현실추수적 경향을 드러냈다고 말할 수도 있을 듯하다. 물론 이러한 창비에 대한 전혀 상반된 견해는 진보와 리얼리즘의 가치가 점점 퇴색되어 갔던 1990년대 이후 문학의

10 이에 대해 한기욱은 자신의 "한국문학 비평은 『창작과비평』 편집진의 협동적 산물이기도 하다"라고 하면서, "글의 구상에서 최종 원고에 이르기까지 창비 편집진의 집단지성적 역량에 크게 힘입었다"라고 밝히기도 했다. 「책머리에」, 『문학의 열린 길』, 창비, 2021, 4쪽.

변화를 바라보는 걱정과 우려와 무관하지 않을 듯한데, 창비만이라도 역사와 사회의 진보를 끌어안는 시대적 가치와 방향성을 지켜주기를 바라는 현실적 속내가 반영된 결과라고 할 수 있다. 이런 점에서 본다면 지난 80년대 이후부터 줄곧 비평의 현장에 있었던 동세대 평론가들과는 달리 한국 사회의 변혁운동의 현장을 통과해온 한기욱의 삶의 이력은, 2000년대 이후 창비 담론이 현실과의 연관 속에서 문학의 의미를 탐색하는 균형적인 비평을 견지하는 데 일정 부분 기여한 측면이 있을 듯하다. 대체로 그의 비평이 2000년대 한국 사회의 주목할 만한 역사적 사건으로부터 새로운 문학의 방향성을 찾고자 하는 것이나 문학비평과 사회비평의 경계를 넘나드는 듯한 지향성을 드러낸 데서, 2000년대 이후 창비의 변화가 역사적 사건이나 사회적 쟁점을 외면하지 않고 현실과의 긴장을 일정 부분 유지할 수 있었던 이유를 찾을 수도 있지 않을까 싶기도 하다. 이처럼 한기욱의 비평은 '6·15 시대'와 '촛불혁명'과 같은 창비 담론의 시대론적 사유에 기대어 새로운 리얼리즘의 가능성을 탐문했던 것은 분명하지만, 창비 '밖'의 현장의 목소리가 문학적으로 수용되는 방식을 무엇보다도 중요하게 생각해왔다는 점에서 창비 '안'의 논리로 무조건 집단화해서 평가하는 것은 적절치 않은 측면이 있다.

한기욱이 강조하는 '새로움'과 '열린' 비평의 태도는 사실 절대적이기보다는 상대적인 측면이 많다. 또한 비평이 이 두 가지 태도를 견지한다는 것은 가장 본질주의적인 방식이라는 점에서 특별히 그만의 새로운 비평적 견해를 드러낸 것으로 보기도 어렵다. 다만 그의 비평은 이러한 문제 인식을 당위적인 입론의 차원에서 담론적으로 제시하는 데 머무르지 않고 작품의 세부를 통해 그 의미를 객관적으로 분석하는 성실성을 보였다는 점에서 높이 평가할 만하다. 즉 비평 담론을 선험적으로 앞세우기보다는 텍스트에 대한 성실하고 세밀한 분석과 해석을 통해 삶의 진실과 문학적 진실이 만나는 현재성을 탐색하고자 하는 것이다. 그런데 해석의 주관성을 일정 부분 인정하더라도 창비 담론과 그것을 구현했다고 평가되는 작품과의 관련성에 대한 그의 해석은 전적으로 공감할 수 없는 측면이 많은 것이 사실이다. 아마도 이러한 괴리는 최근 우리 문학의 지향점이 역사와 현실을 전면화한 공동체의 세계를 담아내는 데 초점을 두었다고 단정하기 어려운 상황에서, 문학과 현실의 관련성 안에서 새로운 리얼리즘의 사유와 실천을 당위적인 차원에서 읽어내려고 한 데서 비롯된 것이 아닐까 싶다. 그가 최근 우리 비평의 새로움을 강박이라는 문제의식으로 비판했듯이, 스스로도 일정 부분 현실이라는 사유에 뿌리내린 강박으로부터 자유롭지 못한 측면이 있는 것은 아닌지 냉정하게 따져봐야 할 듯하다. 이처럼 한기욱의 비평 역시 완고하고 단정적인 측면이 두드러져서 논쟁의 소지가 상당히 많다. 하지만 이러한 차이의 강조는 비평의 역동성을 가져오는 중요한 동력이 된다는 점에서 지금 우리 비평이 깊이 새겨야 할 실천적 지점이라고 할 수 있다. 이런 점에서 한기욱의 비평은 시대론과 문학론이 만나는 비평의 현재성에 토대를 두고 논쟁적인 비평 문화의 장을 열어가는, 2000년대 한국문학의 새로움과 열린 비평을 모색하는 생산적인 대화로서의 의미를 지녔다고 평가하기에 충분하다.

'희망'의 언어로 환멸의 시대에 맞서기

김명인론

오창은

1. 같은 출발, 다른 행로

1980년 12월 11일, 서울대는 학내 시위로 초겨울의 추위가 '멈칫' 할 정도로 뜨겁게 달아올랐다. 학내에 뿌려진 「반파쇼 학우 투쟁 선언」이 화제였다. 첫 문장은 "팔레비와 소모사를 능가하는 악랄한 살인마 전환에 맞서서 끝까지 이 땅의 민주주와 통일을 위해 몸바친, 이제는 온 겨레의 등불로 길이 남을 2,000여 광주의 넋 앞에 이 글을 바친다"였다. 유인물은 민중의 적을 "국내 매판 독점 자본, 매판 관료 집단, 매판 군부"으로 꼽았기에 언론의 주목을 받았다. 〈동아일보〉는 1980년 11월 13일자 7면 머리기사로 「서울대 캠퍼스에 불온유인물」이 뿌려졌다고 보도했다. 기사는 "내용·용어 학생 한계 넘어선 것, 민주 기본질서 부정 우려"라고 했다.

누가 「반파쇼 학우 투쟁 선언」을 작성했던 것일까?

작성자 검거를 위해 대대적인 수사가 이뤄졌다. 12월 16일에 서울대 국문과 학부졸업논문 발표장에 형사들이 들이닥쳤다. 당시 졸업을 앞두고 있던 김명인이 연행 대상이었다. 김명인은 체포되어 관악경찰서 지하에서 고문을 당했고, 서울시경 대공분실 이송된 이후에도 심문과 고문이 이어졌다. 그러고는 남영동 치안본부 대공분실로 옮겨졌다. 그곳에는 악명 높은 고문기술자 이근안이 기다리고 있었다. 이근안은 김명인에게 "내가 이근안이다. 이제부터 내가 널 맡겠다"라고 했다. 볼펜으로 허벅지 찌르기, 손톱누르기, 관절 꺾기 같은 고문이 가해졌고, 그 과정에서 김명인은 '라디에이터에 머리를 박고 자결하려고 시도'하기도 했다. 김명인은 모든 것을 말했다. 그는 "선배와 동료들의 이름을 밝힘으로써 조직을 와해시키고 있다는 사실 자체가 최대의 치욕"이었다고 했다. 100여 명이 붙들려 왔고, 많은 이들의 인생이 바뀌었다. 김명인도 1981년 1월 17일 기소되었다. 징역 3년 자격정지 3년을 선고받고 1983년 8월에야 가석방으로 출소했다. 그는 출소 후 무역회사에 10개월 정도 일을 하다가, 1984년 9월에 복학하여 졸업했다.

또 다른 인물이 있다. 76학번 이원주다. 김명인이 77학번이니, 1년 선배이다. 남영동 치안본부 대공분실 취조실에서 김명인이 고문을 못 이기고 '이원주 선배가 나의 배후'라고 불었다. 이원주는 서울대 비합법 학생운동 조직인 '언더'의 사상과 실천의 안내자였다. 1980년 12월 당시 그는 군복무 중이었다. 김명인의 발설로 기무사에 끌려갔고, 육군교도소에서 징역살이를 했다. 이원주는 복역을 마치고는 중학교 국어교사로 아이들을 가르치다가, 인천에서 노동운동가로 투신하여 인천민주노동자연맹(인민노련)과 인천기독교민중교육연구소 등에서 활동을 했다. 그 후에는 민중당에서 노동자 정치운동에 깊이 관여했다. 이원주는 어느 시기엔가 사회운동을 떠난 것으로 보인다. 그는 주택관리사 자격증을 따서 아파트 관리소장으로 일했다. 이원주가 세상을 떠난 때는 2016년 11월 23일이었다. 김명인은 「나의 영원한 배후, 이원주 형의 영전에」(『부끄러움의 깊이』, 빨간소금, 2017.)라는 글에서 "나약한 저 때문에 너무나 많은 사람들이 고통을 받아 형에게까지 미안하다 할 겨를이 없었지만, 어찌 미안함이 없었겠습니까. 하지만 생전에 결국 그 한마디를 못하고 말았군요. 미안합니다."(49쪽)라고 썼다.

김명인과 이원주는 같은 사건을 겪고 다른 삶을 살았다. 두 사람이 함께 연루된 사건은 1980년대 학생운동사에 기록되어 있는 '서울대 무림(霧林)사건'이다. 경찰이 부여한 '무림(霧林)'이라는 명칭은 '안개 속에 있던 서울대 학생운동 조직'이라는 뜻이었다. 이 사건으로 김명인의 삶은 송두리째 바뀌었다. 그는 전두환 정권의 가혹한 공안통치의 피해자였는데도, 자신의 발설로 인해 많은 사람들의 삶이 망가졌다는 죄의식을 안고 살아야만했다. '무림사건'으로 11명이 구속되었고, 구속된 동료 중에는 '녹화사업'으로 군대에 갔다가 죽은 친구까지 있었다. 이원주처럼 인생의 행로가 바뀌는 숱한 굴절을 겪은 경우도 있었다.

김명인은 '부끄러움과 죄의식'으로 삶을 견뎌내야 했고, 그리고 자신이 겪었던 '특수한 삶의 과제'와 '당대의 보편적 과제'를 결합시키는 '과학으로서의 비평'의 길에 접어들었다. 어떤 시대는 개인을 가혹한 모래 폭풍 속으로 몰아넣는다. 김명인은 몸과 영혼이 황폐화된 상태에서, 바스러진 정신을 추스르며 시대를 견뎌냈다. 자기 자신을 스스로 견뎌낼 수 있도록 단련하는 것 자체가 '권력의 폭압'에 대한 저항이었다. 품위있는 견딤이야말로 인간다움을 유지하는 '저항의 최전선'이다.

2. '좋은 시인'이 되고자 했던 문학평론가

김명인은 1958년 강원도 도계에서 태어났다. 1977년에 서울대 국어국문학과에 입학했다. 그가 입학하기 전인 1975년 5월 13일에 '유신헌법에 대한 부정·반대·비방'을 금지하는 '긴급조치 9호'가 발표되었다. 서울대에서는 1975년 5월 22일 '김상진 열사 추모 집회'가 열렸다. 이 집회는 '오둘둘 사건'으로 알려졌고, 긴급조치 이후 최초의 유신반대 투쟁으로서 그 의미가 각별하다. 이로 인해 서울대 재학생들은 대거 투옥되거나 제적되었다. 1977년에는 학회를 중심으로 학생운동 조직이 재건되고 있었다. 김명인은 '인문대 역사철학회' 대표로 서울대 학생운동 조직에 관여했다. 그러다가 위에서 언급한 '무림사건'의 주모자가 되어 3년을 복역했다. 졸업 후에는 '도서출판 풀빛'에 취업하였다. 1979년 나병식이 설립한 '도서출판 풀빛'에는 서울대 선배이자 문학평론가이며 시인인 채광석이 근무하고 있었다. '도서출판 풀빛'은 1980년대에 주목받은 인문사회과학출판사였다. 이 출판사는 1984년에 '풀빛판화시선'을 기획하여 김지하의 『황토』를 간행했고, 같은 해에 박노해의 『노동의 새벽』도 출판하여 큰 호응을 불러 모았다. 1985년에는 '5·18 민주화운동'의 진실을 알리는데 기여한 『죽음을 넘어 시대의 어둠을 넘어』를 내놓았고, 1986년에는 필화사건을 겪는 『한국민중사 1·2』를 출판했다.

김명인은 '도서출판 풀빛'에서 일하던 즈음인 1985년에 「민족문학과 농민문학」을 『한국문학의 현단계 Ⅳ』(창작과비평사, 1985)에 발표하여 문학평론가로서 활동을 시작했다, 김명인은 첫 평론집 『희망의 문학』(풀빛, 1990)에서 "좋은 시인이 되고 싶"었는데, "어느새 '문학평론가'가 되고 말았다"고 토로했다. 그는 자신의 시는 모더니즘의 뿌리가 깊어서, 리얼리즘 시의 품격을 갖추기에는 한계가 있음을 발견했다고 했다. 김명인은 '도서출판 풀빛'에서 채광석과 함께 일하면서 비평가로서, 출판편집자로서, 문학운동가로서 활동 영역을 넓혀 나갔다. 1988년에는 채광석·김명인이 공동 편집한 『밤길 사람들』(풀빛)을 간행하기도 했다. 이 책은 채광석이 1987년 불의의 교통사고로 세상을 떠난 지 1년이 지난 시점에서 출간되었다.

김명인은 「지식인 문학의 위기와 새로운 민족문학의 구상」(『전환기의 민족문학-문학예술운동 1』, 풀빛, 1987)을 발표하면서 문학평론가로 논쟁의 중심에 서게 되었다. 김명인은 '민중적 민족문학론'을 제시하여 1987년 민족문학 주체논쟁의 발화점을 만들었다. 그 후 1990년에 첫 평론집 『희망의 문학』을 간행했다. 1992년부터 1998년까지 김명인은 '대학원이라는 내적 망명지'를 선택해 시대의 격랑을 피했다. 1994년에 인하대 대학원에서 「김수영의 '현대성' 인식에 관한 연구」로 석사학위를 받았고, 1998년에는 「조연현 연구」로 박사학위를 취득했다.

1999년부터는 『황해문화』 편집주간으로서 사회비평과 문학평론을 아우르는 글쓰기를 해왔다. 1993년 창간한 『황해문화』를 맡아 편집하면서 김명인은 인천이라는 지역에 기반을 두면서도 전지구적 시야를 갖는 이슈를 쟁점화했다.

2000년에는 두 번째 평론집 『불을 찾아서』(소명출판)을 간행했다.

10년 만에 나온 이 평론집에는 김명인은 대학원 문학연구로부터 파생된 임화와 김수영의 문학세계에 대한 글과 '근대성과 미적 근대성'에 대한 논의 등을 포함되어 있다. 연구와 비평의 경계에서 10여 년의 기간 동안 쓴 글을 묶어낸 평론집이라고 볼 수 있다.

박사학위를 받은 이후에는 인천대와 인하대 등에 시간강사로 출강하였다. 2003년에는 국민대 문예창작대학원 겸임교수가 되어 강의를 했다. 2004년에는 세 번째 평론집 『자명한 것들과의 결별』(창비)을 간행했다. 한국문학사를 아우르는 소설비평으로 이인직, 이광수, 박태원, 황순원, 김학철, 최인훈, 황석영, 이문열에 관한 글을 포함하고 있고, 동시대 주요 쟁점인 리얼리즘과 모더니즘 논쟁 등의 담론적 층위에 대한 논의도 하고 있다. 세 번째 평론집을 통해 김명인의 비평이, 이론 비평, 비평의 비평에 장점을 갖고 있음을 확인할 수 있다. '한문학과 근대성'이라는 문제의식을 구체화한 연구성과를 기반으로 2005년에는 인하대학교 국어교육과 교수로 부임했다. 김명인은 대학교수가 되었을 때를 돌이켜 보며 "더 이상 자유로운 룸펜쁘디의 삶을 살 수 없게 된 것"이라고 했다. 그러면서도 "공부하는 자이자 가르치는 자로서의 삶이며, 그 공부하는 일과 가르치는 일을 통해 나 자신을 전면적으로 실현하는 삶을 산다는 것을 의미"한다고 마음을 다잡았다고 한다. 그러나 현실은 "대학 전체가 국가와 자본에 의한 시장시스템에 장악"되어 있었기에, 연구실의 "여덟평 남짓한 공간이 이제 참호가 될 것인가 감옥이 될 것인가 무덤이 될 것인가"를 묻게 되었다고 했다. 이러한 문제의식은 2021년에 간행한 네 번째 평론집 『폭력과 모독을 넘어서』(소명출판)에 담겨있다. 네 번째 평론집은 세 번째 평론집 간행 이후 17년 만에 펴냈다. 김명인은 네 번째 평론집에서 그간 스스로를 '폐업 평론가' '전직평론가'로 호명해왔을 정도로, "동시대 한국 문학에 대한 환멸"을 안고 있었음을 토로했다. 네 번째 평론집은 '민중의 발견'에 대한 탐색과 신자유주의 시장체제에 맞서는 비판의식, 그리고 타자화된 주체들에 대한 공감의식을 표현하려는 노력의 결과물이다. 김명인은 『폭력과 모독을 넘어서』로 2023년 제14회 임화문학예술상을 수상했다.

김명인은 네 권의 평론집 이외에도 석사학위논문을 단행본으로 묶은 『김수영, 근대를 향한 모험』(소명출판, 2002), 박사학위논문을 단행본으로 펴낸 『조연현, 비극적 세계관과 파시즘 사이』(소명출판, 2004)를 냈다. 일제 강점기 문학의 '근대성'의 관점에서 논한 연구서 『문학적 근대의 자의식』(소명출판, 2016)도 간행했다. 2000년대 초반경 신문저널에 발표한 문학칼럼과 정치칼럼 등을 모아 『환멸의 문학, 배반의 민주주의』(후마니타스, 2006)을 발간했다. 1995년 12월 27일부터 1996년 1월 18일까지의 독일문화예술기행의 여정을 담은 여행에세이 『잠들지 못하는 희망』(학고재, 1997)도 있고, 2011년 9월부터 2012년 2월까지 영국 런던에서 체류하며 쓴 『내면 산책자의 시간-김명인의 런던 일기』(돌베개, 2012)도 있다. 산문집으로는 『부끄러움의 깊이』(빨간소금, 2017)을 펴냈으며, 일본에서 번역된 책으로는 『闘争の詩学-民主化運動の中の韓国文学』(藤原書店, 2014)가 있다.

3. 담론비평, 메타비평, 과학으로서의 비평

김명인의 삶에서 1980년과 1987년은 두 개의 결절점으로 존재한다. 1980년 남영동 치안본부 대공분실에서는 '패배와 치욕'의 나락을 경험했다. 시인 지망생의 패배는, 비평적 언어에 예리한 날을 더하게 했다. 김명인은 변혁을 위해 글을 썼다고 말한다. 그가 글쓰기를 선택하지 않았다면 '스스로의 삶을 치유하는 깨달음'에 이르지 못했을 수도 있다. 그는 1987년 혁명적 경험을 자양분 삼아 글쓰기에서 '희망'을 발견했다. 김명인에게 1980년대 남영동의 패배와 치욕이었다면, 1987년은 학생과 지식인, 노동자·농민·도시빈민이 연대하여 군부독재체제를 붕괴시켰던 혁명의 시기였다. 그 시기에 김명인은 서른이었고, 도서출판 풀빛의 편집장이었으며, 문학평론가였다. 1987년의 경험이 그에게 '민중적 민족문학' 담론 형성의 힘을 불러일으켰다.

김명인에게 「지식인문학의 위기와 새로운 민족문학의 구상」(1987)은 그의 전생애를 관통하는 사상의 기원이자, 그의 문학담론이 '민중으로 귀환'하도록 이끄는 성찰의 거점이다. 김명인의 이 글은 '문학론'에 대한 논의가 아니라 '운동론'에 대한 선언이었다. 1980년대 김명인의 관심은 '변혁이론'을 향해 있었다. 전두환·노태우 군부독재라는 적이 너무도 분명한 실체로 존재했다. 평론가로서 그의 위치 설정은 분명한 적만큼이나 명료했다. 그는 변혁운동에 문학운동으로서 참여하는 활동가를 자처했다.

87년 6월 부르주아 시민민주주의혁명을 어떻게 혁명적 민중혁명의 길로 이끌 것인가를 고민하며 제기한 글이 「지식인문학의 위기와 새로운 민족문학의 구상」이었다. 김명인은 이 글에서 '작가와 독자대중'의 분리에 대해 비판한다. 문학행위의 집단적 주체로서 대중을 상정할 때, 그 대중은 의식화되고 주체화된 대중일 수 있다. 각성한 대중, 대자적 대중의 모습이다. 대중의 모습이 이렇게 변화하면 작가들도 '문학생산자대중'으로 그 위치가 바뀌게 된다. 김명인은 기층민중, 중간층, 학생 등을 제1대중전선이라고 하고, 문학생산자대중을 제2대중전선이라고 불렀다. 그래서 "제2대중전선의 확실한 장악을 통해 제1대중전선으로의 접근이 현재 문학운동이 당면한 주요 전술의 과제"라고 제기했다. 김명인이 보기에 "문학 전반에 걸쳐 소시민적 세계관"이 지배적인 시기가 1987년 즈음이었다. 이를 깨뜨려야 제2대중을 확실히 장악할 수 있다고 그는 생각했다.

소시민적 세계관에서 벗어나지 못하는 지식인문학인들을 의식화, 교육, 훈련, 조직활동 등으로 추동해야 했다. 그 구체적인 방법으로 창작주체는 전문문인과 비전문대중으로 구분하고, 창작과정은 사적이고 개인적인 창작과 집단창작으로 구분하며, 장르는 기존 장르와 새로운 장르를 구분하여 각각의 조합을 여덟 가지로 제시했다. 1) 전문문인-기존장르-사적 창작 모델과 2) 비전문대중-기존장르-사적창작 모델이 출발점이라면, 이는 점진적으로 7) 전문문인-신장르-집단 창작 모델과 8) 비전문대중-신장르-집단창작모델로 이행하도록 해야 한다는 것이다. 김명인은 이행을 전제로 하더라도 여덟 가지 모든 모델들은 유효한 부분이 있는 한 충분히 운용될 필요가 있다고 주장한다. 다만, "가급적 통일된 중심부의 지도 아래 이루어지고 그 성과는 체계적으로 축적되어야 한다"는 전제가 있다. 그 지향점은 '노동하는 생산대중의 세계관'에 입각한 민족운동의 전개이다.

김명인은 '소시민계급의식' 비판을 이 글의 주요 과제로 삼았고, 이를 통해 지식인문학인들의 혁명적 변화를 이끌어내야 한다고 보았다. 이 글에서 사용된 용어나 구조는 그가 1980년 12월에 작성한 「반파쇼 학우 투쟁 선언」과 유사하다. 이 글에서도 김명인은 "예속독점

자본측에 기생적 존재기반을 두고 파쇼적 지배체제에 적극적, 혹은 소극적으로 봉사하는 매판문학, 혹은 사업주의문학"에 대해 비판한다. 이는 「반파쇼 학우 투쟁 선언」에서 민중의 적을 "국내 매판 독점자본, 매판 관료 집단, 매판 군부"로 규정했던 것과 유사한 세계인식을 보여준다.

「지식인문학의 위기와 새로운 민족문학의 구상」은 '소시민계급'을 비판하고, 지식인문학인들의 혁명적 변화를 촉구한다. 지식인문학인들이 민족운동의 과제인 '반외세자주화·반파쇼민주화투쟁'의 전망을 올바로 세워 '전위적 존재'의 역할을 해야 한다는 것이다. 이 글은 합법적인 글이기에 '전위정당'과 같은 혁명적 지도그룹을 직접적으로 언급하고 있지는 않다. 그래서 지식인문학인들이 '전위적 존재'로서 역할을 할 수 있다는 정도로 논의를 풀어가고 있다. 지식인문학인들이 '소시민계급' 의식에서 벗어나 '노동하는 생산대중의 세계관'을 획득할 때, '문학주의, 개인주의, 무정부주의' 등을 극복할 수 있다는 것이다. 이러한 인식은 '지식인' 계층을 특권적으로 실체화한다는 전제에 기반해 있다. 전위조직, 지식인계층, 노동하는 생산대중은 위계적 서열로 설정되어 있다. 지식인계층의 이데올로기를 전위조직이 장악하고, 지식인계층이 당파성에 입각해 대중을 계급적 각성으로 이끌면, 혁명적 민족문학의 실천이 이뤄진다는 설정이다.

글의 외형상으로는 전위조직이 드러나지 않기 때문에, 지식인문학인들의 이데올로기적 지도가 정당화될 수 있는가의 문제만으로 이 글의 인식구조를 도출해낼 수 있다. 첫째, 지식인문학인들은 세계의 구조적 모순을 알고 있는, 혹은 알 수 있는 이들인가이다. 대중은 지식인문학인의 이데올로기적 지도 없이는 세계의 구조적 모순을 이해할 수 없는가도 문제이다. 이러한 접근은 지식인문학인을 대중의 우위에 두는 암묵적 상하관계를 상정한다. 이는 위계적 사고이기에 평등의 원리를 기반으로하는 민주주의의 원칙과 상충한다. 둘째, 지식인문학인의 당파성은 어떻게 획득되는가가 문제이다. 노동하는 생산대중은 물적 기반 자체가 모순적 구조 속에 있다. 지식인문학인은 당파성을 가질 때만 건강성을 가진다고 전제한다. 전위조직의 지도가 아니라, 생산대중을 통해서도 구조적 모순은 인식될 수 있어야 한다. 즉 물적 기반을 통해 이데올로기가 구성되는 것이지, 이데올로기적 학습을 통해 구조적 모순이 인지되는 것은 아니다. 지식인문학인과 생산대중의 직선적 연결은 물적 토대의 인식의 관계를 직선적으로 사고하는 것과 같다. 셋째, 누가 지식인문학인이고 누가 생산대중인가의 문제이다. 대학교육을 받고 제도적 질서 속에 존재하는 이들을 지식인문학인으로 규정하는 것은 변혁적 세계관에 부합하지 않는다. 선취된 깨달음이 있더라도, 생산대중의 자발적 승인을 받지 않았다면 지식인문학인이 선도적 역할을 할 수 없다. 넷째, 지식인문학인의 인식의 오류는 어떻게 수정될 수 있는가이다. 지식은 자체적 완결성을 갖는 것이 아니라, '그 시기, 그 곳'과 조응하며 구성된다. 선취된 이념의 오류에 따른 생산대중의 피해는 어떻게 예방될 수 있는가도 문제로 남는다.

김명인은 「지식인문학의 위기와 새로운 민족문학의 구상」에서 지식인문학인의 대중 지도, 혹은 이념을 선취한 지식인문학인과 생산대중과의 조화로운 관계를 상정했다. 이러한 인식구조는 비교적 오랜 동안 그의 의식 속에 짙은 흔적을 남겼다.

김명인은 「불을 찾아서-세계와 인간과 문학에 관한 희망을 위한 성찰」(1992)에서 '동요하는 자신'을 성찰한다. 그는 주된 관심이 항상

"세계와 인간의 변혁"이었고, "문학은 그 관심사를 현실화시키는 매개"였다고 토로했다. 지식인문학인으로서 자신이 가졌던 세계관에 균열이 발생했을 때, 성찰적 인식을 통해 '동요하는 자신'을 실존적으로 재구성하려 한다. '성찰'이야말로 지식인의 중요한 특징이기도 하다. 김명인은 세계관의 균열이 '소연방의 해체와 동구 사회주의권의 몰락'으로 발생했다는 객관적 현실을 받아들인다. 그는 마르크스-레닌주의 이론에 대한 비판을 수행한다. 그는 "프롤레타리아독재론의 전위당 독재로의 실천적 해석, 일국사회주의론의 수립, 당파성 개념의 철학적 정초, 제국주의론 수립을 통한 자본주의 소멸시기의 예측, 그리고 무엇보다 후진국 러시아에서의 사회주의체제 창출이라는 모험과 그 성공, 그리고 역사적 정당화 등으로 요약될 수 있는 레닌주의의 이론적 실천적 내용들"에 대한 재인식을 시도한다. 김명인의 이러한 인식은 그의 비평에서 '근대성 비판 담론' 구성의 단초가 된다. 그는 "마르크스의 낙관적 예언처럼 자본주의에서 사회주의로의 이행이 성숙한 자본주의 사회의 열매라면, 식민지적 왜곡으로 자본주의의 발전이 심각하게 제약당해온 우리들의 자본주의 극복을 향한 노력은 어떤 전망을 가질 것인가"에 대해 문제의식을 갖게 된다. 그러면서 1980년대 후반에 "나와 같은 비평가들의 '동지적 설득'에 못 이겨, 때로는 자발적 열정으로 자신이 원래 갖고 있던 문학적 개성과 재능의 유보를 감수하면서까지 민중민족 문학의 대의에 투신하여 노동자계급을 비롯한 민중의 투쟁과 승리를 형상화해 왔으면서도 지금은 그 노력들이 한갓 '한 시대의 미몽'으로 까지 전락하는 것을 바라보고 있을 그들이 직면한 고통을 감히 어루만질 길이 없다"고 고백한다. 이러한 발언은 진정성을 갖고 있다. 하지만, 이 발언 또한 혁명적 지식인문학인으로서의 '지도적 계몽성'에 대한 믿음에 기반해 있다. '그들이 직면한 고통'의 책임은 일차적으로 '그들의 선택'에 따른 것이다. '그 선택'에 영향을 미친 김명인을 포함한 지식인문학인들의 책임은 일부분이다. 사과의 진정성에도 불구하고, 그 사과가 '그들'을 객체화시키는 또다른 상황을 만들고 있다. '그들' 작가들도 선택한 주체이고, 책임을 지는 행위자이다. '열린 성찰'은 내부를 향하되, 타자와의 관계까지 아우르는 것이다. 김명인의 인식은 '지식인'의 위치에 대한 예민한 자의식일 수는 있으나, 타자를 대상화할 위험이 있다.

김명인은 「다시 비평을 시작하며」(1999)에서 일인칭으로 글을 쓰고 있는 자신을 발견한다. 그는 「불을 찾아서-세계와 인간과 문학에 관한 희망을 위한 성찰」에서도 일인칭을 썼음을 고백한다. 일인칭은 자기고백적이고, 자기 반성적인 글쓰기이다. 무엇보다 대자적 존재에서 내밀한 개인적 존재로의 변화와 관계가 깊다. 김명인은 '문학과 변혁운동'의 관계를 되돌아보며, 자신이 "문학을 과학이나 변혁운동의 한 도구로 보는 것과 문학을 통해서 결과적으로 변혁의 과정에 참여한다는 것과는 다르다"는 인식에 이르렀음을 제시한다. 그는 문학하는 개인의 위치를 수락한다. 비평에 대해서는 다음과 같이 이야기한다.

> 비평의 욕망은 고약한 것이다. 남을 비평한다는 것, 남이 쓴 글을 평가하고 비판한다는 것은 일단 인정을 주는 행위이다. 그것은 원칙적으로 주인의 일이며 그만큼 매력적인 일이다. 그 인정은 어떤 경우에도 전폭적인 인정, 혹은 굴복은 될 수 없다. 정확히 말하면 비평이란 인정하면서 부인하는 일이기 때문이다. 그러면서 비평가는 작가에 대해 주인의 위치를 보전하며 바로 그 행위를 통해 또 다른 인정을 구한다. 나는 아직, 혹은 다시 비평가다. 그것은 내가 이 욕망의 변증법을, 그 속에서의 나의

> 위치를 받아들이고 있음을 뜻한다. 인정하고 인정받고 부인하고 부인받으면서 끝없이 엮여져 들어가는 이 욕망의 사실을 나는 기꺼이 받아들인다.(「다시 비평을 시작하며」, 『불을 찾아서』, 소명출판, 2000, 22쪽.)

김명인 자신이 속한 세대가 "1970년대 후반, 유신체제가 그 가파른 막바지 고빗길"을 통과해 왔다고 되돌아본다. 그때 '우리 세대'는 "과학 이전에 문학 이전에 먼저 싸움을 생각할 수밖에 없었다"고 했다. 이전까지는 명확히 보이는 적을 향한 몸부림이었다면, 1990년대를 통과하면서 그는 "변혁운동에 복무하는 사람과 문학을 하는 사람은 무엇이 다른가"라는 질문에 직면했다고 말한다. "삶과 세계를 변혁하는 일이 곧 문학 자체는 아닐" 것인데 "왜 꼭 문학이어야 하는가"도 제기된다. 김명인은 '변혁운동에서 문학으로' 이동하는 과정에 선다. 그러면서 '내게 문학은 무엇이고, 비평은 무엇인가'라는 질문과 맞서게 된다. 여기서 타인과의 관계성에 대한 인식, 인정투쟁과 연관한 '지적·정서적 공감'의 문제에 대해 고민하게 된다. 윤리적 의미를 지닌 인정투쟁은 '승화된 욕망'이라고 볼 때, 자신이 짊어진 부채의식에 가닿게 된다. 그 부채의식은 "내가 한 말, 내가 쓴 글, 내가 행했던 일들이 때론 독자적으로 또는 다른 것들과 얽혀서 동시대의 다른 사람들에게 적게든 크게든 남긴 것들이 그들의 삶에 준 상처와 고통, 때로는 혹시 희망까지도 내게는 빚이다."라고 했다. 이 발언은 앞의 「불을 찾아서」와 비슷한 내용의 표현이면서, 다른 의미를 담고 있다. 「불을 찾아서」에서는 타인에 대한 사과의 의미를 갖고 있었다. 하지만, 「다시 비평을 시작하며」에서는 내면적으로 갖게 되는 '부채의식'의 표현이다. 자신의 내부를 향해 있기에 성찰성의 깊이를 더한다.

두 글은 모두 일인칭을 사용하고 있지만, 외부를 향해 있느냐 내부를 향하느냐에서 갈린다. 이 차이 때문에 김명인은 "나는 아직, 혹은 다시 비평가다"라고 선언을 할 수 있었다고 본다. '아직'은 예전의 윤리성에 대한 감각이고, '다시'는 문학 장내에서 이뤄질 비평행위의 수락을 의미한다. 이 글을 통해 김명인은 '변혁운동을 위한 문학하는 자'에서 '문학을 통해서 변혁운동 과정에 참여'하는 비평가로서 자기 위치를 재설정하게 된다. 그 변화는 문학을 학문의 영역에서 바라보는 여정에서 자신의 새로운 운명을 수락하는 것이기도 하다. 그 새로운 문학하기의 운명은 '전향적 변절'이 아니라 '연장을 위한 변화'이다. 그는 여전히 80년대 비평가이면서도, 그 정체성을 '비평언어'로 연장시키는 노력을 하겠다는 의지를 밝혔다.

문학연구자이자, 문학비평가로서의 자신의 위치를 정립한 글이 「자명성의 감옥」(『자명한 것들과의 결별』, 창비, 2004)이다. '리얼리즘과 모더니즘'을 역사적으로 접근한 글에서 김명인은 '협의의 모더니즘'은 '환멸의 부르주아 세계에 대항하는 미적 저항'으로, '협의의 리얼리즘'은 '배타적 당파성의 미학'으로 호명했다. 김명인은 "리얼리즘-모더니즘의 이항대립이 존재하는 한, 근대를 벗어나는 것은 불가능"하다는 진단을 한다. 그는 "진정한 인간해방을 담지해나갈 새로운 미학적 기준, 혹은 미학이념"의 재구성을 제안했다. 이 거대한 프로젝트를 일거에 구성해내는 것은 힘들다. 대신, 그는 소설가 장정일과 최인석의 작업을 대비함으로써 그 가능성을 탐색했다. 특히, 최인석의 작업이 "절망적 자기부정의 서사 구조와 그것을 감싸 안는 그로테스크한 악마적 시공간"을 특징으로 한다는 점에서 주목할 만하다는 평가를 내놓는다. 최인석의 작업은 후기 자본주의에 탐사과정에서 '윤리적 미학적 탐색'의 한 성과라는 측면에서 의미가 있다는 것이다.

그의 최근 평론인 「여자들이 온다-새로운 국면에 접어든 한국소설」(『폭력과 모독을 넘어서』, 창비, 2021)은 문학연구자와 문학평론가의 경계에서, 한국문학사를 사건 중심으로 재구성하려는 노력의 산물이다. 이 글은 김명인이 동시대 문학현장에 대해 자신의 목소리를 내기 위한 탐색을 감행하고 있다는 점에서 의미가 있다. 김명인은 2000년대 이후의 작가로 김애란, 김금희, 황정은을 주목했다. 사회적 존재로서의 개인을 주목하여, '체제와 개인의 갈등'을 포착해내는 성취를 이들 작가들이 이뤄냈다고 했다. 사건은 작가들을 흔들어 깨운다. 김명인은 2016년과 2017년의 촛불혁명 이후 이전과는 결을 달리하는 여성문학의 성과를 높이 평가했다. '공격적으로 여성 주체성'을 구현한 대표작가로 강화길, 김세희, 박민정, 최은영, 최진영을 거론했다. 김명인은 1987년의 혁명적 경험을, 촛불혁명과 겹쳐내면서도 달라진 세계인식을 '소수자의 삶의 해방 투쟁'에 투영했다. 그는 "현재의 치열한 젠더 전쟁이 단순히 여성해방을 위한 투쟁을 넘어서 촛불혁명이 명확히 제기한 신자유주의 체제 아래 신음하는 모든 소수자의 삶의 해방을 위한 투쟁을 선도"하고 있다고 보았다. 김명인은 '사회의 해방'과 '문학의 책무'를 연결시키는 중요한 접합점으로 '소수자의 삶의 해방'을 제기한다. 그는 신자유주의 체제의 폭력성에 맞서는 '소수자로서의 민중의 연대'를 탐색한다. 이는 혁명과 반동의 문제이자, 공동체와 개인의 문제이며, 1987년 이후 김명인이 저항해온 '범죄적 세계'에 대항하는 '절박한 존재론적 탐색'의 결과이다.

4. 희망과 환멸의 맞대결과 부끄러움의 감각

'변혁과 혁명, 그리고 해방'을 꿈꾸었던 문학평론가에게 1980년대는 '문학의 시대'였다. 김명인은 "내 생애에 정말로 살았다고 할 수 있었던 시간은 1980년대였다"고 이야기한다. 지식인문학인으로서 살았던 시기에 대한 낭만적 회고를 담은 토로이다. 그렇다면, 김명인이 생각하는 가장 이상적인 문학의 존재양태는 어떤 것일까?

> 그 시절에 시를 쓴다는 것은 아직 자기의 사유와 언어로 자기의 희망과 절망, 기쁨과 분노를 당당히 표현해내지 못하였던 민중의 가위눌린 꿈을 해방의 꿈으로 대신 꾸어주는 것이었다. 또 소설은 침묵의 문화 저편의 심연에서 떠도는 대중의 분열된 세계인식의 파편들을 깁고 추슬러 하나의 총체상으로 질서 지어주는 대중적 철학교본의 역할을 했다. 그리고 평론은 이러한 작품과 작가들을 평가하고 있는 현실을 논리적으로 해명하고 그 발전과 변화의 가능성을 진단하며 나아가 그 변화를 위한 투쟁의 전략까지도 제시하는 의사(疑似) 정치 팜플렛 노릇까지도 했다고 할 수 있다.(「지식인문학의 위기와 새로운 민족문학의 구상」, 『희망의 문학』, 풀빛, 1990, 12쪽.)

시는 모두의 꿈을 대신 꾸어주는 것이고, 소설은 서사적 완성도를 통해 세계를 총체적으로 조망할 수 있는 대중철학서의 역할을 하는 것이다. 평론은 작품과 작가들을 평가함으로써 현실을 밝혀 보여주는 정치 팜플렛 기능을 한다. 위의 인용문에서 나타나는 문학은 '계몽서사'이거나 '철학과 정치'에 이르는 매개물이다. 자체의 존재보다는 특정 목적을 향해가는 '수단으로서의 문학'에 가깝다. 그렇다면, 이 시기는 1987년 즈음을 지칭하는 것일까? 아이러니하게도 김지하의 『황토』와 「오적」, 그리고 황석영의 「객지」가 읽히던 시절을 지칭한다. 1970년대의 대부분의 시기와 1980년대의 초입이 '문학의 좋은 시절'로 꼽히고 있는 것이다. 모든 과거는 '낭만적으로 좋은 시절'로 이야기된다. 1987년 즈음의 김명인은 1970년대를 회상했고, 2000년대의 김명인은 1980년대를 호명한다. 그 준거점에서 벗어나면 동요하는 주체성으로 인해, 삶의 많은 부분은 부끄러움으로 채색된다. 1980년대를 "정말로 살았던 시기"로 호명하는 김명인은 '지금 여기'를 환멸의 언어로 표현한다. 지식인 비평가로서 시대와 불화하는 '거리두기'는 자기 위치 정립과 관련이 있다. 자신의 신념과 훼손시키지 않으면서, 시대의 풍경을 비판적으로 그려내는 태도는 '인간의 품격' 유지를 위한 '정신적 고투'의 산물이다.

김명인은 자신을 소개할 때, "세칭 '일류대' 출신 대학교수, 문학평론가, 계간지 주간, 5공 시절 투옥 경험 있는 '진보 주류' 등 물질적·상징적으로 가진게 많은 50대 후반 남성"이라고 했다. 소수자 정체성을 가진 여성에게 페이스북 친구 신청을 했을 때, 김명인이 쓴 문장이다. 성찰적 태도로 김명인은 "대문자 역사, 대문자 근대를 구성해온 수많은 다수적 제도와 이데올로기, 신체화된 관습들에서 자유로워져야 한다고 생각하면서도 실제로는 전혀 자유로워지지 못하고 있다"고 했다. 그는 "민주주의 실현이며 인간 해방이며 좋은 말은 다 골라서 하면서도 그러한 담론행위에 대한 더 근본적인 메타적 성찰을 게을리하는 동안, 이 세계에서 아무것도 가진 것 없이 '저주받은' 어떤 사람들에게는 그것이 또 하나의 한심한 이데올로기거나, 지겨운 훈육이거나, 끔찍한 억압으로 작용할 수도 있다고 생각하면 가슴이 철렁 내려 않는 것이다"라고 했다. 이러한 태도는 김명인의 견결한 윤리의식을 보여준다. 자신의 사회적 위치를 성찰하고, 그 사회적 위치와는 다르게 스스로를 약소자의 위치에 놓음으로써 연대의 가능성을 탐색한다.

김명인은 1980년 남영동 대공분실에서 군부독재 폭압에 '영혼과 육체'에 깊은 상처를 입었다. 1980년대 혁명적 문학평론가로서의 글쓰기는 '역사적 사건에 혼을 빼앗겨 버린 젊은 날'을 통과하기 위한 몸부림이자, '자기들만의 운명'의 표정이었다. 1990년대 이후는 '1980년대의 연장'이라고 말하는 '상처받은 비평가'의 외침은 '외롭고도 고독'하다. 그의 글쓰기는 '타자로 호명되는 소수자'들에 대한 자기 동일시에 기반해 있고, 견고한 체제를 구축해가는 '신자유주의적 자본주의 세계체제'에 대한 분노의 표출이기도 하다. 그럼에도 여전히 그의 글쓰기에서 80년대적 향기가 스며 있다. 그 이유는 지성의 이름으로 행해지는 '지식인의 계몽성'에 대한 포기할 수 없는 애착 때문이리라. 현실을 비판적으로 분석하는 자의 시선은 예리하지만, 자신을 수평적이고 평등적인 위치로 옮기지 않으면, 지식과 민중을 구분하게 된다. 김명인의 비평은 '희망'을 이야기함에도 불구하고, '그 희망이 투명한 표정'으로 읽힌다. 1980년대에 포박된 지울 수 없는 환멸의 정서가 그의 비평에 스며 있기 때문이다. 김명인과 이원주, 그리고 '저주받은 사람들'은 같은 위치에 있다. 이들은 이데올로기적으로 연대할 수 있는 것이 아니라, 존재 자체로서 평등하고 수평적으로 연대할 수 있다. 그것이 환멸 너머의 '희망'으로 가는 길일 것이다.

비평의 자기반성, 자기반성의 비평

정과리의 비평에 대해

진기환

1. 세 가지 관문

이 글은 정과리라는 비평가가 구축한 비평세계를 탐구하는 것을 목적 삼는다. "비평가를 비평하는 일은, 게다가 앞세대의 비평가를 비평하는 일은 나에게 벅찬 일이다."[1] 게다가 그 앞세대 비평가가 정과리라면? 그것은 정말이지 너무 어려운 일이다. 그 이유는 크게 세 가지가 있다. 우선 그가 글을 많이 썼기 때문이다. 1979년에 데뷔한 그는 2023년에 이르기까지 거의 쉬지 않고 왕성하게 활동하고 있으며, 그간 상재한 비평집만 열권이 넘는다. 그것을 모두 읽고 검토하는 일은 상당한 시간과 공력을 요한다. 읽고 분석해야 할 기본 자료가 많다는 것, 이것이 정과리 비평을 살피기 어려운 첫 번째 이유다.

---

1 정과리, 「깊어져 열리기-김병익론」, 『존재의 변증법2』, 청하, 1986, 275쪽.

정과리 비평을 살피기 어려운 이유는 이뿐만이 아니다. 그는 상당히 많은 글을 썼기도 했지만, 특정 시기에 집중하지 않고 상당히 오랜 기간 고르게 글을 써오기도 했다. 그가 비평가로 활동한 기간 동안 한국문학의 위상과 지형에 큰 변동이 있었고, 한국문학을 대표하는 작가들 또한 세대교체 되었다. 정과리는 항상 변동과 교체의 현장에 있었고, 그것을 글로 썼다. 따라서 그의 비평세계를 검토하기 위해선 그가 데뷔한 1979년 이후의 한국문학에 대한 전반적인 이해가 필요하다. 가령 그가 80년대에 쓴 글을 검토하기 위해선, 그 시기에 화두가 되었던 민중문학론과 민족문학론의 구조와 그 논쟁의 역사, 그리고 그러한 논쟁이 왜 벌어졌는지에 대한 당대의 정치·사회적 맥락 또한 파악하고 있어야 한다. 그가 90년대에 쓴 글들을 검토하기 위해선 당대 문학에서 제기되었던 개인과 내면이 무엇인지에 대해 파악하고 있어야 하고, 마찬가지로 그러한 변화를 추동시킨 한국사회의 변화에 대해서도 파악하고 있어야 한다. 정과리가 90년대 후반부부터 쓰기 시작한 디지털문명과 정보화에 대한 글들을 이해하기 위해서도 마찬가지다. 이것 또한 이러한 변화 자체에 대한 이해와 그것을 추동한 사회적 변화를 제대로 이해해야만 그의 논지를 제대로 이해할 수 있다. 그 맥락을 제대로 알지 못하면 정과리의 비평세계를 면밀히 탐구하는 일은 불가능하다. 이것이 정과리 비평을 살피기 어려운 두 번째 이유다.

정과리 비평이 어려운 세 번째 이유는 바로 그가 상당한 수준의 이론가이기 때문이다. 그는 인문학적 개념뿐만 아니라 이공계적 개념들도 텍스트에 폭넓게 적용하는데, 단순히 몇 문장 인용하고 그치는 것이 아니라, 해당 개념의 맥락과 역사적 배경까지 언급하며 작품의 알맞은 위치에 개념들을 위치시킨다. 따라서 정과리가 사용한 개념에 대한 정교한 이해가 없다면 그의 논리를 따라가기 힘들다. 가령 이런 식이다.

> 1928년 독일의 수학자 다비드 힐베르트가 "어떤 수학적 문제든 해결할 수 있는 분명한 자동적인 방법 혹은 절차가 있을 수 있는가"라는 질문을 던지다; "결정의 문제Entscheidungsproblem"라고 불린 이 문제에 대해 1936년, 영국의 수학자 앨런 튜링이 「계산 가능한 수와 그것의 '결정의 문제'에 대한 적용에 대하여」라는 논문에서, "거의 면적을 차지하지 않는 무한한 길이의 테이프와 그 테이프로부터 상징들을 읽어낼 유한 구조를 가진 장치로 이루어진" "인간의 지도 없이 방정식을 수행할 수 있는" "튜링 머신"을 소개하다. 계산에 대한 최초의 근대적 개념, 즉 디지털이 착상되다; 1950년, 튜링은 「계산 기계와 지능Computing Machinery and Intelligence」을 발표하다. 이 논문에서 튜링은 "기계도 생각할 수 있는가?"라는 질문을 도발적으로 던지다. 물론 답은 예스. 튜링은 있을 수 있는 반론들을 열거하고 조롱하듯 반박하다(1인극이었으니까). 이 논문에서 "디지털 컴퓨터"의 이론적 초석이 세워지다.[2]

이 글에는 마르크스, 보들레르, 벤야민 등 비교적 익숙한 인물들도 등장하지만, 위에 인용한 대목에서 볼 수 있듯 상당히 생소하고 낯선 인물들도 등장한다. 그러니까 이 글을 제대로 이해하기 위해선 마르크스의 「공산당 선언」, 보들레르 시 「어떤 유령」, 벤야민의 경험에 대한 논의를 파악하고 있어야하며, 또한 디지털 컴퓨터의 발달과 하

---

2 정과리, 「유령 시대」, 『뫼비우스 분면을 떠도는 한국문학을 위한 안내서』, 문학과지성사, 2016, 122쪽.

이퍼텍스트의 의미에 대해서도 파악하고 있어야 한다. 그리고 그러한 개념들이 발달할 수밖에 없었던 역사적 맥락도 어느 정도 숙지하고 있어야 한다. 그래야만 정과리가 말하는 "디지털 문명을 몸의 체험으로 만드는" 디지털 시대의 윤리와 디지털 시대의 주체성에 대해 제대로 이해할 수 있다.

즉, 정과리의 비평세계 전반을 이해하기 위해선 적어도 세 가지 관문을 넘어야 한다. 첫 번째 관문은 80년대 이후의 한국문학에 대한 문학사적 이해이고, 두 번째 관문은 여러 학문에 대한 소양이다. 마지막 세 번째 관문은 그가 다루는 텍스트와 이론이 어떠한 식으로 결합되어 있는지를 살필 수 있는 비평적 감식안이다. 이 관문들을 넘을 때 비로소 그의 비평세계를 제대로 조망할 수 있을 것인데, 아직 내게는 그것을 총체적으로 검토하고 조망할 능력이 없다. 다만 지금 당장 내가 할 수 있는 건, 문학에 대해 접근하는 정과리 비평에서 감지되는 특유의 태도와 그것이 결여되었을 때의 아쉬움을 살피는 것이다.

2. 두 가지 변증법

정과리 비평의 가장 큰 특징을 두 가지만 꼽으라면 그것은 문학과 사회를 상호독립적인 별개의 실체로 보지 않는 태도와 변증법이다. 이 두 가지는 서로 분리되어 있는 것이 아니라 긴밀히 연결되어 있으며, 정과리 비평세계 전반을 지탱한다. 그러한 정과리 비평세계 전반을 잘 보여주는 대목을 살펴보자.

> 문학은 본래적으로 사회적이다. 사회적이란 것은 문학이 삶 전체의 형성과 변화를 이루는 여러 사회적 활동들의 하나라는 것을 말한다. 삶 전체, 다시 말해 사회란 그 사회적 활동들의 총화이지, 그것들과 관계없이 선험적으로 '있는' 것이 아니다. (…) '사회가 이간 활동들의 총체'인 것이 아니라, "인간이 사회 활동의 총체"(마르크스)이다. 인간의 활동은 그 사회적 활동의 총체를 몸에 새기면서 사회를 새롭게 형성해나가는, 사회적 활동의 부분집합이다.
>
> 문학은 그 인간 활동의 아주 작은 부분이다. 그러나 아주 작은 부분이지만, 그것은 사회적 활동의 총체를 특수한 방식과 체계로 제 속에 새기면서 변모해나가고, 또 사회의 끊임없는 변모에, 특수한 방식과 체계로 작용한다. 그런 의미에서 "작은 것은 복잡"(바슐라르)하며, 문학하는 자는 그 특수한 방식과 체계를 살면서, 변형시켜나간다. 문학과 사회를 독립된 실체로 여겨 그 한쪽을 다른 한쪽으로 환원시키려는 온갖 주장들은 그 특수한 방식과 체계에 대해 묻지 못한다. 한쪽은 문학에서 정치적 소재와 내용만을 찾으며, 다른 한 쪽은 "여하튼 문학은 문학이다"라는 동어반복만을 되풀이한다.[3]

정과리에 따르면 문학은 "사회적 활동의 부분집합"인 인간의 "아주 작은 부분"이다. 이런 서술만 보면 문학은 정말이지 아무것도 아닌 것처럼 보이지만, "특정한 시대와 공간에서 나름의 욕망을 품고 생성되고 변형되어 온"것이므로, 아주 작은 것이지만 그것을 생성한 그 집단과 시대의 무의식을 읽는 단초가 되기도 한다. 이를테면 자본주의 사회 하에서의 문학은, 자본의 질서에 의거해 만들어진 것이고 그 질서에 공모하고 종속된 것이지만, 그와 동시에 그 질서와 대립하고

---

3 정과리, 「'문학'이라고 하는 것의 욕망」, 『문학이라는 것의 욕망』, 2005, 문학과지성사, 15~16쪽.

자 하는 욕구를 대변하는 것이기도 하다.

만일 문학과 사회가 문학과 사회가 독립적인 것이라면 이러한 공모와 대립의 기묘한 공존은 있을 수 없다. 대립과 갈등이 없는 유토피아가 도래했다고 가정해보자. 그 사회에서는 사회의 질서에 공모하고 대립하는 활동 따위는 필요 없을 것이다. 그 자체로 완벽하고 무결한 사회인데, 구태여 문학이라는 이름의 활동이 필요할까. 저항정신도 마찬가지 이유로 필요가 없을 것이다. 더 이상 저항할 것이 없는데 무엇과 싸울 것이란 말인가? 그러므로 문학과 사회가 서로 독립된 것이라면, 문학은 언젠가는 폐기되어야 할 비극적 운명을 지닌 것이 된다. 물론 이러한 해석은 지금 보다는 더 나은 미래가 올 거라는 희망, 그런 희망적인 "미래를 도모하되 행복을 안일하게 약속하지 않는" "'미래 구축으로서의' 역사관"[4]을 가진 이에게만 해당되는 것이다.

정과리는 이러한 '미래 구축으로서의' 역사관을 지녔기 때문에 위대한 작가는 "시대에 의해서 나타나는 것이 아니라, 시대를 변혁시키려는 노력의 진실성·방법 속에서 위대"[5]할 수 있다고 보았다. 그리고 작가가 작품을 통해 시대를 변혁시키려 하듯, 자신 문학을 사회의 무의식을 반영해주는 것으로 바라보며 거기에서 사회의 모순을 길어내고 처방을 제시하며, 시대를 변혁시키고자 했다.

그러나 이러한 태도는 기본적으로 문학이 사회적으로 특정한 역할을 수행해야만 가능하다. 문학만으로는 미래를 구축하기 어렵고 "공

---

4 허윤, 「최초의 인간을 향한 문학적 사랑」, 『인문논총』 77권 제3호, 서울대학교 인문학연구원, 2020, 420쪽.

5 정과리, 「문학의 역사적 실존」, 『존재의 변증법2』, 청하, 1986, 147쪽.

동의 윤리, 보편적 규범은 먹히지 않"으며 "자기 자신만이 먹히고, 자기 자신만이 먹는"[6] 시기가 도래하면, 다시 말해 "문학과 사회의 접점을 찾지 못"하게 될 때는 이러한 태도가 "엄청난 고민과 피로"[7]를 유발한다. 비평가 자신만 고민과 피로에 빠지는 것으로 끝나면 어쩌면 다행일지 모른다. 이러한 태도의 근본적인 위험은 "꿈꿀 권리의 실천이라는 문학의 원칙적 기도 속에 힘껏" 머무는 "아, 옛날이여!"[8]같은 노스텔지어에 빠질 우려가 있다는 데 있다. 정과리를 이러한 위험으로부터 벗어나게 해주는 건, 두 가지 변증법이다. 시대의 모순을 읽어내는 것. 시대를 비판하는 논리와 시대 사이의 구조적 동일성을 읽어내는 것. 전자가 헤겔적 변증법이라면, 후자는 바흐찐의 '변증법적 양가성'이다.[9] 이 두 가지 변증법을 통해 정과리는 40년이 넘는 시간동안 문학이 수행한 공모와 대립을 읽어낼 수 있었다.

3. 논리구조의 동일성 파악

위에서 언급한 두 가지 변증법 중 후자에 속하는 것, 그러니까 대척점에 있는 것처럼 보이는 두 논리의 구조적 동일성을 읽어내는 것은

---

6 정과리, 「벌거숭이 지식인」, 『뫼비우스 분면을 떠도는 한국문학을 위한 안내서』, 문학과지성사, 2016, 75쪽.

7 김동식, 「무학의 안팎에서 생성되는, 문학의 새로운 몸-정과리 비평집 『문학이라는 것의 욕망』에 대하여」, 『기억과 흔적』, 문학과지성사, 2012, 204쪽.

8 정과리, 「어떤 가을날의 추억」, 앞의 책, 195쪽.

9 정과리 비평의 두 가지 변증법에 대해선, 류신, 「지하철을 탄 '호모 크리티쿠스'」, 『창작과 비평』, 2008년 여름호, 430~431쪽 참고.

정과리 비평의 가장 큰 강점이다. 그것은 우선 시대적 구조와 모순을 제대로 읽고, 모순을 지적하고 비판하는 논리의 구조를 총체적으로 읽을 줄 알아야 취할 수 있는 접근이다. 이러한 접근은 기본적으로 현실이라는 뜨거운 발판 위에 발을 올려놓고 있으면서도 동시에 거기에서 한 발자국 물러난 냉소적인 시선을 확보해야만 가능하다. 정과리는 이를 통해 시대에 대한 단순한 비판을 넘어, 보다 나은 미래를 위한 대안을 제시한다.

정과리는 발자크 문학에 대한 상반된 견해의 구조적 동일성을 지적하며 현대적 의미와 진정한 리얼리즘에 대해 묻고[10], 1980년대 비평의 계몽적이고 고압적인 태도에 대한 비판의식을 지닌 1990년대 비평이 사실은 1980년대 비평의 거꾸러진 형태라고 살피며[11], 근대를 극복하고자 했던 한국의 '비판적 리얼리즘'이 어쩌면 일본의 '근대의 초극'이라는 구상 하에 탄생한 '대동아공영권'의 종족 단위 축소형일지 모른다고 지적한다.[12] 이 뿐만이 아니다. 그는 독재정권의 지배규율과 그것에 저항한 사람들의 저항 담론이 어쩌면 동일한 구조였을지도 모른다는 사실 또한 지적한다.[13] 한국사회에서 보다 올바른 것 혹은 보다 대의를 위한 것이라고 여겨졌던 담론들이, 그것들을 억압한 것들과 구조적으로 같다는 주장은 사실 하기 어려운 것이다. 자칫하면 저항 자체를 부정하며 독재나 식민지 같은 지배담론에 정당성을 부여하는

---

10 정과리, 「문학의 역사적 실존」, 『존재의 변증법2』, 청하, 1986.

11 정과리, 「한국 비평의 현상학」, 『문학이라는 것의 욕망』, 역락, 2005.

12 정과리, 「1987년의 시점에서 본 한국문학의 역사와 내일」, 『뫼비우스 분면을 떠도는 한국문학을 위한 안내서』, 문학과지성사, 2016.

13 정과리, 「순수 개인들의 탄생」, 같은 책.

것으로 읽힐 우려가 있기 때문이다. 그러나 정과리는 결코 저항 자체를 부정하지도 않고 그릇된 지배담론을 옹호하지도 않는다. 그는 그저 그가 봤을 때 제대로 된 저항을 이끌어내기 위해 비판할 뿐이다. 정과리의 이런 태도가 가장 전면에 드러난 글은 「민중문학론의 인식 구조」[14]다.

이 글은 내가 살핀 정과리의 글 중에서 가장 긴 글이다. 분량만 봐도 그가 상당한 공력과 애정을 기울인 글이라는 사실을 알 수 있는데, 단순 분량이 길어서가 아니라 민중문학론에서의 '민중'과 민중문학론의 담론 구조가 무엇인지에 대해 아주 상세하고 꼼꼼하게 검토하는 그의 논지를 따라가다 보면, 그가 이 글에 상당한 애정을 쏟았다는 사실을 알 수 있다. 상당히 긴 이 글을 아주 간략하게 요약하면 다음과 같다. 당대 지배체제에 저항하고자 했던 민중문학론은 노동자를 중심하지만 노동자의 세계관에 대한 이론적 모색을 하지 않았으며, 지식·언어가 중립적이라는 환상에 젖어있기 때문에 지배담론을 해체할 수 없다. 민중문학론의 이러한 구조는 민중의 자기 동일성의 차원에만 묶어놓기 때문에, 민중에게 열망을 제공하는 지식은 성역화 된다. 결론적으로 그러한 성역화로 인해 민중문학론은 그 의도와는 상관없이 지배담론과 동일한 구조를 가지게 된다.

> 하지만, 계급 모순을 극복하겠다는 생각이 또 다른 지배·피지배의 질서를 낳지 말라는 보장은 없다. 문제는 그 극복이 어떤 세계에 대한 비전을 가지고 있는 것인가 하는 것이다. 그것은 그들이 근거하려는 집단의

---

14 정과리, 「민중문학론의 인식 구조」, 『스밈과 짜임』, 문학과지성사, 1988.

> 세계관, 즉 노동자의 세계관을 밝히는 작업과 관련되어 있다. 흥미롭게도, 민중문학론자들에게서 노동자의 세계관에 기초해야 한다는 얘기는 숱하게 들리지만, 그 노동자의 세계관이 무엇인지에 대해서는 꽤 조용하다. 그에 비해, 노동자의 헤게모니 문제는 귀가 따가울 정도다. 모든 글들이 헤게모니를 말하고 있다(이것은 백낙청에게서도 마찬가지다). 그들은 "기본 모순의 해결 주체로서의 계급[노동자]의 헤게모니 문제"를 역설한다. 그러나 헤게모니를 쥔다는 것은 헤게모니를 의도하는 쪽의 세계관 자체가 밝혀지지 않으면 지배 체제와 똑같은 질서의 수립을 기도하고 있다는 비판을 면하기 어렵다. 나는 적어도 영국의 노동 운동가·문학 이론가들처럼, 노동 계급의 등장이 어떤 가치 의식·행동 방식·감정 구조를 형성하고 있는지, 있어야 하는 지를 실증적으로 혹은 이론적으로 규명할 수 있어야 한다고 생각한다. 현금의 민중적 민족문학론자들에게 그 점을 발견할 수 없다는 것은 흥미로움을 넘어서서 아주 중요하다. 그것은 단순히 그들의 이론의 미완을 가리키기보다는, 그들의 세계에 대한 인식 구조를 반영하거나 혹은 그것에 영향을 미치기 때문이다.[15]

인용한 대목은 민중문학론의 담론 구조가 지배체제의 것과 같다는 그의 논지가 가장 선명하게 나타나는 대목이다. 여기서 주목해봐야 할 지점은 세계관이 밝혀져야 한다고 주장한 점이다. 정과리에게는 어떤 특정 저항담론의 논리와 의도는 중요한 것이 아니다. 저항담론이 세계를 어떠한 방식으로 이해하고 있는지, 그리고 그것이 이론적으로나 실증적으로 입증 가능한 것인지가 중요하다. 치밀한 자기성찰과 세계에 대한 정확한 이해가 동반되지 않는 저항은, 자칫 저항만을 위한 저항일 수도 있으며, 그러한 저항은 저항이라는 이름의 또 다른

---

15 정과리, 위의 글, 242~243쪽.

지배담론을 만드는 것일지도 모른다는 것. 정과리가 지배담론과 저항담론의 구조적 동일성을 읽어내고, 그것이 어쩌면 쌍둥이일지도 모른다고 하는 건 바로 이 때문이다. 정과리는 그것을 파헤쳐 세계를 인식하는 자신만의 고유한 세계관을 성립하고, 그에 근거하여 지배체제 혹은 지배이데올로기를 제대로 비판하고 해체하고자 한다. 그리고 그러한 "그의 해체 속에는 항상 형성이 내재되어 있다."[16]

물론 이러한 태도는 지나치게 외부인의 시선에 입각한 것이 아니냐는 비판에 직면할 수 있다. 논리적으로는 정과리의 태도가 옳을지 모르지만, 자기 나름의 방식으로 시대와 싸워보려는 여러 노력들의 의미를 의도치 않게 축소시킬 우려가 있기 때문이다. 이에 대해선 5장에서 조금 살펴보겠지만, 정과리의 이런 태도는 비난과 비판만을 위한 것은 아니다. "상대방에 대한 싸움은 곧 자기 자신에 대한 싸움"[17]이라는 것을 인지함으로써, 더 나은 싸움의 방식을 모색하기 위한 것이다.

4. 자기반성적 시선

정과리가 지배담론과 지배담론 비판 사이의 구조적 동일성을 읽어낸 건, 더 나은 싸움을 모색하기 위함이라 했다. 그렇다면 더 나은 싸움을 이끄는 주체는 누구여야 하는가. 그것이 누구인지 나로서는

16 구모룡, 「해체와 형성:문학의 사회존재론」, 『한국문학과 열린 체계의 비평담론』, 열음사, 1992, 201쪽.

17 정과리, 「절정의 곡예사들」, 『무덤속의 마젤란』, 문학과지성사, 1999, 23쪽.

알 수 없다. 다만 만약 정과리 자신이 그 싸움을 이끄는 주체가 되고자 한다면, 해결해야 할 문제가 하나 있다는 사실은 알고 있다. 그건 정과리 자신이 지배담론과 비판담론의 완벽한 외부인이 아니란 사실이다. 그 또한 "그 진창에 한 발을 빠트리고 있"[18]는 사람이다. 이것이 왜 문제란 말인가. 이 지점에서 문학과 현실을 상호 독립적인 것으로 보지 않는 정과리 비평의 고유한 태도를 다시 한 번 상기할 필요가 있다.

거듭 강조하다시피 정과리에게 문학과 사회는 독립된 것이 아니다. 때문에 문학작품을 살피는 건 기본적으로는 작품 생산의 주체인 작가를 살피는 일이기도 하지만, 궁극적으로는 사회를 돌아보는 일이다. "한 글의 생산자는 개인이라기보다는 그 개인이 정황과 맺는 관계의 복합체"[19]이기 때문이다. 여기서 개인이 지배담론에 대한 비판 내지는 공모의 입장이라면, 정황은 지배담론 자체를 말한다. 정과리는 두 입장의 구조적 동일성을 파악해, 사회적 모순을 근본적으로 개혁하고자 한다. 그런데 정과리 본인 또한 지배담론과 지배담론 비판이 빚어낸 사회의 일원이며, 그러한 사회와 관계를 맺고 있는 개인이라는 점을 간과하면 안 된다. 그것을 간과한다면 다음과 같은 물음을 던질 수밖에 없다. 정과리 자신 또한 자신이 그토록 비판하는 사회의 일부가 아닌가? 정과리의 말처럼 80년대에 이념지향적 문학을 했던 작가들이 "근본주의적 정념"을 가진 자들이고, 그들의 정념이 "세상의

---

18 정과리, 「한국 비평의 현상학」, 『문학이라는 것의 욕망』, 역락, 2005, 269쪽.
19 정과리, 「80년대의 시 생산-서설:정황과 시 생산의 조건」, 『스밈과 짜임』, 문학과 지성사, 1988, 27쪽.

모든 근본주의가 그렇듯 그것은 편협성을 위한 편협한 욕망"이었다고 한다면, 그 편협성은 누가 평가하는 것인가? 자기 자신은 그러한 편협성에 일조한 바가 없는가?

이러한 비판으로부터 벗어나기 위해서는 사회에 대한 비판을 넘어, 사회의 일원인 자기 자신에 대한 비판과 점검이 필수적이다. 지배담론과 지배담론 비판의 구조적 동일성을 분석하고 그 구조에 대해 비판하는 일은, 최종적으로 그러한 사회의 일원인 자기 자신에 대한 비판이어야 한다는 말이다. 정과리는 그러한 비판을 수행했을까. 1970년대와 80년대 시의 전반적 경향을 짚은 글인 「시적 태도의 자리옮김」[20]은, 정과리가 자기 자신에 대한 비판의 필요성을 인식하고 있었음을 보여준다.

이 글에서 정과리는 70년대 시를 "현실로부터 숨거나 비켜서 있다는 처지의 부끄러움", 80년대 시를 "현실의 심부에서 현실과 정면으로 대결하려는 의지"라 분석한다. 대부분이 그의 글이 그러하듯, 이 글 또한 문학 자체만의 변화를 살피지 않고 한국사회의 변화 속에서 문학적 변화를 살핀다. 정과리에 따르면 70년대는 "외국 문화의 지배로부터 한국 문화를 독자적으로 정립할 수 있"는 인식의 체계를 만든 시기이고, 80년대는 그것을 확실한 믿음으로 떠안은 시기이다. 80년대 시가 현실과 정면으로 대결하려는 의지를 가질 수 있었던 건, 바로 이러한 사회적 배경 때문이다. 그런데 정과리의 분석에 따르면 80년대 시인들은 70년대 시인의 부끄러움을 외면하거나 건너 뛴 것이 아니다. 그들은 오히려 "부끄러움을 온몸으로 받아들이고 그것을 새로

---

20 정과리, 「시적 태도의 자리옮김」, 『문학, 존재의 변증법』, 문학과지성사, 1985.

운 실천으로 변환"시켜 새로운 진실함을 창조했다. 자신들 또한 '부끄러움'의 일부였다는 사실을 시인할 때, 비로소 대결은 시작된다.

> 집이 적이라는 깨달음은 어떤 방식으로 살든 현실의 억압적 논리와 맞부딪치지 않을 수 없으며, 그런데도 집으로 숨어들려는 마음가짐은 현실의 억압을 몰지각하거나 외면하려는 부정적 충동에 불과하다는 것의 깨달음이다. 현실 편승적 요소의 게워냄은, 현실의 억압을 구성하는 것은 우리 외부의 압제적 세력이지만 동시에 우리 자신이 그 억압의 조장에 참여하고 있다는, 즉 우리가 현실의 일부이다라는 인식의 결과이다. 현실의 억압을 조장하는 것이 우리 자신이라는 것은, 현실의 부정적 구조를 부수고 새로운 현실을 만들어낼 것도 우리 자신일 수밖에 없다는 것의 다른 말이다.[21]

정과리의 말처럼, 지금의 현실을 만들어 낸 것은 '우리' 자신이다. 그러므로 현실의 변혁을 위해선 80년대 시인들이 70년대 시인들의 부끄러움을 끌어안았듯, 자신이 시대의 모순과 부정적 구조의 일부이자 그것을 만들어 낸 존재라는 것을 인지해야만 한다. 정과리는 그러한 지점들을 읽어내며, '우리'에 대한 비판의 중요성을 강조한다. 요컨대 정과리는 80년대 시인들의 시를 통해 자기 자신을 점검하고 있는 셈이다. 황지우의 시에서 자기반성적인 시선을 읽어내는 것[22], 문자 문화와 디지털 문화를 비교하며 디지털 문화가 구조적으로 자기반성적 장치를 결여하고 있다고 분석한 것[23]은 이와 같은 맥락으로 이해

---

21 정과리, 위의 글, 문학과지성사, 1985, 106~107쪽.

22 정과리, 「안녕/파탄;떠남/묶임;연속/단절」, 『존재의 변증법2』, 청하, 1896.

23 정과리, 「프리암의 비상구」, 『뫼비우스 분면을 떠도는 한국문학을 위한 안내서』,

가능하다. 이러한 자기반성적 시선은 정과리 특유의 화려한 이론구사와 논리적 수사들과 맞물릴 때 큰 울림을 만들어 내는, 정과리 비평의 가장 큰 강점이다.

5. 반성이 결여된 지점들

지금까지 살핀 바에 따르면 정과리는 변증법을 통해 대척점에 있는 담론들의 구조적 동일성을 파악하고, 자기반성적 시선을 통해 모순적인 사회에 발 딛고 서있는 개인과 문학에 대한 비판적 시선을 확보한다. 정과리에게 변증법이 사회를 파악하기 위한 비평적 도구라면, 자기반성적 시선은 도구를 손에 쥐게 하는 비평적 동력이라 할 수 있다. 이러한 자기반성적 시선이 정과리라는 비평가가 오랜 기간 비평 활동을 할 수 있게 만든 원동력이라는 사실은 틀림없다. 그러나 때때로 그의 글은 변증법을 통한 구조적 동일성을 파악과 거리가 멀기도 하고, 자기반성적 시선을 결여하고 있기도 하다. 그럴 때의 정과리는 "'담론 기술자'"[24]라는 비판으로부터 자유로울 수 없다.[25]

'문학과지성'에 대한 정과리의 접근이 그 대표적 예다. 정과리의

문학과지성사, 2016.

24 신철하, 「비평의 생태학」, 『역사의 천사』, 행복한책읽기, 2001, 47쪽.

25 이에 대해선 김명환 또한 지적한 바 있다. 김명환은 정과리의 평론집 『무덤 속의 마젤란』에 대해 "전반적으로 『무덤 속의 마젤란』에서 언급되는 시작품들은 시를 읽고 발견하기 위해서가 아니라 평론가 자신의 논리를 펴기 위한 도구나 소재로 등장하는 경향이 있다."고 지적했다. 김명환, 「새로운 연대를 위한 비평의 열정」, 『창작과비평』, 2000년 여름호, 287쪽.

스승인 김현을 중심으로 구성된 '문학과지성' 동인은 4·19라는 새로운 자의식을 가진 공동체였다. '문학과지성' 동인, 그리고 그들이 발행한 계간지인 『문학과지성』이 한국문학에 미친 영향은 상당한 것이어서 이 글에서 다 언급할 수는 없다. 다만 이 글에서 살피고자 하는 건 정과리가 '문학과지성'을 어떻게 바라보았느냐는 것이다. 모든 일이 그렇듯, 명이 있으면 암이 있는 법이다. '문학과지성' 또한 몇 가지 비판받을 지점들이 있었고, 정과리 또한 그러한 지점들에 대해 잘 알고 있던 듯하다. 그는 「『문학과지성』에서 『문학과사회』까지」[26]라는 글에서 '문학과지성'에 제기되었던 비판들을 짚으며, 그에 대한 자신의 생각을 밝힌다. 그가 보기에 '문학과지성' 동인에 대한 비판적 견해의 핵심은 크게 두 가지다. 하나는 '문학과지성'이 추구했던 모더니티가 궁극적으로 서양의 것과 다를 수 없기 때문에 그들이 추구한 모더니티는 결국 자생성이 없다는 것이다. 이에 대해 정과리는 이러한 "비판은 과거에 대해서는 적실하지만 미래에 대해서는 그렇지 않"으며 이에 대해서는 "'인공 선택'과 '장기 생성'[27]의 개념을 제시한 바 있다"

---

26 정과리, 「『문학과지성』에서 『문학과사회』까지」, 『뫼비우스 분면을 떠도는 한국문학을 위한 안내서』, 문학과지성사, 2016.

27 '인공 선택'과 '장기 생성'은 정과리가 「인공선택과 장기 생성으로서의 근대문학」(『문학이라는 것의 욕망』, 역락, 2005)이라는 글에서 제시한 개념이다. 그에 따르면 "인공선택에 의해서 한국의 근대문학은 서양의 그것을 그대로 모방하지 않는다. 아무리 모방하려고 애써도 모방되지 않는다. 그것은 원본으로부터 이탈하는 돌연변이의 원소들을 많이, 다양하게, 다층적으로 품고 있으며, 그 원소들에 의해서 한국 근대문학의 양태는 고유한 자율적 체제를 이루며 생장하게 된다."(81쪽) 이 논리를 '문학과사회' 동인에 적용시키면, 그들이 추구했던 모더니티는 하나의 인공 선택이며 한국적 돌연변이를 생성시키는 자율적 체제를 생장시키는 것이다. 그러므로 정과리의 입장에서 볼 때 '문학과지성' 동인에 대한 비판은 과거에만 적실할 뿐, 앞으로 생성될 돌연변이에 대해서는 적실한 것이 아니다.

고 답한다. 이러한 답변은, 이식자체가 중요한 것이 아니라 그것을 받아들이는 태도가 중요하다는 그의 문학사적 관점과 어우러져 논리적 일관성을 갖는다. 문제는 두 번째 비판에 대한 그의 답변이다. 그가 파악한 두 번째 비판은 '문학과지성' 동인과 제3공화국이 한국인의 주체성 회복이라는 공통된 목표를 내세웠으니, 결론적으로 "제3공화국의 주도자들이 정치·경제에서 한 작업과 4·19세대가 문학에서 한 작업은 동일하다는"것이다. 이에 대해 정과리는 네 가지 명제로 답한다. 첫째, "'주체성'에 대한 욕망은 인간이라면 누구나 벗어날 수 없"다. 둘째, "주체성의 욕망과 주체성의 환상을 혼동할 수는 없"다. 셋째, "모더니티는 본질적으로 '모순'의 시대고 그 모순이 모더니티의 동력"이다. 넷째, "제3공화국의 주도 세력과 문화로 망명한 4·19세대 사이에는 목표는 같았으나 방법이 달랐거나 아니면 같은 목표와 전혀 다른 목표를 동시에 가지고 있었"다. 여기서 주목해봐야 할 답변은 네 번째 답변이다. 정과리의 말대로, 박정희로 대변되는 제3공화국과 '문학과지성' 동인이 추구한 주체성은 달랐다. 박정희가 내세운 주체성이 민족 내지는 국가적 차원의 것이라면, '문학과지성' 동인이 추구한 주체성은 "민족주의의 배타성과 억압성에 포획되지 않는"[28]것이었다. 그러나 정과리가 「민중문학론의 인식 구조」에서 보여주었듯, 방법이 다른 것과 논리 구조가 유사한 것, 그리고 유사한 결과가 도출되는 것은 별개의 문제다. 그렇다면 '문학과사회' 동인 또한 민중문학론이 그러했듯, 당대의 지배 담론과 구조적으로 동일할 가능성은 아예

28 송은영, 「『문학과지성』의 초기 행보와 민족주의 비판」, 『상허학보』 43집, 상허학회, 2014, 40쪽.

없는 것일까. 이 지점에서 박수현의 연구[29]는 참조점이 될 만하다.

박수현은 1970년대를 양분한 계간지인 『문학과지성』과 『창작과비평』의 논리 구조가 박정희의 담론과 구조적 유사성을 가지고 있다고 분석하는데, 그에 따르면 박정희라는 지배 담론과 양계간지라는 저항 담론은 "엘리트주의와 위계화의식"을 통해 "대중을 가르치는 자와 가르침을 받는 자로 분할"했다. 또한 그들은 '건전'이라는 키워드를 통해 "도덕주의를 내재화"하고자 했으며, 도덕주의를 통해 각자 자신의 담론을 정당화하고자 했다. 정과리는 '문학과사회' 동인에서 "'새로운' 문학을 위한 엘리티즘"을 읽어냈으면서도, 그것을 박정희 담론과의 구조적 유사성과 연결시키지 않았으며, 그러한 '폐쇄성'을 "공공영역의 시범적 모형"이라고 과잉의미화하기까지 한다. 어쩌면 이러한 과잉의미화는 김현과 자신의 선배세대에 대한 "존경과 선망이 너무나 지나"친 나머지 무조건적인 "신비주의"[30]로 흐른 결과가 아닐까. 물론 이러한 추측은 과한 것일지도 모른다. 그러나 다른 대상에 대해 말할 때는 구조적 동일성과 모순을 날카롭게 파악하는 정과리가 유독 김현과 '문학과사회'에 관계된 글에서는 그 날카로움을 보여주지 못한다는 점만은 분명하다.

한때 한국평단의 화두였던 '문학권력론'에 대한 비판 또한 짚고 넘어가지 않을 수 없다. 정과리는 문학권력론의 핵심을 잡지 편집권이라 해석하며, "내가 당신을 인정하지 않으면, 당신이 다른 지면을 만

---

29 박수현, 「1970년대 문학과 사회의 도덕주의-『창작과비평』·『문학과지성』·박정희 대통령의 담론을 중심으로」, 『우리어문연구』 55집, 우리어문학회, 2016.

30 하상일 외, 「무덤 속의 비평-정과리의 『무덤 속의 마젤란』 비판」, 『주례사 비평을 넘어서』, 한국출판마케팅연구소, 2002, 310쪽.

들면 된다."[31]고 말한다. 그러나 문학권력론의 핵심은 단순 지면의 문제가 아니었다. 문학권력론은 '지면'으로 대변되는 제도권을 중심으로만 비평적 사유가 가능했던 한국문학의 상황과 제도권에서 형성된 에콜을 비판하는 '사회문화적 맥락'을 품고 있는 비판이었다.[32] 정과리가 이런 맥락들을 모르지는 않았을 것이다. 그래서인지 정과리는 90년대 한국문학이 "문학만의 영역으로 강제로 그리고 동시에 자발적으로 유폐되었"다며, 그 어떤 진창에서 벗어나기 위해서는 제대로 된 문학사회학으로 나아가야 한다는 점을 강조한다. 문학이 문학만의 영역에 유폐된 것, 그것은 문학과 사회의 상호독립성을 인정하지 않았던 정과리에게 큰 문제였을 것이다. 그 문제는 그가 볼 때 한국문학 "내부를 곪게 하였"고 "생산적인 논쟁 대신 감정적인 고함들을 난무케 하였"으며 "유폐를 자발적으로 받아들이면서" "동시에 바깥으로부터의 침범을 무차별적으로 허용하는 원인"이자 "바깥의 유혹에 거리낌 없이 몸을 내주게 하는 요인"[33]이었다. 정과리의 이러한 진단이 맞는지에 대해선 자세한 검토가 필요할 듯 보인다. 다만 그가 90년대 이후의 한국문학 지형에 어떠한 변화가 있다고 파악했고, 그 원인으로 한국의 정치·사회적 변화를 지목했다는 점만큼은 분명하다. 그가 지목하는 이 변화는 너무나 거대한 것이어서, 한 명의 힘으로는 막을 수 없는 필연적인 것이었다. 그러므로 이러한 변화, 그리고 '문학권력론'

---

31 정과리, 「한국 비평의 현상학, 두 번째」, 『문학이라는 것의 욕망』, 역락, 2005, 258쪽.

32 임영봉, 「한국문학 제도성에 대한 비평의 성찰」, 『오늘의 문예비평』, 2005년 여름호, 37쪽.

33 정과리, 앞의 글, 271쪽.

과 같은 변화 이후의 문학 자체가 정과리의 책임일 수는 없다. 다만 그런 필연 속에서 스스로를 유폐한 한국문학을 비판하고 싶다면, 문학현장에 계속 머물러 있던 비평가 정과리 자신에 대한 자기반성이 동반되었어야 하는 것은 아닐까. 자신이 그토록 비판하는 변화에 대해 정과리 자신의 지분은 과연 전혀 없었을까.[34] 애석하게도 "현실의 억압을 구성하는 것은 우리 외부의 압제적 세력이지만 동시에 우리 자신이 그 억압의 조장에 참여하고"있다는 정과리의 자기반성은, 그가 90년대 문학을 비판하는 지점에서는 모습을 드러내지 않는다. 어쩌면 이는 이 시기의 정과리가 그답지 않게 "지금 낡아빠진 꼴을 하고 무심히 버려져 있는 저 옛날의 비평을 되살려보고 싶다는 욕망"[35]이라는 노스텔지어에 젖어있었기 때문은 아닐까.

6. 맺음말

최근의 정과리는 여전히 동시대 문학에 적극적으로 개입하는 비평가로서도 활동하지만, 근대시의 생장을 살피는 연구자로서의 활동에 조금 더 치중하고 있는 듯하다. 최근에 출간한 두 권의 연구서[36]는 그

---

34 이 부분에 대해선 신철하의 지적을 참고할 만하다. "엄밀히 말해 사소성에 빠진 오늘의 한국비평은 그에게도 해당되어야 할 사안인데도, 정작 자신은 몸을 뺀 채 익명화된 타자를 향해 삿대질을 하고 있는 것은 도대체 무슨 의도일까?" 신철하, 앞의 글, 56쪽.

35 정과리, 「책머리에」, 『네안데르탈인의 귀환-소설의 문법』, 문학과지성사, 2008, 12쪽.

36 정과리, 『'한국적 서정'이라는 환(幻)을 좇아서』(문학과지성사, 2020); 『한국 근대

산물들이라 할 수 있다. 이러한 행보는 “문학적 환경과 문학적 주체 사이의 불화”를 극복하고자 “문학성을 다른 시선에서 조망”했던 문학사 방법론에 대한 글[37]의 연장선상에 있는 것처럼 보인다. 한국 근대시에 대한 그의 작업들은 한국문학 전체의 측면으로 보자면 매우 의미 있는 것으로, 숙독을 요한다. 그러나 한 명의 독자로서는 2024년의 정과리가 자기반성적 시선을 가지고 쓴 동시대 한국문학에 대한 글을 읽고 싶다. 이러한 바람이 이뤄질 때, 한국문학은 물론이거니와 한국문학을 산출한 한국사회 또한 깊이 있는 반성의 시선을 확보할 수 있을 것이다.

시의 묘상 연구』(문학과지성사, 2023).

37 김동식, 앞의 글, 205쪽.

하정일의 비평세계

학술운동으로서 연구/비평, 민족문학론, 복수(福數)의 근대

고명철

1. 진보적 학술운동의 연구/비평의 존재양식

하정일(1959~2015)의 비평세계는 작금의 한국문학비평에 어떤 비판적 성찰의 공부거리를 제기하는가. 이에 대해 문학비평가 김명인의 발언에 귀 기울여보자.

> 하정일은 아무도 더 이상 민족문학을 말하지 않을 때 민족문학의 명분을 지켜 온 몇 안 되는 인물 중의 하나이며 갈수록 더 민족문학의 중요성을 강조해 온 거의 유일한 이론가라고 할 수 있다. 그리고 그의 민족문학론은 80년대 후반 그대로 화석화된 것이 아니고 90년대 초반의 근대성 논의와 90년대 이후 풍미해왔던 탈근대담론들과의 대결을 통해 연단된 보다 세련된 형태의 것이다. 그의 민족문학론은 전통적인 제3세계 민족해방론과 분명히 연결되어 있기는 하되 통상적으로 제3세계 민족해방론에 대해 가해지는 또 하나의 억압적인 근대담론에 불과하다는 비판에

> 의연하게 맞서고자 하는 새로운 민족문학론이다. 이것은 그가 자신이 후기식민론이라고 지칭하는 각종의 '탈식민주의론'들에 대한 면밀한 검토를 거쳐 민족문학론을 급진적 탈식민주의의 흐름 속에서 재영토화한 결과이다.[1]

위 발언은 하정일의 비평 전모를 적확히 꿰뚫고 있다. 그것은 한국근대문학사의 응전의 산물인 진보적 민족문학론이 하정일 비평의 바탕을 이루고 있는바 부단한 반성적 성찰과 쇄신 속에서 민족문학론의 자기갱신을 위한 치열한 고투를 펼치고 있다는 사실이다. 민족문학의 종언을 피력한 바 있는 김명인에게[2] 하정일의 민족문학론은 일제의 식민지배와 제2차 세계대전 후 냉전의 국제질서 아래 분단체제의 질곡을 겪고 있는 한반도와 동아시아의 현실에서 결코 무관심할 수 없는, 그렇지만 비평과 실제에서 1990년대 이후 현실정합성이 현저히 약화됨으로써 그 담론적 위력과 유효적실성이 점차 사그라들고 있음을 직시할 때 비판적 검토의 대상이다.

이와 같은 하정일 비평의 쟁점에 대해서는 본론에서 자세히 논의하는 대신 김명인의 위 발언의 그늘에 자리한 음화(陰畫)를 음미해보는

---

1 김명인, 「민족문학론과 동아시아론의 비판적 검토」, 『민족문학사연구』 50집, 민족문학사학회, 2012, 464쪽.

2 김명인, 「지상토론: 90년대 문학계의 신쟁점을 논한다」, 『실천문학』 1995년 여름호. 관련하여, 김명인의 다음과 같은 언급은 '민중적 민족문학'의 기치를 내세웠던 그로서는 자기결단의 충격적 발언이다. "이제 '민족문학'은 끝이다. 깃발을 내림은 물론 문도 닫아야 한다. '반제·반봉건 민주주의 민족혁명'의 문학적 교두보로서의 민족문학, 프롤레타리아 계급혁명을 위한 문학적 통일전선전술의 담지체로서의 민족문학, 그 어느 편이든 오늘날 우리 삶이 총체성을 다 끌어안기에는 이제 너무 낡았다."(위의 글, 176쪽)

것은 어떨까. 1990년대 전후 급변한 현실 속에서 백낙청과 최원식을 중심으로 한 '창비'의 비평적 에콜을 제외하고 진보적 민족문학론―이후 민족문학론의 갱신으로서 분단체제론과 동아시아론―을 이론적으로 궁리할 뿐만 아니라 그것의 실제 비평의 동력이 약화되고[3] 있는데도 불구하고 하정일이 여전히 민족문학론을 붙들고 씨름할 수 있는 것은 어디에서 연유하는 것일까. 우선, 그의 동세대 비평의 활동 양상을 주목할 필요가 있다. 그처럼 1980년대에 대학 시절을 보냈던 문청들 중 비평가로서 활동은 기존 제도권(신춘문예 또는 문예지)의 등단 절차를 거치든지, 아니면 이러한 공식 제도권과 다른 문예운동 차원에서 발행한 무크지(단행본과 잡지가 결합한 새로운 형태의 매체)를 통해서든지, 그것도 아니면 학술운동 차원에서의 문학연구자가 자연스레 비평 활동을 겸하게 되는 경우가 있다. 이 세 경우 비평 활동과 글쓰기에서 편차가 있지만, 학술운동으로서 비평적 아비투스(habitus)는 하정일의 비평세계를 살펴보는 데 간과할 수 없는 요인이다.

그러니까 하정일은 애초 문학비평가로서 독자적 자의식을 기반으로 한 비평적 글쓰기를 펼친 게 아니라 1980년대 진보적 학술운동의 실천 속에서 한국근대문학(사)에 대한 진보적 쟁점을 연구하는 연구자로서[4] 진보적 민족문학론의 현실 응전에 대한 그 이념적·실천적 유

---

3 민족문학(론)의 이러한 동향은 그 단적인 사례로서 (사)민족문학작가회의가 2008년 12월 8일 제21차 정기총회에서 '한국작가회의'로 조직의 명칭을 공식 변경한 것을 들 수 있다. 이와 연관하여, 문학운동사의 차원에서 '민족문학작가회의'의 주요 운동의 쟁점을 중심으로 한 통시적 조감은 1990년대 이후 점차 민족문학(론)의 동력이 약화되는 것을 살펴볼 수 있다. 고명철, 「진보적 문학운동의 역경과 갱신-'민족문학작가회의'의 문학운동을 중심으로」, 『흔들리는 대지의 서사』, 보고사, 2016.

효적실성을 최대한 비평적 글쓰기로 육화한다. 이것은 하정일 비평의 모럴과 그 구체적 실현으로서 글쓰기의 전모를 이해하는 데 유념해야 할 내용이다. 그는 1970년대의 유신체제가 종언은커녕 그와 또 다른 1980년대 신군부의 독재 시절에 맞선 민족민주운동과 사회변혁운동의 일환인 학술운동의 거시적 맥락 속에서 신경향파 문학과 카프 문학을 공부하면서 자연스레 민족문학론을 벼리게 된다.[5] 통상 문예매체를 시발점으로 한 비평가들이 작품론 또는 작가론 등 문예적 글쓰기를 축적하면서 자신의 비평담론 체계를 구축하고 있음을 볼 때, 하정일의 경우 다시 강조하듯, 학술운동의 과정에서 한국근대문학(사)의 진보적 문학 연구에 매진하는 과정에서 단련한 민족문학론이므로, 이것은 '하정일 연구자'에게 연구자로서의 모럴과 존재의 안팎을 구성할 뿐만 아니라 당시 예의 비평의 존재양식이 문학 현장과 연관을 맺고 있는 것을 중시한 하정일 비평의 아비투스인 셈이다. 따라서 민족문학론에 대한 연구와 비평이 한몸이 된 주체에게 그것은 어떤 추상적 담론이 아니라 주체와 함께 운명을 하는, (언어도단이 될 수 있을지 모르지만,) 주체의 활물성을 띤 그 담론에 갇히지 않으면서 그 담론의 경계를 넘어 심지어 그것과 이형태로 비쳐질지 모르지만 그것보다 좀 더 완숙한 존재로 갱신될 수 있다. 물론, 이 도정에서 난관이 기다릴

---

4 하정일의 이러한 한국근대문학사에 대한 탐구는 그의 동세대 연구자들과 함께 작업한 김재용·이상경·오성호·하정일, 『한국 근대민족 문학사』(한길사, 1993)가 단적으로 보여준다.

5 하정일은 그의 첫 저서 『민족문학의 이념과 방법』(태학사, 1993)의 2부와 3부에 수록된 글의 대부분이 그의 박사논문이라는 사실을 밝히는데, 카프 문학과 해방기 민족문학론에 대한 연구 성과로 이뤄져 있다.

것이고, 그 힘겨운 길 위에서 생산적 토론 거리들이 제출될 터이다.

2. 1980년대 진보적 문학과 자유주의문학에 대한 비판적 검토

하정일의 비평세계를 검토할 때 그의 「80년대 국문학 연구의 현황과 90년대의 새로운 모색」은 그의 비평적 아비투스를 이해하는 데 매우 기초적 문건이다. 학술운동으로서 비평적 주체가 정립되는 과정이 그 이전 세대와 어떤 면에서 변별되는지를 '80년대 국문학 연구의 세대론적 의미'의 측면에서 매우 쟁점적으로 살피고 있다. 이를 정리하면, 크게 네 가지인바,[6] ― ① 1980년 신군부의 정치적 폭압인 광주 체험 세대로서 마르크스주의적 연구방법론의 세례를 받았다는 것, ② 마르크스주의의 영향으로 우리 문학에 대한 급진주의적 연구가 진행되었다는 것(프로문학, 해방직후 진보적 민족문학, 북한문학), ③ 소장 국문학도들이 1980년대 문학운동의 중심에 서면서 국문학 연구와 문학운동의 연관을 이룬 것, ④ 1980년대 소장 연구자들이 이전 세대와 단절론적 시각으로 자신의 세대 정체성을 형성한 것 등을 살펴보면, 앞서 언급한 하정일의 비평적 아비투스와 그 비평의 존재양태를 짐작할 수 있다. 그리하여 그는 그의 동세대 비평이 이전 세대의 "실증주의적이고 보수주의적인 연구 풍토에 대한 이데올로기적 전복 효과"[7]로서

---

6 하정일, 「80년대 국문학 연구의 현황과 90년대의 새로운 모색」, 『민족문학의 이념과 방법』, 태학사, 1993, 47~49쪽.

"프로문학론이 차지하는 역사적 위상과 의의를 가치 평가하려는 적극적인 노력을 보여"[8]줌으로써 "프로문학이 민족문학 내에서 갖는 원래의 위상을 복원"[9]하는 데 역점을 두었다는 점을 역설한다. 이것은 "식민지 시대 변혁운동의 특수성에 대한 진지한 고민 속에서 나온 주체적 대응의 산물"[10]이란 점에서 이로써 "민중주체 민족문학의 관점"[11]을 확보해내었고, 이것은 우리의 근대문학을 새롭게 재규정하는 래디컬한 비평의 준거를 득의(得意)했다는 점에서 연구/비평의 변곡점이다.

그런데 하정일의 예의 동세대 비평에서 예의주시할 게 있다. 민족문학론의 이념적 구성과 실재 면에서는 내부의 치열한 논쟁을 감안하더라도 그와 동세대의 진보적 문학 연구/비평에서 민족문학론이 급격히 퇴화되고 있을 때 하정일은 도리어 그의 민족문학론의 갱신에 고투한다. 이 도저한 비평의 힘은 어디에서 생겨나는 것일까. 이것은 자신을 포함한 동세대 비평을 향한 자기비판을 두려워하지 않았기 때문이다. 하정일도 1990년대 초반 1980년대 연구/비평이 득의한 진보적 민족문학이 위기에 처해있다는 것을 직시한다. 그러면서 그는 민족문학의 이념이면서 방법적 원리인 리얼리즘의 본질과 역사를 세밀히 살피되, 그와 동세대인 1980년대의 소장그룹에 대해 비판적 시선을 거두지 않는다. 그의 비판은 1980년대 소장그룹의 진력했던 그들 세대의 정체성, 즉 마르크스주의적 문예주의로 단련한 사회과학적 연

---

7 위의 글, 55쪽.
8 같은 글, 55쪽.
9 같은 글, 56쪽.
10 같은 글, 56쪽.
11 같은 글, 55쪽.

구/비평이 이전 세대와 단절시각을 취함으로써 "70년대의 리얼리즘적 전통과 유산이 제대로 계승되지 못하는 문제점이 드러나"[12]는바, 직시해야 할 것은 "80년대 말 소장그룹의 좌편향성의 밑바닥에는 잘못된 변혁관이 깔려 있"[13]다는 것이다. 이 "스탈린주의적 변혁관이 낳은 폐해는 당파성에 대한 비역사주의적 해석, 노동자계급 헤게모니에 대한 선험적이고 당위적인 집착, 민주주의변혁에 대한 전술적 접근, 연대의 방식과 범위에 대한 교조주의적 이해 등이다."[14] 하정일의 이 같은 매서운 비판은 아주 적실하다. 그는 동세대 비평이 쟁취한 시대의 민주변혁운동의 일환으로서 학술문예운동에 전념하였고, 그것의 성취로서 '민중주체 민족문학'의 연구/비평의 준거를 득의하였으나, 세대론의 인정투쟁에 함몰된 채 우리 문학이 지닌 리얼리즘의 종요로운 창조적 유산을 온전히 그리고 제대로 계승하지 못한 단련되지 못한 연대의식, 그리고 국가사회주의로서 스탈린주의에 맹목화된 그의 동세대 비평의 급진주의를 가차없이 비판한 것이다. 그러므로 하정일이 제안하는 "부르주아 민주주의/프롤레타리아 민주주의라는 양분법이 아니라 민주주의 일반의 완성이라는 관점에서 양자를 통일적으로 바라보아야 한다는 것"[15]은 지금도 경청할 만한 하정일이 견지하는 민족문학론의 비평적 진실이다.

여기서, 민족문학론을 정립하는 과정에서 하정일의 또 다른 비판적 성찰을 눈여겨볼 필요가 있다. 그것은 「자유주의문학론의 이념과

---

12 하정일, 「민족문학의 이념과 방법」, 『민족문학의 이념과 방법』, 114쪽.

13 위의 글, 115쪽.

14 같은 글, 115쪽.

15 같은 글, 115쪽.

방법」에서 그가 예각적으로 수행하고 있는 자유주의문학론에 대한 비판적 성찰이다. 이것은 하정일의 1980년대의 학술문예운동에서 주목할 사안이다. 그에게 "문학적 자유주의란 바로 소시민적 전망/반리얼리즘의 편에 서는 문학적 경향"[16]으로, 부르주아 민주주의와 프롤레타리아 민주주의의 변증법적 통일로서 민주주의 완성을 추동하는 '민중주체 민족문학'이 부정하고 갱신시켜야 할 문학 일반이다. 그래서 하정일은 자유주의문학론의 뿌리인 김현과 『문학과 지성』, 그리고 『문학과 사회』를 중심으로 자유주의문학론의 맹점을 신랄히 비판한다. 그 비판의 핵심은 자유주의문학론의 금과옥조인 문학의 자율성을 자칫 문학의 고립성으로 이해해서는 안 된다는 것, 문학의 역할은 '비판적 해석'에 자족하는 것을 넘어 세계변혁을 위한 주체적 실천을 수행해야 한다는 것, 어떤 중심을 해체하는 게 아니라 '중심 있는 다원주의'를 추구해야 한다는 것, 따라서 자유주의문학론에 대한 자기비판과 민족문학을 향한 갱신의 길로 나가야 한다는 데 있다.[17]

이처럼 학술문예운동으로서 연구/비평을 정립하기 시작한 하정일에게 1980년대의 진보적 문학과 자유주의문학에 대한 비판적 검토의 도정을 통해 급변하는 국내외의 정세와 현실 속에서 유연하게 대응할 수 있는 그의 진보적 민족문학론이 구축하게 된다.

16 하정일, 「자유주의문학론의 이념과 방법」, 『민족문학의 이념과 방법』, 122쪽.
17 위의 글, 123~143쪽.

3. '민주주의 변혁-민족문학-리얼리즘-예술적 총체성'의 연구/비평 구도

'불의 시대'로 비유되는 1980년대를 관통하면서 87년 체제의 한국 사회는 형식적 민주주의가 정착되기 시작하고, 현실사회주의 붕괴에 따른 진보적 사회운동의 이념적 기반의 동요가 심해지고, 각종 포스트필리아(post-philia) 징후의 엄습 아래 '개인'과 관련한 신종 담론들이 폭증한다. 한국문학도 예외가 아니다. 진보적 진영의 리얼리즘 계열에 있는 민족문학의 급격한 위축과 쇠퇴, 1980년대 민족문학의 명맥을 가까스로 유지하는 후일담문학의 성행, 심지어 이러한 1980년대의 민족문학에 대한 청산주의 등이 난마처럼 뒤엉키는 형국이 1990년대 한국문학의 풍경이다. 그렇다면 하정일의 비평은 이 난관을 어떻게 헤쳐갈까.

이와 관련하여, 몹시 흥미로운 것은 한국을 포함하여 전 지구적 시계(視界)를 대상으로 한 자본주의 세계체제의 변화무쌍함을 더 이상 '총체성'의 프레임으로 합리적 사유를 한다는 게 불가능하다는 사실이 광범위하게 아주 강한 설득력을 얻고 있는데도 불구하고 하정일은 '총체성의 회복'을 기획한다. 그는 총체성의 회복을 통해 쇠락해가는 민족문학의 자기갱신에 혼신의 힘을 쏟는다. 여기서 상기하고 싶은 것은 앞서 살펴보았듯이, 하정일 비평의 존재양식은 학술문예운동으로서 연구/비평이 한몸을 이루고 있어 그에게 가령 '총체성'의 개념은 급변한 현실 속에서 유효성이 상실된 채 외면하거나 비껴감으로써 새로운 개념을 애오라지 찾아내는 데 애쓸게 아니라 '총체성'이 지닌 역사철학적 함의를 숙고하고 비판적 검토를 통해 그것의 인식적 활력을 복원하는 데 총력을 기울이고 있다는 점이다.[18] 여기에는 "총체성이란 '주어진 것'인 동시에 '만들어 가는 것'이므로 총체성을 '인식'하면서 '만들어 가는', 정확히 말해 실천적으로 인식하는 주체를 본질적 구성 부분으로 한다."[19]는, 즉 총체성을 사유할 때 핵심인 '실천적 인식의 주체'를 결코 소홀히 간주할 수 없기 때문이다. 총체성에 대한 그의 사유가 돋보이는 점은 "모든 사물들과 현상들의 연관관계를 인과적으로 맺어나가는 인식의 방법 혹은 전략을 의미"[20]하는 것이 총체성이듯, 이 총체성은 정태적이고 고정된 것이 아니라 변화하는 현실에 능동적으로 대응하는 유동적 생성의 동력을 갖고 있으므로 예의 동력학을 인식하는 주체 역시 총체성의 본질적 구성을 이룬다는 점이다. 게다가 "문학을 포함해서 모든 근대적 사유의 기초를 이루는 (…) 총체성은 문학적 근대성의 핵심"[21]을 이루며, "민족문학이 근대성의 실현을 위한 문학이념"[22]이라는 점이 문학사의 실증이 뒷받침하듯, 하정일에게 총체성은 1990년대 이후 소용이 없어 폐기처분되는 천덕꾸러기로 전락한 퇴행적 개념이 아니라 보다 천착하고 숙고함으로써 그 진면목

---

18 1990년대 후반 IMF와 신자유주의가 한국사회의 모든 분야에 강력한 영향력을 미치는 가운데 민족문학에 대한 잇따른 비판이 제출된다. 민족문학의 형해화(形骸化) 속에서도 하정일은 '해방의 근대성'과 '대안적 근대'에 대한 민족문학(론)의 기획을 포기하지 않는다. 그는 리얼리즘의 맥락에서 루카치와 제임슨의 '총체성' 관련 논의와 쟁점을 꼼꼼히 재구하면서 총체성의 복원을 궁리한다. 하정일, 「리얼리즘의 가능성」, 『20세기 한국문학과 근대성의 변증법』, 소명출판, 2000, 22~24쪽.

19 하정일, 「근대성과 민족문학」, 『20세기 한국문학과 근대성의 변증법』, 소명출판, 2000, 107쪽.

20 위의 글, 107쪽.

21 같은 글, 106쪽.

22 같은 글, 105쪽.

을 재발견하고 벼려야 할 민족문학의 자기갱신을 도모하는 생산적 개념이다. 그리하여 하정일은 1990년대 이후 한국사회를 읽어내는 열쇳말로서 근대의 역동성을 "**민주주의 변혁-민족문학-리얼리즘-예술적 총체성**"[23]의 구도로 파악한다.

그렇다면 하정일이 이처럼 구축하고 있는 민족문학론은 그의 연구/비평에서는 어떤 구체적 모습을 보여줄까. 1990년대 중반 민족문학의 위기와 해체의 움직임이 표면화될 무렵 본격문학과 상업문학의 경계가 허물어지고 있는 것을 대표적으로 보여주는 사례로서 유수 출판사에서도 상업주의 대중소설이 잇따라 기획 출간되었다. 이은성의 『소설 동의보감』(창작과비평사, 1997), 이인화의 『영원한 제국』(세계사, 1993), 장정일의 『너에게 나를 보낸다』(김영사 1992) 등이 그것이다. 이에 대해 하정일은 90년대 이후 문학과 출판 상업주의의 결탁이 전면화됨에 따라 '역사의 상품화', '이념의 상품화', '성의 상품화' 등 문학의 상품화가 급속도로 팽배해지고 있는 문학 안팎의 현실을 래디컬하게 비판한다.[24] 그 비판의 초점은 1990년대 이후 포스트모더니즘 문학의 논리가 아닌, 제임슨이 지적하듯이 후기자본주의의 문화논리, 즉 대중의 소비자본주의 문화감각에 충실한 출판 상업주의가 지배하는 것일 따름이기에, 근대소설의 서사 정신과 원리에 충실해야 한다는 점이다. 이것은 "근대성의 중심원리이자 근대의 역동성을 가능케 해준 원동력"[25]으로서 주체의 자기 성찰에 투철한 작품에 대한 비평이다. 그리고

23 같은 글, 116쪽.

24 하정일, 「후기 자본주의와 근대소설의 운명」, 『20세기 한국문학과 근대성의 변증법』, 140~148쪽.

25 위의 글, 151쪽.

이 비판적 성찰은 그가 벼려온 '**민주주의 변혁-민족문학-리얼리즘-예술적 총체성**'의 비평 구도와 부합한다. 역사와 이념과 성을 상품화하는 문학이 그렇듯이 인간과 세계에 대한 총체성에 무관심하고 파편과 부분과 해체의 기교에 따른 몰주체적 쾌락에 집착하는 한, 그리고 오직 자본과의 교환가치로서 상품성을 확보하는 물건에 자족하는 한 그러한 반리얼리즘 문학예술이 민주주의 변혁에 대해 요원할 수밖에 없는 것은 불을 보듯 뻔한 일이기 때문이다.

이렇듯이 하정일의 민족문학론에 토대를 둔 비판적 실제 비평은 하근찬의 문학에 대한 재평가를 하는 연구에서 한층 돋보인다. 무엇보다 하정일은 하근찬의 문학에 대해 새로운 논의를 전개한다. 그것은 하근찬의 문학을 1950년대 전후소설사에 배치하는 그간의 문학사적 평가를 전복시킨다. 여기에는 한국문학사의 자동화된 인식이면서 시대구분이기도 한 1960년대의 문학을, 하정일이 매섭게 비판하고 있듯, '문지'의 비평 에콜-자유주의문학론이 논리화한 4·19세대의 인정투쟁을 중심으로 한 1960년대의 문학사에 대한 인식의 오류를 날카롭게 비판하고 있음을 주목해야 한다. 왜냐하면 1960년대의 문학사에 대한 이러한 인식은 문학사의 실재에 적합하지 않기 때문이다. 이것은 하근찬의 문학을 하정일 특유의 민족문학론의 프레임으로 논의하는 데서 입증된다. 그리하여 하정일은 하근찬의 「수난이대」를 포함한 문제작을 면밀히 검토하면서 "한국전쟁에 대한 대응 방식의 민족적·민중적 특성을 재확인할 수 있다. 이러한 민족적·민중적 특성은 가족/마을 공동체의 전통이 여전히 견고하게 남아 있던 제3세계 고유의 집단 무의식이란 점에서 전후소설의 보편주의를 넘어 한국전쟁의 제3세계적 특수성에 접근하는 데 결코 무시할 수 없는 기여를

하고 있다."[26]고 하근찬의 문학이 지닌 민족문학이 한국의 국민문학에 갇히지 않고 식민주의와 제2차 세계대전을 겪은 '탈식민-냉전'의 문제의식을 지닌 전 지구적 문학과 연대의 지점을 확보한다. 분명, 하근찬에 대한 이러한 논의는 4·19세대 중심으로 1960년대의 문학을 살펴봄으로써 1960년대 문학사의 주류가 진보적 민족문학이 이렇다할 움직임도 없고 그에 따라 문학적 쟁점도 부재하다는 평가를 일소해준다. 다시 강조하건대, 하정일의 하근찬에 대한 논의 역시 '**민주주의 변혁-민족문학-리얼리즘-예술적 총체성**'의 연구/비평에도 유효적실하다는 것을 입증해준다.

이것은 1970년대 말 조정래의 단편소설이 지닌 문학사적 가치를 새롭게 평가하는 데도 두루 해당한다. 흔히들 조정래의 유명작 대하소설 『태백산맥』과 『아리랑』이 거둔 민족문학의 성취에 올인하는 가운데 그의 문학적 토대가 되는 유신체제 말기 단편소설에 대한 연구/비평을 등한히 하기 십상이다. 하정일의 민족문학론이 미더운 것은 당대의 문학 현장에 기민한 비평 실천을 하는 것도 중요하되, 바로 이처럼 연구자로서 그의 민족문학론의 건실한 시각을 갖고 조정래의 또 다른 면모에 천착하는 비평적 성실성이다. 그리하여 "민중 주체적 근대화의 가능성에 대한 집요한 탐색"[27]을 궁리해낸 것은 하정일이 주목한 조정래의 민족문학이 거둔 값진 성찰이 아닐 수 없다. 중요한 것은 조정래의 1970년대 말 단편소설에서 도출한 '민중 주체적 근대

26 하정일, 「한국전쟁의 시공간성과 60년대 소설의 새로움」, 『20세기 한국문학과 근대성의 변증법』, 334쪽.

27 하정일, 「대안적 근대화를 향한 조심스러운 탐험」, 『20세기 한국문학과 근대성의 변증법』, 377쪽.

화'가 '자본주의적 근대화'와 구별되고 넘어서는 '대안적 근대'로 이어지고 있는 문명사적 전회의 문학적 상상력의 산물임을 하정일이 주목하고 있다는 점이다.

4. '탈식민'과 '복수(福數)의 근대'를 기획·실행하는

1990년대를 관통하면서 민족문학론은 백낙청의 분단체제론을 중심으로 한 이중의 근대(근대적응과 근대극복), 최원식의 동아시아론 등으로 자기갱신의 길을 힘겹게 모색한다. 하정일의 경우 지금까지 살펴봤듯이 '**민주주의 변혁-민족문학-리얼리즘-예술적 총체성**'의 연구/비평의 구도로 민족문학론의 현실정합성과 갱신에 진력한다. 그리하여 그는 21세기의 길목에서 '대안적 근대'를 추구하기 위한 인식론의 전회를 수반한 민족문학론의 또 다른 갱신을 도모한다. 그것은 '탈식민'과 '복수의 근대'로 압축할 수 있다. 그는 이를 위해 "'탈식민'을 향한 한국 내외부의 '최선의 전통'을 풍부하게 학습, 전유하는 것이며, 또한 여전히 (신)식민 상황에 처한 주변부 지식인으로 스스로를 위치시켜 그 저항의식과 비평정신을 나날이 단련시켜 왔던 것이다."[28]

사실, 하정일의 이러한 비평적 문제의식은 '탈식민'과 '복수의 근대'란 개념이 정립되지 않았을 뿐이지 그의 연구/비평의 안팎을 이루고 있는 문학적 쟁점인바, 1990년대 후반 한국사회가 IMF체제의 블

---

28 최현식, 「복수의 근대를 향한 '탈식민'의 도정」, 『민족문학사연구』 62집, 민족문학사학회, 2016, 327쪽.

랙홀로 흡수되고 신자유주의가 전 지구적으로 전횡하면서 새롭게 전면화된 민족문제는 민족문학론에 대한 새로운 공부거리를 떠안겨주면서 하정일은 그 특유의 연구/비평에 정진한다. 그가 1999년에 발표한 「탈식민주의 시대의 민족문제와 20세기 한국문학」과 『탈식민의 미학』(소명출판, 2008) 및 『탈근대주의를 넘어서-탈식민의 미학 2』(역락, 2012)는 이와 관련하여 주목할 업적이다. 그러면 이들 문헌 중에서 '탈식민'과 '복수의 근대'와 관련한 그의 주요 논의를 소개해보자.

> 우리는 이제 **비민족주의적 민족 인식**, 곧 저항적·민중적 민족주의의 성과는 적극 계승하면서도 민족주의 특유의 자민족 중심주의와 자본주의 극복 전망의 부족을 지양한 새로운 민족 인식을 모색해야 할 시점에 서있다.[29](**강조**-인용)

> '**복수의 근대**'는 근대의 민족적 다양성과 특수성에 주목해 서구의 근대와는 다른 새로운 근대의 가능성을 모색하려는 노력을 가리킨다. 요컨대 '복수의 근대'란 **비(非)자본주의적 근대 기획들의 총칭(總稱)**인 셈이다.[30](**강조**-인용)

> 한국 근대문학의 **탈식민성을 재조명하는 작업은 민족문학의 세계성 혹은 전지구적 보편성을 밝히는 일**과 직통한다고 (…) 세계문학은 완성된 어떤 것이 아니라 지금도 형성 중에 있는 현재진행형이다. (…) 지금 한국문학은 그야말로 진퇴의 기로에 서 있다. 자본주의의 시장 시스템에 흡수될 것인가, 아니면 **지구화 시대의 새로운 문학적 급진성**을 창출해낼

---

29 하정일, 「탈식민주의 시대의 민족문제와 20세기 한국한학」, 『20세기 한국문학과 근대성의 변증법』, 54쪽.

30 위의 글, 63쪽.

것인가.[31](**강조**-인용)

하정일뿐만 아니라 한국근대문학사의 진보적 민족문학론에서 간과해서 안될 것은 우리가 추구하는 최량(最良)의 높은 차원에서 궁리하는 민족문학은 유럽발(發) 근대에서 똬리를 틀고 있는 자민족중심주의로 수렴되는 협애한 민족주의는 물론, 이를 바탕으로 한 제국주의와 자본주의적 근대의 첨병으로 작동하는 패권적 시장주의로 기능하는 이념태가 아니다. 그러므로 “민족주의 문학이 자신의 사상적 한계를 극복할 때에만 비로소 민족문학으로 고양되는 것”[32]이며, 이렇게 고양된 민족문학은 ‘비민족주의적 민족 인식’을 실천한다. 이것은 유럽중심주의를 전면화한, (하정일의 표현을 빌리자면) ‘단수의 근대’[33]가 기획 실행한 것들에 대한 총체적 부정과 저항을 가리키듯, 하정일은 이를 ‘복수의 근대’로 개념화한다. 특히 이 개념이 주목되는 것은 ‘단수의 근대’가 지닌 거시적 미시적 문제에 대한 비판에 머물지 않고 그 대안을 적극 모색하고 있는데, ‘비자본주의적 근대 기획들’을 제안한다. 이것은 하정일에게 ‘대안적 근대’를 구체화하고자 하는 비평의 원대한 공부거리일 뿐만 아니라 그의 연구/비평에서 쉼 없이 정진해온 민족문학론의 갱신의 과제가 자연스레 맞닿을 민족문학의 세계성과 전지구적 보편성을 궁리하는 문명사적 탐구를 향한 막중한 일이 아닐 수 없다. 무엇보다 기존 관성화된 유럽중심주의 세계문학의 질

31 하정일, 「책머리에」, 『탈식민의 미학』, 소명출판, 2008, 7쪽.

32 하정일, 「탈식민주의 시대의 민족문제와 20세기 한국문학」, 『20세기 한국문학과 근대성의 변증법』, 47쪽.

33 하정일, 「서론-탈식민의 역학」, 『탈식민의 미학』, 20쪽.

서를 탐구하는 데 대한 비판적이고 전복적 성찰의 도정에서, "제3세계의 근대야말로 식민주의에 대한 간단없는 저항을 통해 서구 근대의 일색화(一色化)를 견제하고 근대의 새로운 길을 모색하지 않을 수 없도록 강제한 유력한 거점"[34]을 '탈식민주의'로서 민족문학의 갱신을 노력하고 있는 하정일의 연구/비평의 열심과 성실성을 아무리 강조해도 지나치지 않을 터이다.

그런데 이러한 하정일의 '탈식민'과 '복수의 근대'를 추구하기 위해 문학 연구/비평에서 새롭게 공을 들이는 비평의 전략을 주시할 필요가 있다. 그것은 '수행적 읽기(performative reading)'다. 텍스트주의의 대척점에 있는 수행적 읽기는 제3세계의 역사와 현실 속에서 민족을 이해한다. 텍스트를 이루는 언어적 담화의 미적 구현물로만 읽어내는 것이 텍스트주의라면, 수행적 읽기는 텍스트 담론의 주체인 민족의 사회적 실천과 그 담론의 정세효과 및 담론의 맥락적 의미와 실천적 효과에 비중을 두는 비평이다. 하정일이 '수행적 읽기'를 주목하고, 그것이 지닌 '대안적 근대'를 이루는 탈식민의 상상력의 문학적 세목을 묘파한 것은 그의 민족문학론의 갱신의 도정이 민족문학의 이념적 문제만을 사유하는 데 머물지 않고, 그가 기획하는 민족문학의 미학의 차원으로까지 그 연구/비평의 범주를 심화 확산시키고 있다는 점에서, 감히 말하건대, 그 선배 세대의 민족문학론자들(최일수, 정태용, 김병걸, 장일우, 김순남, 백낙청, 임헌영, 구중서, 최원식 등)보다 한층 도약하는 이론적 실천을 보인다. 물론, 그의 '수행적 읽기'에 대해 비판의 여지가 없는 것은 아니다. 이것은 다음 장에서 남은 과제로 논의를

34 위의 글, 22쪽.

잠시 미뤄둔다.

이처럼 '탈식민'과 '복수의 근대'를 모색하는 하정일은 한국근대문학의 빼어난 민족문학의 유산(신채호, 염상섭, 최서해, 강경애, 이태준, 임화, 김정한 등)을 대상으로 한 집중적 연구/비평의 성과를 축적한다. 이 외에 1990년대 이후 21세기로 들어서면서 이른바 풍속론적 문학연구를 비롯한 문화론적 문학연구의 흐름에 대한 하정일의 비판적 성찰을 빼놓을 수 없다. 이러한 문학연구의 동향이 21세기 한국문학 연구의 흐름으로 자리잡고 있음을 주시할 때, 하정일의 비판은 선견지명이 아닐까. 그는 미적 자율성=미적 근대성=미적 저항의 도식에서 가장 우려스러운 것은 미적 자율성 개념이 철저히 서구중심적 범주인데, 이것은 탈식민적 문제의식이 결여된 것임을 적확히 비판한다. 그러면서 그 바탕에는 '사회로부터 유리된 내면이 선험적으로 존재한다'는 편견에 사로잡혀 있는 '개인' 이데올로기가 작동하고 있음을 꿰뚫는다. 그리하여 대중으로서 익명의 개인은 개개인의 유일무이한 특이성의 차이들이 평균화되는 풍속화의 과정으로 재편되는데, 풍속론적 문학연구에서 작품이 자칫 풍속 연구의 자료적 차원으로 전락함으로써 문학이 지닌 반성적 성찰과 변혁의 힘은 휘발되기 십상이라는 점을 하정일은 날카롭게 지적한다.[35] 왜냐하면, 풍속론적 문학연구를 비롯한 문화론적 문학연구가 거시적 담론이 아닌 미시적 담론의 방식으로 제국의 식민주의 문화의 복잡한 기제를 흥미롭게 해부한다고 하지만, '개인'의 이데올로기에 대한 래디컬한 비판적 성찰이 철저하지 못한 예의 문학연구는 서구중심의 근대, 곧 '단수의 근대'가 지닌 분열증

35 하정일, 「'개인'의 이데올로기를 넘어서」, 『탈식민의 미학』, 136~150쪽.

적 매혹에 사로잡히기 십상이기 때문이다.

5. 향후 과제: 전면적으로 재검토되어야 할 하정일의 '수행적 읽기'

이 글을 맺으면서, 대단히 안타까운 점을 고백하지 않을 수 없다. 지금까지 살펴봤듯이, 진보적 민족문학의 이념적 원리와 그 개별적 존재에 대해 연구/비평에 진력해온 하정일은 '대안적 근대'를 모색한 '복수의 근대'에 대한 문제의식을 제출하고 그것과 연관한 종요로운 공붓길을 지속하지 못한 채 2015년에 세상을 떠났다. 민족문학의 세계성을 새롭게 탐구하고 자본주의적 근대화를 슬기롭게 넘어 민중 주체적 근대화를 모색하고자 한 하정일의 민족문학론의 원대한 기획·실행은 우리에게 그 선진적 성취에 대한 생산적 토론거리를 제공해준다.

하정일의 민족문학론에 대한 애정어린 비판적 대화는 지금부터 본격적으로 펼쳐져야 할 것이다. 여기서는 관련한 몇 가지를 쟁점적으로 제기해보면서 글을 맺고자 한다.

하정일이 작고하기 전 총력을 쏟은 것은 '복수의 근대'를 향한 연구/비평이었다. 그것의 중핵은 서구중심의 '단수의 근대'에 대한 저항과 창조적 극복으로, 말하자면 유럽중심주의 근대 사유를 비판하는 것이다. 그의 이러한 각고의 노력은 한국근대문학사에 대한 집중적 탐구와 개별 비평에서 충분히 입증된다. 하지만 그럴수록 좀 더 세밀히 들여다볼 필요가 있다. 하정일의 민족문학론의 토대를 이루는 리얼리즘의 이념적 방법적 원리와 그 실재는 유럽의 합리주의적 철학의 계보로서 이미 시민권을 확보한 칸트-헤겔-마르크스의 근대 계몽주체의 연원에 뿌리를 두는바, 여기에다 동유럽 및 옛 소련의 진보 담론을 비롯하여 구미의 진보 담론을 유효적실하게 섭취하고 있음을 알 수 있다. 그러니까 하정일의 연구/비평의 대지에서 구미의 진보 담론의 전통을 간과해서 곤란하다. 이것은 하정일을 비롯한 동세대 1980년대 소장그룹의 지적 동향과 크게 다르지 않다. 다만 본문에서 하정일이 스탈린주의에 대해 매섭게 비판했듯이 그는 진보 담론 내부에 있는 교조주의적 급진적 담론에 대해 조금도 양보하지 않았던 것을 기억해두자.

이처럼 하정일의 이론적 토양에 대해 문제를 제기하는 데에는, 그가 피력한 '복수의 근대'가 아무리 서구중심의 자본주의적 근대화와 '단수의 근대'를 비판하고 넘어서는 원대한 기획을 하고 있지만, 그의 이론적 토양을 고려해볼 때 엄밀히 말해 유럽발 근대적 사유로부터 자유롭지 못하다. 그가 그토록 추구하던 민족문학론의 갱신 속에서 씨름하는 민중 주체적 근대화를 통해 이르고자 하는 '해방의 근대성'이 민족문학의 미학 차원에서 어떤 구체적 실재로 현재화(顯在化)되고 있는지 현재까지 그가 보이는 연구/비평의 성과로는 미흡하기 때문이다. 이것은 하정일도 너무나 잘 알고 있는 듯하다. 그래서 그는 '수행적 읽기'를 쟁점화한다.

이 '수행적 읽기'가 중요한 이유는 기존 텍스트주의와 변별됨으로써 텍스트주의가 거느리고 있는 자유주의문학론의 근간인 미적 자율성의 이론적 토양, 곧 서구중심의 '단수의 근대'에 대한 창조적 저항 속에서 '대안적 근대'인 '복수의 근대'를 풍부히 읽어낼 수 있기 때문이다. 그러니까 '수행적 읽기'는 하정일이 1980년대부터 매진해온 그리고 힘겹게 모색해온 민족문학론의 자기갱신에 대한 구체적 물성(物性)을 입증한다는 점에서 아주 중요하다. 거듭 강조하듯, 하정일의 민족문학론은 '수행적 읽기'의 작업을 통해 민족문학의 세계성을 확보하고 유럽중심주의 세계문학을 창조적으로 극복하면서 새로운 세계문학을 주체적으로 구성하는 역할을 보증하는 데 초점이 맞춰져 있다. 하지만 안타깝게도, 그의 '수행적 읽기'가 기존 텍스트주의가 전략화하는 언어의 구조 혹은 구조의 언어로 이뤄진 흡사 언어의 감옥에서 자유롭기 위해 작품과 그것의 안팎을 이루는 물성에 대한 맥락을 중시하는 것이라면, 이러한 연구/비평은 저 숱한 서구의 진보 담론들, 특히 마르크스주의 계보의 담론들(정통 마르크스주의는 물론 후기마르크스주의 및 포스트마르크스주의 등을 포괄)이 공유하고 있는 정치사회적 실천과 관계를 맺는 것과 크게 다른 점이 없지 않을까.

그래서 하정일이 그토록 염원하던 '복수의 근대'와 관련한 미학으로서 '수행적 읽기'에 대한 비판적 성찰이 요구된다. 나는 기회가 있을 때마다 '구술성(口述性, orality)'과 '연행성(演行性, performance)'을 연접시킨 '구연성(口演性)'의 미적 수행성을 강조하듯, 텍스트주의의 근간인 '문자성(文字性, literacy)'이 점유한 근대의 글쓰기-읽기 일변도가 아니라 '문자성'과 '구연성'이 회통하는 '구연적 상상력(oral performative imagination)'의 글쓰기-읽기야말로 서구중심의 근대문학의 미학에 구속되는 것으로부터 해방될 수 있다.[36] 그리하여 '다(多)

---

36 고명철의 『세계문학, 그 너머』(소명출판, 2021)는 이에 대한 문제의식이 바탕을 이룬다. 이후 나는 관련한 문제의식을 심화 확산시키는 공부를 하고 있는데, 「탈식민 냉전 속 동아시아 하위주체의 '4.3증언서사'」, 『탐라문화』 67호, 제주대 탐라문화연구원, 2021; 「'탈식민-냉전'과 '65년 체제'에 대한 한국문학의 서사적 대응」,

보편성(pluriversality)'과 '대안적 근대'에 대한 새로운 세계문학을 구성할 수 있는 것이다. 여기서 이 구연적 상상력의 글쓰기-읽기에 대한 자세한 설명 대신 '구연성'의 미적 수행성이 하정일이 야심차게 제안하는 '수행적 읽기'의 '대안적 근대'와 '복수의 근대'는 공유하되, 그것의 구체성 말 그대로 '수행성' 담론의 전술 전략 차원에서는 크게 다르다는 점을 강조해두고 싶다.

가령, 이에 대해서는 하정일도 새롭게 평가하고 있는 김정한의 일제 말 단편 「월광한」(1940)에 대한 분석에서 고스란히 드러난다. 하정일은 「월광한」이 일제 말 국책문학에 협력한 작품이 아니라 등장인물 해녀가 부르는 제주 민요와 춤이 지닌 조선적 특수성의 맥락을 염두에 둘 때 일제 말 제국의 동양주의에 포섭될 위험성을 안고 있지만 그것은 현실 일탈과 포섭의 경계선에 놓인 혼종의 정치적 저항의 효과를 갖는 것으로 읽으며 이것을 '수행적 읽기'의 한 사례로 들고 있다. 그런데 백번 양보하여, 「월광한」을 친일협력하지 않은 것으로 읽는 데에는 전적으로 동의한다 하더라도, 하정일의 '수행적 읽기'는 작품을 아주 '꼼꼼히 읽기(close reading)'하면서 텍스트가 지닌 역사현실의 맥락을 놓치지 않고 파악하는 마르크스주의 비평의 탁월한 수행 그 이상도 이하도 아니다. 그에게는 조선적 특수성과 동양주의 사이의 팽팽한 길항과 그것을 횡단하면서 혼종의 매순간이 일어나는 담론의 정치적 효과가 중요한 것이고 이를 '수행적 읽기'로 명명한 것이지,

『한민족문화연구』 80집, 한민족문화학회, 2022; 「동아시아의 '탈식민-냉전'과 젠더폭력, 그리고 '구연적 재현'」, 『후마니타스포럼』 9권 2호, 경희대 교양교육연구소, 2023 등 참조.

등장인물 출가해녀(出嫁海女)의 고된 육체 노동을 위무하는 제주 노동요와 관련한 춤과 제주어가 자연스레 버무려진 구연성이 작품 내부의 다른 요소들과 어떻게 어우러져 탈식민의 상상력을 서사적으로 재현하고 있는지에 대한 독법 자체가 없다. 따라서 「월광한」은 이러한 구연적 상상력의 서사적 재현으로서 하정일의 '수행적 읽기'보다 한층 담론의 수행성을 적극화한 글쓰기-읽기의 전략을 궁리해야 할 과제가 제기된다. 이것은 출가해녀의 구연성이 보증하듯, 그 구연성이 함의한 '복수의 근대'야말로 서구중심의 근대의 또 다른 판본인 일제의 '단수의 근대'에 대한 창조적 저항이자 전복이며, 이로부터 해방된 세계를 추구하는 것이기 때문이다.[37]

끝으로, 덧보태고 싶은 것은 하정일이 미처 주목하지 못한 사안으로, 만일 그가 생존하여 민족문학론의 갱신에 진력한다면, 최근 전 지구적 문제로 절실하게 대두되고 있는 이른바 '글로벌 사우스(global south)', 곧 아프리카, 아시아, 라틴 아메리카 권역의 민중 주체적 근대화의 현안들과 한국문학이 어떤 문학적 쟁점을 갖고 연대하고 생산적 토론의 공붓길을 갈 것인가에 대한 탐문을 가열차게 가져야 한다. 그렇다면, 이런 도전적이고 해체적 물음도 두려워해서는 안 될 것이다. 하정일이 기획·실행하고자 하는 '탈식민'과 '복수의 근대'를 향한 연구/비평에 정진하되, '민족문학'의 깃발은 그만 내릴 때가 되지 않았는가. 그리고 그의 이론적 정립마저 '민족문학론'이란 기표를 애써 고집할 필요가 있을까. 한국근대문학사에서 진보적 민족문학이 유연

37 이에 대해서는 고명철, 「제주의 '출가해녀'를 통한 일제 말의 비협력의 글쓰기」, 『흔들리는 대지의 서사』, 보고사, 2016.

한 현실 대응력을 벼리고 있음이 실증되고 있는 터에 '민족문학(론)'의 기표 없이도 앞서 살펴봤듯이, 새로운 세계문학에 적극 참여하는 원대한 연구/비평의 기획·실행은 얼마든지 가능하고, 그 도저한 잠재력도 담대히 펼칠 수 있기 때문이다. 아마도 하정일이 생존해 있다면, 그는 우리에게 이 질문들에 대해 어떤 고민거리를 던져줄까.

격변의 시대,
비평의 부재 속 '비평 이성' 실천하기

1990년대를 지나온 평론가 한기의 비평 궤적

양수민

1. 80년대 비평의 흐름과 90년대 비평의 진단

한기(본명 한형구)는 1959년 전라북도 정읍시 출생으로 서울대학교 국어국문학과를 졸업하여 동대학원에서 문학박사까지 취득했다. 그리고 1988년 서울신문에 「식민지 시대의 소설적 모험-복거일론」이 당선되어 비평 활동을 시작했다. 그의 비평 활동은 크게 80년대 비평에 대한 성찰로 시작하여 90년대 비평을 진단하는 두 가지 양상으로 요약된다. 한기는 이념적 투쟁이 종식된 이후, 문학의 정치성이 위축되고 공격의 방향을 상실했던 시대에, 문학뿐만 아니라 사회문화적인 변화를 폭넓게 사유하며 문학의 역할을 재고해보는 작업에 몰두했던 비평가라고 할 수 있다. 그는 문화사회학적 접근을 통한 사회비평, 문학비평, 메타비평 등 특정 분야에 제한되지 않는 비평을 성실히 수행함으로써 인식의 지평을 확대해갔다. 그의 첫 번째 평론집 『전환기의 사회와 문학』(문학과지성사, 1991)은 산업 정보 사회화로 격변하는 1990년대 문학의 전망을 일관성 있게 제시하고 있다는 점에서 한기 평론의 출발점으로서의 의미를 보여준다. 이 평론집은 80년대 문학사에 대한 분석을 통해 90년대를 전망함으로써 87년 이후 이념의 공백 상태가 초래한 혼란 속에 문학이 가져야 하는 방향성을 제시하고 있다. 평론집의 전체 맥락을 관통하고 있는 글로는 「위기의 문학, 문학의 위기-전환기의 사회와 문학」(1990년 겨울)이 주목된다.

> 문제는 기왕의 정치적 금기 영역이 사라지게 됨으로써 그 동안 일정 정도 문학이 담당해올 수 있었던 정치적 담론 수행의 역할이 의외로 축소되는 결과를 빚을 수도 있다는 사실이며, 한편 과학 기술의 발달과 더불어 새롭게 부상하는 **여러 첨단 문화 양식의 대두는 상대적으로 기왕에 문학이 대행해왔던 폭넓은 사회문화적 기능의 폭을 축소시키게 됨으로써 문학은 그야말로 문화의 변방으로 내몰릴 가능성이 크다**는 사실이다.[1]

한기는 문학의 상업화, 입시 위주의 학교 교육, 생산과잉과 소비부진의 이중 질곡, 작가적 실존의 위기 등의 문제를 지적하며 "인식론적 위기의 시대"(11쪽)로서 90년대를 바라본다. 이 문제의식의 결론은 문학의 질적 위기와 그에 따른 비평의 위축이라는 것인데, 어느 시대건 논쟁점이 되어온 문제인 만큼 뚜렷한 해결책을 제시하는 지점

---

1 한기, 「위기의 문학, 문학의 위기-전환기의 사회와 문학」, 『전환기의 사회와 문학』, 문학과지성사, 1991, 14쪽.

까지는 나아가지 못했다. 사회문화적 조건과 문학사를 세밀하게 분석하며 문제점들을 명확히 지적하고 있지만 결국 90년대의 전망은 '불확실성'과 '유동성'이라는 단어로 일축되는 다소 허무한 결론으로 귀결되는 양상을 보인다. 한기의 표현대로 "숨가쁘게" 변화하는 사회의 속도를 뛰어넘어서 미래를 전망하기란 불가능에 가까운 시대적 한계가 있었음을 고려하지 않을 수 없다. 90년대는 리얼리즘과 모더니즘을 비롯하여 논쟁거리가 다원화된 시대임에도 불구하고 생산적인 비평의 기능이 부재하는 시대라고 평가되는 이유 역시 같은 맥락일 것이다.[2]

그러나 90년대가 정말로 비평적 무능의 시대라고 진단하기는 어렵다. 80년대 지배 이데올로기의 급작스러운 소멸로 그동안 문학사를 지배해온 정치적 비판의식이 전망을 상실하게 되었지만 90년대는 "근대적인 모순과 부조리는 물론 그것에 의해 억압받고 배제되어 온 것들이 귀환하는 그런 시대"[3]로 거대 담론이 사라지면서 다양한 문제들이 드러난 시대라고도 할 수 있다. 다만, 90년대의 비평 실천이 실제로 어떠했는가와 87년 이후 90년대의 비평을 진단하는 것은 다른 맥락으로 이해될 필요가 있다. 중요한 것은 87년 체제 성립 이후 90년대를 문학과 비평의 위기로 이해하는 근거가 무엇인가 하는 것이다. 다시 말해, 거대 이념이 소멸한 90년대의 비평을 위기라고 진단하는 근거가 얼마나 80년대적인 시각이었는지를 살펴봐야 한다는 것이다.

---

2 이재복, 「90년대 민족문학론과 신세대 문학론」, 『한국문학이론과 비평』 27호, 한국문학이론과비평학회, 2005, 382쪽 참조.

3 이재복, 위의 논문, 382쪽.

90년대를 전망하기 어려운 가장 큰 이유로 지적되는 것은 이념의 소멸이다. 사회의 총제적인 지향성이 사라지고 표피적인 민주화만이 달성된 80년대 후반, 작가들이 공유하던 민주화에 대한 문제의식이 이념의 탈진으로 인해 상실되면서 문학은 자동적으로 다원화의 길을 걸을 수밖에 없었다. 이러한 문학의 다원화를 질적 위기와 연결시키는 데에는 정치성을 문학의 중요한 수행성으로 보는 시각이 전제되어 있다. 그리고 이러한 시각은 지극히 80년대적인 것이다. 도래할 시대를 예단하는 데 과거의 흐름을 기반으로 하는 것은 당연한 것이지만 근본적으로는 '불확실성'을 내포할 수밖에 없는 모순을 안고 있다. 한기뿐만 아니라 많은 비평가, 학자들이 90년대를 일컫는 보편적인 수식으로 '전환기'라는 표현을 쓴 것처럼 80년대적인 시각으로는 격변하는 90년대를 정확히 예단할 수 없다.

앞서 말했듯이, 중요한 것은 90년대 진단의 불가능성이 아니라 '80년대적인 시각'에 기반한 진단이다. 80년대적인 시각을 통해 바라본 90년대가 문학과 비평의 위기라고 한다면 이는 어쩌면 1980년대 비평 담론이 90년대에 들어 유효성을 상실하게 되면서 느끼는 비평가로서의 불안과 혼란이 작동한 결과인지도 모른다. 더하여 90년대에 대한 부정적 진단에서 80년대에 대한 향수가 느껴지는 것은 문학의 정치적 역할에 대한 그의 확고한 믿음이 있기 때문이다. 이러한 시각은 자연히 실효성을 갖는 노동자문학('민중적 민족문학'), 분단문학의 요청으로 이어진다.

2. '민중적 민족문학'과 자본주의에 대항하는 글쓰기

민중적 민족문학론은 1980년대에 들어서면서 기존 민족문학이 소시민 계급만의 문학이라는 지적으로부터 파생된 이론으로서, 노동자를 핵심으로 하여 재구성된 민중의 문학을 의미한다.[4] 민족문학은 1970년대 백낙청을 필두로 한 『창작과비평』 그룹의 중심 담론이었으나 1980년대 후반에 들어서면서 이에 대한 실효의 문제가 제기되었다. 한기 역시 소시민의 민족문학에 대해서는 비판적인 입장이었는데, 이는 김명인의 「지식인문학의 위기와 새로운 민족문학의 구상」(『전환기의 민족문학』, 풀빛, 1987)이라는 글의 인용을 통해 설명되고 있다. 한기는 김명인이 제기하는 '민중적 민족문학' 논의가 "지식인문학 몰락의 불가피성"[5]을 서술함으로써 진보 지식인들에게 신선한 충격을 주었다고 평한다. 같은 맥락에서 『창작과비평』이 주창하는 변혁 주체로서의 민중 개념을 비판하는데, 그 내용은 엘리트로서의 진보적 지식인(소시민)에 대한 비판으로 요약된다.

> **소시민 계급에 기반을 두고 있는 지식인문학이란 소시민 계급의 몰락과 함께 동반 몰락이 불가피하다.** 그리하여 이제 우리 시대 진보적

---

4 민중적 민족문학론에 관해서는 강정구, 「1970~90년대 민족문학론의 근대성 비판」, 『국제어문』 38호, 국제어문학회, 2006; 홍정식, 「1980년대 민족·민중문학 논쟁 연구」, 『새국어교육』 78호, 한국국어교육학회, 2008; 전승주, 「1980년대 문학(운동)론에 대한 반성적 고찰」, 『민족문학사연구』 53호, 민족문학사학회·민족문학사연구소, 2013 참고.

5 한기, 「무크지 시대의 종언, 혹은 전환기의 문학적 움직임」(1988년 봄), 『전환기의 사회와 문학』, 문학과지성사, 1991, 30쪽.

> 문학의 주도권은 필연적으로 노동자 계급의 문학에로 전이될 것이다. 앞으로의 문학의 대세는 노동자문학이다. 지식인문학은 이제 노동자 계급에 봉사하는 문학으로서만 살아남을 수 있다. 우리 시대 진보적인 문학의 참다운 내용성은 요컨대 노동자문학 중심의 '민중적 민족문학'인 것이다.[6]

한기는 70년대 진보적 운동을 선두해온 『창작과비평』이 민중이라는 개념의 모호한 범주를 무책임하게 일괄하는 방식을 지속하면서 80년대에는 중심 세력으로부터 이탈할 수밖에 없었다고 설명한다. 앞서 설명한 것처럼, 현실의 대응 방침 혹은 지침으로서 문학의 기능을 중시하는 한기의 비평적 지향성은 자본주의 체제의 폭발과도 같은 팽창으로 인해 대두된 노동자 계급 중심의 변혁 논리가 이제는 시대착오적 산물이 되어버린 소시민 민족문학론을 대체해야 마땅하다고 본 것이다. 덧붙여 노동자 계급의 확대가 자본주의의 팽창과 직결된 문제라는 점에서 『창작과비평』의 담론은 자본주의에 대한 어떠한 해결책도 제시할 수 없는 무능의 상태에 놓이게 된다는 점을 지적한다. 또 실체가 없는 변혁 주체를 내세운 『창작과비평』의 논리는, "마치 자본주의가 스스로 몰락하기를 팔짱을 끼고 구경이나 하는 듯한 태도의 자본주의 자동 붕괴론자의 입장"[7]과 결코 다르지 않다고 강조한다. 더하여 통일 문학, 즉 분단에 대한 현상적·역사적 접근의 문학이 아니라 통일을 구체적으로 모색하고, 그러한 각도에서 지금까지의 냉전적 삶의 구조를 해체하며 새로운 삶의 형식을 추구하는 문학이 이루어져

6 위의 책, 29쪽.

7 위의 책, 28쪽.

야 한다는 문제에 있어서 소시민 리얼리즘은 아무런 대안을 제시하지 못한다고 평가한다. 이를 바탕으로 한기가 주목한 노동자문학의 작가로는 유순화, 방현석 등이 있으며, 이들 문학을 통해 '문학성'이라고 일컬어지는 질적 수준을 확보할 수 있으리라는 낙관적인 전망을 제시한다.

정리하면, 한기가 1970~80년대 『창작과비평』의 민족문학을 비판하면서 옹호한 '민중적 민족문학'은 노동자문학의 일환으로써 자본주의에 대항하는 글쓰기가 되어야 한다는 것이다. 이러한 한기의 비평 세계는 두 번째 평론집 『합리주의의 문턱에서』(강, 1997)를 통해 더욱 구체화된다. 그는 「90년대 소설의 전망-세 가지의 힘, 그리고 산업화」에서 산업사회화를 넘어 정보사회화로 변모되어 가는 자본주의 메커니즘 앞에서 노동자 계급의 해방을 위해서는 민중성의 회복이 필요하다고 주장한다. 즉, 민중성을 회복하기 위해 자본주의에 대항하는 글쓰기로서 '민중적 민족문학'의 가치가 증대될 필요가 있다는 것이다. 여기서 말하는 노동자 계급이란 70년대 산업사회화 담론에서 거론되는 것이 아니라 보다 다원화된 계급을 뜻한다. 1970년대 전태일 사건 이후로 대두되어 온 산업화의 문제가 아직까지도 청산되지 않고, 80년대를 거쳐 도시문제, 환경문제, 원자력문제, 농촌문제라는 갖가지 의제들과 결합하며 사태를 복잡하게 만들고 있다는 것이다. 90년대에 이르러서까지 민중성을 호명하는 것은 70년대부터 불거져 온 산업화의 문제가 해결되지 않고 있기 때문이며 "파시스트적인 속도"[8]로 발전하는 자본주의 사회에서 문제의 근원으로 돌아가기 위해

8 한기, 「후기 자본주의적 현실과 한국적 포스트모더니즘 문화의 탐색」, 『합리주의의

서 민중성이 요청된 것이다. 「후기 자본주의적 현실과 한국적 포스트모더니즘 문화의 탐색」에서 언급한 '소통의 위기'라는 표현으로 추측컨대 한기가 요청하는 민중성의 회복이란 '정보 사회화'로 인해 확산된 "'차가운 타인' 의식과 맹목적인 적대 의식, 그리고 점증하는 가족중심주의 혹은 직장 중심주의, 또는 소그룹 중심주의의 확산 경향"[9]에 대한 해결의 실마리가 아닐까.

후술하겠지만 한기가 '소통의 위기'에 대한 해결 방안으로 제시하는 개념은 민중성의 회복뿐만 아니라 합리성, 이성 등이 있다. 이는 하버마스의 이론에 영향을 받은 것으로 보인다. 하버마스는 유럽 근대의 합리성과 이성이 초래한 위기를 타개하기 위해서는 그에 대한 비판을 기반으로 그 내용을 재구성해야한다고 주장한다. 그는 이성과 합리성의 세계를 개별적 존재에서 상호적 존재로 이동시킴으로써 개인의 자기폐쇄적인 의식에서 벗어나 타인과의 의사소통을 통해 이성과 합리성의 세계를 재구성한다.[10] 이러한 하버마스의 '의사소통합리성'은 한기가 주장하는 '비평 이성' 그리고 분단문학이 지향해야하는 방향과 일맥상통하는 부분이 있다.

3. '비평 이성'의 요청과 분단문학

한기의 두 번째 평론집 『합리주의의 문턱에서』(강, 1997)는 첫 번째

의 문턱에서』, 강, 1997, 94쪽.

9 한기, 위의 책, 100쪽.

10 하상복, 『하버마스의 의사소통 행위 이론 읽기』, 새창미디어, 2022, 34~50쪽 참조.

평론집에서 맞닥뜨린 미해결의 문제, 전망의 불확실성에 대한 보다 구체화된 해결의 방향성을 제시하고 있다. 한기는, 사회가 숫자를 통해 기록되기 시작하면서 이룩한 형식적 합리주의를 문제시하고 새로운 합리주의 개념을 제시한다. 여기서 말하는 형식적 합리주의란 합리의 탈을 쓴 봉건주의에 다름 아니며 새로운 합리주의란 서구의 이성 개념과도 변별되는 한국의 이성적인 비판 의식이라 할 수 있다. 한기가 말하는 합리성이란 결국 이성적인 비판의 태도인데, 이는 임우기의 「'매개'의 문법에서 '교감'의 문법으로-'소설 문체'에 대한 비판적 검토」(문예중앙, 1993년 여름)에 관한 반박으로부터 시작된다. 먼저 임우기의 논의는 푸코를 통해 말해지는 이성에 의한 비합리성의 억압, 그 역사를 근거로 하는 합리주의에 대한 거센 비판이다. 한기는 전근대적인 비합리주의와 근대적인 합리주의의 간편한 구분에 대한 의문을 제기하며 "가장 오래된 합리주의의 역사를 가진 불란서에서의 반이성적 문제 제기와 우리의 짧은 합리주의 역사를 두고 쉽게 반이성의 기치를 내거는 것은 결코 같은 실천적 결과와 의미를 가져올 수 없다"[11]고 지적한다.

> 나의 주지는 요컨대 아직 한국의 합리주의가 취약한 상태에 있다는 것이며, 따라서 한국 합리주의의 역사가 아직 멀었다는 점이며, 이에 반해 합리주의에 대한 씨의 인식과 판단에는 오해와 성급함이 잔뜩 묻어 있다는 것이다. (…) 무너지는 아파트와 다리들, 매일매일의 사고와 부정부패, 징소리 한번 크게 울리고 모두가 눈치보기, 보신주의, 지역주의,

11 한기, 「합리주의의 문턱에서-합리주의 문학론 비판에 대한 반론」, 『합리주의의 문턱에서』, 82쪽.

> 그리고 참선의 정적. 가라앉는 한국의 신화 …… 숫자로만 이룩된 형식적 합리주의의 취약한 기반 위에서 지난 시대의 봉건적 유적들은 여전히 살아 숨쉬고 있는 것이다. (…) **돌이킬 수 없는 것에 대한 향수가 아니라, 바로 지금 이곳의 현실에서 시작하자고 하는 것이 합리적 사고의 방법**이다. (…) 이때의 이성이 반드시 서양인들 것만이 아니고, 우리 역사에 내재된 혹은 동양적인 합리성의 계발과 재창조가 요긴해질 수 있고, 실제로 오늘날 세계적인 문명의 중심 이동 현상은 동양 문명의 문명사적 재부상을 실감하고 있다. (…) 이제 유아독존 식의 주체 신화에 사로잡혀 있거나 기껏 정치적 열정으로만 추구되었던 1970년대식 제3세계론의 제한의 보편주의를 벗고, 가장 널리 개방적이면서 동시에 위축되지 않는, 말 그대로의 '**보편 이성**'의 개념으로 우리 모두가 근대 세계의 당당한 일원으로 살아나가는 삶의 자세를 갖출 필요가 있는 것이다.[12]

위의 인용문을 통해 미루어보건대, 논자가 말하고 있는 합리주의(이성)란 결국 아직까지도 미개발된 과제로서의 성격을 띄는 것이라고 할 수 있다. 따라서 명확한 개념으로 양식화되지 않은 상태에서 합리주의가 무엇인가에 대한 구체적인 설명을 비워둔 채 소거법의 형식으로 무엇이 합리주의가 아닌지 설명하는 방식은 "미적 합리성", "소통적 합리성", "목적적 합리성", "군사적 합리성" 등과 같은 무차별적인 수식과 만나며 의미를 더욱 불명확하게 만든다. 이는 비단 기술의 문제가 아니라 논자의 차원에서 합리주의의 내용이 명확하게 양식화되지 않았기 때문에 발생하는 문제다. 이러한 문제는 2019년 발간된 가장 최근의 비평집인 『비평 에스프리의 영웅들, 혹은 그 퇴행』(역락, 2019)이라는 평론집을 통해 일정부분 해소되어 나타난다. 한기는 「혼

---

12 위의 책, 77~81쪽.

돈 속의 사변: 서구적 비판 이성, 혹은 자유 지성의 역사－김우창론」이라는 메타비평을 통해서 합리주의에 대한 보다 발전된 설명을 제공한다. "끈질긴 비평의 推理"(133쪽)라는 김우창의 표현을 합리주의적 비평의 태도로 해독하며 이를 '비평 이성'이라고 명명한다. '비평 이성'은 서구 중심의 보편주의를 탈각하여 동－서양의 이성을 모두 아우르는 정신적 활동으로 설명되며, 이에 대한 한국의 실례로 4·19혁명을 제시한다.

한기는 4·19혁명이 사이비적인 군사적 합리성에 맞서는 비평 이성의 실천으로서 결국 실패로 끝났지만 4·19혁명의 정신이 문화적 합리성으로 남아 역사적 순기능을 담당해왔다고 설명한다. 그러나 꼭 집단적인 수준에서의 '비평 이성'만이 이성이라는 수식을 획득할 수 있는 건 아니며 반체제·반봉건적인 정신이라고 해서 모두 '비평 이성'이라고 말해서도 안 된다.[13] 여러 작품론에서 파편적으로 언급해온 합리성, 이성의 개념으로 보건대, '비평 이성'이란 결국 무감한 상태에 놓여있는 것들에 대한 현재적인 문제제기이며, 그것이 당대의 이데올로기로 설명될 수 있는 사건의 임계점을 초과한 시대적 변화의 촉발과 무조건적으로 연결되지는 않는다.

합리주의 개념의 구체성이 누락되어 있는 것과 별개로, 봉건제적

---

13 덧붙여 대표적으로 4·19혁명을 예시했지만 이 혁명 역시 4·19세대만의 주체적이고 능동적인 사건이라고 보기는 어려우며 "6·3세대, 유신 세대, 광주 세대 등으로 지칭되는 세대 간의 연속과 단절 그리고 다시 극복과 계승에 의한 세대 간 교섭의 문화적 변동이 끊임없이 있어왔으니, 그 과정에서 문화적 이성 내부의 분열과 대립과 갈등이 변증법적 이성 발전의 합목적적 요인으로 기능해왔던 사실 또한 무시해서는 안 되는 것"이라고 말한다.(위의 책, 84쪽.)

한국의 현실을 탈피하자는 탈구조주의적 입장에서 합리적인 문학으로 어떤 문학을 예시하는가에 대해서는 살펴볼 필요가 있다. 한기가 제시하는 합리주의적 소설로는 김승옥의 「무진기행」, 조세희의 「난장이가 쏘아올린 작은 공」, 이호철의 「소시민」 등이 있다. 김승옥의 「무진기행」에 대해서는 4·19세대 합리주의 소설의 대표형이라 칭하는데, 그 평가의 이유는 "1950년대 이후 한국 근대의 세계 일반의 실존 구조"[14]를 반영하고 있기 때문이다. 「난장이가 쏘아올린 작은 공」 그리고 「소시민」도 실존에 대한 근본적인 관심을 공유한다는 측면에서 합리주의적인 소설로 평가된다.

한기의 비평은 현실의 대응책으로서 문학을 바라보고, 그 사회적 기능을 중요시하기 때문에 사회에 대한 고찰이 동반된다는 특징이 있다. '민중적 민족문학'에 대한 동의도, 합리주의라는 개념의 제시도 결국은 문학뿐만 아니라 문학이 존재하는 사회문화적인 토대 자체를 변화시키려는 목적의식으로부터 시작된 것이다. 따라서 노동자문학과 더불어 분단문학에 대한 관심도 적지 않았는데, 이 역시도 '통일이성'이라는 용어의 창안을 통해 분단문학이 나아가야할 방향성을 제시하고 있다는 점에서 일관적이다. 1950년대부터 1980년대의 분단문화사를 개괄함으로써 그 성과와 한계에 대해 분석한 글인 「분단문학의 이념형적 자취-의사 소통적 통일문학을 위하여」(1991년 가을)에서는 분단문학의 목적이 통일 이성의 형성으로 이어져야 한다고 말하며 '소통적 합리성'이라는 개념을 제시한다.

분단문학에 대한 정의는 다양하고, 그 범주 또한 넓어서 학자에

14 위의 책, 93쪽.

따른 규정이 다양하게 드러나지만 분단을 기점으로 빚어지는 민족의 갈등을 반영한다는 특징에 대해서는 이견이 없는 듯하다. 분단문학은 한반도의 특수한 상황으로부터 파생된 문학으로서 분단을 극복하고 통일을 지향하고자 하는 의지가 전제되어 있다. 그런 점에서 '통일 이성'이란 그다지 새롭지 않은 주장으로 읽히는데, 흥미로운 것은 이러한 '통일 이성'이 상호성의 강조를 통해 설명된다는 점이다. 한기는 독일의 흡수 통일을 비판하며, 통일 실천 과제 수행과 관련한 긴요한 문제는 상호 주체성에 기반한 '소통적 합리성'이라고 말한다. 통일문학의 실천적 전망 형성 문제와 관련하여 의사소통적 합리성의 이념이 중요하다는 것이다. 이는 남한뿐만 아니라 북한의 현실적인 문제를 모두 떠안으면서 모두가 만족하는 방식을 지향하는 다소 이상적인 개념이라고 볼 수 있다. 달리 말하면, 현실성이 떨어진다는 것이다. 그러나 이러한 문제는 분단 역사에의 리얼리즘적인 접근을 시도하는 작품을 통해 일정부분 해소된다. 한기는 최인훈의 「광장」을 통일문학의 선구자로 놓고, 현재적인 관점에서 분단 현실에 접근하였던 이호철의 「판문점」, 윤정모의 「님」, 교포 작가 이회성의 「금단의 땅」과 같은 것이 보다 직접적인 선조 형태가 될 수 있을 거라고 설명한다. 여기서 한기의 리얼리즘 지향성이 뚜렷이 드러나는데, 그는 소설을 현실의 총체성에 접근하는 유일하고도 질적인 방식으로 호명한다는 점에서 비판적 리얼리즘을 추구하는 민중적 민족문학론자로 규명될 수 있다.[15]

---

15 한기는 「후기 자본주의적 현실과 한국적 포스트모더니즘 문화의 탐색」에서 한국적 포스트모더니즘의 성격을 포스트리얼리즘의 내포로 규명하며 모더니즘의 한계

그리고 분단문학의 새로운 양식으로서 김하기의 『완전한 만남』을 제시한다. 『완전한 만남』은 젊은 세대와 과거 해방 전사의 세대를 뜨겁게 의사소통시키며 민족 간의 완전한 만남을 추구한다는 점에서 기존 분단문학과는 변별된다. 한기는 남북의 접촉이 어떤 식으로든 늘어날 사회적 상황에 따라 분단문학 역시도 남북한 민중들 사이의 접촉을 소설적으로 형상화하는 양상이 점점 더 늘어날 것이라고 예측하고 있다. 그는 미래의 분단문학에 관해 "전시대의 문학에 비해서 그 이념적 열도는 저하될 염려가 클망정 일반 통행 식의 순정주의를 탈각함으로써 한국문학의 미적 합리성의 지평은 오히려 더욱 광활한 보편성의 여지를 확보하게 될 수도 있을 것"[16]이라고 전망한다. 더하여 이데올로기적인 문제를 차지하고서 두 이질적인 사회의 조응과 만남이 인류를 다음단계로 이끌어줄지도 모르며 그에 있어서 분단문학, 통일문학이 가지는 함의는 한반도라는 특수한 영토 바깥으로까지 확장된다고 평한다.

'소통적 합리성'은 어떻게 보면, 어떠한 허점도 만들지 않고 이상적인 방안을 창안하겠다는 집착으로부터 파생된 것일지도 모르지만 그 이상적인 방식의 당위성이 반드시 지켜져야만 통일 이후의 삶을 민주적으로 그려볼 수 있다는 점에서 필수불가결의 문제라고 할 수 있다. 따라서 '비평 이성'의 문제는 기계적인 대안책의 제시가 아니라 한국

가 가장 합리적인 문화예술 형식으로서의 리얼리즘적 소설을 통해 극복될 수 있을 거라고 주장한다. 모더니티의 종식이라는 '포스트' 시대의 요구에 발맞춰 새로운 문학사조로서 포스트리얼리즘적인 포스트모더니즘을 제시하고 있는 것이다.

16 한기, 「분단문학의 이념형적 자취–의사 소통적 통일문학을 위하여」, 『합리주의의 문턱에서』, 141쪽.

사회의 비합리성을 적출해내고, 표피적인 민주화를 뛰어넘어 민주주의의 도래를 현실화해야한다는 긴급한 당면 과제에 대한 요청으로 제기된 것이다. 그리고 이를 수행하는 실천적 장으로서 최대의 기능을 수행할 수 있을 거라고 기대되는 것이 바로 문학의 장이며, 90년대에 들어서면서 일방향이 아니라 상호적인 이성 형성의 조짐이 보인다는 점에서 긍정적이다. 당연하게도 이는 냉전적 사고로부터 완전히 벗어나지 못하고 지배 이데올로기 담론 속에 분단 소설이 생산되었던 80년대와 달리, 이러한 문제가 사회적으로 청산되면서 이데올로기에 대한 객관적 접근이 가능해진 90년대의 시대적 상황을 통해 개진된 것이다.

4. '비평 이성'의 한계

앞서 살펴본 것처럼, '비평 이성'은 그 내용적 실체를 완전히 갖추지 못했다는 점에서 오히려 그 이상성의 훼손을 피할 수 있었다. 다시 말해, 구체적인 내용 없이 굵다란 긍정적 방향성을 통해 이상성을 보존한 채로 수용될 수 있는 개념이라는 것이다. 그런데 이러한 '비평 이성'은 종국에는 과학화의 경향과 맞물리며 여러 한계점들을 드러낸다. 정확히는 '비평 이성'이라는 개념 자체의 문제라기보다는 이를 창안한 한기의 분석적 문제이며, 또 근대성의 문제이기도 하다. 한기는 분석의 편의를 위해 본격문학과 대중문학을, 그리고 여성문학과 남성문학을 구분 짓고 있는데 이러한 구분에는 분석 결과를 무효화하는 맹점이 있을 수 있다는 점에서 한계를 갖는다. 한기는 「여성 우위의 문학 시대에서 개성 우위의 시대로-1990년대의 단편소설」(1996년 봄)에서 1990년대 단편소설사의 윤곽을 제시하며 여성문학이 강세하는 시대적 원인을 규명해낸다. 그 이유 중 크게 강조되고 있는 것은, 남성문학의 이념상실이다. 요컨대, 1990년대에 들어서면서 80년대 초중반을 장악했던 이념이 종식되고 남성문학이 방향을 잃으면서 여성문학이 발전되었다는 것이다. 남성문학과 여성문학을 이분법적으로 구분하고 또 이를 대립항으로 설정하는 레토릭(Rhetoric)은 페미니즘 소설의 발달이라는 평가와 모순된다.

> 박완서 같은 원로 작가에 의해서 최근 활발히 펼쳐지고 있는 전통적 페미니즘 성격의 문학이 있는가 하며, 김인숙처럼 좀 더 민중 지향성의 문학도 있으며, 또 그런가 하면 근래 『풍금이 있던 자리』로 성가를 높인 신경숙 류의 순문학 취향 자세가 있으며, 또 여기에 김향숙처럼 중산계급의 현실을 반영하는 문학도 가세하고 있어서 과거 어느 때보다도 다양한 군웅할거의 양상으로 여성문학은 주목받을 수 있다. 이처럼 토대와 주체적 역량의 양 면에서 과거 어느 때보다도 충분한 문화적 결실을 1990년대 여성문학은 예고하고 있으며, 이 점으로부터 또한 상대적으로 **문학적 주체의 결절점을 잃고 방황하고 있는 남성문학에 비해 예술적 긴장 획득의 유리함을 여성문학은 얻고 있는 것이다. 이념이 실종된 시대에 많은 남성 작가들이 자본주의적 물신성, 혹은 문화적인 허무주의에 빠져 방황하는 시대 현실을 감안하면 페미니즘이라는 확실한 시대정신을 견인하고 있는 오늘날 여성 작가들이 얼마나 행복한 시운을 타고난 것인지 알 수 있다.** 시대적 빈곤과 이념과 문학이 결합하는 삼박자의 현실이야말로 의식 있고 향기 있는 문학이 발효하는 데는 최적의 조건일 것이기 때문이다.[17]

한기는 90년대 단편소설사에 있어서 주목되는 여성문학의 발전을 두고 "성적 질서의 역전 현실"(49쪽)이라고 평하며 여성 우위의 문학 시대가 시작되었다고 말한다. 게다가 "여성 작가의 한계"라는 표현에서 볼 수 있듯이 한기는 평론 전반에서, 여성작가를 여성이라는 생물학적 범주 속에 귀속시키고 있다. 남성 작가에 대한 분석에서 드러나는 특징들은 대개 개성이라는 이름으로 명명되는 즉, 생물학적인 것과는 명확히 변별되는 무엇이라면 여성 작가의 작품에 드러나는 특징은 대개 여성이라는, 생물학적이고도 사회학적인 젠더와 연계하여 분석하는 양상을 살필 수 있는데, 이는 한기의 문제만이 아니라 그 시대가 공유하고 있던 무감한 젠더의식으로부터 비롯된 것으로 보인다. 여성과 남성으로 구별되지 않는 1980년대 광주 세대의 세대적인 기억의 공통 분모가 소설의 기반이 되고 있다는 공지영의 단편소설 「무소의 뿔처럼 혼자서 가라」에 대한 분석처럼, 80년대를 지나온 세대라면 남녀를 불문하고 90년대 이념의 공백상태가 초래한 혼란에 좌절을 겪었을 것으로 예상된다. 그런 점에서 이러한 편의상의 구분에 따른 성적 귀속은 오히려 세대와 한 개인의 기억의 문제를 간과할 수도 있다는 분석상의 맹점을 갖는다고 볼 수 있다. 그런데 한기 역시도 이러한 편의상의 구분이 문제적이라는 인식이 있었던 것으로 읽힌다. "여성적인 것과 남성적인 것으로의 구분 역시 한갓 편의적인 것일 뿐이지 않겠는가. 인식을 위해서는 나누기와 명명의 절차가 불가피하다지만, 그것이 예술적인 작업에 한계 설정으로 작용할 이유는 없다"는

---

17 한기, 「여성 우위의 문학 시대에서 개성 우위의 시대로-1990년대의 단편소설」(1996년 봄), 『합리주의의 문턱에서』, 36~37;53쪽.

발언처럼 성보다는 개성이 중요하다는 급작스러운 개성론으로의 마무리를 보면, 합리성에 따라 과학적으로 분석하려는 욕심, 즉 '비평 이성'에의 집착이 그 잘못된 실례를 만들어버리고만 것은 아닐까.

문학은 시대와 무관한 절대적인 역할을 갖지는 않는다. 변화하는 시대에 따라 그 역할과 위치가 함께 변모하는 것은 당연하다. 본격소설과 대중소설의 엄격한 구분이 과거의 유물로 자리 잡은 것처럼, 문학의 개념도 시대에 따라 변할 수밖에 없다. 따라서 90년대의 문학을 80년대 비평의식을 통해 살피는 것은 위험하고, 같은 맥락에서 80년대적인 시각으로 90년대를 진단하는 것 역시 불확실성이라는 모순을 안고 있을 수밖에 없다. 그러나 90년대는 80년대와 절단되는 무엇이 아니라 80년대를 기반으로 파생된 것으로서, '80년대적인 시각'이란 90년대를 진단하기 위한 유일한 방안이었을지도 모른다. 따라서 한기의 비평적 성과는 "파시스트적인 속도"에도 불구하고 끊임없이 90년대를 진단하며 현실 추수주의에서 벗어나 문학의 역할과 위치를 재고해보려는 적극적인 노력을 기반으로 달성된 것이다.

한편, 한기가 80년대를 성찰하고 90년대를 진단하며 제시한 비평론('비평 이성')은 실제 현장 비평과 괴리가 있다. 여기서 자세히 언급하지 않은 세 번째 평론집 『구텐베르크 수사들』(역락, 2005)과 네 번째 평론집 『비평 에스프리의 영웅들, 혹은 그 퇴행』(역락, 2019)을 보면 '비평 이성'이라는 개념이 실제 비평에 이론적으로 적용되지는 않았다는 것을 확인할 수 있다. 이러한 비평론과 비평 실천의 괴리는 '비평 이성'이 이론이 아니라 태도로서 실천되어 왔다는 것을 보여준다. 더하여 비평가가 가져야 하는 태도에 대한 그의 고민과 성찰이 반영된 개념이라는 것을 알 수 있다. 따라서 한기의 비평 실천은 비평가라는 자의식에 따른 성찰이자 불가능성에 대한 투쟁과 도전이며, 90년대의 공백을 메꾸는 비평의 한 사례로서 의미가 있다.

시와 접속한 영혼의 비평

김정란의 여성주의 비평을 읽다

김경연

1. 김정란, 혹은 페미니스트 여성시인-비평가

김정란의 출발은 시인이었다. 1953년생인 그녀는 1976년 김춘수의 추천을 받아 『현대문학』으로 등단했고 1989년 '문학과지성' 시인선에 발탁돼 첫 시집 『다시 시작하는 나비』를 발표한다. 김현이 지적했듯이 첫 시집에는 '존재 혹은 본질을 향한 지향'[1]이 유독 감지될 뿐 우리가 익히 알고 있는 페미니스트 김정란의 면모는 별반 간취되지 않는다. 김정란 역시 초창기 자신의 시 쓰기를 어머니를 "살해 또는 부정"하고 "아버지의 단단한 이성"을 좇아 "존재 구축"을 열망했던 시기로 자평한 바 있다.[2] 시인으로 문단에 입문한 김정란이 첫 평론집

---

1 김현, 「딱딱함과 가벼움-삶이라는 질병의 구조」, 『다시 시작하는 나비』, 문학과지성사, 1989, 132쪽.

『비어 있는 중심-미완의 시학』을 발표한 것은 1993년이며, 1988년부터 1992년까지의 평론들이 수록되었다. 7,80년대 시작(詩作)을 뒤늦게 정리하고 '시인 김정란'을 세상에 다시 각인하면서 80년대를 마무리했다면, 90년대는 '비평가 김정란'을 새롭게 공표하면서 문학 행보를 시작한 셈이다.

『다시 시작하는 나비』와 유사하게 『비어 있는 중심-미완의 시학』에서도 페미니스트로서의 자의식은 그리 강렬하지 않다. 김정란의 첫 평론집에서 외려 더 선명히 읽히는 것은 새로운 비평 형식을 창안하려는 열망이다. 평론집의 서문에서도 그녀는 이러한 의욕을 피력하고 있다.

> 처음에, 어쨌든 〈평론〉이라고 부를 수밖에 없는 형식의 글쓰기를 시작했을 때, 나는 나름대로 어떤 하나의 새로운 형식을 개발하고 싶다는 분명한 의도를 가지고 있기는 했었다. 그것은, 우선은 한국에서 발표되는 대부분의 평문들이 너무나 딱딱하고 재미없는 이론에만 죽어라 매달려 있고, 그리고 무엇보다도 향기가 없다는 불만 때문이었다. 나는 어떤 아주 가볍고 우아한, 그러면서도 치열하고 깊은 사색의 결과물인 글을 쓰고 싶었었다. 글쓰는 자의 영혼의 결이 환히 드러나, 텍스트와 텍스트 사이를 자유롭게 드나드는, 어떤 억압과 금기로부터도 자유로운, 치며 날아오르는, 축제와 같은 글쓰기.[3]

작품과 이론을 연결하며 텍스트를 해석하고 평가하는 비평의 전통

---

2 김정란, 「비참의 경험을 넘어서는 단성생식」, 『한국현대여성시인』, 나남출판, 2001, 382~390쪽.

3 김정란, 「책 머리에」, 『비어 있는 중심-미완의 시학』, 언어의세계, 1993.

적 직분에서 벗어나 '억압과 금기로부터 자유로운 축제' 같은 비평 문채(文彩)의 창안, 한 논자의 언급을 빌면 "스스로의 언어미학을 구축하려는 욕망"[4]에 추동된 첫 평론집에서 김정란은 객관적/전지적 해석자/판단자로서의 비평가의 위치를 반납하고, 자신을 텍스트에 기투/반영하는 1인칭 시점의 "에쎄비평"[5]을 시도하는데, 김정란은 자신조차 "해체하고 재구성" 하는 이 낯선 언술 행위가 단지 형식의 발명이 아니라 지배담론의 억압에 대항하는 "가장 작고 시시한, 그러나 아주 생생한 주변담론"[6]으로 역할할 것이라 기대한다.

주류적인 비평 형식에 구속되지 않는 '다른/소수적인' 비평적 글쓰기에 보다 진력한 첫 평론집이었으나 여성 비평가로서의 자각 역시 간취되는데, 이러한 징후가 역력히 읽히는 글이 「서 있는 성모들, 스타바트 마테르」이다. 이 글에서 김정란은 「공무도하가」를 노래한 '백수광부의 처'부터 삼국시대에서 식민지 시기, 7,80년대에 이르는 여성 시인의 장구한 계보를 기록하고 여성시에 대한 "다르게 읽기"[7]를

4 유성호, 「매혹과 냉소 사이, 비평의 존재론」, 『창작과비평』 2001년 겨울호, 276쪽. 김정란과 남진우의 평론집 『영혼의 역사』, 『그리고 신은 시인을 창조했다』를 서평한 이 글에서 유성호는 "공적영역의 가치판단과 사적 영역의 자기고백이 혼재"해 있는 이들의 비평을 소설에 사소설이 있듯이 비평에도 "사비평(私批評)적 언어"가 가능함을 보여주는 유력한 사례라고 지적한다.

5 김정란, 「책 머리에」, 앞의 책. 프랑스 문학을 전공한 김정란은 자신이 새롭게 시도하는 비평의 유력한 모델이 프랑스 작가들의 '에쎄비평'(에세이비평)이라 언급한다. 자신의 경험을 피력하거나 자신의 작품을 직접 비평하는 이러한 글쓰기는 김정란의 비평 작업 내내 이어진다.

6 김정란, 「미완의 테트락티스, 또는 비어 있는 중심」, 『비어 있는 중심-미완의 시학』, 13쪽.

7 김정란, 「서 있는 성모들, 스타바트 마테르」, 『비어 있는 중심-미완의 시학』, 128쪽. 같은 글 인용시 본문에 페이지 수만 표시함.

시도한다. 가령 근대 여성문학을 개척한 김명순, 김원주, 나혜석의 시작(詩作)을 "생활과 허구를 착각한 과도기적 현상"(133)으로 평가절하거나, 나혜석의 시 「노라」를 "여류문사가 자신의 연애를 정당화하기 위해서 지은 시"로 폄하한 김윤식의 비평[8]을 정당한 평가가 아닌 부적절한 매도라 비판하면서, 1기 여성 시인들이 "파격적인 삶의 의미"에 부합하는 "시 형식을 얻지 못"한 것은 그들의 한계가 아니라 당시 한국의 상황과 한국문학의 한계로 이해해야 한다고 지적한다. 그런가 하면 『한국여류문학전집』(1967)에 실린 시들에 대해 "과거지향적이며, 단조로운 방법으로 전통적인 한국 여성의 심리를 묘사하고 있으며, 정서적인 긴장감을 결여하고 있다"고 혹평한 김현, 김주연, 김우종의 비평에 대해서도 "남성 비평가들의 주장대로 이 시대의 여성시가 여성적인 수동성을 벗어나지 못하고 있다면," 이는 "상당 부분 '여성성'에 대해 남성들 자신이 수립해 놓은 지배이데올로기적 환상 때문일 것"(136)이라 일갈하기도 한다.

김정란에게 여성문학을 '다르게' 읽는다는 것은 이렇듯 남근적 비평을 '다시' 읽는 것이나, "남성들이 평가하는 작가들을 비판하고 권력의 배려를 받는 작가들 외의 다른 작가를 주체적 판단으로 조명"하는 다르게 읽기는 김정란이 토로한 바 있듯이 "한국처럼 극성스러운 가부장 사회"에서, 더구나 비평 권력을 남성이 독점해온 한국 문단에서는 "잔인한 문학적 도편추방"[9]을 감수해야 할 만큼 위험한 독서였을

8 김정란이 언급한 김윤식의 평문은 1968년 『아시아여성연구』 7집에 수록된 「여성과 문학–을유해방전까지의 한국신문학에 있어서의–」이다.

9 김정란, 「서문–발풀때기와 우주」, 『영혼의 역사』, 새움, 2001, 6쪽.

터다. "여성이 비평적 글쓰기를 할 때 맞닥뜨리는" 이런 "심리적 억압"[10] 때문에 어쩌면 첫 평론집에서 다소 미미하거나 조심스러웠던 여성주의적 독해는 2001년 발표한 세 권의 문학 평론집 『영혼의 역사』, 『연두색 글쓰기』, 『한국현대여성시인』과 사회문화에세이집인 『거품 아래로 깊이』(1998), 『말의 귀환』(2001)에 오면 보다 적극적이며 선명해진다.[11] 『영혼의 역사』(시 평론집)와 『연두색 글쓰기』(소설 평론집)에 공동으로 수록한 서문에서 김정란은 자신의 비평을 "이성과 직관과 감정을, 그리고 영성을 아울러 지"닌 "모성비평"[12]이라 명명하며, 『한국현대여성시인』의 서문에서는 비평가로서 뚜렷한 자의식을 가지지 못했던 자신이 비평을 지속할 수 있었던 것은 여성 시인들에 대한 관심과 사랑 때문이라 술회하기도 했다.

---

10 위의 글, 6쪽.

11 2001년은 1990년대 후반부터 시작된 '반조선일보운동'과 2000년 남진우와의 사이에서 촉발된 이른바 '문단권력 논쟁'을 겪고 난 직후였다. 문단권력 논쟁은 『문학동네』 2000년 겨울호에 남진우가 평문 「메두사의 시-김언희의 시세계」에 보유 형식으로 실은 '김정란의 김언희 비판에 대하여'에서 촉발된다. 이 글에서 남진우는 김언희의 시를 "자극적인 방법으로 남성들의 가학충동을 만족"시켜주는 반페미니즘 시로 평가한 김정란을 인신공격적인 비난에 가까울 정도로 강하게 비판했는데, 이를 조선일보에서 대서특필하고 다시 강준만이 가세해 남진우를 비판하면서 일종의 진영싸움으로 확대된다. 이 과정에서 남진우는 김정란의 비평을 "가장 폭력적이고 부정적인 메두사 비평의 전형"으로 폄하한다. 남진우는 페미니즘 비평을 "과거 무시돼왔던 여성성이나 여성미학을 탐구"하는 '아테네비평'과 "지배적인 남성담론에 대한 강의 도전의식"을 내보이는 '메두사비평'으로 식별한다. (남진우, 「강준만의 김정란 일병 구하기 2」, 『인물과사상』, 2001.2, 167~180쪽) 이 논쟁과 관련해서는 조연정, 「1990년대 젠더화된 문단에서 페미니즘하기」, 『구보학보』 27집, 구보학회, 2021, 271~304쪽 참조.

12 위의 글, 11쪽.

> 나의 비평적 글쓰기는 여성시인들에 대한 관심 때문에 촉발되었고, 또 유지되었다고 할 수 있다. 여성시인들에 대한 사랑과 믿음이 아니었다면, 나의 비평적 글쓰기는 오래 속되지 못했을 것이다. 나는 비평가로서 뚜렷한 자의식을 가지지 못했다. (…) 그러던 것이 조금씩 비평가로서의 자의식을 확립해 가게 되면서, 나는 한국사회 안에서 비평활동을 한다는 것이 얼마나 비문학적인 요소들에 의하여 감시당하는가를 조금씩 깨달아가게 되었고, 그처럼 매우 독특한 한국적 문학상황 안에서 재능있는 여성시인들이 무참하게 소외당하고 있다는 사실을 알아가게 되었다. 나는 그녀들의 재능을 알리고 싶다는 열망으로 비평을 계속 쓰게 되었고, 그러는 과정에서 흐릿했던 나의 여성의식은 점차로 뚜렷해졌다.[13]

김정란의 비평을 추동한 여성 시인은 특히 정화진, 노혜경, 박서원 등과 같은 90년대 본격적 활동을 시작한 이들이며, 김정란은 문학적으로 탁월한 그들이 "대부분 남성 비평가들이 문학권력을 장악하고 있는 한국 문단의 강고한 가부장적 시스템 안에서" 부당하게 소외당하고 있다고 판단한다. 때문에 그가 파악하기에 90년대는 문학의 종언을 애도하는 무성한 담론에도 불구하고 기실 문학/시의 위기가 아닌 비평의 위기가 심화된 시대이다. "문학 관리자"로서 권력을 행사하는 주류 (남성)비평가들은 "배타적인 동일성의 논리에 의하여 닫힌 서클 안에서 일체의 문학적 타자들을 배제"하며, 여성 시인을 취급하는 방식 역시 그들이 어떤 시를 쓰는가보다 어떤 문학집단의 후원을 받는가가 더욱 중요한 고려 대상이 된다는 것이다.[14] 또한 그녀는 가부

---

13 김정란, 「책머리에-두 겹의 타자, 여성시인들의 외로운 글쓰기」, 『한국현대여성시인』, 나남출판, 2001, 5~6쪽.

14 위의 글, 6~11쪽.

장적인 진영 비평이 이렇듯 득세한 90년대 문단에서 페미니즘 담론을 생산하는 다수의 여성 비평가들 역시 "당파성을 드러냄으로써 위험 부담"[15]을 감수하기보다 외려 남성이 승인 가능한 영역 안에서 일정한 쿼터를 배분받기를 원한다고 판단한다. 때문에 김정란은 여성작가가 대중의 환호를 받고 문단을 주도하는 이례적인 현상에도 불구하고 이를 90년대 문학 장에서 "여성의 지분이 커졌다는 증거라고 생각하는 것은 큰 착각"[16]이며, "남성들은 페미니즘이라는 이름만을 허용해 주었을 뿐, 페미니즘 자체를 허용해주었던 것은 아니"[17]라고 간파하기도 한다. 90년대 페미니즘이 당대 문학 장의 혁신을 추동하는 역할을 부여받기보다 "대문자 문학의 신성성을 보충하는"[18] 자리를 차별적으로 배정받았다는 최근의 성찰을 김정란은 적확하게 선취한 셈이다. 그는 90년대 문학 장의 이러한 "신보주의적 경향"[19] 혹은 '반페미니즘'을 거

---

15 김정란, 「비평정신과 여성시-90년대 여성시 운동의 성과와 가능성」, 『한국현대여성시인』, 21쪽.

16 김정란, 「한국 땅에서 여자로 살아간다는 것」, 『말의 귀환』, 개마고원, 2001, 107쪽.

17 김정란, 「서문-발풀때기와 우주」, 위의 책, 7쪽.

18 권명아, 「여성 살해 위에 세워진 페미니즘 문학/비평과 문화산업」, 『문학과사회』, 2018.2, 153쪽. 서영인 역시 1990년대 비평 장에서 여성문학이 주목받고 페미니즘이 주류적 이념으로 등극했다는 문학사적 평가에도 불구하고, 90년대 주요 문학지에서 여성문학을 특집으로 다룬 경우는 단 두 차례에 불과하며 여성 비평가는 여성문학이라는 특정 범주에서만 호명되었던 상황에 주목하면서 90년대 비평 장에서 여성문학이나 페미니즘 비평은 문학 장의 의미 있는 변화를 견인할 동력으로 상상되지 못했다고 지적한 바 있다. 서영인, 「1990년대 문학 지형과 여성문학 담론」, 『#문학은_위험하다』, 민음사, 2019, 68~94쪽.

19 김정란, 「비평정신과 여성시-90년대 여성시 운동의 성과와 가능성」, 『말의 귀환』, 23쪽. 김정란은 조한혜정을 인용하며 90년대가 한국 문화계, 특히 문학계의 신보주의적 경향이 오히려 강화되었다고 진단한다.

스르며 등장한 것이 90년대 여성시라 강조하며, 따라서 가부장적 평단과 대중성이 전횡하는 출판시장으로부터 이중의 소외를 감당하고 있는 여성시를 독자와 매개하는 '여성시인-비평가' 되기를 자신의 비평적 책무로 수락한다.

이 글은 1970년대 말 시인으로 등단해 1990년대에는 시인이자 비평가로 가부장적인 한국 사회와 남성편향적인 문학 장을 온몸으로 통과해온 1950년대생 여성 비평가, 김정란이라는 한 '페미니스트 여성 시인-비평가'의 행로를 독해하며, 한국 사회에서 여성으로 글을 쓴다는 것, 혹은 기울어진 문학 장에서 여성이 비평한다는 것의 의미를 다시 탐문해 보고자 한다.

2. 근대와 탈근대를 포월하는 '내면성'의 옹호

김정란에게 80년대는 단지 정치적으로 불행한 시대만은 아니었다. 그녀가 경험한 80년대는 "리얼리즘이 거의 유일한 한국 문학의 코드"로 강제되면서 "현실에 관해 즉물적이고 직접적인 방식으로 말하지 않"[20]는 문학은 정당한 평가를 받지 못한 채 타자로 배제되는 문학적으로도 암울한 시절이었다. 리얼리즘이 문학의 진위(眞僞)를 식별하는 무소불위의 규준으로 작동한 80년대 문단, 더욱이 리얼리즘이 주류로 군림해온 한국문학 장에서 리얼리즘의 너머를 시도한 문학, 달리 말해 바깥/사회가 아닌 '내면/영혼'으로의 초월을 감행한 예외적인

20 김정란, 「지금, 여기에서 시는 우리에게 무엇인가」, 『영혼의 역사』, 46쪽.

문학들을 김정란이 재독한 것은 이런 성찰에 힘입은 것으로 보인다.

리얼리즘으로부터 도주해 "심화된 미적 근대성"[21]을 선취하고자 했던 이 낯선 문학의 공동성이란 무엇인가. 김정란에 의하면 이 문학들의 공동성이란 로고스 중심적인 세계에서 배제해 왔던 "에로스적인 것"을, 지성 우위의 형이상학이 아닌 "진정한 영성의 의미를 자각"하는 형이상학을, 자아 이면의 "따로 노는 자아",[22] 곧 의식적 자아에 잠재된 무의식적 자아를, 부성적 질서가 아닌 모성적/여성적 원리와 조우한/하려한 것이며, 또한 현실에 은폐된 또 다른 현실을 포착하기 위해 "새로운 언어, 다른 말"[23]을 열망한 것이기도 하다.[24] 김정란이 이 소수적 문학의 계보에 올린 첫 작가는 '이상'이다. "외양 너머의 내면의 자아를 무서워하면서도 갈망한", 그러나 "상징적 아버지의 억압" 때문에 끝내 "꿈의 자아"와의 통합에 이르지 못하고 체제적인 삶과 비체제적인 삶 사이에서 길항한 시인으로 이상을 다시 주목한 김정란은 이상을 "창백한 정신의 표면을 유영하며 권태를 반추했던" "주

---

21 위의 글, 48쪽.

22 김정란, 「미완의 테트락티스, 또는 비어 있는 중심」, 『비어 있는 중심-미완의 시학』, 31쪽, 51쪽.

23 김정란, 「세 번째의 방」, 『영혼의 역사』, 60쪽.

24 이러한 문학의 전범으로 김정란이 지속적으로 참조한 시인이 이브 본느프와이기도 하다. 김정란은 프랑스 태생으로 철학자에서 시인으로 이행한 이브 본브프와에 관한 평문을 두 번에 걸쳐 그의 평론집에 수록했는데, 이 글에서 그는 본느프와를 "다른 곳에 대한 탐색" "보다 높은 본질의 세계 찾기"를 시도한 시인이며, 지고의 존재 혹은 영혼에의 접근이 그의 시적 모색의 전부였다고 강조한다. 또한 본느프와가 추구한 존재/영혼이 언제나 여성으로 상징되었다는 점에도 주목한다. 김정란, 「갈증과 긴장-본느프와의 시적 탐색」, 『비어 있는 중심-미완의 시학』, 281~316쪽; 김정란, 「이브 본느프와, 갈증이라는 종교의 사제」, 『영혼의 역사』, 315~320쪽.

지적인 모더니스트"가 아니라 "영혼의 아주 깊은 영역까지 모험을 감행했던, 한국 현대시사에서 유례를 찾아볼 수 없는 영적인 시인"으로 달리 읽는다.[25]

"민족주의의 이름"으로 "세계성의 맥락"을 억압해온 한국문학 장에서 "민족적 자아 정체성과 동시에 세계적 정체성을 획득"[26]한 경우로 김정란이 재발견한 작가는 이상뿐 아니라 또한 '박상륭'이기도 하다. 그가 정독한 박상륭의 소설은 외부의 영향에 휘둘리지 않고 "내면에서 발성되는 말을 따라"간, "우리것 콤플렉스"에 폐쇄되지 않은 문학이며, 서구의 탈/근대를 무비판적으로 추수한 "새것 콤플렉스"에도 경도되지 않은 문학이다. 박상륭이 천착한 내면/자아란 특수한 "개인"의 차원이 아닌 "신 없는 세계에서 단독자로 세계 안에서 버텨내는" "보편적 의미의 자아"이며, "감상적 나르시시즘"도 종교적 신비주의에도 함몰되지 않은 그의 소설은 "명민한 자의의식"을 근대의 "첨예한 언어인식"으로 "탈근대적 영성"의 차원까지 고양시킨 한국문학의 "근대적/탈근대적 성과물"이 된다.[27] 따라서 김정란이 다시 읽은 박상륭의 소설은 근대를 성찰 없이 지향하거나 근대 이전으로 퇴행한 것이 아닌, 이상 시와 마찬가지로 '로고스·이성·사회적 자아·남성' 등에 특권을 부여해온 표층적 근대화를 넘어 '에로스·감성·영성·내면적 자아·여성' 등을 포월(包越)하는 탈근대성 혹은 "심층적 근대성"[28]

25 김정란, 「몽환적 실존-이상(李箱) 다시 읽기」, 『영혼의 역사』, 92~121쪽.

26 김정란, 「지금, 여기에서 시는 우리에게 무엇인가」, 위의 책, 46쪽.

27 김정란, 「자기구원의 전략-박상륭의 「詩人 一家네 겨울」 꼼꼼히 읽기」, 『연두색 글쓰기』, 새움, 2001, 31~58쪽.

28 김정란, 「비평정신과 여성시-90년대 여성시 운동의 성과와 가능성」, 앞의 책,

을 보유한 문학이다. 다시 김정란의 표현을 빌면 "근대의 성취를 받아들이며 탈근대로 이행"한 문학, "에로스를 추방하지 않은 다른 로고스. 비에로스이면서 덜 로고스인. 비로고스이면서 덜 에로스인" "다른 이성" "다른 직관"[29]을 탐사한 예외적 문학이기도 하다.

미래의 인식을 선취했으나 당대 대중이나 리얼리즘이 득세한 평단으로부터 합당하게 조명받지 못한 이 낯선 내면성의 문학이 본격적으로 개화한 때가 90년대다. 김정란은 한국문학 장의 90년대를 "7~80년대의 정치주의적이고 즉물적인 리얼리즘 문학이 물러선 이후" "심화된 미적 근대성을 확보"[30]하려는 문학이 출현한 시기, 또는 "정치 편향적인 거대 서사들이 물러서고 난 자리에서 지층을 뚫고 솟아오르는 소서사의 억눌렸던 힘이 분출"[31]된 획기(劃期)로 판단한다. 문제는 "심화된 근대성을 확보하면서 탈근대적 맥락으로 이동"[32]하는 소서사의 '다른' 맥락을 제대로 간파하지 못하는 비평이다. 김정란이 파악하기에 90년대 비평의 무능은 두 가지 차원에서 발생한다. 하나는 80년대식 낡은 독법에 익숙한 시대착오적 비평에서 기인한다. "표면적, 사회학적 방식"으로 작품을 읽던 80년대식 비평가들에게 90년대 소서사의 내면성은 사회에 대해서 직접 발언하는 대신 "개인성, 또는 잘못 이해된 '서정성', 특히 '감상성'"[33]에 매몰된 것으로 빈번히 오독

37쪽.

29 김정란, 「세 번째의 방」, 『영혼의 역사』, 75쪽.

30 김정란, 「지금, 여기에서 시는 우리에게 무엇인가」, 위의 책, 47~48쪽.

31 김정란, 「20세기 진혼곡」, 『한국현대여성시인』, 280쪽.

32 김정란, 「지금, 여기에서 시는 우리에게 무엇인가」, 위의 책, 54쪽.

33 김정란, 「위기의 시대와 시」, 『거품 아래로 깊이』, 생각의나무, 1998, 264쪽.

되는 것이다. 다른 하나는 경박한 포스트모더니즘에 지지된 비평에서 연유한다. 외래 거대담론에 의지해 문학을 읽어온 한국문학 비평가들은 리얼리즘의 공백을 메울 또 하나의 담론을 선점하려는 욕망으로 포스트모더니즘을 재빨리 보급했으나, 이 같은 "식민지 근성을 가진 기지촌 지식인"[34] 비평가들의 포스트모더니즘적 독법으로는 90년대 문학의 내면성을 온전히 해명할 수 없다는 것이다. 그녀가 간취한 90년대발 내면성/개인성이란 80년대를 향수하는 비평가들이 적발하듯 현실을 도피해 개인에 탐닉한 탈정치적 혹은 비정치적 사사화(私事化)가 아니다. 이윤택의 말을 빌려 김정란은 90년대 문학의 내면 추구가 "다른 정부의 성립을 가능하게 하는 '다른 말'을 찾아, 세계의 오염에 가장 확실히 대항"하려는 "반정치적이 될 정도로 극단적인 정치적 선택"[35]이라 강조하기도 한다. 또한 새로운 내면성은 포스트모더니즘이 설파하듯 "의사소통의 단절, 홀로 있음의 소극적 의미"만을 드러내는, 즉 자아의 해체를 부각하는 것도 아니다. 오히려 90년대 문학의 내면성은 "주체의 해체를 명령하는 세계의 위협 앞에서 자신의 존재를 지키기 위해 자신에게로 되돌아가"려는 "존재 확보의 욕망과 연관"되어 있으며, 또한 "'광장'에 있었을 때에는 만나지 못했던 타자의 존재에 눈뜨기 시작"한 징후이기도 하다.[36] 이처럼 내면으로의 초월을 수행한 주체가 접속한 타자란 곧 자아 안의 또 다른 자아이며 에로스이자 영성/영혼이며 또한 여성이다. 따라서 이렇듯 타자와 교통한 자아/내면

34 김정란, 「시는 죽었는가」, 『영혼의 역사』, 24쪽.

35 김정란, 「위기의 시대와 시」, 위의 책, 269쪽.

36 김정란, 「세 번째의 방」, 『영혼의 역사』, 59~60쪽.

은 개인적이 아닌 공동체적이며 텅 빈 내면이 아닌 외려 풍요로운 내면/자아이다.

이같이 "내면적 총체성"[37]을 지향한, 이상·박상륭·김승옥·오규원·이성복·정현종·기형도 등[38]의 반리얼리즘 내지 비리얼리즘을 잇는 계보로 김정란이 발견한 90년대 신종 문학에는 우선 윤대녕의 소설이나 박상순의 시가 있다. 김정란은 "감상적 개인주의가 종종 내면주의로 오해"되는 90년대 한국문학 장에서 "본격적으로 내면을 탐험"하는 예외적인 경우로 윤대녕에 주목한다. 내면성의 추구를 "여자 찾기"로

---

37 위의 글, 67쪽.

38 가령 김정란은 김승옥 소설을 관통하고 있는 주제를 (표층적) "근대의 불안"이라 파악하며, 특히 「무진기행」의 '무진'이나 '하인숙' 등의 상징적 의미를 부르주아적 혹은 부권적인 근대성이 배제한 "반세계적인 여성성"과 연관된 것으로 재독한다. 그러나 근대적/남근적 사유를 극복하지 못한 김승옥은 이러한 "내면적 여성성"을 "육체적 에로스에 묶어"두거나 자신의 존재로 통합하는 데 실패함으로써 근대의 불안을 "진정한 근대", 즉 '심층적 근대성'에 대한 열망으로 견인하지 못했다는 것이다.(김정란, 「무진 또는 하얀 바탕에 흰 글씨 쓰기」, 『연두색 글쓰기』, 183~215쪽.) 한편 김정란은 이성복이나 오규원의 시 역시 잃어버린 "근원 찾기" "세계의 이면으로의 여행"을 시도한 부권에 도전한 "반제도적" 텍스트로 평가한다. 이들이 탐색한 부재하는 근원 혹은 "내면적 자아"는 역시 여성적인 것으로 상상되었는데, 김정란은 이들 시에서 포착되는 여성성을 "〈아버지〉의 사회적 살기에 대응하는 내면적 살기"(이성복)로, '담론이 될 수 없는 탈영토의 언어들' 혹은 "언어의 궁극" "포에지"에 대한 열망(오규원)으로 파악한다.(김정란, 「상처의 소유에서 상처의 초월적 극복에게로-이성복의 시세계」, 『비어 있는 중심-미완의 시학』, 95~126쪽; 김정란, 「살의 말, 말의 살 또는 여자찾기」, 『비어 있는 중심-미완의 시학』, 235~254쪽.) 정현종 또한 사물 혹은 "침묵의 존재에서 말을 끌어내기" 위해 외면이 아닌 내면의 혁명을 수행한 시인으로, 기형도나 이제하 역시 "부성적, 지성적 가치들로 감싸안을 수 없는 모성적 원리"에 접근한 작가로 독해한다. 김정란, 「정현종, 꿈의 사제-『사물의 꿈』을 중심으로」, 『비어 있는 중심-미완의 시학』, 149~170쪽; 김정란, 「미완의 테트락티스, 또는 비어 있는 중심」, 『비어 있는 중심-미완의 시학』, 13~52쪽.

서사화한 윤대녕은 조심스럽지만 "내면의 여성을 직면해보려는 시도를 중단하지 않"으며, 여성(성)과의 조우/사랑이 단지 "감정적, 육체적 교감이 아니라, 내면의 여성과 올바른 관계를 맺음으로써 진정한 자아를 구축하는 문제" 혹은 "영혼의 성숙"과 연관된 문제라는 것을 이해하고 있다는 것이다.[39] 아울러 그는 "90년대 소설 문학에서 윤대녕이 가지고 있는 자리"와 흡사한 경우로 박상순을 주목하기도 한다. 윤대녕과 마찬가지로 "개인적 자아의 내면적 말하기 방식"을 익혀가며 "본격적으로 영혼을 탐색"하고 있는 박상순 시의 "영혼의 추구는 여성적 존재의 추구"와 연관되어 있다는 것이다. 때문에 김정란은 박상순이나 윤대녕의 텍스트에 역력한 내면성은 사사로운 "주관성으로 한정되지 않는"다고 판단한다. 내면의 여성/타자와 접속한 그들의 주관성은 외려 "일체의 주관성이 사라진, 인류학적 객관성, 또는 통주관성의 세계"라는 것이다.[40]

김정란이 7,80년대 리얼리즘을 대표한 황석영의 90년대 소설『오래된 정원』을 적극적으로 평가하는 것도 이와 유사한 맥락이다. "역사적 사건들을 후경화시켜 버린 채, 개인들의 감상적인 좌절만을 전경화"[41]한 90년대 대부분의 후일담 문학과는 달리 한 개인이 "역사 안에서 움직이되, 이데올로기의 전체성에 함몰되지 않는 생생한 주체의 심오한 개인성을 지켜"(72)낸 텍스트, 다시 말해 역사와 개인을 통합

---

39 김정란, 「창밖의 여자들-윤대녕의『추억의 아주 먼 곳』」,『연두색 글쓰기』, 97~122쪽.

40 김정란, 「물통의 길, 피통, 꽃통의 길, 그리고 농구대」,『영혼의 역사』, 249~271쪽.

41 김정란, 「네 어깨 너머로 내다보는 역사-황석영의『오래된 정원』」,『연두색 글쓰기』, 61쪽.

하는 데 성공한 예외적 후일담 소설로 그는 『오래된 정원』을 읽고 있다. 김정란이 이 소설을 특히 주목한 이유는 '현우'로 상징되는 "관념적, 남성적 이데올로그들"(74)이 떠난 자리에서 일상과 대결하면서 "주체적으로 역사를 해석하고, 그 해석을 통해 점점 더 확고한 주체"(75)로 거듭나는, 김정란의 표현을 빌면 '민중'에서 '시민'으로 이행하는 여성인물 '윤희'를 적극적으로 부조한 때문이기도 하다. 그는 이를 황석영이 "근대적 이성의 절대성에 대한 굳은 믿음을 어느 정도 부수고" "여성성에서 문명적 대안을 찾고 있"(84)는 변화의 유력한 징후로 파악한다.

이상에서 살폈듯이 김정란에게 내면성은 "이성의 자질에 기대어 세계를 건축해 온 남성성의 주체 개념이 흔들리는 곳"에서 시작된 "타자"(「세 번째 방」, 67)의 영역이며, 그리하여 그것의 다른 호명은 '여성성'이기도 하다. 이상 문학 이래로 계발되지 않은 채 "나대치처럼 방치"되었던 이 풍요로운 내면성/여성성을 가장 탁월하게 발견한 이들은 가부장체제의 "존재론적 식민지 백성"(「비참의 경험을 넘어서는 단성생식」, 410)인 여성들, 특히 여성 시인들이며, 따라서 김정란은 대문자문학이 아닌 소문자문학, 대서사를 훼절하는 소서사를 대표하는 이들의 '여성시'를 통해 여성성을 다시 적극적으로 사유한다.

3. 여성시의 재발견, '다른' 여성성/모성성의 발명

여성시의 계보를 다시 읽고/쓰며 '여성됨'과 '여성성'의 의미를 탐문하려는 의지는 김정란의 초기 평론에서부터 감지된다. 전술한 바 있듯이 90년대 초 발표한 「서 있는 성모들, 스타바트 마테르」(1991)에서 김정란은 고대부터 20세기 후반까지 한국 여성시의 계보를 고구하고 남성 비평가들과는 달리 여성시를 재독한 바 있는데, 이 과정에서 그녀가 특히 주목한 이들은 7,80년대에 등장한 여성 시인들이다. 강은교, 문정희, 김승희, 김혜순, 고정희, 최승자, 허수경 등으로 대표되는 7,80년대 여성시의 성취는 선배 여성 시인들의 모색 위에 개화한 것이나, 기존 여성시의 문법을 파괴하는 "인식론적 단절"(137) 역시 존재한다고 파악한다. 이후에도 이러한 독법은 계속되는데, 90년대 후반 발표한 「한국 현대 여성시의 성취와 전망」에서도 김정란은 7,80년대 여성 시인들을 "존재론적이고 사회적인 층위에서 '여성됨'의 의미"를 "선명하게 인지"[42]하기 시작한 세대이며, 이들이 등장하면서 여성 문인들에게 경멸적 의미로 따라다니던 '여류'라는 "한국문학 특유의 분리주의적"(53)인 표지가 불식되었다고 평가한다.

그렇다면 김정란이 간취한 7,80년대 여성시의 새로움은 무엇인가. 그것은 무엇보다 '여성됨'의 의미를 다시 질문한 것, 즉 "〈여성적〉이라고 남성들에 의하여 여겨져 왔던 시문법"(「서 있는 성모들, 스타바트 마테르」, 138)을 공격하면서 남성들에 의해 주조된 수동적 여성성을 거부하고 여성 정체성을 달리 발명한 것이다. 김정란이 간파하기에 이 새로운 여성성의 징후는 특히 '육체' 혹은 '죽음'에 대한 다른 인식에서 감지된다. 주지하듯이 인간이 상처 입고 망가지고 썩어서 시체가 될 수밖에 없는 육체적 존재라는 사실, 곧 인간의 근본적 취약성에 대한 공포 때문에 인간/남성들은 '정신'을 항구적이며 지고하고 남성적인

42 김정란, 「한국 현대 여성시의 성취와 전망」, 『한국현대여성시인』, 52쪽.

것으로 발명하고 '육체'를 유한하고 열등하며 여성적인 것으로 식별해 왔다.[43] 그러나 7,80년대 여성시는 이 같은 "남성들의 형이상학"을 훼절하고 "여성의 육체를 재인식하는 방향"(「한국 여성시의 성취와 전망」, 54)으로 선회했으며, "살의 썩음", 곧 "죽음의 운명"마저도 내면화하려는 "모성적 인식"을 통해 "자연과 운명"(「서 있는 성모들」, 145~146)을 적극적으로 감싸 안는 다른 세계를 건설하려 했다는 것이다.[44]

그는 이렇듯 "몸의 형이상학"[45] 혹은 "신체적 사유"(「한국 여성시의 성취와 전망」, 68)를 통해 여성성을 천착한 7,80년대 여성시를 적극적으로 계승한 이들이 90년대 출현한 새로운 여성 시인들이라 판단한다. 노혜경, 정화진, 박서원, 이경림, 이향지 등으로 대표되는 이들은 남성이 여성에게 허용한 "태만한 담론"[46]을 거부하며, 남근주의에 오염된 언어가 아닌 이 특권적인 이데올로기를 내파하는 다른 말, 곧 여성의 언어로 말하기를 열망한다는 것이다. 때문에 김정란은 여성시

---

43 임옥희, 「수치의 얼굴」, 『젠더 감정 정치』, 여이연, 2016, 174~176쪽 참조.

44 김정란은 1970년대가 여성시뿐 아니라 한국문학 전반이 양적, 질적으로 근본적 변화를 경험한 시대라고 판단하는데, 그 주요 요인으로 '한글세대의 등장' '4·19혁명 등에 의한 시민의식의 성장' '『문학과 지성』, 『창작과 비평』 등 매체의 확대에 힘입은 발표 지면의 증가'를 지적한다. 이러한 변화는 한국 여성시에도 직접적인 영향을 행사했는데, 특히 '시민의식의 형성'이 자아정체성에 대한 여성들의 자각을 추동하는 주요 동인이 되었다고 파악한다. 김정란, 「한국 현대 여성시의 성취와 전망」, 『한국현대여성시인』, 52~54쪽 참조.

45 김정란, 「하염없이 터져 흐르는-김혜순론」, 『한국현대여성시인』, 189쪽.

46 김정란, 「비평정신과 여성시」, 『한국현대여성시인』, 41쪽. 김정란은 트레보 패트먼이 제출한 용어인 '태만한 담론(idle discours)'을 참조하며 "'태만한 담론'을 사용하는 자는 지배자가 설정한 정의를 아무 생각 없이 받아들이며, 더 나아가서는 일반적인 세계의 움직임에 대해 의문을 던진다는 것조차 단념해 버린다"고 지적한다. 한편 그는 이러한 '태만한 담론'의 한계를 벗어나지 못한 것이 90년대 여성소설이라고 비판한다.

가 단순히 여성이 쓴 시를 의미하지 않으며 "여성에 대한 편견을 불식시키고 여성의 시각에 의한 새로운 문학사를 쓰기 위하여 태동한 문학운동"[47]이라는 정의를 지지하며, 아울러 문학운동으로서의 90년대 여성시가 80년대 민중시와 공통된 맥락을 지닌다는 여성시인-비평가들의 견해에 동의한다. 여성시와 민중시의 상관관계를 처음 제기한 노혜경은 90년대 여성시가 "사회적 타자라는 것을 자각하고 그 상황을 타개해 나가려고" 했다는 점에서 80년대 민중시와 "발생론적으로 같은 맥락"을 지니며, 80년대 민중시로부터 "정치의식과 계급의식을 전수"(「비평정신과 여성시」, 28) 받았다고 주장하는데 김정란은 이를 적극 참조한 것이다.

80년대 민중시와 90년대 여성시의 발생론적 공통성을 부각하지만 그러나 차이 역시 간과하지 않는다. 전대의 민중시가 "문학외적인 거대담론들과 길항"했다면 새로운 여성시는 "문학적/문화적 거대담론들과 길항"(39)한다고 파악한 김정란은 90년대 여성시는 "80년대의 정치주의적인 문학론을 문학적인 방식으로 특화시키고 심화시킴으로써 사회적인 계급적 주체를 존재론적으로 심화된 개인적 주체로 변환"(40)하려는 전망을 지닌다는 점에서 민중시와는 구분된다고 강조한다. 아울러 여성시는 문학적/문화적 거대담론에 온전히 문학적인 방식으로, 다시 말해 특권적인/오염된 언어를 극복한 새로운 언어로 대응하려는 언어적 자의식을 발동한다는 점에서 "독립적 주체성"

---

47 위의 글, 26쪽. 이 글에서 김정란은 『시21』(1999년 여름호)에 수록된 여성시인-비평가 김혜영, 노혜경, 문선영의 좌담을 적극적으로 참조하고 있다. 여성시에 대한 재정의 역시 좌담 중에 언급된 내용이다.

과 "심화된 언어의식"(40)을 충족하는 것이 90년대 여성시의 특징이라 규정한다.

문제는 90년대 여성시의 이 낯선 발화를 가부장적인 주류 비평이 역시 읽어내지 못하거나 아예 배척한다는 사실이다. "여성혐오증은 특히 여성언어혐오증"(41)이며 때문에 침묵이나 태만한 담론을 거스르는 여성시의 불길한 말들, "탈영토의 언어"들은 강고한 가부장 시스템이 작동하는 한국 평단에서 정당한 비평적 조명을 받지 못하고 있다는 것이다. 때문에 '여성시인-비평가'의 출현은 보수화된 한국문학장에서는 불가피한 수순이다. '다른' 시/언어를 경청하지 않는 평단을 대신해 90년대 여성 시인들은 "자신의 문학적 입장을 설명하기"(23) 위한 비평 담론을 스스로 생산할 수밖에 없는 것이다. 따라서 김정란이 간파했듯이 여성시인-비평가의 등장은 한국문학 비평의 남성중심성, 권력편향성, 대중지향성을 방증하는 유력한 사건일 수 있으며, 여성시와 마찬가지로 '여성시-비평' 역시 개인적 차원이라기보다 이러한 겹겹의 편파성과 대결하려는 여성들의 문학적 연대의 실천으로 이해 가능할 수 있다.[48]

90년대 문학 장과 이처럼 적극적으로 길항한 여성시인-비평가를 대표하면서 김정란이 가장 탁월한 90년대 여성 시인으로 발탁한 이는 노혜경이다. 장편서사시 형식을 취한 『레이스마을 이야기』를 "거대담론으로서의 역사가 부서지고 난 자리"에서 쓴 "허스토리"이며 정치사회적 역사가 기록하지 않은 "마음의 역사" "영혼의 역사"라 파악한 김

48 김정란은 여성 시인들의 비평행위가 자기 자신을 위해서라기보다 "자매들을 위해 떠맡는다는 연대의식"(「비평정신과 여성시」, 27)을 지닌 것이라 강조한다.

정란은 이 '역사 이후의 역사', 혹은 '역사 이면의 역사'가 단지 여성들만의 역사가 아니라 "타자들의 역사"라고 독해한다.[49] 근대가 가동한 "단정한 총체성"(196)이 아닌 "가장자리가 너덜너덜 늘어나는" "들쑥날쑥 잡동사니들의 집합같은"(196) 탈근대적 총체성에 지지된 노혜경의 시에서는 그러므로 더 이상 타자를 배제한 자율적/근대적 주체는 발견되지 않는다. 노혜경으로 대표되는 90년대 여성시가 새롭게 추구하는 주체는 "남성주의적 형이상학"이 발명한 개별적 자아가 아니라 타자와 접속하고 연루되는 '공동체적 자아'이며, 남성주의/근대주의를 초과하는 이 "나-너 주체성"[50]의 다른 이름은 또한 '여성적 주체성'이기도 하다. 김정란은 이 새로운 주체성/여성성이 포스트모더니즘이 부정적 의미로 간파한 '탈주체'와는 무관하며 외려 정반대의 의미를 지닌 것이라 강조한다. 다시 말해 90년대 여성시가 지향하는 주체는 "수동적으로 주체 해체를 겪는 탈주체가 아니라, 형이상학적 연대라는 윤리적 결단을 통하여 자아의 오만을 반납한, 타자들과의 연대에 의하여 주체적으로 주체를 해체하고 공동체 안에서 새로운 주체로 다시 태어나려는 상호주체들"(「20세기 진혼곡」, 303)인 것이다. 때문에 "근대의 고독을 극복"한 "탈주체적 주체들" 혹은 '여성적 주체들'의 "실체적 존재론의 장"(「20세기 진혼곡」, 314)이 된 노혜경의 시, 혹은 90년대 새로운 여성시는 20세기를 진혼하고 21세기적 비전을 제시하는 한국시의 희망으로 가늠된다.

---

49 김정란, 「영혼의 역사:새로운 총체성과 새로운 주체-노혜경의 『레이스마을 이야기』」, 『영혼의 역사』, 182~203쪽.

50 김정란, 「20세기 진혼곡-노혜경의 시, 영적 이미지 공학과 네이티브 스피킹」, 『한국현대여성시인』, 302쪽.

한편 김정란은 90년대 여성시가 발명한 여성적 주체성을 '모성성'과 연결한다. 근대가 배척한 수다한 타자들을 포용하고 그들과 연대하는 "겸손한 정체성"으로 다시 정의된 여성성은 그에게 줄곧 모성성으로 상상된 것이 사실이다. 허나 김정란이 상상한 모성성은 가부장주의가 여성의 본질(본능)로 신비화한 모성과는 구별된다. 황석영의 『오래된 정원』을 분석하는 자리에서 그녀는 모성애가 기실 "자신의 동일성을 유지하기 위한 본능"이자 "이타심이 아니라 이기심의 연장"[51]임을 환기하며, 자신이 상정한 모성성은 이렇듯 자기 유지에 급급한 이기적 모성과는 무관하다고 강조한다. 자기를 초월해 타자로 이행하는 모성성은 오히려 본능으로서의 모성을 극복한 이타성이며, 주어진 것이 아니라 부단히 자각하고 쟁취하며 수행해야 하는 것이다. 때문에 김정란의 여성성/모성성을 "사회적·상징적 질서 바깥에 존재하며 미분화, 비결정성"[52]과 연결된 것이라는 심진경의 독해는 재고될 필요가 있다. 자신의 여성성/모성성에서 간취되는 '미분화, 비결정성'은 상징질서 이전/바깥에 존재하는 것이 아니며, 외려 "상징질서의 억압을 통과한 이후의 미분화 상태", 세계에 진입하기 이전의 제1의 순결성이 아니라 "상징질서에 의해 깨어진 다음에 의지적으로 재구성한 제2의 순결성", "불순한 순결성"[53]이라는 김정란의 반론이 보다 타당해 보이기 때문이다.

그럼에도 불구하고 "여성성을 남성 중심적인 문명의 폐해를 치유

51 김정란, 「네 어깨 너머로 내다보는 역사」, 『연두색 글쓰기』, 82쪽.

52 심진경, 「여성성, 육체, 여성적 시쓰기」, 『여성, 문학을 가로지르다』, 문학과지성사, 2005, 73쪽.

53 김정란, 「비평정신과 여성시」, 『한국현대여성시인』, 44쪽.

할 수 있는 원리로 신비화하고 특권화한다는 점에서 남성성과 여성성에 대한 기존의 남성 중심적인 시각을 더 높은 차원에서 재생산"할 우려가 있다는 심진경의 지적은, 김정란 자신도 언급했듯이 거듭 숙고해볼 대목이다. 김정란이 구성한 여성성/모성성이 남근주의가 구성한 여성성을 폐기하고 근대주의의 단정한 이분법을 횡단하는 것이라 할지라도, 그것은 역설적이게도 남성성을 통해서만 구성 가능한 것이기 때문이다. 다시 말해 남성성의 대타항으로 여성성을 상정한다면 남성성은 해체할 수 없으며, 때문에 프랑스 페미니즘이 그러했듯이 이분법적 본질주의에 갇힐 위험 역시 피할 수 없다. 자신이 상정한 여성성/모성성이 이분법적 도그마를 넘어선 것이라 강조했으나, 가령 여성시를 비평하며 "여성 시인들의 죽음에의 친화력은 그녀들이 운명에서 담당하고 있는 재생산의 몫, 그리고 그것의 귀결인 살의 썩음마저도 내면 안으로 감싸안으려는 모성적 인식의 표현"(「서 있는 성모」, 146)이라 독해하거나, "여성 시인 특유의 직관으로 근대와 탈근대 사이에 기이한 모습으로 끼어있는 한국 문화의 몸을 인지"했다고 언급하거나, "여성들은 근대주의자였던 적이 없다"(「20세기 진혼곡」, 280)고 천명할 때, 또는 "여성은 누구나 자신의 안에 아주 고요한 깊은 내면을 가지고 있"으며 "여성들은 타고난 특별한 자질에 의해 누구나 다 자신의 몸속에 특별한 언어의 기억을 가지고 있"[54]다고 강조할 때, 김정란의 '모성비평'은 이미 의도하지 않게 본질주의를 노정하고 있다. 또한 그녀가 사유한 '여성' 혹은 '여성성'은 관념적이며 협소한 것이기도 했다. 한 논자가 지적했듯이 김정란의 여성주의 비평이 참조

---

54 김정란, 「여자로 말한다는 것」, 『말의 귀환』, 개마고원, 2001, 99쪽.

하고 지지한 '여성'은 기실 "문단 내 여성"으로 제한되었으며,[55] '에로스·영혼(영성)·몸·어머니·자연' 등을 주요 인자로 구성된 그녀의 '여성성'은 차이/복수로 존재하는 여성들의 다층적 현실을 반영하기에는 다분히 추상적이었다.

그럼에도 김정란은 90년대 한국문학 장에서 "대문자 문학의 신성성을 보충"(권명아)하는 자리를 거절하고 "남성 지배적 영역에 몸을 들이"[56]민 소수의 여성 작가, 여성주의를 이론이 아닌 세상을 변혁하는 '운동'으로 실천한 예외적인 여성 비평가라는 사실에는 변함이 없을 터다.

4. 비평을 '퀴어링'하기, 여성주의로 '문학/정치하기'

익히 알듯이, 비평은 어떤 문학보다 명료하고 엄격한 이성/지성을 발동해야 하는 장르이며, 때문에 '태생적으로 감성적이고 감상적인'[57] 여성에게는 오랫동안 접근이 제한된 '성숙한 남성의 형식'으로 존재해 왔다. 페미니즘을 표방하며 90년대 등장한 새로운 여성 비평가들은

---

55 조연정, 「1990년대 젠더화된 문단에서 페미니즘하기」, 『구보학보』 27집, 구보학회, 2021, 287쪽.

56 정문순, 「감정의 낭비와 허위의식, 90년대 여성작가들」, 『문학수첩』, 2006년 봄호, 60쪽.

57 주지하듯이 근대문학 초창기부터 여성은 선천적으로 감성적·애상적·낭만적이며 때문에 이러한 여성들에게 어울리는 장르는 시와 수필 정도라는 남성 비평가들의 언설이 빈번히 등장했다. 김경연, 『근대 여성문학의 탄생과 미디어의 교통』, 소명출판, 2017, 296~309 참조.

이러한 남성에 의한, 남성을 위한, 남성의 장르인 비평에 의문을 제기하고 변화를 촉구했다. 김정란은 바로 이 도전적인 여자들 중 한 명이며 더욱 도발적인 여성 비평가 중 한 명이기도 하다. 김정란에게 비평은 더 이상 남성의 영역이나 이성/지성이 유일한 원리인 글쓰기가 아니며, 비평가는 자기를 은폐하고 텍스트 위에 군림하는 전지적 단독자가 아니다. 그녀에게 비평은 "이성과 직관과 감성을, 그리고 영성"(「밥풀떼기와 우주」, 11)을 삼투하는 글쓰기이며, 비평가는 자기를 드러내고 텍스트와 더불어 스스로를 해체하고 재구성하는 자, 혹은 "짐승들의 소리, 담론이 될 수 없는"(「살의 말, 말의 살 또는 여자 찾기」, 249) 비천한 말들에 귀기울이고 번역하는 시인과 접속한 자이기도 하다.

지고한 남성과 합리적 이성과 자율적 주체의 양식이었던 비평을 남성도 여성도 아닌, 남성이며 여성인, 이성과 직관과 감정과 영혼이 교통하는, 상호주체적인 낯선 글쓰기로 퀴어링한 페미니스트 여성시인-비평가 김정란의 실천은 단지 한국문학 장에 머물지 않았다. 그녀에게 여성주의의 수행은 "새로운 인간주의"를 실현하기 위해 반드시 통과해야 할 과정이며, 여성성은 "새로운 인간주의적 비전을 정립하기 위해 가장 먼저 집중적으로 계발한 인간적 자질"(「비참을 넘어서는 단성생식」, 382)이다. 김정란이 상상한 새로운 인간주의가 도래한 세상이란 어떠한가. 그것은 "근대적 이성의 오만한 인간중심주의"를 해체하고, 인간이 "겸손한 영장류"(「비참의 경험을 넘어서는 단성생식」, 408)로 도약하며 "자연과의 재통합"[58]을 이루는, "물질과 정신 사이에 놓여있는 영혼의 다리"(「영혼의 다리를 복구하기 위하여」, 99)를 복구한 세상,

58 김정란, 「〈영혼〉이라는 다리를 복구하기 위하여」, 『거품 아래로 깊이』, 98쪽.

무엇보다 "힘센 자의 말, 타자를 밀어내는 동일자의 오만한 말"[59]이 더는 행세하지 않는 세상이다.

이 새로운 세상의 도착을 위해 김정란은 문학 권력과 부단히 싸웠을 뿐 아니라, 알려졌듯이 거대 언론 권력과도 치열하게 대결했다. 그가 간취했듯이 "세계의 거짓은 무엇보다 '말'의 거짓"[60]이며 "힘센 동일자는 언제나 언어를 도구적으로 징발"(「나비를 위한 변명」, 333)하고 독점하기 때문이다. 그러므로 그들에 대항해 "언어의 순결성을 확보"하고 "존재의 순결성"(334)을 지키는 것은 다름 아닌 시인-비평가의 소명이며, 이 책무를 기꺼이 수락한 김정란은 "현장에서 부딪치는 생생한 역사와 드잡이"하는 것을 마다하지 않았고, "생이 뻔할 것이라는 음모에 반기를 드는 불온한 자", "본질적으로 새로운 것을 마련하는 자"인 "시인-되기"[61]를 멈추지 않았다. 언어에 대한 '다른' 성찰은 또한 그녀가 고백했듯이 "여성성에 대한 자각을 통해"(「나비를 위한 변명」, 331) 가능한 것이었으므로, 김정란의 이러한 시인-되기는 '여성-되기'와 더불어 실천된 것일 터다. 그러므로 '여성-되기', 즉 페미니스트임을 당당히 선언하고, 시인-되기, 곧 "처음부터 끝까지" "시인으로 사유"하고 자신이 쓴 모든 글은 "시와 다르지 않다"[62]고 천명한 김정란의 비평을 읽는다는 것은 '시인으로 사유한 비평가의 비평으로 쓴 시'를 읽는 것이리라. 또한 우리는 이토록 낯설고 불온한 '여성시인-비평가' 되기를 통해 "존재의 혁명"과 '세상의 혁명'을 꿈꾼, '문학의

---

59 김정란, 「죽음, 타자의 말, 미지」, 『거품 아래로 깊이』, 292쪽.

60 김정란, 「나비를 위한 변명」, 『거품 아래로 깊이』, 327쪽.

61 김정란, 「근대시의 소명」, 『말의 귀환』, 75쪽.

62 김정란, 「겸손의 인간학」, 『거품 아래로 깊이』, 10쪽.

정치'라는 "치명적인 도약"을 감행했던 한 예외적인 존재 '김정란'과 조우할 수 있으리라.

> 문학을 '한다'는 것은, 그 '하기'가 창작이든, 읽기이든, 연구이든, 그 궁극은 결국 '시인-되기'라는 것, 존재의 혁명이라는 것. 그러나 그렇게 되기 위해서는 무엇인가를 잃어야 한다는 것. 특히 세속으로 향한 눈을, 깊은 눈을 얻기 위해서. 그러나 '치명적인 도약'은, 훌쩍 공짜로 얻어지지 않는다는 것. 문학은 텍스트 읽기도, 텍스트 연구도 아니라는 것. 문학의 최종의 임무는 바로 당신 자신이 문학의 소명을 자신의 존재 안에 통합해 넣음으로써 '시인-되기'에 이르는 것이라는 것.[63]

63 「근대시의 소명」, 『말의 귀환』, 89쪽.

‘살림’의 인드라망, 생명의 카오스모스

정효구의 비평의 현재성

이은란

1. 다시, 우주공동체의 실현을 위하여

팬데믹과 기후 위기로 인해 절멸의 위기가 현실화되면서 ‘생명 공동체’에 대한 관심이 다시 높아지고 있다. 바이러스에서 AI에 이르는 비인간 타자들의 도래는 생명과 비생명의 경계를 뒤흔들며 인간 중심의 ‘생명 공동체’를 성찰해야 할 필요가 있음을 우리에게 알려준다. 이러한 맥락에서 정효구의 비평 세계를 살펴보는 일은 현재성을 갖는다. 1958년생 여성 비평가인 정효구는 1985년 『한국문학』 신인상을 수상하며 평론에 입문한 후, 2023년 현재까지 평론집, 연구서, 에세이, 시집을 포함한 32권의 저서를 발표하며 왕성하게 활동해왔다.[1]

---

1 이 글은 32권의 저서 중 공저, 연구서, 에세이, 시집을 제외하고 평론집 『존재의 전환을 위하여』(청하, 1987), 『시와 젊음』(문학과비평사, 1989), 『광야의 시학』

그는 이남호와 함께 『80년대 젊은 비평가들』(1989)을 펴내며 1980년대 신진 비평가로서의 입지를 다졌고, 1980년대~1990년대 『문예연감』 문학(시) 분야의 유일한 여성 필진이 되기도 했다.[2] 1980년대의 대표적인 여성 비평가로 자리매김한 정효구는 1990년대를 기점으로 생태주의와 페미니즘, 동양 철학과 불교를 폭넓게 아우르며 우주, 삶, 시의 연결고리를 탐구해왔다. 정효구에게 인간을 '무아(無我)'의 감동으로 이끄는 시는 근대적 자아(有我)가 훼손한 우주공동체와의 유기적 관계를 복원할 수 있는 중요한 양식이다.

정효구가 비평 활동을 시작한 1980년대는 인간을 역사적 존재로 파악한 시기라 할 수 있다. 이 시기 민중·민족문학론과 자유주의 문학론은 표면적으로 대립하는 것 같지만, 이들 양자의 이면에는 인간을 역사적 발전 과정의 주체로 바라보는 관점이 공통적으로 작용하기 때문이다. 그런데 1990년대에 이르러 정효구는 인간을 '우주적 존재'

(열음사, 1991), 『상상력의 모험 — 80년대 시인들』(민음사, 1992), 『우주 공동체와 문학의 길』(시와시학사, 1994), 『20세기 한국시의 정신과 방법』(시와시학사, 1995), 『20세기 한국시와 비평정신』(새미, 1997), 『몽상의 시학 — 90년대 시인들』(민음사, 1998), 『한국 현대시와 자연탐구』(새미, 1998), 『한국 현대시와 문명의 전환』(새미, 2002), 『한국 현대시와 平人의 사상』(푸른사상, 2007), 『일심(一心)의 시학, 도심(道心)의 미학』(푸른사상, 2011), 『불교 시학의 발견과 모색』(푸른사상, 2018), 그리고 시론집인 『붓다와 함께 쓰는 시론 — 근대시론을 넘어서기 위하여』(푸른사상, 2015)를 논의의 대상으로 삼는다.

2 정효구, 「전환기의 시적 징후들」, 『1992년 문예연감(1991년판)』, 한국문화진흥위원회, 1992; 한국문화예술진흥원(現한국문화예술위원회)이 1976년부터 발간해온 『문예연감』의 필진은 대부분 남성 문학가들이었다. 1980~1990년대 문학(시) 분야의 필진은 김광림, 정진규, 박철희, 김요섭, 이탄, 강우식, 김용직, 홍신선, 오세영, 정효구, 김준오, 박제천, 임헌영, 고운기, 이광호 등이다. 이들 중 정효구는 유일한 여성 필진이다.

로 볼 것을 촉구한다. 그는 한 평문에서 존재를 '실재하는 幻'이라는 말로 표현한 바 있다. 만물은 시시각각 변화하는 '환(幻)'에 불과하지만 '지금, 여기'에 현존하는 실재이기도 하다는 것이다. 존재를 선험적 진리로 가정하는 근대적 사유와 달리, 불교의 연기법에서는 존재를 인과 연의 우연한 결합으로 생겨난 것, 우주의 거대한 흐름 속에서 생멸을 반복하는 무상한 것으로 본다. '있으면서 없고, 없으면서 있다'라는 불교의 역설은 인간이 여타의 존재들과 다르지 않으며, 무상한 흐름 속에서 그들과 공존하며 살아가는 중생(衆生)임을 가르쳐준다. 생명의 정의를 존재들의 우연한 열림과 잇댐으로부터 얻어지는 것으로 확장할 때, 인간과 비인간, 유기물과 무기물, 생명과 비생명이라는 기계적 구분은 효력을 잃는다.

이러한 정효구의 사유는 '우주공동체 세계관'에 집약되어 있다. 동학과 주역, 불교의 화엄사상, 노장사상 등을 결합한 그의 우주공동체 세계관은 그동안 1990년대 생태 담론의 맥락에서 이해되어 왔지만, 넓게 본다면 서구 중심의 근대적 세계관에 대한 사상적 전회라고도 할 수 있다. 그는 물질문명이 지배하는 현실을 '양(陽)=남성성=코스모스'의 우세로 파악하고 '음(陰)=여성성=카오스'의 실현을 통해 음양의 조화, 즉 '카오스모스(Chaosmos)'를 회복해야 한다고 본다. '양'이 생명을 억압하는 수직적이고 남성적인 힘이라면, '음'은 우리가 지향해야 할 수평적이고 여성적인 가치로 긍정된다.

> 그러면 **우주공동체란 구체적으로 어떤 것을 의미하는가. 이것은 우선적으로 우주 전체가 하나의 살아 있는 유기체임을 뜻하는 개념이다.** (…) 물론 삼라만상은 일면 서로가 상극의 논리 속에 들어가 있는 것 같기도

> 하다. 그러나 **중요한 것은 이 상극의 현실이 상생과 공생을 전제로 한 상극이며 상생이라는 점이고 여기서 모순의 자기동일성이 이룩된다.** 하나의 예를 들어보자. 삼라만상은 무엇인가를 먹고 살아간다. 생명을 가진 존재는 물론 우리가 무생물이라서 죽은 것이라고 간주해 온 흙이나 바위까지도, 사실은 태양을 먹고 물을 마시며 살아간다. 그러므로 실은 동식물의 세계에서만 먹고 먹히는 관계가 성립되는 것이 아니라, 무생물의 세계까지를 포함한 삼라만상 전체가 이런 관계 속에 놓여 있는 것이다. 결국 모든 존재는 다른 존재를 먹고 살아간다. **이것은 다원적인 의미에서의 적자생존의 세계로 보이고, 서로가 상극하는 세계로 보인다. 그러나 참으로 역설적이게도 이와 같이 보이는 적자생존의 상극적인 세계가, 실은 공생과 상생을 전제로 하고 있다는 점을 함께 생각해야 한다.** (강조 — 인용자)[3]

인용문에서 '먹음'은 대상에 대한 주체의 일방적인 폭력이 아닌 존재의 개방과 합일을 전제하는 행위로 인식된다. 유기물과 무기물을 비롯한 만물은 서로 먹고 먹히며, 배설하고 배설되는 먹이사슬의 구조 안에서 상생과 살림의 관계망을 형성해나간다. 이처럼 여성과 남성, 음과 양, 먹음과 배설, 생존과 죽음이라는 상극이 '모순의 자기동일성'을 이룰 때 '살아 있는 유기체'로서의 우주공동체가 이룩될 수 있다. 그러나 인간은 이를 적자생존의 논리로 오인하고 다른 생명들을 착취하는 데 급급할 뿐이다. 이 무명(無明)의 상태에서 벗어나 만물과의 공생과 연대를 회복하기 위해서는 우주공동체의 일원이라는 자기인식이 선행되어야 한다. 그렇다면 이러한 자기인식은 어떻게 가능

3 정효구, 「우주공동체의 실현을 위하여」, 『우주공동체와 문학의 길』, 시와시학사, 1994, 15쪽.

한 것인가? 정효구는 이에 대한 해답을 시에서 찾는다. 시는 조건 없는 몽상을 통해 유토피아를 지향함으로써 삶을 고양시키는 '전위적 실천'이다. 만물의 신성성을 발견하고 이들과 감응하게 해주는 시야말로 우리를 단절과 고립으로부터 해방하여 우주로 합일시키는 전일성(全一性)의 매개가 될 수 있다.

정효구가 '우주공동체 세계관'을 주창한 1994년으로부터 30년이라는 시간이 흘렀음에도 불구하고, 우리는 여전히 공존과 상생의 실마리를 찾아 헤매고 있는 듯하다. 그러한 점에서 이 글은 부족하나마 40여 년에 걸쳐 축적되어 온 정효구의 비평 세계를 검토하는 한편, 그의 우주공동체 세계관에 주목함으로써 정효구 비평의 현재성을 읽어보고자 한다. 정효구의 우주공동체 세계관은 거대한 먹이사슬의 그물에 놓인 중생의 고통을 '살림의 인드라망'으로 재발견하고, 대립과 폭력의 세계를 '생명의 카오스모스'로 승화시킨다. 문학의 위기를 넘어 절멸의 위기가 도래해오는 지금, 그의 비평을 되짚어보는 일이 유효한 까닭이다.

2. 무아, '한 몸 되기'의 조건

정효구 비평의 핵심 중 하나는 '무아(無我)'다. 1980년대 이후부터 현재까지 정효구가 '무아'에 천착한 이유는 그가 현대시의 미학을 '유아(有我)의 미학'으로 파악한 것과 관련된다. 유아의 자기중심성은 나와 너, 주체와 객체, 우리와 타자를 분별하는 마음을 가리키는 '앎(識)'의 작용에서 비롯된다. 유아적 분별심은 정효구가 비평을 시작한

1980년대 중반의 문단에서 민중시의 배타성과 구호성, 실험시의 지나친 개성화와 내면화로 표출된 바 있다. 당시 신진 비평가였던 정효구의 문제의식이 민중시와 실험시가 결여한 시적 감동을 회복하는 데 있었다는 점을 고려한다면, 초기 비평에서 '무아'가 주로 낭만주의적 서정시와 관련되는 것도 자연스럽게 이해될 수 있다. 정효구는 서정시의 주술적 감응이 존재의 내면을 뒤흔드는 감동과 무아의 순간을 체험하게 함으로써 이성이 지배하는 삭막한 세계에서 '존재의 전환'을 이룩한다고 본다.[4] 이러한 견해는 조지훈의 유기체 시론에 대한 분석에서도 유사하게 발견된다. 그는 조지훈의 시론이 낭만주의 미학과 고전주의 미학 사이에서 모순된 양상을 보이지만, 이는 정치적 이데올로기로 인해 훼손된 서정시의 유기체성을 회복하려는 의도였다는 점에서 재평가되어야 한다고 강조한다.[5]

초기 비평에서 서구의 낭만주의와 관련되었던 '무아'는 1990년대를 기점으로 동양 철학과 불교를 수용하면서 우주와 만물을 포용하는 원리로 작용한다. 세 번째 평론집 『광야의 시학』(1990)은 1980년대의 앞선 두 평론집 『존재의 전환을 위하여』(1987)와 『시와 젊음』(1989)과는 확연히 구분되는데, '광야'라는 제목에도 이미 암시되어 있듯이 이 평론집에는 정효구의 정신적 배경이기도 했던 기독교적 세계관에 대한 회의가 깔려 있다. 그의 문제의식은 물질문명을 이끈 근대적 자아의 폭력성을 인식하면서 대상을 자아화하는 나르시시즘적 동일시와,

4 정효구, 「잘 살기 위한 서정시」, 『존재의 전환을 위하여』, 청하, 1987, 71쪽 참조.
5 정효구, 「유기체 시론의 의미」, 『시와 젊음』, 문학과비평사, 1989, 259쪽; 270쪽 참조.

이념으로 대상을 취사선택하는 정치성 양자로 확장된다. 정효구는 1980년대 해체시를 대표하는 황지우가 "삶 혹은 우주를 둥글게 포용하는 정신의 넓이"를 보여주고, 민중시를 이끈 고은이 "대상과 대상을 하나의 둥근 원무 속의 일원으로 관련지우는" 시적 태도의 변화를 발견해낸다.[6] 황지우와 고은의 변화는 이들이 이전 시대의 '대립성의 미학'에서 벗어나 '유기성의 미학'으로 나아가고 있음을 의미한다. 또 "세계를 살아 있는 그대로 둥글게 끌어안고자 하는" 정진규의 태도와, "인간중심주의나 인간우월주의를 배격하며 인간과 다른 생물들 사이의 단절지대를 인정하지 않으려고" 하는 정현종의 믿음은 합리적·기계적 세계관의 대안으로 제시된다.[7]

이후 정효구의 평론에서 '무아'는 '0의 사상', '무심의 경지', '알몸' 등으로 다양하게 변주된다. 가령, 정현종 시에 나타난 '0'은 우로보로스의 원과 마찬가지로 비움과 채움, 여성성과 남성성, 음과 양의 합일을 상징한다는 점에서 우주공동체를 이루는 원리로 작용한다. 자아의 선입견을 비워낸 최승호의 '무심의 경지'는 사물들을 있는 그대로 바라볼 수 있게 하는 한편, 그들이 '존재의 싱싱한 알몸'을 스스로 현현할 수 있도록 한다. 정진규가 지향하는 '알몸'은 문명의 외피를 걷어내고 만물을 받아들이는 무위의 상태를 가리킨다. 이러한 '비워내기'는 만물의 신성성과 함께 인간이 우주의 일원임을 인식하게 해준다는 점에서 신화적 상상력과도 연결된다. 서정주의 시집 『질마재 신화』와 『학이 울고 간 날들의 시』를 다룬 글에서, 정효구는 신화적 세계관을

6 정효구, 「생명과 반문명의 시」, 『광야의 시학』, 열음사, 1991, 78~79쪽 참조.
7 위의 글, 81~83쪽 참조.

"세계와 기본적으로 화해를 이룩하고자 하는 사람들이 세계를 인식하는 태도"로 정의한다.[8] 그에 따르면 신화에는 삼라만상과 조화롭게 살아가려는 무심(無心)과 무자기(無自己)의 태도가 반영되어 있다. 서정주의 시에 등장하는 모든 사물들은 신성의 자격을 부여받고 인간의 우주적인 동반자로 인식된다는 점에서 무아와 전일성(全一性)의 신화적 상상력을 보여준다고 할 수 있다.

정효구 스스로도 언급한 바 있지만, 공동체보다 개인이 중시되는 현실에서 '한 몸 되기'를 지향하는 일은 언뜻 허황된 것처럼 보일 수 있다. 그러나 이는 자연 생태계에 대한 윤리적 태도일 뿐만 아니라 개체성을 초월하여 전일성의 상태로 회귀하려는 인간의 본능이기도 하다. 무아와 전일성으로의 회귀는 2010년대 이후의 저서인 『일심(一心)의 시학, 도심(道心)의 미학』(2011), 『붓다와 함께 쓰는 시론』(2015), 『불교 시학의 발견과 모색』(2018)에서 불교유식론과 불교심리학의 이론적 접근을 통해 보다 정교한 공감 이론으로 발전하게 된다. 이러한 고찰은 2000년대 이후 '미래파' 시인들의 등장과 더불어 약화된 시적 감동의 문제, 그리고 "인간은 왜 시를 읽고 쓰는가?"라는 근본적인 물음과 관련된다.

평론은 아니지만, 이와 관련된 논문으로 「일심(一心) 혹은 공심(空心)의 시적 기능에 관한 시론(試論)」(2010)과 「'시적 감동'에 관한 불교심리학적 고찰」(2015)이 있다. 정효구는 공감을 시의 핵심 기능으로 파악하고, 이를 '자아중심적 유아의 공감'과 '자기초월적 무아의 공감'

---

8 정효구, 「서정주의 시에 나타난 신화성의 양상과 그 의미」, 『20세기 한국시와 비평정신』, 새미, 1997, 53쪽.

으로 구별한다. 그중 감동은 자기초월적 무아의 공감 형태 중에서도 “주체인 독자가 객체인 시인과 경계를 뛰어넘어 합심으로 창조할 수 있는 최고의 단계”로 설명된다.[9] 그렇다면 시적 감동의 기능은 과연 무엇인가? 첫 번째는 진리로 우리를 인도하는 것이다. 불교에서는 우주 삼라만상의 무상한 흐름을 공성(空性)이라 하여 유일한 진리로 여긴다. 우리는 시적 감동을 통해 타자와 분리된 ‘나’, 완전하고 참된 ‘나’는 아상(我相)이 만들어낸 허구에 불과함을 느끼게 되면서 공성의 진리를 체득한다. 시적 감동의 두 번째 기능이자 가장 중요한 기능은 바로 자비다. 공성의 깨달음으로 얻은 공심(空心)을 자비의 공심(公心)으로 확장시켜야 한다는 불교의 가르침을 따를 때, 아상의 벽을 무너뜨리는 시적 감동은 우주와 자신을 동일시하고 만물의 공익을 소망하는 일심(一心)으로 발전하게 된다.

정효구는 최승호의 시집 『달마의 침묵』에서 시도된 ‘물 위의 글쓰기’를 ‘무아와 일심의 글쓰기’의 한 예시로 본다. 본래 글쓰기라는 로고스적 행위는 ‘나’의 생각을 문자화하려는 집착으로부터 비롯된다는 점에서 소아(小我)적이며, 이는 작가의 아집과 독자의 욕망이 대립하는 원인으로 작용한다. 반면 ‘물 위의 글쓰기’는 ‘물’로 표상되는 만물의 무상한 흐름 속에 자신의 글쓰기를 합일시킴으로써 대아(大我)와 일심의 경지를 추구한다. 최승호의 “흔적 없는 글쓰기, 무상성의 글쓰기, 무심의 글쓰기, 우주적 흐름과 동행하는 글쓰기”[10]는 문명적 사유

9 정효구, 「일심(一心) 혹은 공심(空心)의 시적 기능에 관한 시론(試論)」, 『불교 시학의 발견과 모색』, 푸른사상, 2018, 49~50쪽.

10 정효구, 「최승호 시집 『달마의 침묵』에 나타난 글쓰기의 양상」, 『불교 시학의 발견과 모색』, 푸른사상, 2018, 224쪽.

에 길들여진 현대시의 한계를 초월하고, '무아'와 '한 몸 되기'라는 시의 본령을 실천하려는 시도라는 점에서 중요하게 평가된다.

3. 공양 정신을 통한 '살림'의 실현

무아는 일체(一體)와 일심(一心)으로 나아가기 위한 자기 비움이다. 이는 이기심으로 팽만한 유아를 우주적 생명으로 전환시키기 위한 수행이다. 생명의 근본적 이기심이 '먹음'을 통해 생존하는 것에 있다면, 누군가의 '밥'이 되어주는 것은 가장 높은 차원의 자기 비움을 실천하는 행위가 된다. 정효구의 우주공동체 세계관이 지닌 특별함은 '밥'으로부터 '살림'의 역설을 발견해내는 데서 찾을 수 있다. 그는 정진규의 「밥詩」 연작을 다루면서, '한 몸 되기'의 최고 단계를 '서로의 밥이 되어주기'라고 본다.

> 누구나 다 알다시피 우주 속에 존재하는 숙명적인 먹이사슬의 구도는 말할 것도 없고, 이 **거대한 우주적 유기체가 무한한 연대감 속에서 하나의 온전한 몸처럼 살아 움직이고자 한다면 삼라만상은 서로의 밥이 되지 않고 살아갈 수 없다. 그런데 바로 서로 간에 이처럼 숙명적으로 또는 자발적으로 밥이 된다는 것이 '한몸되기'의 최고 단계라고 할 수 있다.** 정진규도 말하고 있듯이, 삼라만상은 먹기 위해서 먹혀야 한다. 아니 먹히기 위하여 먹어야 한다. 그러나 이렇게 말하고 보면 이 우주의 살벌한 원리가 너무나도 비극적이다. 따라서 **삼라만상의 이 같은 조건을 한 차원 승화시켜 말해본다면, 우리는 한몸이 되기 위하여 혹은 함께 살기 위하여 '고봉의 밥상을 한 상' 차려내야 한다. 아니 '고봉의 밥상을 한**

> **상' 차려낼 수 있기 위하여 한몸이 되어 다시 살아야 한다.** 그것은 타존재의 참다운 밥이 된다는 것 또한 저절로 될 수 있는 것이 아니기 때문이다. 진정 타존재의 밥이 되려면, 밥을 짓는 노력이 그에게 따라야 하는 것이다.(강조 — 인용자)[11]

이 글에서 정효구는 우주가 '먹음'과 '먹힘'이라는 먹이사슬의 구도가 연대와 공생이라는 수평적 관계로 재사유되어야 한다고 설명한다. 생명으로서의 인간이 실천할 수 있는 최고의 윤리는 '먹음'을 거부하는 (불)가능한 탈속의 자세가 아니라 우리 역시 자발적으로 누군가의 '밥'이 되어줄 수 있는 존재, 인용문의 표현을 빌린다면 누군가에게 '고봉의 밥을 한 상' 차려줄 수 있는 존재임을 인식하는 것이다. 이러한 행위는 나 이외의 타자를 '밥'으로 여기는 분별과 자만심을 내려놓고 타자의 생명을 공경하는 태도를 수반한다. 여기서 공경의 태도는 불교의 제식행위인 공양(供養)을 연상시킨다. 정효구에 의하면 공양정신의 핵심에는 하심(下心)과 살림의 마음이 있다.[12] 공양은 신성한 존재에게 밥을 정성들여 바치는 종교적 행위, 그리고 공동체와 음식을 함께 나누어먹는 행위를 모두 의미하기 때문이다. 공양의 관점에서 본다면 '밥'은 배를 채우거나 생존을 가능하게 하는 도구를 넘어 우주공동체의 '살림'을 가능하게 하는 신성한 산물이 된다.

정효구가 발견해내는 공양의 신성성은 두 편의 고재종론 「흙, 생

---

11 정효구, 「'비움'과 '몸'의 사상 — 정진규」, 『우주공동체와 문학의 길』, 시와시학사, 1994, 213쪽.

12 정효구, 「일색(一色)의 상상력 혹은 무위행(無爲行)의 꿈 — 생가(生家)에서 석가헌(夕佳軒)에 이르기까지 — 정진규론」, 『일심(一心)의 시학, 도심(道心)의 미학』, 푸른사상, 2011, 197쪽.

명, 밥, 노동」(1996)과 「고재종 시의 자연」(1998)에 잘 드러난다. 고재종의 시 「올벼심니」에는 신과 조상에게 바칠 햅쌀밥을 정성껏 절구질하여 시루에 찌는 '어머니'가 등장한다. 햅쌀밥을 신에게 바치는 어머니의 행위에는 "밥이라고 하는 것이 인간의 욕심이나 능력만으로 만들어지는 것이 아니라 전우주적인 존재들의 참여가 있어야만 가능한 것"이라는 믿음이 작용하고 있으며, 이때의 '밥'은 신과 인간, 인간과 우주를 이어주는 영적 매개체로서의 능력을 갖는다.[13] 또한 힘겨운 농사일이 끝나고 나누어먹는 '두레반밥'은 공동체의 일원을 연대하게 해주는 소박하면서도 신성한 '고봉의 밥상'이다. 이러한 맥락에서 정효구는 고재종이 '밥'을 만드는 노동 행위를 신성하게 여긴다는 점에 주목한다. 하지만 산업화와 도시화가 급속도로 진행된 1990년대는 농촌의 노동이 유래 없이 소외된 때이기도 하다. 「최근 생태시에 나타난 문제점」(1995), 「도시에서 쓴 자연시의 한계」(1999), 「최근 우리 생태시를 위한 제언」(2003)은 1990년대의 생태시와 농촌시가 리얼리티를 결여한 채 자연과 농촌을 목가적으로 낭만화한다는 점에서 이전의 민중시만큼이나 도식성을 보이고 있음을 비판하는 글이다.

'밥'에 대한 정효구의 사유는 수운 최제우, 해월 최시형의 동학사상과 강증산의 가르침을 바탕으로 한 김지하의 생명 사상에 영향을 받은 것이기도 하다. 해월의 이천식천(以天食天) 개념과 관련하여, 시인은 '밥'을 천지만물과 인간이 협동하여 만들어낸 산물이자 민중의 생명을 살리는 '한울님'과 같은 존재로 여긴다. 『밥』(1984)에 실린 글

13 정효구, 「고재종 시의 자연 — 자연 속의 삶, 삶 속의 자연」, 『한국 현대시와 자연탐구』, 새미, 1998, 230쪽.

「일하는 한울님」에서 김지하는 '밥'에 내재된 '생명의 운동'과 '공생의 원리'를 언급한다. '밥'을 생산하기 위한 민중의 노동이 대지의 생명을 창조하고, 민중에 의해 창조된 생명이 다시 민중의 생명력이 되어 노동을 창조하는 순환의 과정이야말로 '진리'이자 '도'라는 것이다. "이것은 〈약육강식〉이나 〈적자생존〉이나 〈도태〉의 원리가 아니라, 또는 서양인들이 즐겨 사용하는 '정복'의 의미가 아니라, '채취'의 의미가 아니라, 본래 생명의 진리에 따라 자연 속에 주어져 있는 〈먹이사슬〉의 원리와 〈공생과 상부상조〉의 원리 이외의 아무것도 아닙니다."[14]라는 시인의 언술은 앞에서 언급한 정효구의 '우주공동체 세계관'과도 흡사하다. 나아가 김지하는 '밥상 공동체'로부터 배제되어 왔던 여성 차별의 현실을 지적하며, '밥'을 생산하는 노동의 주체로서 여성을 '한울님'과 같은 존재로 격상시킨다.

흥미롭게도 김지하의 여성관은 정효구가 고정희를 다룰 때 유사하게 발견된다. 이는 네 번째 평론집 『상상력과 모험 — 80년대 시인들』(1992)에 첫 번째로 실린 「살림의 시, 불의 상상력 — 고정희론」(1991)을 통해 살펴볼 수 있다. 정효구는 고정희 시에 나타난 불의 상상력이 1980년대라는 어둠의 현실 속에서 "세계와 존재의 〈살림〉과 그 본원적인 〈생명〉의 구원을 목표로 하고 있"[15]다고 하면서, 시인의 '어머니'가 여성 억압의 대표적인 수난자와 구원자로서 훼손된 생명을 복원하고 수평적 통일을 가능하게 하는 원동력으로 작용한다고 설명한다.

---

14 김지하, 「일하는 한울님」, 『밥』, 분도출판사, 1984, 55쪽.

15 정효구, 「살림의 시, 불의 상상력 — 고정희론」, 『상상력의 모험 — 80년대 시인들』, 민음사, 1992, 16쪽.

어머니 표상에 담긴 시인의 '살림' 의식은 「고정희의 시에 나타난 여성의식」(1999)에서 '밥'과 관련되어 자세하게 논의된다. 고정희 시의 대지적 여성성은 어머니의 노동이 생산해내는 '밥'을 통해 "죽은 것을 살려내고, 살아있는 것은 더욱더 잘 살게 이끌어주는 살림의 상징"[16]으로 구체화된다. 또한 고정희의 '어머니'는 "남성에 의존하여 생을 의타적으로 사는 것이 아니라 가족을 살리는 '당당하고 겸허한 밥'을 창조해"[17]낸다. 정효구는 고정희의 시에 나타난 '밥'에서 대지적 모성성을 발견할 뿐만 아니라, 이를 돌봄과 베풂이라는 공적 영역으로 승화시킴으로써 그동안 사적인 영역으로 전가되어 온 가사노동의 계급적·젠더적 모순을 포착하고 있다.

유의할 것은, 정효구의 글 안에서 여성성이 단순히 생물학적 여성의 속성에 국한되지 않는다는 점이다. 그는 음양론과 양성이론(Theory of Androgyny)을 인용하여 남성 역시도 자기 내부의 여성성을 발견해야 함을 강조한다. '음(陰)'은 '양(陽)'의 기운이 군림하는 근대적 세계에서 균형을 이루기 위해 남성과 여성 모두가 실현해야 하는 가치다. 정효구가 남성 시인들의 작품에 나타난 모성성, 자궁의 이미지, 대지적 여성성 등에 크게 주목했던 것도 이러한 맥락에서 파악된다. 여기에는 진정한 여성문학의 실현에 '남성 시인들의 동반자적 의식'이 수반되어야 하며, 여성 비평가로서 남성 시인들에게 잠재한 여성성을 찾아낼 필요가 있다는 정효구의 비평적 자의식이 작용한 것으로 보인다.[18]

---

16 정효구, 「고정희 시에 나타난 여성의식」, 『한국 현대시와 문명의 전환』, 새미, 2002, 245쪽.

17 위의 글, 246쪽.

18 정효구, 「페미니즘과 한국문학 — 세 편의 글」, 『20세기 한국시의 정신과 방법』,

4. 카오스에서 카오스모스로

서구 근대는 질서, 조화, 예측가능성을 의미하는 코스모스의 세계관으로 규정된다. 「우주공동체 혹은 여성성의 둥근 세계」(1993)에서 정효구는 우주공동체 세계관의 핵심을 '음(陰)=여성성=카오스'로 상정하고, '음'의 실현을 코스모스적 세계관의 대안으로 제시한다. 이 글에서 그는 우주공동체 세계관을 "삼라만상 모두가 우주의 중심이기에 중심이 특별하게 없는 상태 또는 삼라만상 전체가 하나의 전일성의 세계에 얽혀 있기에 아예 중심이라고 하는 것이 없는 상태"[19]로 정의한다. 여기서 '중심이 없는 상태'라는 표현은 탈구조주의적·해체적 상상력과도 맞닿아 있다. '양'이 인간의 본성을 억압하는 제도 및 법률과 관련된다면, 문학은 잡식동물인 인간의 본성, 즉 '음'의 성격을 갖는다. 가령, 김승희와 황지우의 포스트모던적 경향,[20] 장경린의 분절된 언어, 완결미의 거부, 인과관계의 단절은 "세계의 카오스적 현실, 연속불가능성의 세계, 우연성으로 가득 찬 세계, 목적이 없는 동시다발성의 세계, 불확정성의 세계"[21]를 드러내는 잡식성의 산물로 언급된다. 이처럼 1990년대 중반 정효구의 문학적 지향은 '카오스적인 것'에 있었으며, 이는 당대 시단의 '양'의 과잉 현상과 관련된다고 볼 수 있다.

시와시학사, 1995, 254쪽 참조.

19 정효구, 「우주공동체 혹은 둥근 여성성의 세계 — 1993년도 우리 시단 총평」, 『20세기 한국시의 정신과 방법』, 시와시학사, 1995, 391쪽.

20 정효구, 「잡식성의 인간, 잡식성의 시 — 1995년도 봄 시단」, 『20세기 한국시와 비평정신』, 새미, 1997, 469쪽.

21 정효구, 「삶, 세계 — 이자(利子)놀이의 과정 — 장경린론」, 『몽상의 시학 — 90년대 시인들』, 민음사, 1998, 367쪽.

그런데 '카오스적인 것'에 대한 정효구의 지향은 2000년대 이후 포스트모더니즘의 범람과 더불어 수정되는 양상을 보인다. 1980년대의 민중문학이 그러했듯이 지나친 전일성의 강조는 문학의 배타성과 구호성을 낳지만, 개체성의 강조 역시도 자아의 팽창과 단절을 초래할 수 있기 때문이다. 그는 「자연과 치유의 생태시학」(2005)이라는 글에서 '미분화된 전일주의'와 '개체주의'를 동시에 경계할 필요가 있음을 역설한다.

> 그러나 전일성과 전일주의가 각 개인과 개체를 미분화된 전일성과 전일주의 속으로 환원시키는 일이어서는 곤란하다. **미분화된 전일성과 전일주의는 도달해야 할 곳이 아니라 빠져나와야 할 곳이며, 흠모해야 할 곳이 아니라 극복해야 할 곳**이기 때문이다. 그런 점에서 개인과 개체가 발견되고 인정되지 않았던 전일주의의 사회는 돌아가야 할 세상이 아니라 빠져나와야 할 세상이다.
>
> 이제 **우리는 개인주의와 개체주의가 갖는 자아팽창과 자아우월주의를 넘어서면서 '새로운 전일주의'를 창조해 나아갈 때**이다. 여기서 말하는 새로운 전일주의란 미분화된 전일주의와 대비하여 분화된 전일주의를 뜻한다고 볼 수 있다. **분화된 전일주의란 개인과 개체가 각각 자신만의 고유한 핵을 구성하면서 동시에 이들이 리좀들과의 만남처럼 대화적, 상호소통적 관계를 이룩하는 것이다.** 여기서 개인 및 개체와, 전일주의 및 전일성 사이의 모순된 통합이 가능해진다.(강조 — 인용자)[22]

인용문의 '미분화된 전일성'은 "개인과 개체가 발견되고 인정되지

---

22 정효구, 「자연과 치유의 생태시학」, 『한국 현대시와 平人의 사상』, 푸른사상, 2007, 81쪽.

않았던 전일주의의 사회"로서 '우리'라는 배타적 구호가 그 어느 때보다도 강조되었던 1980년대의 민중문학을 연상시킨다. 거시적인 틀에서 1990년대 이후의 문학은 1980년대의 '우리'에서 이탈하여 '나=개인'을 옹호하는 것으로 평가된다. 그러나 이러한 문학적 경향은 자아우월주의로 변질될 때 '일심'의 전일성으로부터 멀어질 위험이 있다. 정효구가 추구하는 '분화된 전일주의'는 개체가 '고유의 핵'을 보존하면서 다양체의 수평적이고 대화적인 관계망을 형성하는 리좀(rhizome)의 개념과 상동성을 갖는다. 그는 「설병위법(說病爲法)의 시」(2010)라는 글을 통해 '아상(我相)과 아애(我愛)와 아소(我所)'가 넘쳐나는 2000년대 이후의 문학적 현실에 우려를 표한다. 포스트모더니즘 문학은 "파편과 같은 개체들의 무한한 유희, 다시 말하여 시니피앙의 유희 위에서 '탈중심'의 논리"를 편다는 점에서 정신의 해방에 기여했으나 이는 여전히 개체 중심적 '유식(唯識)'의 차원에 불과하다는 것이다.[23] 2000년대 이후 '카오스적인 문학'만으로는 더 이상 우주공동체의 전일성으로 나아갈 수 없다는 정효구의 인식은 중요한 변화로 읽힌다. 이제 우리가 추구해야 할 것은 차이를 보존하면서 전일성을 생성하는 문학, 즉 '카오스모스의 상상력'이다.

그렇다면 개체성을 보존하면서 동시에 전일성으로 나아갈 수 있는 시란 과연 무엇인가. 정효구는 이를 김지하의 미학적 개념 중 하나인 '틈'에서 찾는다. 주지하듯이 김지하의 생명 사상은 자연 만물의 영성을 공경하는 모심의 태도인 동학의 시천주(侍天主) 사상을 바탕으로

---

23 정효구, 「설병위법(說病爲法)의 시」, 『일심(一心)의 시학, 도심(道心)의 미학』, 푸른사상, 2010, 307~308쪽.

한다. 이때 '틈'이란 모심의 대상과 주체 사이에 존재하는 여백을 일컫는다. 대상과 주체가 '틈'을 잃고 밀착되는 순간 모심은 서로를 공경하는 수평적 관계에서 숭배적인 관계로 전락한다.[24] 정효구는 이러한 '틈'의 미학을 정진규의 시 「되새떼」에서 발견한다. 시 「되새떼」의 화자는 하늘을 가득 메울 정도로 빽빽하게 날아가는 새떼들이 서로 부딪치거나 추락하지 않는 이유를 '틈'에서 찾는다. 이들 사이에 존재하는 '틈(여백)'은 공생을 가능하게 하는 '적정한 공간'이자 진정한 살림의 공간으로 작용한다.[25] 정효구에 의하면 '틈'은 정진규의 미학적 태도와도 연관되는데, 이는 화자우월성을 배격함으로써 대상을 주관으로 왜곡시키거나 소유하지 않으려는 시인의 비주체성(非主體性)에 함축되어 있다.[26]

최근에 이르러 정효구의 카오스모스적 상상력은 동양의 음양론과 불교를 비롯해 들뢰즈와 가타리의 철학, 김지하의 율려(律呂) 사상, 정진규의 시와 시론 등을 폭넓게 아우르며 '율려의 미학'으로 발전한다. 정효구는 이제까지 우리가 시의 리듬을 외형률이나 내재율로만 다루어왔다는 점을 지적하면서, 이를 율려의 차원으로 확장시킬 필요가 있음을 역설한다.[27] 본래 동양의 음악 구조를 가리키는 율려는 따듯한 계절의 소리인 양의 육률(六律)과 차가운 계절의 소리인 음의 육

---

24 정효구, 「김지하 시의 음양론과 '치유'의 문제」, 『일심(一心)의 시학, 도심(道心)의 미학』, 푸른사상, 2010, 102쪽.

25 정효구, 『정진규의 시와 시론 연구 — 〈中〉과 〈和〉의 시학』, 푸른사상, 2005, 26쪽 참조.

26 위의 책, 235쪽 참조.

27 정효구, 「리듬, 원음(圓音)을 그리워하는 율동」, 『붓다와 함께 쓰는 시론 — 근대 시론을 넘어서기 위하여』, 푸른사상, 2015, 186~187쪽.

려(六呂)가 상응하는 우주의 리듬이다. 따라서 율려는 양과 음, 남성성과 여성성, 빛과 어둠, 먹음과 먹힘, 삶과 죽음이라는 대극적 가치가 균형을 이룬 상태이자, 이질적인 생명들의 리듬이 얽히고 스며드는 카오스모스의 세계를 의미한다. 시적 감동을 통해 도달한 무아와 일심의 상태에서 인간은 자연 만물의 리듬과 생생하게 감응하며 스스로 우주의 일원임을 자각하게 된다. 정효구의 '율려의 미학'은 시의 리듬을 언어적 차원에서 생명들의 우주적 화음으로 해방시킴으로써 시의 카오스모스를 회복하고자 한다. 이는 자칫 윤리적이거나 계몽적인 성격으로 도식화될 수 있는 생태 시학의 단순성을 배제하고 형이상학적 사유의 깊이를 더하려는 의도로 해석된다.

5. '너머'의 휴머니즘

김지하의 생명 사상, 장일순의 '한살림 운동', 김종철의 『녹색평론』 등을 중심으로 전개되었던 1990년대 생태 담론의 특징은 동양 철학과 영성주의로 요약된다. 여기에는 동양 철학이 신비주의적이고 추상적인 탓에 실천성이 떨어진다는 비판과, 서구 철학의 한계를 극복하기 위해 동양 철학을 전용한다는 비판이 꾸준히 제기되어 왔다. 서구 철학의 대안적 패러다임이라는 측면에서만 본다면 정효구의 우주공동체 세계관 역시 이러한 비판으로부터 자유롭지 못한 것은 사실이다. 또, 이 글에서 자세히 다루지는 않았지만 에코페미니즘에 입각한 그의 비평이 '대지적 모성성'을 지나치게 강조한 점도 아쉬운 부분이다. 하지만 1950년대생 여성 비평가로서 정효구의 비평적 성과를 검토할 때, 그의 우주공동체 세계관이 '시'라는 구체적이고 감각적인 장르를 통해 동양 철학의 관념성을 넘어서고자 했다는 점은 중요하게 언급되어야 할 필요가 있다. 그의 우주공동체 세계관은 휴머니즘에 입각한 생명공동체에 대한 비판적 고찰이자, 다른 생명들과의 전일적 삶을 지향하는 문학적 실천이라는 점에서 현재성을 획득한다.

정효구의 '우주공동체'는 생존을 위한 대립과 투쟁이 벌어지는 지금, 여기의 현실이다. 다만 이러한 먹이사슬의 구조를 공생과 연대라는 수평적 관계로 재사유해야 한다는 것이 우주공동체 세계관의 핵심이다. 정효구는 생명으로서 인간이 실천할 수 있는 최고의 윤리가 공양 정신에 있다고 본다. 공양 정신이란 타자들의 생명을 공경하고 우리 역시 자발적으로 그들의 '밥'이 되어줄 수 있는 마음을 뜻한다. 나아가 '밥'을 만들어내는 노동의 소중함과 자연의 보살핌을 인식할 때 그것은 폭력과 착취의 산물이 아닌 '살림'의 매개가 될 수 있다. 또한 정효구는 아상(我相)으로 다른 생명들을 주관화하거나, '우리'라는 전일적 구호 안에 그들을 복속시키는 것 역시 경계할 필요가 있음을 강조한다. 그가 김지하와 정진규의 시에서 발견해내는 '틈'과 '율려'의 미학은 이질적인 생명들의 리듬과 우주의 질서를 존중함으로써 그들과의 상생을 도모한다는 점에서 되돌아볼 필요가 있다.

끝으로 정효구의 우주공동체 세계관은 포스트휴머니즘(post-humanism)이 마치 안티-휴머니즘(anti-humanism)인 것처럼 받아들여지는 근래의 현실에 시사점을 던진다. 앞서 언급했듯이 정효구에게 시는 조건 없는 몽상과 시적 감응을 통해 삶을 더 나은 차원으로 고양시키는 전위적 실천이다. 자유로운 상상력의 산물인 시, 그리고 문학을 지향한다는 것은 인간에 대한 낙관적 신뢰를 바탕으로 한다. 그러한 점에서 정효구의 우주공동체 세계관은 인간 존재를 긍정하고, 인간과 자연의 우주적 융합을 지향하는 '너머'의 휴머니즘으로 명명해볼 수 있다. 문학의 위기를 넘어 절멸의 위기에 직면한 지금, 정효구의 우주공동체 세계관에 담긴 '너머'의 휴머니즘은 또 다른 제언이자 물음으로 우리에게 다가오고 있다.

집필진 소개

고명철

문학평론가. 광운대학교 국어국문학과 교수. 지은 책으로 『세계문학, 그 너머』, 『문학의 중력』, 『흔들리는 대지의 서사』, 『리얼리즘이 희망이다』, 『잠 못 이루는 리얼리스트』 등이 있다. 젊은평론가상, 고석규비평문학상, 성균문학상을 수상했다.

mcritic@daum.net

김경연

문학평론가. 비평 전문 계간지 『오늘의 문예비평』 편집위원. 부산대학교 국어국문학과 교수. 지은 책으로 『세이렌들의 귀환』, 『근대 여성문학의 탄생과 미디어의 교통』 등이 있다.

kky@pusan.ac.kr

류영욱

부산대학교 국어국문학과 박사수료. 지은 책으로 『냉전의 벽』(공저)이 있다.

nanna0315@naver.com

박미라

부산대학교 국어국문학과 박사과정. 주요 논문으로 「현월(玄月) 작품에 나타난 폭력과 보편성의 문제-「그늘의 집」과 「나쁜 소문」을 중심으로」(2023)가 있다.

sunlight0129@gmail.com

박수정

부산대학교 국어국문학과 박사수료. 주요 논문으로 「기성세대의 논리와 동원된 청년들」(2022), 「한국전쟁기 김말봉 소설에 나타난 데이트 문화와 젠더 정치학」(2023) 등이 있다.

lllvee@naver.com

백혜린

부산대학교 국어국문학과 박사수료. 시 전문 계간지 『신생』 편집장. 주요 논문으로 「도시시의 일상성과 '복수적 서정'의 의미-김준오의 『도시시와 해체시』를 중심으로」(2023)가 있다.

rrin31@naver.com

손남훈

문학평론가. 부산대학교 국어국문학과 조교수. 지은 책으로 『루덴스의 언어들』이 있다.

orpeus@pusan.ac.kr

양순모

문학평론가. 월간 『현대시』 편집위원. 연세대학교 국어국문학과 BK21교육연구단 박사후연구원. 지은 책으로 『빈 몸 속의 찬 말』(공저), 『국가폭력과 정체성』(공저), 『한국 현대문학의 쟁점과 전망』(공저)가 있다.

alethurgie@naver.com

양수민

부산대학교 국어국문학과 박사과정. 비평 전문 계간지 『오늘의 문예비평』 편집장. 지은 책으로 『냉전의 벽』(공저)이 있다.

hi970424@naver.com

오창은

문학평론가. 중앙대학교 교양대학 및 대학원 문화연구학과 교수. 지은 책으로 『비평의 모험』, 『모욕당한 자들을 위한 사유』, 『나눔의 그늘에 스며들다』, 『절망의 인문』, 『친애하는, 인민들의 문학생활』 등이 있다.

longcau@cau.ac.kr

유승환

한국근대문학연구자. 서울시립대학교 국어국문학과 전임교수. 주요 논문으로 「모국어의 심급들, 토대로서의 번역」(2016), 「적색 농민의 글쓰기」(2018), 「「잉여인간」에서 배운다」(2021) 등이 있다.

hutobol@uos.ac.kr

이은란

문학평론가. 광운대학교 강사. 「감응의 페티시즘(Fetishism)을 위한 제언」(『오늘의 문예비평』 2022년 겨울호)으로 비평 활동을 시작했다.

eunran416@gmail.com

진기환

문학평론가. 웹진 〈작가들〉 편집위원. 주요 평론으로 「카인들의 비망록」(2021), 「성장으로부터 자유로운 죄의식」(2023)이 있다.

jin384813@naver.com

하상일

문학평론가. 비평 전문 계간지 『오늘의 문예비평』 편집인 겸 편집주간. 동의대학교 국어국문학과 교수. 지은 책으로 『한국 근대문학과 동아시아적 시각』, 『재일디아스포라 시문학의 역사적 이해』, 『뒤를 돌아보는 시선』, 『상하이 노스탤지어』 등이 있다. 고석규비평문학상, 애지문학상, 심훈학술상 등을 수상했다.

newpoem21@deu.ac.kr

홍래성

서울시립대학교에서 「이어령 문학비평 연구」로 박사학위를 받았다. 주요 논문으로 「전후세대 비평(가)의 독특한 한 유형—고석규 비평의 형성 과정 및 성격, 특질에 관하여」(2019), 「1990년대 김종철의 생태(주의)적 사유를 살피려는 하나의 시론」(2021) 등이 있다.

redgorae@uos.ac.kr

1950년대생 비평가 연구 1

2024년 2월 20일 초판 1쇄 펴냄

엮은이 오늘의 문예비평
펴낸이 김흥국
펴낸곳 보고사

책임편집 이소희
표지디자인 김규범

등록 1990년 12월 13일 제6-0429호
주소 경기도 파주시 회동길 337-15 보고사
전화 031-955-9797
팩스 02-922-6990
메일 bogosabooks@naver.com
http://www.bogosabooks.co.kr

ISBN 979-11-6587-685-2 93810

정가 23,000원